AF130898

ARNO STROBEL

GEGEN-
SPIELER

BISCHOFF UND PIRLO ERMITTELN

INGO BOTT

FISCHER

Erschienen bei FISCHER Taschenbuch

© 2024 S. Fischer Verlag GmbH,
Hedderichstr. 114, 60596 Frankfurt am Main
Die Nutzung unserer Werke für Text- und Data-Mining
im Sinne von § 44b UrhG behalten wir uns explizit vor.
Dieses Werk wurde vermittelt durch die Literarische Agentur
Thomas Schlück GmbH, 30161 Hannover, und die
Agentur copywrite, 60486 Frankfurt am Main.
Redaktion: Ilse Wagner
Satz: Dörlemann Satz, Lemförde
Druck und Bindung: CPI books GmbH, Leck
ISBN 978-3-596-71048-5

*Nichts ist trügerischer
als eine offenkundige Tatsache.*

Sir Arthur Conan Doyle

I

Als sie auftauchen, kauere ich hinter dem Gestrüpp am Rand eines spärlich beleuchteten Waldparkplatzes. Wie es aussieht, hat sich die Warterei doch noch gelohnt. Ich bekomme, worauf ich gehofft habe. Endlich.

Die beiden alten Männer mit den Walking-Stöcken und den Stirnlampen nähern sich vorsichtig dem silbergrauen Mercedes. Erkennbar aufgeregt versuchen sie schon aus der Entfernung, im schwachen Lichtschein ins Innere des Wagens zu spähen. So einfach wird das hier aber nicht sein. Natürlich nicht.

Es war der laufende Motor, der ihre Aufmerksamkeit erregt hat. Den Schlauch, der auf dem Auspuff steckt und dessen anderes Ende durch die Beifahrerscheibe ins Innere hängt, können sie nicht sehen, weil diese Seite des Wagens dem Wald zugewandt ist. Trotzdem bewegen sie sich nur langsam, misstrauisch näher. Sie spüren einfach, dass etwas nicht stimmt.

Einer der beiden, ein dürrer Kerl mit einem armseligen Restbestand an fusseligen weißen Haaren, pirscht sich an die Fahrertür heran und wirft einen Blick durch die von innen vernebelte Scheibe. Es vergehen drei, vier Sekunden. Dann richtet er sich ruckartig auf und stöhnt. Der Selbstmörder ist entdeckt worden. Und alles hat sich gelohnt.

Sicher, ich hätte mir andere Entdecker meiner Schöpfung ge-

wünscht. Andere, würdigere Bewunderer meines Werks. Jetzt, da es so weit ist, sind mir aber auch die beiden Alten recht. Schon, weil es um sie gar nicht geht. Sondern um mich. Um meine Tat. Meine Macht. Um das unendlich gute Gefühl, am Leben zu sein. Und das eines anderen zu nehmen.

1

MAX

Max stand vor dem imposanten Gebäude an der Kö, Ecke Benrather Straße, und legte den Kopf in den Nacken. Im obersten der zehn Stockwerke befanden sich die Räumlichkeiten der Kanzlei *Müller & Mahler*, die er in wenigen Minuten zum ersten Mal betreten würde.

Er dachte an den Anruf vom Vortag. An die melodische Stimme der jungen Frau, die ihm mitteilte, Ernst Mahler, der Gründer und namensgebende Seniorpartner der Kanzlei, wolle ihn um zehn Uhr am folgenden Tag sprechen. Was Max aufgefallen war: Sie hatte ihn nicht gebeten zu kommen, sondern ihm *mitgeteilt*, wann er erwartet wurde.

Spontan hatte Max der jungen Frau sagen wollen, wenn Herr Mahler ein Anliegen habe, solle er sich selbst auf den Weg machen und ihn in der Uni besuchen. Er hatte es aber nicht getan, weil ihm der Name natürlich ein Begriff war und es ihn interessierte, was der Chef einer weltweit tätigen Anwaltskanzlei von einem ehemaligen Kriminalbeamten und jetzigen Hochschuldozenten wollen könnte.

Max wusste aus den Medien, dass die Kanzlei gerade wegen einer Steuergeschichte im Feuer stand. Angeblich hatte sie irgendwelchen Spekulanten dabei geholfen, durch ein geschicktes Austricksen des Finanzamtes Milliardengewinne zu erzielen. Diese

Verluste mussten nun von den Steuerzahlern getragen werden. Ein investigativer Journalist der POST hatte dazu umfangreich recherchiert und am Ende einen Enthüllungsartikel verfasst, der das Land in den Grundfesten erschüttert hatte. Manager waren in den Knast gewandert. Die für die Ermittlungen zuständige Oberstaatsanwältin war zurückgetreten.

Max konnte sich allerdings nicht vorstellen, dass Mahler deswegen mit ihm sprechen wollte, denn mit Steuerrecht kannte er sich, wenn überhaupt, nur so weit aus, wie es für seine eigene Steuererklärung nötig war. Mit der großen Politik hatte er erst recht nichts zu tun.

Max' Ex-Partner, dem er postwendend von dem Anruf erzählte, hatte eine klare Meinung dazu. »Diese Anwälte sind stinkreiche Schnösel. Versteh mich nicht falsch, aber wenn die jemanden wie dich brauchen, dann kann es nur um Drecksarbeit gehen, für die sich ihre eigenen Schnüffler in ihren Armani-Anzügen zu fein sind. Lass es einfach!«

Was aber natürlich nicht in Frage kam. Irgendetwas hatten sich die Schnösel schließlich dabei gedacht, Max überhaupt zu kontaktieren, und damit seine Neugier geweckt. Er löste den Blick von den oberen Stockwerken und ging auf den Eingangsbereich zu. Er war gespannt.

Nachdem der junge Mann an der Rezeption im Erdgeschoss Max' Namen im Computer gefunden hatte, tätigte er einen kurzen Anruf und nickte ihm dann zu. »Zehnte Etage, man wird Sie in Empfang nehmen.«

Als Max kurz darauf aus dem Aufzug trat, stachen ihm zwei Dinge sofort ins Auge: die imposante Größe des Eingangsbereichs der Kanzlei sowie die künstliche Schönheit der Empfangsdame, die aussah, als läge über ihr ein permanenter Instagram-Filter. Max schätzte sie auf maximal Mitte zwanzig.

»Guten Morgen, Herr Bischoff!« Sie kam strahlend auf ihn zu

und deutete auf eine Designersitzgruppe. »Es wird noch ein wenig dauern. Sie dürfen gerne einen Moment Platz nehmen.«

Ich darf, dachte Max, während er, von ihr eskortiert, auf die Sitzlandschaft aus anthrazitfarbenem Leder zusteuerte. *Wie großzügig.*

»Möchten Sie einen Tee oder lieber Kaffee? Oder vielleicht einen Chai Latte?« Mit verschwörerischem Blick fügte sie hinzu: »Den kann ich Ihnen sehr empfehlen.«

Max setzte sich und hob die Hand. »Nein, danke.«

Nachdem die Empfangsdame ihm einmal mehr ihre strahlend weißen Zähne gezeigt hatte, wandte sie sich ab und begab sich hinter den Tresen, eine beeindruckende Konstruktion aus geschwungenen, hellen Holzstäben und Rauchglaselementen.

Max' Blick wanderte durch den Empfangsbereich. Er war hell und lichtdurchflutet. Die Raumhöhe von mindestens vier Metern ließ alles sehr luftig erscheinen, unterstrich aber auch die protzige Eleganz des Interieurs.

Er musste zehn Minuten warten, dann wurde er von der jungen Dame gebeten, ihr zu folgen.

Sie führte ihn links neben dem Empfangstresen an einigen geschlossenen Mahagoniholztüren mit mattgoldenen Beschlägen und Griffen vorbei bis zur letzten Tür. Sie war nicht aus Holz, sondern aus Glas, ebenso wie die gesamte Wand, die den Raum vom Flur trennte. Ein Schild rechts neben dem Türrahmen wies ihn als *Konferenzzimmer Buenos Aires* aus.

Die junge Frau blieb stehen und deutete hinein. »Bitte schön!«

Der Raum war nicht sehr groß und nicht nur nach innen, sondern auch nach außen vollständig verglast. Er lag an der Ecke des Gebäudes und ragte an beiden Seiten etwa einen Meter weit über die Grenzen der Außenmauern hinaus. Der überstehende Bodenbereich war ebenfalls verglast, so dass man, wenn man dort stand, nach unten auf die Kö schauen konnte.

»So geht es jedem, der zum ersten Mal unsere heiligen Hallen betritt.« Die sonore Stimme gehörte zu einem Mann im dunkelgrauen, dreiteiligen Maßanzug, der den Konferenzraum betreten hatte und auf den gläsernen Teil des Fußbodens deutete. »Verwirrend, nicht wahr?«

Max hatte Ernst Mahler gegoogelt und war mit dessen Erscheinungsbild vertraut. Der kam mit ausgestreckter Hand auf ihn zu. »Guten Morgen. Schön, dass Sie sich die Zeit nehmen konnten.«

Max schüttelte die Hand und nickte. »Ich bin sehr gespannt, was der Grund dafür ist, dass sie mich sprechen wollen.«

Mahlers Miene verfinsterte sich, als er Max aufforderte: »Bitte, nehmen Sie Platz!«

Während Max sich einen Stuhl zurechtrückte und sich setzte, schloss die Empfangsdame von außen die Tür und schwebte an der Glaswand entlang davon.

Mahler stützte die Hände auf der Tischplatte ab. »Herr Bischoff, Sie haben sicher mitbekommen, dass Karl Müller, einer unserer Managing Partner, sich angeblich das Leben genommen hat.«

Max dachte kurz nach und schüttelte den Kopf. »Nein, das sagt mir nichts.«

Mahlers Brauen schoben sich nach oben. »Das überrascht mich. Ich dachte, ein ehemaliger Polizist und nebenberuflicher Privatermittler bekommt es mit, wenn ein Partner der bekanntesten Anwaltskanzlei des Landes sich umgebracht haben soll. Lesen Sie denn keinen Wirtschaftsteil?«

»Tut mir leid, in den Zeitungen, die *ich* lese, stand entweder nichts davon, oder ich habe es übersehen. Wann war das, sagten Sie?«

»Vor drei Tagen. Man hat Karl morgens in seinem Wagen auf dem Wanderparkplatz Rolandsburg gefunden. Der Klassiker. Der Motor lief, auf den Auspuff war ein Schlauch gesteckt und ins Wageninnere geleitet. Kohlenmonoxidvergiftung.«

»Das ist schlimm«, sagte Max. »Aber ich verstehe noch immer nicht, warum Sie mich sprechen wollen.«

Mahler richtete sich auf und stieß einen Zischlaut aus. »Liegt das nicht auf der Hand? Man hat Sie mir als einen Mann mit einem ausgeprägt analytischen Verstand beschrieben. Aber gut... Sie sind hier, weil ich nicht *glaube*, dass Karl Selbstmord begangen hat. Das passt nicht zu ihm. Ich werde Sie engagieren, und Sie werden herausfinden, wie er tatsächlich ums Leben gekommen ist.«

Es war nicht nur das, *was* Mahler sagte, sondern auch die Art, *wie* er mit ihm sprach, die Max ärgerte. Sehr sogar. Außerdem fand er es seltsam, dass der demonstrativ professionell auftretende Mahler erst drei Tage nach dem Todesfall auf die Idee zu kommen schien, einen Ermittler zu beauftragen. Irgendetwas stimmte hier nicht.

»Herr Mahler, wer immer mich Ihnen empfohlen hat, dürfte mich nicht sonderlich gut kennen. Allerdings kann ich mir auch nicht vorstellen, dass wir beide gemeinsame Bekannte haben. Was den Tod Ihres Partners betrifft, so bin ich sicher, dass die Polizei weiß, was sie tut, und aus guten Gründen von einem Suizid ausgeht. Wenn Sie diese Einschätzung nicht teilen, sollten Sie mit den entsprechenden Beamten darüber reden. Und damit kommen wir zum wichtigsten Punkt, den ich Ihnen beantworte, obwohl Sie mich nicht gefragt haben.« Max erhob sich und blieb neben dem Stuhl stehen. »Was Sie eigentlich wissen wollen, ist, ob ich überhaupt *bereit* bin, Ihren Auftrag anzunehmen. Dazu müsste er mich allerdings interessieren, und das ist nach unserem kurzen Gespräch nicht der Fall.«

Mahler war sichtlich überrascht. »Was? Sie lehnen ab, bevor Sie mein Angebot gehört haben?«

Max zuckte mit den Schultern. »Ja.«

Mahler schüttelte den Kopf und hob dann beide Hände. »Moment, also gut, warten Sie. Das ist ja lächerlich. Lassen Sie uns noch mal von vorn anfangen. Bitte, setzen Sie sich wieder.«

Max verspürte keine Lust, sich weiter mit diesem Mann zu unterhalten, der es offenbar gewohnt war, dass alle widerspruchslos nach seiner Pfeife tanzten. Dennoch dachte er kurz über die Möglichkeit nach, dass der Tod von Mahlers Partner vielleicht *tatsächlich* kein Suizid war und somit ein Mörder frei herumlief.

Mahler schien dieses Zögern als Einlenken zu interpretieren und nickte zufrieden. »Ich werde es Ihnen erklären. Ich habe Ihre Zustimmung vorausgesetzt, weil ich davon ausgegangen bin, dass Sie als Teilzeit-Dozent sicher das stattliche Honorar gut brauchen können, das Sie von einer renommierten Kanzlei wie unserer selbstverständlich erwarten dürfen. Außerdem könnten Sie Ihren ehemaligen Kollegen zeigen, dass Sie es immer noch draufhaben. Was bei denen ja offensichtlich nicht der Fall ist. Also ...« Mahler kam um den Tisch herum und streckte Max die Hand entgegen. »Fünfzigtausend. Im Voraus. Egal, was Sie herausfinden. Und einen fetten Bonus, wenn Sie Karls Mörder stellen. Das ist für jemanden wie Sie doch eine Menge Geld.«

Max ignorierte Mahlers Hand und sagte: »Sie werden sicher irgendwen finden, der Ihr Geld gern nimmt. *Jemand wie ich* tut das nicht.« Damit wandte er sich ab und verließ den Raum.

Als er an der Empfangsdame vorbeikam, schenkte sie ihm ein Lächeln, das ihre Augen nicht ganz erreichte.

Zwei Minuten später verließ Max das Gebäude, blieb aber nach ein paar Metern stehen und atmete tief durch. Der Ärger über die Art, wie Mahler mit ihm geredet hatte, war verraucht, zurückgeblieben war ein Gefühl der Abneigung. Und die richtete sich, das gestand Max sich ein, wahrscheinlich weniger gegen dessen Person als vielmehr gegen das, wofür er stand. Diese Welt der abgehobenen Anwälte in ihren teuren Maßklamotten, die ihren Mandanten Stundensätze von fünfhundert Euro und mehr in Rechnung stellten und dazu nicht selten auch noch Erfolgshonorare in astronomischen Höhen einstrichen. Leute, die irgendwann die Bodenhaftung verloren hatten und dann mit aus ihrer Sicht *einfachen* Menschen wie ihm umsprangen, als seien sie ihre Leibeigenen. Einerseits war er deswegen versucht, Mahlers Angebot direkt wieder zu vergessen. Andererseits … was war, wenn dieser anmaßende und herablassende Anwalt tatsächlich recht hatte und es sein konnte, dass ein Mörder ungeschoren davonkam? Ein Dilemma, über das er mit jemandem reden musste – und dafür gab es niemand Besseren als seine Schwester.

Kirsten war zu Hause und nahm seinen Anruf direkt an. Max' Schwester hatte Urlaub und wollte am nächsten Tag mit dem Zug nach München fahren, wo bei einem Spezialisten einige Voruntersuchungen für eine bevorstehende Operation geplant waren. Kirsten saß im Rollstuhl, seit sie im Alter von acht Jahren von einem betrunkenen Autofahrer vom Zebrastreifen gefegt worden war. Bruch des vierten Brustwirbels, Verletzung des Rückenmarks. Querschnittsgelähmt.

Max war fest entschlossen, ihr das Leben so angenehm wie möglich zu gestalten, obwohl sie ihm immer wieder versicherte, trotz ihrer Behinderung hervorragend zurechtzukommen.

Nun wollte sie sich tatsächlich auf eine neuartige Operationsmethode einlassen. Max hatte sich eingehend mit dem Thema beschäftigt, nachdem Kirsten ihm davon erzählt hatte. Bei dem Verfahren wurden die durch die Querschnittslähmung deaktivierten Muskeln mit gesunden Nerven oberhalb der Rückenmarksverletzung verknüpft. Eine aufwendige und teure Methode, deren Kosten von der Krankenkasse natürlich nicht übernommen wurden. Aber allein die *Hoffnung*, dass es Kirsten danach besser ging, war den Versuch wert.

Max stieg in die S-Bahn Richtung Unterbilk, wo nicht nur

seine, sondern auch Kirstens Wohnung war. Dabei kreisten seine Gedanken um das Gespräch mit Mahler.

Ein als Suizid inszenierter Mord ... Max fragte sich, wie lange das Fahrzeug wohl mit laufendem Motor auf dem öffentlichen Parkplatz gestanden hatte, bis es entdeckt worden war. Warum stellte man sich dorthin, wenn man sich auf diese Art das Leben nehmen wollte?

Max wischte den Gedanken beiseite. Das hatte für ihn keine Relevanz. Sollte sich doch die Polizei mit diesen Fragen beschäftigen. Das war schließlich ihre Aufgabe.

Als er zwanzig Minuten später Kirstens Wohnung betrat, hatte sie bereits den Tisch mit Tassen und einer Kaffeekanne gedeckt. Kirsten zog Filterkaffee dem aus dem Vollautomaten vor.

»Schön, dich zu sehen, Bruderherz«, sagte sie, als Max sich zu ihr hinunterbeugte und sie umarmte. Nachdem er sich gesetzt hatte, platzierte sie ihren Rollstuhl ihm gegenüber und sagte wie nebenbei: »Falls du gekommen bist, um mich davon zu überzeugen, mich von dir nach München fahren zu lassen, statt den Zug zu nehmen, kannst du es vergessen. Ich schaffe das allein.«

»Nein, nein«, versicherte Max grinsend. »Ich weiß ja, wie stur du bist.«

Kirsten lächelte, griff nach der Kanne und goss beide Tassen fast voll. »Gut.«

Max räusperte sich. »Ich hatte heute Morgen ein interessantes Gespräch, von dem ich dir erzählen möchte.«

Kirsten riss die Augen auf. »Uuh ... du ziehst mit Jana zusammen, stimmt's? Ich will alles wissen, erzähl!«

Max musste grinsen. »Das wäre ja ein angenehmes Gespräch gewesen. Nein, was ich hinter mir habe, war anders. Ganz anders.«

Er berichtete ihr von seinem Besuch in der Kanzlei und von Mahlers Angebot. Kirsten unterbrach ihn nicht, verdrehte aber mehrmals die Augen, als Max wiedergab, was Mahler gesagt und in welchem Ton er mit ihm gesprochen hatte.

»Oje. Ich sehe dein Gesicht vor mir. Ich weiß ja, wie du auf solche Leute reagierst. Aber fünfzigtausend Euro sind schon eine Stange Geld.«

»Na und? Diese Selbstverständlichkeit, mit der Mahler über mich verfügt hat ... Er glaubt, er kann alles und jeden kaufen. Mich aber eben nicht.«

»Hältst du Mahlers Zweifel an dem Suizid für gerechtfertigt?«

»Das weiß ich nicht. Ich habe ja keinerlei Hintergrundinformationen. Ein wenig seltsam finde ich das Ganze schon, ich meine, wenn ich mich mit Autoabgasen umbringen will, warum stelle ich mich dann ...? Ach, das spielt keine Rolle. Ich will nicht von diesem Kerl engagiert werden, basta!«

Kirsten betrachtete ihn eine Weile schweigend, während Max mehrmals an seinem Kaffee nippte.

»Ärgert es dich vielleicht, dass Mahler so ein Idiot ist und du dich nur deswegen nicht mit einer Sache befassen möchtest, die dich eigentlich reizt?«

Max machte eine wegwerfende Geste. »Nein, alles gut.«

Sie zog die Stirn kraus. »Da bin ich mir nicht so sicher.«

»Das kannst du aber sein.« Max beschloss, das Thema zu wechseln. »Nun erzähl mal, was wird denn eigentlich bei diesen Voruntersuchungen alles gemacht?«

Kirsten sah ihn einige Sekunden wortlos an, bevor sie antwortete. »Darüber wollte ich noch mit dir reden. Die Kosten sind sehr hoch, und ich weiß nicht, ob ich mir das wirklich leisten kann.«

»Was?«, fuhr Max auf. »Das haben wir doch besprochen. Ich habe dir klar gesagt, dass ich dich unterstütze. Ist es denn *noch* teurer geworden?«

Kirsten seufzte. »Max, ich nehme kein Geld von dir, weil ich weiß, dass du selbst kaum was auf der hohen Kante hast.«

»Das ist doch Quatsch!«

»Nein, ist es nicht. Wenn ich wüsste, dass du ein Polster von ein paar zehntausend Euro hättest, okay, aber so ...«

Max begriff sofort, was Kirsten gerade tat. »Ich durchschaue dein Spiel, Schwesterlein. Warum möchtest du, dass ich diese Sache annehme, obwohl ich dir gerade erzählt habe, was für ein Typ dieser Mahler ist?«

»Weil ich dich kenne, Max. Deine Augen haben eben kurz aufgeblitzt, als du davon gesprochen hast. Der Fall reizt dich, das ist eindeutig.«

»Das ändert nichts daran, dass ich diesen Typen nicht mag. Wenn ich das Angebot annehme, habe ich es mit noch mehr von der Sorte zu tun.«

»Das verstehe ich. Andererseits ... Wenn der Mann sich wirklich selbst das Leben genommen hat, hast du fünfzigtausend Euro leicht verdient – und das sogar ausnahmsweise mal, ohne dich in Gefahr zu begeben.«

Max sah seiner Schwester in die Augen. In seinem Inneren tobte ein Kampf. Kirsten hatte recht, der Fall interessierte ihn brennend, trotz Mahlers Verhalten. Und Kirsten war stur. Sie würde kein Geld von ihm nehmen, wenn er diese fünfzigtausend Euro nicht bekam.

»Okay, machen wir einen Deal«, schlug er vor.

»Schieß los.«

»Ich übernehme den Auftrag, wenn du das Geld für deine Untersuchungen verwendest.«

»Was? Die ganzen fünfzigtausend? Das ist kein Deal, das ist Erpressung!«

Max verzog den Mund zu einem Grinsen. »Und was ist das, was du gerade getan hast? Sag ja, und ich mach's. Aber nur dann.«

Kirsten schüttelte lächelnd den Kopf. »Du musst immer das letzte Wort haben, oder?«

»Ist das ein Ja?«

»Also gut. Aber was ich für die Operation nicht brauche, nimmst du zurück.«

»Das sehen wir dann.«

Max trank den Rest des Kaffees, griff nach seinem Handy und wählte die Nummer der Kanzlei. Kurz darauf wusste er, dass Ernst Mahler bereit war, ihn noch einmal zu empfangen.

Er verabschiedete sich von seiner Schwester und betrat eine halbe Stunde später mit gemischten Gefühlen erneut das Konferenzzimmer *Buenos Aires.*

Dieses Mal war Mahler nicht allein. Neben ihm saß eine Frau, deren Anblick dafür sorgte, dass Max nicht mehr länger nachdenken musste. Er würde den Fall übernehmen.

2

SOPHIE

Mittwoch, 16. 10., 15 Uhr

Zehn Sekunden. Länger brauchte Sophie nicht, um für sich zu entscheiden, dass sie den sportlichen Typen mit den kurzen Haaren interessant fand. Sogar noch weniger lange dauerte es, bis das Verhalten ihres Vaters ihr das erste Mal unangenehm war. Dafür genügte schon sein triumphierendes Grinsen der Marke »Großwildjäger«. Sie seufzte. Trotz aller tragischen Begleitumstände war er in seinem Element. Obwohl Sophie nicht wusste, was die beiden Männer miteinander vereinbart hatten, tat ihr der jüngere jetzt schon ein bisschen leid. Sie sich selbst übrigens auch.

Wobei die übertriebene Hochstimmung ihres Vaters wahrscheinlich absehbar war, als er ihr verkündet hatte, dass er für die kanzleifinanzierten Ermittlungen zu Müllers Tod »diesen Freizeitprofessor« verpflichtet habe. Dass er mit seiner Wunschbesetzung der Aufklärerrolle nicht einfach *nur* zufrieden sein konnte, war für Sophie angesichts der extremen Umstände sogar nachvollziehbar. Für ihren Vater musste es sich anfühlen, als befinde sich die von ihm gegründete Kanzlei im freien Fall – und der Boden war nicht in Sicht.

Vor zwei Wochen hatte die *POST* behauptet, ein von *Müller & Mahler* erfundenes Steuermodell sei tatsächlich nichts anderes als ein systematischer Betrug zum Schaden der Allgemeinheit. Der Reputationsschaden war riesig. Angeblich stand sogar die

Beratung ihres Star-Mandanten, FinTech-Milliardär und *German Wunderkind* Fynn Wabnitz, in Frage – und damit die Mitarbeit an dessen Weltraumprojekt, das landesweit mit Spannung erwartet wurde. Die Plakate dafür waren schon gedruckt, die Social-Media-Kampagnen designt, die Pressekonferenzen gebucht: »Major Wabnitz und *Müller & Mahler* – völlig losgelöst von der Erde!« Es ging um nicht weniger als »Deutschlands Weg in den Weltraum« – und für die Kanzlei um das größte, wichtigste und vor allem auch lukrativste Mandat ihrer Geschichte. Wie immer hatten die drei *Managing Partner* alles perfekt geplant. Und jetzt das: Zuerst der Steuer-Skandal. Dann die Berichte über Wabnitz' Zweifel an seinen Beratern. Kurz darauf der Suizid von Karl Müller. Einen günstigen Zeitpunkt für einen solchen Skandal *konnte* es zwar gar nicht geben. Dieser jetzt war aber jedenfalls die größtmögliche Katastrophe. Dass Ernst Mahler entschlossen schien, jeden noch so kleinen Erfolg geradezu hysterisch zu feiern, war eigentlich kein Wunder. Auch wenn es Sophie nervte.

Andererseits: Was immer ihren Vater zuversichtlich stimmte, war gut. Zumal noch vor drei Stunden nicht absehbar war, dass die Verpflichtung von Max Bischoff klappen würde. Zumindest nicht für Sophie.

»Hast du nicht gerade gesagt, dass er dir einen Korb gegeben hat?«, hatte sie gefragt, als ihr Vater ihr am Telefon mitgeteilt hatte, dass sie um 15 Uhr in der Kanzlei sein solle, um den Ermittler kennenzulernen, der »den Amateuren von der Polizei Beine machen« sollte.

»Wart's ab, Krümel, um Punkt drei steht der *Herr Professor* trotzdem hier auf der Matte! Jeder hat einen Preis. Und ich glaube, ich kenne seinen.«

Sophie hatte das für den Moment so hingenommen. Alles, was dazu beitrug, einen Zusammenbruch ihres Vaters zu verhindern, war willkommen. Die Angst davor war gerade schließlich nicht nur bei Sophies Mutter allgegenwärtig, sondern auch bei Sophie selbst. Für Ernst Mahler war aktuell alles zu viel. Es *musste* einfach so sein. Der Stress mit der Kanzlei. Die ganzen Gerüchte. Dann auch noch der Tod seines Geschäftspartners und besten Freundes.

Denn ganz unabhängig davon, wie es *wirklich* dazu gekommen war, blieb jedenfalls das unumstößlich: Karl Müller war tot. Einfach so. Sophie konnte es immer noch nicht richtig glauben. Müller war schließlich immer da gewesen. Der beste Freund ihres Vaters. Ihr Patenonkel. Sie hatte Karl genauso lange gekannt wie ihre eigenen Eltern. Wie diese war er eigentlich bei bester Gesundheit gewesen. Als ihr Vater ihr von seinem Tod berichtet hatte, war Sophie aus allen Wolken gefallen. Das galt erst recht, als es um die Todesursache ging. Suizid. Das klang nicht nur unwahrscheinlich, sondern einfach falsch.

Auf dem Weg zu *Müller & Mahler* hatte sich Sophie einmal mehr in ihren Gedanken verloren. Wann hatte sie eigentlich das letzte Mal mit Karl gesprochen? Unangenehmerweise musste sie sich eingestehen, dass das lange her war. Seit sie vor einem knappen Jahr gemeinsam mit Anton Pirlo mit der Kanzlei *Recht.Schaffen* an den Start gegangen war, hatte es längst nicht mehr so viele Berührungspunkte zu Karl gegeben wie früher. Außerdem hatte Sophies Vater mit seinem ewigen Nörgeln genervt, dass sie in »dieser Klitsche« ihr Talent verschenke und zu ihm in die Großkanzlei kommen solle. Irgendwann konnte Sophie die immer gleichen Vorhaltungen nicht mehr ertragen und war auf Distanz gegangen. Wenn das bedeutete, dass sie dadurch auch ihren Patenonkel weniger sah, dann war das eben so. Allerdings hatte ja, trotz allen Drucks und aller Skandale, auch keiner wissen können, dass er bald nicht mehr am Leben sein würde ...

Oder etwa doch?

Als Sophie im opulenten Eingangsbereich der Kanzlei angekommen war und am Empfang einem der namenlosen Topmodel-Verschnitte ihren Mantel überlassen hatte, erinnerte sie sich an die letzte Gelegenheit, bei der sie Karl Müller zumindest kurz *gesehen* hatte: am Wochenende vor knapp zwei Wochen, zwei Tage nachdem die *POST* den TaxEx-Skandal ins Rollen gebracht hatte.

Sophie war die seltsame Atmosphäre schon aufgefallen, als sie die Villa ihrer Eltern in Meerbusch betreten hatte. Ihr Vater und Karl hatten mit ernsten Gesichtern auf einem Sofa im offenen Wohnzimmer gesessen. Ihnen gegenüber, in einem bequemen Sessel, hatte Petra Kühne gekauert, die dritte aus dem Kreis der *Managing Partner* von *Müller & Mahler*. Auch von ihr war eine sonderbare Grabesstimmung ausgegangen. Natürlich hatte Sophie nachhaken wollen, was denn los sei. Dass alle *Managing Partner* außerhalb der dafür vorgesehenen Kanzleizeitfenster zusammenkamen, war ungewöhnlich. Dass das bei ihren Eltern zu Hause geschah, obwohl sich Ernst Mahler und Petra Kühne eigentlich in herzlicher Abneigung verbunden waren, konnte schon fast als Sensation durchgehen.

Dann aber hatte Sophies Mutter ihre Aufmerksamkeit in Anspruch genommen, die sich am frühen Nachmittag bereits ein, zwei Bloody Marys zu viel hinter die Binde gezaubert und daher ein nicht zu unterschätzendes Mitteilungsbedürfnis hatte. Natürlich ging es mal wieder um Manu. Warum auch nicht? Sie hatten das Thema schließlich erst gefühlte fünftausendmal besprochen.

Während Sophies Beziehung mit Manu war er in Helena Mahlers Augen als künftiger Schwiegersohn einfach nur *perfekt* gewesen. Jetzt aber, da Sophie den aufstrebenden Arzt mit einem Herz für Missionen in Afrika tatsächlich verlassen hatte, hatte er geradezu den Status eines Halbgottes erlangt. Die Überzeugung ihrer Mutter ließ sich einfach zusammenfassen: Manu war mindestens unfehlbar. Und Sophie hatte es versaut.

Mochte ja sein, dass die *Managing Partner* nebenan irgendwelche Sorgen hatten. Wirklich *wichtig* war für Helena Mahler allerdings etwas anderes: »Du *musst* ihn einfach anrufen!«, hatte ihre Mutter an ihrem Strohhalm vorbeifabuliert. »Er führt ja ein so *aufregendes* Leben, und er ist ein so *guter* Mensch. Ein attraktiver Mann ist er übrigens auch, aber das weißt du ja besser als ich, nicht wahr?«

Sophie hatte das unkommentiert gelassen. Davon, dass sie Pirlo in der Zwischenzeit geküsst hatte, erwähnte sie vorsichtshalber erst recht nichts. Sie hätte ohnehin nicht gewusst, was sie dazu sagen sollte, zumal danach zu ihrer eigenen Überraschung nichts mehr passiert war. Das Rätseln darüber nahm sie allerdings auch schon genug in Anspruch, *ohne* dass ihre Mutter auf sie einredete und nebenan der Weltuntergang verhandelt wurde. Doch alle Grübeleien und Gespräche wurden unterbrochen, als es an der Tür klingelte – und absolutes Chaos ausbrach.

Kaum hatte Ernst Mahler geöffnet, brandete eine Welle aus Geschrei und Fragen durch das Haus. Ein schneller Blick durch das Küchenfenster verriet Sophie ihren Ursprung, eine Reportermeute mit dem ganz großen Besteck: Kameras, Mikrophone, Liveschalten. Obwohl sie sich rasch wieder zurückzog, schnappte Sophie einige Schlagwörter auf. Die allerdings reichten aus, um eine Vorstellung davon zu bekommen, was dort draußen los war. Warum hier drinnen diese apokalyptische Stimmung herrschte. Und dass das erst der Auftakt zu richtig viel Ärger für die Kanzlei ihres Vaters sein dürfte.

»Was sagen Sie zu dem flächendeckenden Steuerbetrug durch TaxEx-Modelle?«

»Wie stehen Sie dazu, dass TaxEx auf eine Idee Ihrer Kanzlei zurückgeht?«

Und: »Werden sich die *Managing Partner* von *Müller & Mahler* der Befragung durch den Untersuchungsausschuss stellen?«

Sophie kannte ihren Vater. Jede dieser Fragen war für ihn ein Stich ins Herz. Dass er ihnen in der Kanzlei nicht entgehen konnte, war eine Katastrophe, dass sie direkt vor seiner Haustür gestellt wurden, erst recht ein Debakel. Es hatte sie daher nicht gewundert, dass sie ihn in den Tagen danach kaum zu Gesicht bekommen hatte. Es war immer das Gleiche: Wenn Krisen aufkamen, stürzte sich Ernst Mahler in die Arbeit. So war es beim Tod von Sophies Bruder gewesen, so wiederholte es sich bei den schlimmsten Alkoholabstürzen ihrer Mutter. Und so war es eben auch jetzt, da seine Kanzlei heftig dafür in der Kritik stand, dass sie internationalen Banken und Investoren dabei geholfen haben sollte, dank der Lücken des deutschen Steuerrechts Milliardengewinne zu erzielen, die am Ende die Steuerzahler zu tragen hatten.

Die Öffentlichkeit verlangte nach Gerechtigkeit und Rache. Der vorherige Justizminister Rainer Hainsch hatte angesichts der Vorwürfe, er habe die Modelle erst ermöglicht, schamvoll seinen Rücktritt verkündet, seine junge Nachfolgerin, Chiara Jebsen, forderte »eine lückenlose Aufklärung«. Den Auftakt dazu machte ein Untersuchungsausschuss, der sich mit der Beratung des Ministeriums durch *Müller & Mahler* befasste. Als Erstes sollte Karl aussagen, unter den drei *Managing Partnern* der ausgewiesene Steuerexperte. Dazu würde es jetzt nicht mehr kommen.

Auch jetzt, im Besprechungsraum mit ihrem Vater und Max Bischoff, konnte Sophie bei dem Gedanken daran kaum verhindern, dass sich ihre Augen mit Tränen füllten.

Mit Petra Kühne war sie nie wirklich warm geworden. Petra war gute fünfzehn Jahre jünger als die männlichen *Managing Partner* und erst vor ein paar Jahren in den Führungszirkel aufgestiegen. Die anderen beiden, Karl und ihren Vater, meinte Sophie dagegen, in- und auswendig zu kennen. Dass und wie sie über den Ärger der TaxEx-Affäre fluchten, konnte sie sich absolut vorstellen. Dass der wortgewaltige und streitprobte Karl Müller allerdings *tatsächlich* vor einer solchen Herausforderung einknicken könnte, konnte Sophie einfach nicht glauben.

Trotzdem war es so: Karl Müller würde nicht nur nicht vor dem Ausschuss aussagen. Er würde *überhaupt* nirgendwo mehr hingehen und nirgendwo mehr sein. So unwahrscheinlich und surreal das klang, stimmte es doch: Karl Müller war tot.

Sophies Vater unterbrach ihre Gedanken. »Herr Bischoff, darf ich vorstellen, meine Tochter Sophie, eine ehrgeizige Rechtsanwältin, wenn man das auch angesichts ihrer Arbeit als Strafverteidigerin kaum meinen könnte. Wobei das ja diesmal sogar zu etwas zu gebrauchen sein könnte, nicht wahr?« Ernst Mahler hüstelte.

Der drahtige Mann in der Lederjacke wirkte, als sei ihm die Großspurigkeit ihres Vaters so unangenehm wie ihr selbst.

Dann wandte sich Ernst Mahler seiner Tochter zu, deutete auf den Mann und sagte: »Und das, Sophie, ist Herr Professor Bischoff.«

Sie nickte freundlich und hoffte, dass man ihr die Überraschung nicht allzu deutlich ansah. *Das* war also ein Professor? Ihre Zeit an der Uni lag noch nicht lange zurück. Dort hatten die Unterrichtenden allerdings eher ausgesehen, als seien sie gerade auf dem Weg zum oder vom Einbalsamieren. Mit dem sportlichen Typen neben ihrem Vater hatte das wenig bis nichts gemeinsam. Im Gegenteil, in einer Hochschule mit *solchen* Professoren hätte sich Sophie vielleicht sogar freiwillig eine Vorlesung angetan.

»Da die staatlichen Ermittler ihren Frieden damit gemacht zu haben scheinen, dass Karl freiwillig aus dem Leben geschieden ist, befasst sich Herr Professor Bischoff, ein erfahrener Kriminalist und Profiler, in unserem Auftrag damit, was da *noch* gewesen sein könnte«, erklärte Ernst Mahler. »Wir müssen uns nichts vormachen: Der Shitstorm gegen die Kanzlei hat erst begonnen.« Er räusperte sich. »Karl ist unmittelbar vor seiner Aussage im

TaxEx-Untersuchungsausschuss gestorben. Für die Medien ist das ein gefundenes Fressen. Wenn die Abwärtsspirale für die Kanzlei kein Ende findet, steht bald nicht nur das Weltraumprojekt vor dem Aus. Sondern genauso alles andere.«

Ernst Mahler wandte sich an seinen Gast. »Da es am Ende darum gehen wird, die strafrechtlichen Ermittlungen der Behörden zu widerlegen und sie dafür nun einmal eine Expertin ist, schlage ich vor, dass Sie sich eng mit meiner Tochter abstimmen, Herr Bischoff.«

Gesetzt den Fall, dass ich das Mandat annehme, dachte Sophie. Wobei sie sich hier nichts vorzumachen brauchte: Die ganze Geschichte war viel zu spannend, und sie war viel zu nah dran, als dass sie das einfach würde sein lassen können. Der schmucke Professor war nur noch die Kirsche auf der Torte.

»Ich freue mich, mit Ihnen zusammenzuarbeiten«, sagte sie daher. Was unkompliziert klang, auch wenn es das ganz bestimmt nicht war. Im Gegenteil, Pirlo würde alles andere als begeistert sein. Und zwar über nichts von dem, was hier gerade passierte.

3

MAX

Max ermahnte sich, Sophie Mahler nicht anzustarren, und versuchte, sich von ihrem Anblick abzulenken, während ihr Vater über die anstehenden Ermittlungen schwadronierte, die der Herr *Professor* Bischoff gemeinsam mit ihr durchführen sollte.

Im wahren Leben sah die Anwältin noch besser aus als auf den Fotos, die den Berichten über ihre Erfolge vor Gericht beigefügt waren.

Er ertappte sich dabei, dass er wie zufällig den Blick über ihr Gesicht huschen ließ. Die schmal geschnittene blaue Bluse, die sie trug, passte hervorragend zu ihren langen blonden Haaren. Sophie Mahler war eine Frau, die mit natürlicher Leichtigkeit schon auf den ersten Blick eine Anziehungskraft ausstrahlte, der man sich nur schwer entziehen konnte, aber dennoch ... Er war hier, um einen Fall zu übernehmen, und nicht, um über das Aussehen der Tochter seines Auftraggebers zu sinnieren. Zudem spürte Max, wie gut ihm gerade in dieser Situation die Beziehung zu Jana Brosius tat. Seine Gedanken schweiften kurz zu der jungen Polizistin ab, die erst seine Studentin gewesen war und dann – mittlerweile bei der Kripo – mit ihm gemeinsam einen Fall an der Mosel gelöst hatte, während dem sie sich näher gekommen waren. So nahe, dass Max mittlerweile glaubte, endlich angekommen zu sein.

So konnte er feststellen, dass Sophie Mahler eine attraktive Frau war, ohne auch nur einen Gedanken an einen Flirt mit ihr zu verschwenden.

Als Sophie Mahler ihm versicherte, dass sie sich freue, mit ihm zusammenzuarbeiten, beschränkte Max sich daher auf ein freundliches »Gleichfalls« und wandte sich dann an ihren Vater.

»Herr Mahler, ich bin nach einigem Nachdenken dazu bereit, den Auftrag zu Ihren Konditionen anzunehmen, möchte Sie aber bitten, mich zukünftig nicht mehr *Professor* Bischoff zu nennen. Erstens habe ich, wie Sie in unserem ersten Gespräch bereits selbst erwähnten, keine ordentliche Professur, und außerdem finde ich diese Bezeichnung recht ... affig.«

Max registrierte das Zucken von Sophie Mahlers Mundwinkeln, das er als unterdrücktes Lachen einordnete. Trotzdem ging sie nicht weiter darauf ein, sondern erhob sich schwungvoll von ihrem Stuhl: »Wann und womit wollen wir anfangen, *Herr* Bischoff?«

Max musste nicht lange überlegen: »Ich habe mich zwischenzeitlich ein wenig im Internet schlaugemacht und kann mir vorstellen, dass der Tod eines leitenden Partners kurz vor seiner Aussage vor dem Untersuchungsausschuss ziemlich *ungünstig* für die Kanzlei ist. Dass Sie jetzt unter enormem Druck stehen, ist mir ebenfalls klar. Wir sollten daher sofort loslegen: Zuerst brauche ich alle Unterlagen, die Sie mir über Herrn Müller und seine Tätigkeit für *Müller & Mahler* zur Verfügung stellen können, sowie einen schonungslos ehrlichen Bericht darüber, wessen man die Kanzlei bezüglich dieser Steuersache *genau* beschuldigt und inwieweit Herr Müller *tatsächlich* involviert war. Und bitte so, dass ein Nicht-Jurist und Nicht-Finanzbeamter das auch verstehen kann. Ich nehme an, Herr Müller hatte eine Assistenz?«

»Ja, Ilona Brügmann«, bestätigte Ernst Mahler. »Sie sitzt in dem Zimmer vor Karls Büro.«

»Gut, während Sie mir die Unterlagen zusammenstellen lassen, werde ich mich ...« Max unterbrach sich und sah zu Sophie Mahler. »Werden *wir* uns mit Frau Brügmann unterhalten, in Ordnung?«

Sophie Mahler zuckte mit den Schultern und nickte. »Absolut. Jederzeit gern.«

Als sie dicht hintereinander den Raum verließen, roch Max ihr Parfüm, das dezent, aber gleichzeitig auch aufregend war – und daher perfekt zu ihr passte. Der Tag, der unangenehm begonnen hatte, entwickelte sich allmählich durchaus positiv.

Ilona Brügmann war Mitte vierzig und hatte sich für ihre Kurzhaarfrisur einen bemerkenswerten Rotton ausgesucht, den Max irgendwo zwischen Rost und Burgunder einordnete. Ihr blasses Gesicht wirkte eingefallen.

Als Max hinter Sophie Mahler den Raum betrat, scannte Müllers Assistentin ihn innerhalb einer Sekunde von Kopf bis Fuß, bevor sie sich mit der traurigen Version eines Lächelns an die Tochter ihres verbliebenen Chefs wandte. »Wie schön, Sie zu sehen, Frau Mahler«, sagte sie, während ihre Augen feucht schimmerten. »Ich weiß, dass Sie ihn auch gemocht haben.«

Im nächsten Moment schwappten die Tränen über und hinterließen eine glänzende Spur auf ihrem Weg über die blassen Wangen.

»Das habe ich allerdings, Frau Brügmann«, bestätigte Sophie mit warmer Stimme, beugte sich ein wenig nach vorn und legte ihre Hand auf die der Frau. »Wie geht es Ihnen denn? Kommen Sie klar?«

Ilona Brügmann winkte ab, zog ein Taschentuch von irgendwo hinter dem Schreibtisch hervor und tupfte sich die Augen ab. »Ach, es ist so furchtbar. Ich möchte nicht den ganzen Tag heulen, aber ...« Mit einem Griff lag ein frisches Papiertuch in ihrer Hand, in das sie kurz schnäuzte, um es gleich wieder verschwinden zu lassen. »Ich habe so viele Jahre für ihn gearbeitet. Für mich war er mehr als nur mein Chef. Und jetzt ... jetzt bin ich allein.«

Sophie nickte verständnisvoll, richtete sich wieder auf und deutete auf Max. »Das ist Prof... *Herr* Bischoff. Er ist ein ehemaliger Kriminalbeamter und unterrichtet jetzt an der Polizeihochschule. Mein Vater hat ihn gebeten, diese schlimme Sache zu untersuchen. Wir wollen schließlich alle herausfinden, was wirklich passiert ist.«

»Was wirklich passiert ist«, wiederholte Ilona Brügmann nach einem kritischen Blick auf Max, und ihre Stimme hatte plötzlich jeden Anstrich von Weinerlichkeit verloren. »Ich kann Ihnen sagen, was *wirklich* passiert ist. Das liegt doch auf der Hand. Karl Müller hätte sich niemals selbst ... ich meine, er war überhaupt nicht der Mensch, der so etwas tun würde. Er ist *ermordet* worden. Von irgendwem, der etwas zu verbergen hat und befürchten musste, dass er die Wahrheit sagt. Das hat er nämlich zeit seines Lebens immer getan. Die Wahrheit gesagt. Er war der *Inbegriff* eines ehrbaren Anwalts.«

In den seine Sekretärin offensichtlich hoffnungslos verliebt gewesen war, dachte Max, sagte aber: »Frau Brügmann, Sie sagten eben, Ihr Chef sei nicht der Mensch gewesen, der so etwas tun würde. Welche Art Mensch war er? Können Sie ihn beschreiben?«

Sie sah ihn verständnislos an. »Das habe ich doch gerade getan.«

»Ich meinte damit Einzelheiten, Details, das, was Ihnen, wenn Sie an ihn denken, alles einfällt.«

Der Blick der Frau wanderte an Max vorbei und wurde wieder glasig. »Herr Müller hat für seine Arbeit gelebt. Menschen wie ihn gibt es heutzutage kaum noch. Es geht doch allen nur um Work-Life-Balance, darum, in irgendwelchen Yachtclubs herumzuhängen und mit ihrem Erfolg anzugeben. Er war vollkommen anders. Diese Kanzlei, das, was er hier aufgebaut hat ... das war für ihn nicht nur ein Beruf, sondern eine *Berufung*. Sogar auf eine Familie hat er verzichtet, um seine ganze Energie in die Arbeit als Rechtsanwalt stecken zu können. Keine Frau hätte ihn davon abhalten oder gar den Platz seiner großen Liebe einnehmen können: dieser Kanzlei.«

Max war ziemlich sicher, dass Ilona Brügmann das selbst schmerzlich erfahren hatte.

»Das ganze Lügengebilde, das sich da draußen aufgebaut hat, wäre in sich zusammengefallen, wenn Herr Müller in diesem Untersuchungsausschuss ausgesagt hätte. Und deshalb hat man ihn aus dem Weg geräumt, da bin ich sicher.«

»Warum?«, hakte Max nach.

Sie sah ihn angriffslustig an. Es galt schließlich, ihren Helden zu verteidigen. »Was mich so sicher macht? Das kann ich Ihnen sagen! Herr Müller sah dieser Anhörung mit einer solchen Gelassenheit entgegen, wie es niemals möglich gewesen wäre, wenn er irgendetwas zu verbergen gehabt hätte. Kurz vor seinem Tod hat er noch zu mir gesagt: *Ilona, glauben Sie mir, wenn ich aus diesem Ausschuss herauskomme, werden sich einige Menschen wünschen, ich wäre nie vorgeladen worden.* Denken Sie, so redet jemand, der Angst hat?«

»Niemand von uns geht davon aus, dass Karl etwas Schlechtes getan hat, Ilona«, sagte Sophie beschwichtigend. »Aber für Herrn Bischoff ist es wichtig zu erfahren, was für ein Mensch er war.«

Während sie darauf antwortete, musterte Ilona Brügmann Max erneut mit kritischem Blick. »Warum hat Ihr Vater dann nicht jemanden mit der Untersuchung betraut, der meinen Chef kannte? Das würde viel Zeit sparen, und außerdem wäre demjenigen klar, dass dieser Mann sich *niemals* selbst das Leben genommen hätte.«

»Wahrscheinlich aus genau diesem Grund«, erklärte Max. »Weil ich unvoreingenommen bin. Ich laufe nicht Gefahr, Dinge von vornherein auszuschließen, weil ich glaube, Herrn Müller gekannt zu haben. Wir machen zwar unsere Erfahrungen mit Menschen, mit denen wir täglich zu tun haben, aber egal, wie überzeugt wir davon sind, jemanden gut zu kennen, wir können niemals hinter seine Stirn blicken.«

Ilona Brügmann schüttelte energisch den Kopf. »Ganz egal, wie Sie es ausdrücken, und ganz egal, was Sie glauben, bei Ihrer Untersuchung herauszufinden, eines steht für mich fest: Herr Müller ist ermordet worden, und wenn die Polizei dabei bleibt, dass es Selbstmord war, dann wird sein Mörder weiter frei herumlaufen und irgendwann vielleicht wieder jemanden umbringen. Wenn Sie das nicht einsehen wollen und nicht aufklären, sind Sie daran aus meiner Sicht mindestens genauso schuld!«

»Ilona«, raunte Sophie in beschwichtigendem Ton, während das, was Müllers Mitarbeiterin gerade gesagt hatte, in Max nachhallte. »Herr Bischoff ist ein erfahrener Ermittler. Er will und er wird uns helfen. Falls er *überhaupt* auf irgendeiner Seite steht, dann auf unserer. Wenn Karl ermordet worden ist, dann wird er es auch herausfinden, aber dazu ist es nun einmal notwendig, dass wir alle ihm helfen.«

Ilona Brügmann zuckte mit den Schultern und sackte dann in sich zusammen. Sie bot einen trostlosen Anblick. »Ich kann nichts anderes sagen als das, wovon ich fest überzeugt bin.« Ihre Stimme klang leiser. Resignierter. »Irgendwer hat Herrn Müller umgebracht und es so aussehen lassen, als sei es Selbstmord gewesen. Ich denke, wenn Sie die Wahrheit herausfinden wollen, dann tun Sie gut daran, sich damit zu befassen, wer ein Interesse daran hatte, dass er nicht vor dem Ausschuss aussagt.«

»Genau so machen wir das auch«, versprach Sophie. Als sie zu Max sah, lag in ihrem Blick eine klare Aufforderung. »An dieser Stelle haben wir meiner Meinung nach aber keine Fragen mehr.«

Max stimmte ihr zu. Zumindest für den Augenblick kamen sie

hier wirklich nicht weiter. »Ich danke Ihnen, Frau Brügmann. Darf ich mich noch mal an Sie wenden, falls ich ergänzende Fragen zu Herrn Müller habe? Wenn ich das richtig sehe, gibt es kaum jemanden, der ihn so gut gekannt hat wie Sie.«

»*Niemand* hat ihn so gut gekannt wie ich. Ich habe viele, viele Jahre jeden Tag von morgens früh bis abends spät mit ihm verbracht. Das ist mehr Zeit, als die meisten mit ihren Ehepartnern zusammen sind.«

»Das ist ein gutes Stichwort, Frau Brügmann«, sagte Max. »Dann wissen Sie doch sicher, was an dem Abend seines Todes in Herrn Müllers Kalender gestanden hat?«

»Ja, aber … das war ein sehr seltsamer Termin. Im Kalender stand für 19 Uhr nur der Name *Sigmund*.«

»Sigmund? Was bedeutet das?«

Ilona Brügmann errötete und senkte den Blick. »Das weiß ich nicht.«

Max sah sie noch zwei, drei Sekunden lang an, dann sagte er: »Danke, ich habe ansonsten keine Fragen. Bis bald.«

Max wandte sich ab, und nachdem auch Sophie sich von der Assistentin verabschiedet hatte, folgte sie ihm.

»Sie hat ihn angebetet«, sagte Sophie, als sie neben Max auf den Empfangsbereich zuging.

»Sie war in ihn verliebt«, korrigierte Max. Seine Gedanken waren allerdings schon einen Schritt weiter. »Wo können wir uns kurz ungestört unterhalten?«

»Dort, wo wir eben schon waren.«

Sophie ging voran und steuerte den Konferenzraum *Buenos Aires* an.

Ernst Mahler hatte den Raum mittlerweile verlassen, was Max sehr begrüßte. Nachdem sie einander gegenüber an dem massiven Tisch Platz genommen hatten, lehnte Max sich zurück und sagte: »Klären Sie mich auf: Was *genau* ist Ihre Aufgabe in der ganzen

Sache? Mich zu überwachen und darauf zu achten, dass ich keine Dinge erfahre, die ich nicht erfahren soll?«

Max konnte das Lächeln, das daraufhin ihre Lippen umspielte, nicht einordnen. Und das gefiel ihm überhaupt nicht.

»Sie haben doch gehört, was mein Vater erklärt hat. Es geht darum, die Ermittlungsergebnisse der Strafverfolgungsbehörden zu widerlegen. Damit kenne ich mich nun einmal bestens aus.« Ihr Lächeln wurde breiter. »Abgesehen davon, schätze ich, ist das, was Sie angesprochen haben, genau das, was mein Vater sich vorstellt.«

»Und?«

»Und was?«

»Werden Sie es tun? Werden Sie der Wachhund sein, den Ihr Vater haben möchte?«

Sie legte den Kopf schief und sah ihn herausfordernd an. »Und wenn es so wäre? Würden Sie dann hinwerfen?«

Max wartete einige Sekunden, bevor er antwortete. »Nein. Ihr Vater zahlt mir eine Menge dafür, dass ich ein wenig ermittle. Wenn er im gleichen Zug dafür sorgt, dass mir hilfreiche Informationen vorenthalten werden, verpulvert er genau genommen einfach nur sein Geld. In dem Fall würde ich die Summe einstreichen und sein Spiel wahrscheinlich mitspielen, auch wenn ich den Auftrag nicht mehr ernst nehmen könnte.«

Sophie Mahler verschränkte ihre Hände auf der Tischplatte und betrachtete sie eine Weile, bevor sie Max wieder ansah. »Und wenn es anders kommt?«

»Was meinen Sie?«

»Was haben Sie vor, wenn wir herausfinden, dass es *doch* ein Mord war?«

»Dann würde ich alles tun, um den Mörder zu finden. Wenn es eines gibt, das ich auf den Tod nicht ausstehen kann, dann sind es Gewaltverbrecher, die ungestraft davonkommen.«

Für eine Weile hingen beide ihren Gedanken nach, bis Sophie Mahler das Schweigen beendete und ihm über den Tisch hinweg die Hand entgegenstreckte. »Aus meiner Sicht ist das alles, was ich wissen muss, *Max*. Ich freue mich, mit Ihnen zusammenzuarbeiten.«

»Die Freude ist ganz meinerseits«, sagte Max und nahm ihre Hand. Er mochte die Rechtsanwältin, auch wenn er noch nicht sicher war, ob er ihr wirklich vertrauen konnte.

4

PIRLO

Um kurz nach elf Uhr stand der Freispruch für Pirlos Mandanten fest. Trotzdem war Pirlo sauer. Und wie.

Auch eine Stunde später hatte sich das noch nicht geändert, trotz des zwischenzeitlich in der *Casa Palmieri* anstehenden Mittagessens und der angenehmen Gesellschaft in Person von Werner Arland. Obwohl sie sich längst nicht mehr so häufig sahen wie in den Anfangstagen von Pirlos und Sophies gemeinsamer Kanzlei, wartete sein Mentor geduldig ab, bis Pirlo einen ersten Espresso zu sich genommen hatte. Danach sah die Welt nicht nur besser aus. Es war auch an der Zeit zu bestellen. Und zu plaudern.

»Glückwunsch zum Freispruch.«

»Danke.«

»Hat sich der Mandant darüber gefreut?«

»Klar.«

»Und du dich auch?«

»Ja.«

Arland schmunzelte. »Dir ist klar, dass das Gespräch *so* nicht wirklich erfüllend ist, nicht wahr, Junge?«

Pirlo beschloss, das als rhetorische Frage zu verbuchen. Und zu ignorieren. Mit der Anrede hatte er sowieso schon lange seinen Frieden gemacht. Wenn ihn einer als *Junge* bezeichnen durfte, dann der *Alte*. Dazu kannte er seinen Doktorvater einfach schon lange genug. Höhen und Tiefen miteingeschlossen. Genau deswegen wusste er auch, dass Arland nicht mehr lange brauchen würde, um den Finger in die Wunde zu legen. Der Alte hatte nur auf den richtigen Zeitpunkt gewartet. Arland schob umständlich die Mineralwasserflasche zur Seite. Dann fixierte er Pirlo mit nun unverstelltem Blick und fragte: »Wo ist eigentlich Sophie? Wollte sie nicht mitkommen?«

Pirlo nutzte die Gelegenheit zwischenzeitlich servierter Spaghetti dazu, sich eine große Gabel davon in den Mund zu stecken. Wenigstens kurz konnte er der unangenehmen Frage damit noch ausweichen. Der unangenehmen Antwort übrigens auch. Selbst wenn ihn sein wütendes Kauen wahrscheinlich ohnehin verriet.

»Also?«

Pirlo schluckte. Hustete. Trank Wasser. Strich seine schwarzen Haare zurück hinter die Ohren. Und beschloss, dass es langsam mit seinem Geschmolle reichte. Schließlich war ja ausnahmsweise auch nicht *er* derjenige, der etwas falsch gemacht hatte.

»Ich weiß es nicht«, brummte er daher. »Ehrlich gesagt habe ich keine Ahnung, wo Sophie ist. Ich kann dir aber sagen, wo sie hätte sein *sollen*.« Er wartete Arlands Rückfrage gar nicht erst ab. »Und zwar im Gericht. Heute Morgen.«

Arland hob die Augenbrauen. »Wolltet ihr zusammen verteidigen?«

»Allerdings.« Pirlo geriet langsam in Fahrt. »Und das aus guten Gründen. Heute ging es nicht nur darum, sich gegen die Staatsanwaltschaft durchzusetzen, sondern darum, den gesamten Saal inklusive der massiv besorgten Familie des Mandanten im Griff zu behalten. Du weißt, wie anstrengend solche Fälle sein können.«

Arland nickte.

Pirlo fuhr fort: »Wir hatten unseren klassischen Aufbau gewählt. Sophie sollte bei den Rechtsfragen glänzen, die Sinnhaftigkeit eines Verfolgens abstrakter Gefährdungsdelikte bei gleichzeitigem Fehlen konkreter Gefahren beleuchten und so weiter. Mein Teil war die Gesamtschau fürs Herz.«

»Und?«

»Sie war nicht da. Sophie war einfach nicht da. Und nicht nur das: Sie hat mir noch nicht einmal eine Nachricht dazu geschrieben, dass oder warum sie nicht auftaucht.«

»Aber du hast trotzdem gewonnen?«

»Natürlich! Was denn sonst?« Pirlo verstaute einmal mehr seine im Zorn nach vorne gefallenen Haare hinter den Ohren. »Aber darum geht es hier doch nicht!«

»Allerhand.«

»Genau.«

Pirlo ahnte, dass Arland damit rang, ein Lachen zu unterdrücken. Was das mit seiner Wut nicht besser machte. Wirklich nicht. Dasselbe galt für Arlands nächste Frage: »Wie oft hast *du* eigentlich *sie* im letzten Jahr irgendwo sitzenlassen? Im Gericht oder außerhalb?«

Pirlo drehte genervt an einer Strähne. »Darum geht es hier doch gar nicht.«

»Sondern?«

»Um mich«, grummelte Pirlo. »Ums Prinzip. Ach, lass mich einfach.«

Arland lachte. Pirlo verzog den Mund. Er ahnte, dass er hier keine gute Figur abgab. Und dass es langsam *tatsächlich* mal an der Zeit war, das hier loszulassen.

Dankbarerweise baute Arland genau dafür eine Brücke. »Kann es sein, dass dich etwas ganz anderes stört?«, fragte er in ruhigem Ton.

»Was meinst du?«

Sein alter Mentor beugte sich vor und fing Pirlos Blick ein.

39

»Kann es sein, dass du damit zu ringen hast, wie ihr beiden, Sophie und du, in der Öffentlichkeit wahrgenommen werdet?«

Pirlos Strähnendrehgeschwindigkeit nahm deutlich zu. Es fiel ihm selbst auf. Trotzdem konnte er das nicht unwidersprochen lassen. Natürlich nicht. »Unsinn!«

Arland nickte zwar, legte dann aber trotzdem nach. »Sophie ist Anfang dreißig. Dass zwischen euch gute zehn Jahre liegen, steht nicht nur im Ausweis. Man kann das auch sehen.« Arland hob die Hand, um Pirlos erwartbare Empörung abzufedern. »Ihren Job beherrscht sie ebenfalls hervorragend. Klar hat sie noch nicht deine Hauptverhandlungshärte und kennt auch nicht alle deine Kniffe. Was sie allerdings sehr schnell gelernt hat, ist das Spiel mit den Gerichten und den Medien. Wenn du mich fragst, kann sie das mittlerweile fast so gut wie du selbst.« Pirlo sah, wie Arland Anlauf nahm. Was jetzt kam, würde nicht schön sein. Und war es dann auch nicht. »Allerdings polarisiert sie nicht so sehr wie du. Im Gegenteil, sie kommt in der öffentlichen Meinung regelmäßig besser weg.«

»Na und?«

Arland hob die Hände. »Ich wollte nur mal nachfragen.« Er tupfte sich mit der Serviette den Mund ab. »Aber wenn das für dich alles in Ordnung ist, freue ich mich ja.«

Woraufhin Pirlo tief Luft holte. *Wirklich* tief. Und wild entschlossen. Immerhin stand die große Gegenrede an. Das Plädoyer in eigener Sache. Das dann allerdings doch nicht kam.

»Ja?«, fragte Arland mit hochgezogenen Brauen.

»Nichts.« Was natürlich weder stimmte, noch so stehenbleiben konnte. »Außer, dass ich das anders sehe. Ich finde es gut, dass sich Sophie emanzipiert.«

»Absolut.«

»Dass sie ihren eigenen Stil entwickelt.«

»Hervorragend.«

»Ihre Flügel ausbreitet.«

»Toll.«

»Außerdem arbeiten wir selbstverständlich trotzdem im Team zusammen. Ich leite es an. Sophie lernt und folgt. Das würde sie dir mit Sicherheit auch selbst bestätigen.«

»Ich frage sie, wenn ich sie das nächste Mal sehe.«

Pirlo verdrehte die Augen. »Können wir das langsam mal lassen?«

Arland grinste. »Ich dachte schon, du fragst nicht mehr.« Er lehnte sich zurück und winkte dem Kellner. »Kaffee?«

»Immer.« Pirlo war froh, dass sie das Befragescharmützel hinter sich ließen. Arlands Analyse war treffsicher genug ausgefallen. Pirlos Fragezeichen rund um Sophie hatten dadurch sogar noch zugenommen. Wobei eines davon die anderen aktuell deutlich in den Schatten stellte. Dass Sophie nicht im Gericht aufgetaucht war, passte nicht zu ihr. Dass sie ihn über ihr Ausbleiben noch nicht einmal informiert hatte, erst recht nicht. Wo um alles in der Welt steckte sie also?

Als Pirlo sie eine Stunde später auch nicht in der Kanzlei antraf und sie immer noch nicht telefonisch erreichte, war seine Wut echter Sorge gewichen. Es war halb vier. Sophie war zwischenzeitlich seit mehreren Stunden abgetaucht. Pirlo konnte sich nicht erinnern, dass das in den letzten beiden Jahren *überhaupt* mal vorgekommen war. Irgendetwas war also passiert. Dass es nichts Gutes sein würde, war leider absehbar. Aber was war es dann?

Als es an der Tür klingelte, flammte bei ihm immerhin kurzzeitig Hoffnung auf. Die jedoch von jetzt auf gleich pulverisiert wurde, als Ahmid anstelle von Sophie eintrat. Sophie kannte ihn als Clan-Gangster, Verehrer und Mandanten. Pirlo kannte ihn als seinen großen Bruder. Beides war kompliziert.

Wenigstens schien Ahmid entschlossen, sich nicht mit unnötigen Herzlichkeiten aufzuhalten. »Wo ist meine *habiba*?«

»Wer?«

Ahmid grinste. »Du weißt schon, Bruder, Sophie, deine blonde Kollegin, der vom Himmel gefallene Engel, Mann!«

Pirlo verdrehte die Augen. »Nicht hier.«

»Warum nicht?«

Was als Frage so berechtigt wie schmerzvoll war. »Ich glaube, sie wollte in eine Shishabar am Hauptbahnhof, um sich einen heißen Amateur-Gangster für ein wildes Wochenende zu suchen. Am besten einen mit zu vielen Muskeln, Undercut, fehlender Geduld, Vorstrafen und so.«

»Verarsch mich nicht.« Ahmid kam näher. »Wo ist sie?«

Pirlo seufzte. »Noch einmal: nicht hier. Worüber ich wahrscheinlich ähnlich glücklich bin wie du.«

Woraufhin Pirlo das Wagnis einging, Ahmid den Rücken zuzukehren und in Richtung seines Büros zu gehen. Er ahnte zwar, dass sein Bruder damit rang, ihm noch einen Spruch zu drücken. Oder eine zu pfeffern. Dann aber hörte Pirlo nur noch die Tür der Kanzlei schlagen. Ahmid war wieder aufgebrochen. Womöglich ja doch in Richtung Hauptbahnhof.

Umso überraschter war Pirlo, als es ein paar Minuten später erneut klingelte. Das galt sogar noch mehr, als draußen nicht erneut Ahmid stand. Sondern diesmal tatsächlich Sophie.

»Entschuldige, ich habe den Schlüssel vergessen«, murmelte sie, während sie sich an Pirlo vorbei in die Kanzlei schob.

»Ist das alles?«, fragte er hinter ihr her. »Oder meinst du vielleicht, den Schlüssel *und* unseren Termin von heute Morgen?« Da Sophie darauf nicht einging, folgte Pirlo ihr zu ihrem Büro, wo sie eilig etwas in den Computer tippte. Während er sich an den Türrahmen lehnte und sie beobachtete, fiel ihm auf, wie chic sie angezogen war. »Sag mal, wo warst du eigentlich?«

Sie antwortete über die Schulter, während ihre Finger weiter über die Tastatur rasten. »In der Kanzlei meines Vaters.«

»Wieso?«

Sie seufzte, blieb aber bei ihrem Rhythmus. »Karl Müller ist tot.«

»Ich weiß. Das habe ich gelesen.« Pirlo merkte, dass seine Stimme weicher wurde. Müller war Sophies Patenonkel gewesen. Und wenn sie etwas traf, traf es auch ihn. Selbst wenn Pirlo das nicht unbedingt zugeben wollte.

»Jedenfalls ist mein Vater sehr beunruhigt«, fuhr Sophie fort. »Und zwar auf eine Art, wie ich es noch nie erlebt habe.« Sie zögerte kurz. »Offen gestanden, hat mich das ziemlich überrumpelt. Es tut mir leid, dass ich dich im Gericht im Stich gelassen habe. Selbst wenn klar war, dass du das auch allein hinbekommst, war das keine Meisterleistung. Ich hätte dir zumindest kurz eine Nachricht schicken können. Einfach sitzengelassen zu werden, ist nicht sehr angenehm.« Sie lächelte. »Aber wem sage ich das?« Pirlo kam erst gar nicht zu einer Antwort. »Wie auch immer«, ging es direkt weiter, »mein Vater hat beschlossen, eine eigene Untersuchung zu den Umständen von Karls Tod zu veranlassen. Ich soll das anwaltlich begleiten.« Dann fiel ihr offensichtlich auf, was sie gesagt hatte. Das Tippen stoppte, und sie drehte sich zu Pirlo um. »Ich meine, *wir* sollen das.«

»Wir?«

»Na, diese Kanzlei hier. Unsere. Du und ich.«

»Hat dein Vater das auch so gesagt?«

»Nein.«

Alles andere wäre eine große Überraschung gewesen. Ernst Mahler war kein Pirlo-Fan. Um das mal sehr vorsichtig zu formulieren.

»Trotzdem verstehe ich es so, dass wir als Team mandatiert sind, auch wenn es wahrscheinlich ausreicht, wenn die Zeugenbefragungen nur durch Max und mich stattfinden.«

»Aha«, murmelte Pirlo. Dann erst zogen seine Gedanken nach. »Und wer ist Max?«

»Ein junger Professor von der Polizeihochschule, den mein Vater für die Aufklärung des Sachverhalts engagiert hat. Der volle Name ist Max Bischoff. Er ist spezialisiert auf Mordermittlungen.«

»Mord?«

Sophie nickte, tippte aber bereits weiter. »Schon vergessen: Karl ist tot. Wer weiß, was da wirklich dahintersteckt.«

Pirlo beließ es bei einem Nicken, da Sophies Finger zum Halten gekommen waren. Kurz darauf surrte der Drucker.

»Gehst du mal zur Seite?«, fragte sie.

»Klar«, antwortete Pirlo mechanisch. Irgendwie ging ihm das hier ein bisschen zu schnell. »Was druckst du denn?«

»Ein Akteneinsichtsgesuch für das Ermittlungsverfahren zu Karls Tod. Ich bringe das schnell selbst bei der Staatsanwaltschaft vorbei. Es ist ja nicht weit.«

»Immerhin hast du diesmal die Güte, mich darauf aufmerksam zu machen.«

Sophie hielt in ihrer Bewegung inne. »Worauf willst du hinaus?«

»Dass du gleich wieder weg bist.«

»Das stimmt.«

»Worüber ich wahrscheinlich weniger klagen sollte, als mich darüber zu freuen, dass du *überhaupt* mal da bist«.

Woraufhin Sophie die Augen verdrehte. »Was soll das, Pirlo?«

»Die Frage ist doch eher: Was soll es, wenn du einfach nicht im Gericht auftauchst?«

Sophie schien kurz zu überlegen und sich dann für ein Augenzwinkern zu entscheiden. »Wieso? Wir haben doch gewonnen.« Und schon war sie weg.

Pirlo blieb in der leeren Kanzlei zurück und kratzte sich am Bart. Diese Art von Sprüchen war nicht gerade angenehm. Dasselbe galt für diese Art von Umgang. Erst recht, wenn *er* mal derjenige war, der das alles einzustecken hatte.

44

Wobei sich die unschönen Entwicklungen leider noch nicht einmal darauf beschränkten. Augenscheinlich vertraten sie jetzt die Kanzlei von Sophies Vater. Das für sich war schon keine reine Freude. Dazu tauchte allerdings auch noch ein »junger Professor« auf. Was nicht gut klang. Ganz und gar nicht sogar.

II

Wie viele Stunden irre ich eigentlich schon durch die Nacht? Ich habe den Überblick verloren. Es spielt allerdings auch keine Rolle. Die Stadt schläft, mehr noch, die ganze Welt. Alle sind sie irgendwo in ihren Häusern, ihren Schlafzimmern, ihren Betten, ruhen, fühlen sich sicher und dämmern mit verschlossenen Augen dahin. Nur einer ist wach. Nur einer hat die Augen offen. Nur einer kann sehen.

Und trotzdem finde ich keinen Frieden. Trotzdem kann ich laufen, so viel ich will, und komme nicht an.

Ich weiß nicht, was ich von dem, was ich getan habe, erwartet habe. Was genau passieren sollte. Nur eines weiß ich mit Sicherheit: Ganz bestimmt sollte nicht nichts *passieren.*

Müllers Tod war ein Tropfen auf den heißen Stein. Eine Freude, klar. Ein Rausch. Nützlich vielleicht auch. Wahrscheinlich sogar. Aber keine Erfüllung. Kein Glück.

Ich laufe weiter. Immer weiter. Meine Füße spüren nichts. Ich spüre nichts. Außer, dass das alles noch nicht vorbei ist. Nicht für mich. Und nicht für sie.

Im Gegenteil: Es fängt gerade erst an.

5

MAX

Mittwoch, 16. 10., 17 Uhr

»Hallo Ex-Kollege«, begrüßte Böhmer Max, als dieser sein Büro
im Kriminalkommissariat 11 der Düsseldorfer Polizei betrat. »Wie
war es in der Welt der Schönen und Reichen und der ganz schön
Reichen? Was wollten sie von dir?«

Max zog den einzigen Besucherstuhl des kleinen Büros zu sich
heran, setzte sich und sah sich um. »Ich stelle immer wieder verwundert fest, in was für einen winzigen Kaninchenbau sie dich
nach meinem Ausscheiden gesteckt haben.«

»Ja, die Sparmaßnahmen ... aber lenk nicht ab. Erzähl schon,
wie war es, und vor allem, was wollte Mahler von dir?«

»Es geht um den angeblichen Selbstmord eines leitenden Anwalts der Kanzlei. Karl Müller. Man hat ihn auf einem Parkplatz in
seinem Auto gefunden. Laufender Motor, Schlauch durchs Fenster ...«

»Ja, ich weiß, ich bin mit dem Fall betraut und leite die Ermittlungen.«

»Das habe ich mir fast schon gedacht. Warum hast du nichts
davon gesagt, als ich dir von Mahlers Wunsch erzählt habe, mich
zu treffen?«

»Weil ich wollte, dass du unvoreingenommen in das Gespräch
gehst. Ich habe auf deine Menschenkenntnis vertraut. Also, was
genau wollten sie in dieser Sache von dir?«

»Sie haben Zweifel an eurer Suizid-Theorie und wollen meine Meinung dazu hören.«

Böhmer schüttelte den Kopf. »Ich verstehe dieses Theater nicht. Den Anwälten aus Mahlers Kanzlei habe ich schon zigmal gesagt, dass bisher nichts auf eine Fremdeinwirkung hindeutet.«

Max nahm das nach außen ungerührt hin und berichtete von seinem zweiten Gespräch mit Mahler und dessen Tochter.

Er war mit der Mimik seines ehemaligen Partners vertraut und sah daher, dass das, was er erzählte, Böhmer ganz und gar nicht gefiel. Als er schließlich fertig war und Böhmer die Möglichkeit gehabt hätte, etwas dazu zu sagen, sah er Max nur mit ernster Miene schweigend an und strich sich ein paarmal über den gestutzten Vollbart.

»Was?«, fragte Max schließlich, als die Stille unangenehm wurde.

»Wie – was?«, blaffte Böhmer missgelaunt. »Ich habe fest damit gerechnet, dass du diesem geschniegelten Fuzzi sagst, er soll sich sein Geld sonst wohin stecken. Aber du lässt dich von ihm engagieren. Willst du wirklich von mir hören, was ich davon halte? Also gut: Das ist Bullshit!«

Max hob beide Hände. »Ja, ich weiß, was du mir jetzt sagen wirst. Dass das ein klarer Suizid ist und dass ich gar nicht erst anzufangen brauche, weil du und deine Kollegen ...«

Böhmer beugte sich nach vorn und stützte die Ellbogen auf der Tischplatte ab. »Was ich dir sagen will, das habe ich gesagt, Max. Das ist Bullshit! Möchtest du, dass ich Bullshit für dich definiere? Gern. Bullshit ist, dass es diese feinen Herrschaften allesamt gewohnt sind, durch juristische Winkelzüge und Tricksereien alles zu bekommen, was sie wollen. Anwälte und Anwältinnen, denen es nicht passt, dass einer von ihnen vor einen Untersuchungsausschuss geladen wurde, wo er unter Eid vielleicht etwas ausgesagt hätte, was ihnen so gar nicht in den Kram gepasst hätte, und die ihn deshalb so lange und so massiv unter Druck gesetzt haben, bis er keinen anderen Ausweg mehr wusste, als sich das Leben zu nehmen. *Das*, lieber Max, ist der *Bullshit*, mit dem wir es hier zu tun haben!«

Böhmer hatte sich in Rage geredet, was ihm in diesem Moment offenbar bewusst wurde. Er stieß ein zischendes Geräusch aus und lehnte sich in seinem Stuhl zurück. Deutlich leiser fuhr er fort: »Und ausgerechnet von denen lässt du dich kaufen. Von Leuten, die es gewohnt sind, mit Geld alles zu ihren Gunsten drehen zu können. Das ist es, was mich am meisten wurmt. Dass ausgerechnet du da mitspielst.«

Max zuckte mit den Schultern. »Es stimmt, ich lasse mich für meine Arbeit bezahlen. Wie du auch. Ich halte es mittlerweile aber für legitim, an der Selbstmordtheorie zu zweifeln. Glaub mir, ich will herausfinden, was wirklich dahintersteckt. Und genau da hinkt deine Argumentation, Horst. Ich werde das, was immer ich herausfinde, *natürlich* auch an dich weitergeben. Das Ergebnis meiner Ermittlungen wird also definitiv nicht von meinem Auftraggeber beeinflussbar sein, denn das wäre es, wenn ich mich wirklich hätte kaufen lassen.«

Böhmer sah ihn mit unveränderter Miene an. »Ich gehe davon aus, du beginnst intern in der Kanzlei. Bist du dabei allein?«

»Nein, Mahler hat mir seine Tochter zur Seite gestellt.«

Böhmers Mund verzog sich zu einem humorlosen Grinsen. »Sophie Mahler. Du erwähntest ja, dass sie – oh Wunder – bei deinem zweiten Gespräch mit Mahler dabei war. Ich habe im Internet nachgesehen, und ich kann mir anhand der Fotos gut vorstellen, wie sie auf Männer wirkt. Das passt.«

»Ach, jetzt hör aber mal auf. Unterstellst du mir auch noch, ich würde mich von einer schönen Frau blenden lassen und meine Objektivität verlieren? Hast du vergessen, dass ich mit Jana zusammen bin und was sie mir bedeutet?«

»Ich wiederhole: Ich habe Sophie Mahler gesehen.«

»Dann schließt du gerade von dir auf mich. Im Übrigen, eine Frage.« Max zögerte einen kurzen Moment und überlegte, ob er wirklich weiterreden sollte, entschied sich aber dafür, weil er sich von Böhmer unfair behandelt fühlte und fand, sein Ex-Partner hatte es verdient, dass er ihm eine kleine Breitseite verpasste. »Kann es sein, dass deine überraschend klare Sichtweise zu Müllers Tod etwas mit der neuen Justizministerin Chiara Jebsen zu tun hat?«

»Was? Wie kommst du jetzt auf sie?« Plötzlich wirkte Böhmer nicht mehr ganz so sicher wie zuvor, was Max zeigte, dass er wahrscheinlich nicht falsch lag. »Was hat *sie* denn damit zu tun?«

»Um es mit deinen Worten zu sagen: Ich habe Fotos von ihr im Internet gesehen.«

»Bist du jetzt völlig verrückt geworden?«

»Ich erinnere mich an unser letztes Gespräch vor ein paar Tagen. Da ging es um die Jebsen, und du konntest nicht aufhören, von ihr zu schwärmen. Wie attraktiv du sie findest und dass sie dein Bild von Politikerinnen verändert hat, weil sie angeblich klug *und* gutaussehend ist.«

»Ach, komm ...«

»Moment, ich bin noch nicht fertig«, unterbrach Max Böhmer, dessen offene Kritik ihn mehr schmerzte, als er es für möglich gehalten hätte. Max hatte schon häufig Meinungsverschiedenheiten mit seinem Ex-Partner gehabt, während seiner aktiven Zeit als Kriminalbeamter und auch danach, aber er konnte sich nicht erinnern, dass Böhmer ihn je *so* massiv angegangen war. Dass er das jetzt tat, verstörte ihn.

»Du wirst als Beamter vom Staat bezahlt. Da könnte ich dir ebenso vorwerfen, dass du dich von der Politik kaufen lässt, um in deren Sinne zu agieren. Darf ich dich vielleicht daran erinnern, dass auch der ehemalige Justizminister verdächtigt wird, mit diesen seltsamen Steuertricksereien in Verbindung zu stehen und sogar munter mitgemischt zu haben?«

Erneut sahen sie sich eine Weile an, dann nickte Böhmer. »Okay. Davon abgesehen, dass das, was du gerade über Chiara Jebsen gesagt hast, natürlich völliger Schwachsinn ist, sollten wir wirklich damit aufhören.« Er seufzte. »Glaub mir, ich habe auf diesen Fall überhaupt keine Lust mehr, und auch wenn das hart klingt, ich hoffe tatsächlich, dass die deutlichen Hinweise auf Suizid als Todesursache bei Müller sich noch weiter verfestigen und ich das alles schleunigst abschließen kann. Es sind nicht nur diese narzisstischen Anwälte, die mir gehörig auf den Senkel gehen. Wie du es schon selbst erwähnt hast, hängt die Politik mit drin, und wenn das der Fall ist, bedeutet das für den leitenden Ermittler immer, dass er über ein Minenfeld läuft, bei dem jeder Schritt, den er unternimmt, eine Explosion auslösen kann, die ihn den Kopf kosten kann.«

»Ich weiß«, stimmte Max ihm schon wieder etwas besänftigt zu. »Vielleicht kann ich dir ja dabei helfen, sicher da durchzukommen.«

»Das halte ich in diesem Fall für ziemlich ausgeschlossen, denn eines ist klar ...«

»Herr Bischoff! Haben Sie sich etwa verlaufen?«

Max musste sich nicht umdrehen, um zu wissen, zu wem diese Stimme gehörte, und er wünschte in dieser Sekunde, er würde irgendwo anders sitzen, egal wo, nur nicht im gleichen Raum mit Eslem Keskin.

Sie blieb neben Max stehen und musterte ihn. »Und Ihren Anzug haben Sie auch abgelegt, um sich unter das gemeine Volk zu mischen?«

»Clown gefrühstückt?«, fragte Max bewusst gelangweilt, ohne Anstalten zu machen, sich zu erheben. Das Verhältnis zwischen ihm und der – Gott sei Dank bald ehemaligen – Leiterin des Kriminalkommissariats 11 konnte man bestenfalls als Hassliebe bezeichnen, wobei der erste Teil des Wortes deutlich mehr Gewicht hatte.

»Was wollen Sie hier, Bischoff?«

»Ich besuche einen Freund und unterhalte mich mit ihm, *Frau Keskin*.« Max hasste es, wenn man ihn nur beim Nachnamen nannte. Er hatte kein Problem damit, beim Vornamen genannt zu werden, aber nur der Nachname ohne Anrede war aus seiner Sicht ein Zeichen von Geringschätzung.

»Möchten Sie ein wenig das feindliche Lager auskundschaften?«

»Bis vor ein paar Sekunden war von Feindseligkeit noch nichts zu spüren. Wie schon gesagt, ich besuche einen Freund.«

Keskin verschränkte die Arme vor der Brust. Ihr süffisantes Grinsen ließ Max ahnen, dass sie nicht daran dachte, schon mit den Sticheleien aufzuhören, sondern noch ein Ass im Ärmel hatte. »Nun, ich kam gerade draußen auf dem Flur vorbei und konnte es nicht vermeiden, Ihre Unterhaltung mitanzuhören.«

»Wollten Sie Ihr Büro ausräumen?«, fiel Max ihr ins Wort.

»Jedenfalls« – Keskin überging die Spitze – »hat sich das nicht sehr freundschaftlich angehört.«

»Das könnte damit zusammenhängen, dass Sie Freundschaft nicht erkennen würden, wenn sie Sie anspringt, weil Ihnen schlicht die Erfahrung damit fehlt.«

Max sah, wie es in Keskins Gesicht arbeitete, während sie krampfhaft nach einer schlagfertigen Entgegnung suchte. Sie schien keine zu finden, weshalb sie sich an Böhmer wandte.

»Ich dulde nicht, dass Sie Herrn Bischoff irgendwelche Erkenntnisse zu dem Fall weitergeben. Wir stecken noch in den Anfängen der Ermittlung und werden schon aus taktischen Gründen keinerlei Informationen teilen.«

Böhmer sah Max an. »Das tue ich nicht. Herr Bischoff hat entschieden, sich von dieser Großkanzlei als Ermittler engagieren zu lassen. Er steht also quasi auf der Gegenseite. Es gibt somit keine Möglichkeit für mich, mit ihm noch *irgendetwas* zu besprechen, das den Fall betrifft.«

Mit einem triumphalen Blick auf Max sagte Keskin: »Genau *so* erwarte ich das von meinem leitenden Beamten. Ich wünsche Ihnen noch einen schönen Tag, Herr Bischoff, und bitte grüßen Sie Herrn Mahler nicht von mir.«

Abgang Keskin.

Max wartete ein paar Sekunden, bis er sicher sein konnte, dass sie außer Hörweite war, bevor er grinsend zu Böhmer hinübersah. »Das hat sehr überzeugend geklungen. An dir ist ein Schauspieler verloren gegangen. Fast hätte selbst ich dir geglaubt.«

Böhmers Miene blieb ernst. »Das meiste von dem, was ich gesagt habe, stimmt tatsächlich.

»Wie jetzt, du siehst mich tatsächlich als ... als *Gegner* an? Das kann doch nicht dein Ernst sein.«

»Natürlich nicht. Das war der Teil, um Keskin zu beruhigen. Aber in der Geschichte steckt eine Menge Brisanz und Sprengstoff. Du kannst dir nicht vorstellen, was hier los ist. Der Polizeipräsident gehört noch zu den eher unwichtigen Leuten, die in diesem Fall direkt unterrichtet und auf dem neuesten Stand gehalten werden wollen. Ich gebe dir als dein Freund den Rat, aus der Sache auszusteigen.«

Max war so fassungslos, dass er einen Moment brauchte, bevor er etwas erwidern konnte. »Horst, sag mal ... drohst du mir?«

Böhmer schüttelte den Kopf. »Quatsch. Das würde ich niemals tun. Wir sind Freunde. Aber gerade *weil* wir das sind, rate ich dir, die Finger von diesem Fall zu lassen.«

Max ließ Böhmers Worte noch eine Weile sacken, bevor er sich erhob. »Danke für die *freundschaftliche* Empfehlung, Horst.«

Max dachte darüber danach, ob es damit gut sein lassen sollte, konnte sich aber nicht dazu durchringen. Böhmers Verhalten ärgerte ihn zu sehr. »Ich denke darüber nach, das versichere ich dir. Immerhin kommt der Rat ja von einem *Freund*.«

Damit wandte er sich ab und verließ Böhmers Büro.

Auf dem Weg zum Aufzug fühlten sich seine Schritte ein wenig unsicher an. Auch die Energie, die er normalerweise in sich spürte, schien im Moment eher auf Sparflamme zu kochen. Woher das kam, lag auf der Hand. Horst Böhmer war für Max immer eine sichere Bank gewesen, egal, was auch passierte. Wenn Max in der Vergangenheit etwas getan hatte, das Böhmer missfiel, dann hatte der geschimpft und getobt, ihm am Ende aber stets geholfen. Das war nun offenbar zum ersten Mal anders.

Max stieg in den Aufzug, und während er auf dem Weg nach unten war, dachte er darüber nach, ob Horst recht hatte. Vielleicht sollte er wirklich auf seinen Rat hören und sich von dem Fall zurückziehen?

Nein, das würde er unter keinen Umständen tun. Nicht, solange vielleicht ein Mörder frei herumlief.

6

SOPHIE

Donnerstag, 17. 10., 13 Uhr

»Erzählen Sie mir mehr darüber«, sagte Max Bischoff, nicht zum ersten Mal. So, wie das hier lief, sprach viel dafür, dass es im Rahmen des Mittagstermins im *Café Bretagne* am Carlsplatz bei weitem auch nicht das letzte Mal sein würde. Sophie musste sich anstrengen, ein Schmunzeln zu unterdrücken, wegen der Art, mit der Max das sagte: freundlich-bestimmt, gleichzeitig aber auch nüchtern-konzentriert. Genau so also, wie es von einem erfahrenen Ermittler zu erwarten war. Auch wenn Sophie Max erst seit einem Tag kannte, gefiel ihr schon jetzt seine Professionalität. Ihm schien es egal zu sein, wem er zu Leibe rückte – ob ihrem Vater oder, wie jetzt, drei jungen Anwälten von *Müller & Mahler.* Auch sie schienen von Max beeindruckt zu sein. Mindestens zwei von ihnen wirkten jedenfalls extrem bemüht. Extrem mitteilsam. Und extrem nervös.

Schon seit einer Viertelstunde rätselte Sophie, ob Max klar war, dass er mit seinen Aufforderungen, einfach nur »mehr darüber zu erzählen«, die ziellosen Wortkaskaden der drei immer weiter befeuerte. Eine bestimmte Richtung zeichnete sich dabei allerdings noch nicht ab. Eine bestimmte Erkenntnis ebenfalls nicht.

Sophie sah Max jetzt schon eine ganze Weile zu. Schlau war sie aus ihm aber noch nicht geworden. Womöglich war er genau der gradlinige Typ, als der er sich gab. Jemand, der nach mehr fragte, weil er mehr wissen wollte. Vielleicht war das ja wirklich so. Nach einem Jahr in Pirlos Gesellschaft schien es Sophie allerdings zweifelhaft, dass es einen derart unkomplizierten Mann wirklich geben könnte. Wobei damit das, was sie beschäftigte, vielleicht gar nicht so viel mit Max zu tun hatte. Oder mit Pirlo. Sondern vielleicht vor allem mit ihr selbst. Ach, es war schwierig.

Um sich abzulenken, konzentrierte sie sich wieder auf die wortreichen Erklärungen der drei *Associates* aus dem Team von Karl Müller. Sophie linste auf ihren Notizblock. Vor ihr saßen Eva Dahmen, die seit einem Jahr mit Müller zusammengearbeitet hatte, Tristan Hackenberg, der zwei Jahre in Müllers Team gewesen war, und Leon Jensen, ebenfalls knapp zwei Jahre Müllers Zuarbeiter. Der Redeanteil lag vor allem bei den ersten beiden. Dahmen und Hackenberg übertrafen sich gegenseitig in Erinnerungen an und Lobpreisungen für ihren verstorbenen Chef.

Gerade war einmal mehr Dahmen dran. »Ich hätte mir keinen besseren Mentor vorstellen können«, flüsterte sie mit trauerweicher Stimme. »*Wirklich* nicht! Herr Dr. Müller war so wahnsinnig *engagiert*, dabei aber auch unheimlich geduldig und trotzdem *genau*.«

»Das wollte ich auch gerade sagen!«, fiel ihr Hackenberg ins Wort. »Es war unglaublich, wie Herr Dr. Müller sich immer wieder persönlich einbrachte, wie er sich darum kümmerte, ob es uns *Associates* an etwas fehlte, ob wir zurechtkamen und uns gut entfalten konnten. Sie müssen sich das einmal vorstellen, Frau Mahler und Herr Professor Bischoff, wir kamen ja alle direkt aus dem Referendariat zu *Müller & Mahler*, nach Jahren der theoretischen Ausbildung, gerade erst Ende zwanzig und noch ohne wirkliche Ahnung davon, wie dieser Beruf, den wir ewig lange gelernt hatten, *richtig* funktioniert. Als wir dann aus unserem akademischen Elfenbeinturm herausgestolpert sind, war es ein großes Privileg, dass uns ein so erfahrener und erfolgreicher Anwalt wie Herr Dr. Müller unter seine Fittiche genommen und uns alles gezeigt hat! Selbst bei Gesprächen mit absoluten Topmandanten waren wir dabei. Einmal habe ich sogar *persönlich* eine Transaktion von Fynn Wabnitz begleitet. Das ist dann natürlich schon die Beratungs-Champions-League!«

Max zog die Augenbrauen hoch. Dahmen nickte heftig. Nur Jensen schien nicht restlos begeistert. Sophie beobachtete, wie er, die Gabel in der rechten Hand, gedankenverloren in seinem *Loup de Mer* herumstocherte. Sie sah genauer hin. Der Zeigefinger der linken Hand zitterte. Kein Zweifel: Jensen stand unter Strom. Hier schwelte etwas unter der Oberfläche. Was an den Fragen liegen konnte. Oder an den Antworten.

Sophie beschloss, einen kleinen Brandbeschleuniger in den Raum zu werfen. »Würden Sie also sagen, dass Herr Dr. Müller für Sie nicht nur ein Arbeitgeber war, sondern sogar ein persönliches Vorbild?«

»Auf jeden Fall!«, platzte es reflexartig aus Dahmen heraus.

»Unbedingt!«, kam es genauso schnell von Hackenberg.

Womit es Jensen endgültig zu reichen schien. Mit einem Knall landete die Gabel in der Tischmitte, unglücklicherweise begleitet von den Resten seines Mittagessens. Alle Blicke jagten zu ihm. Für einen Moment passierte nichts. Jensen atmete zwar heftig, der Vulkan blieb aber noch unter Kontrolle.

Dann war es Dahmen, die den Ausbruch herbeiführte. Wenn auch womöglich, ohne das zu wollen. »Was hast du denn, Leon?«, fragte sie mit derselben sanften Stimme, die bereits das ganze Mittagsgespräch eingelullt hatte.

Und die für Jensen zu viel war. Definitiv. Sein Blick raste von links nach rechts, von Dahmen zu Hackenberg. Dann explodierte er. Endlich. »Was erzählt ihr hier eigentlich für eine unfassbare Scheiße?«

Sophie nahm mit gemischten Gefühlen zur Kenntnis, dass die Gäste an den anderen Tischen pikiert zu ihnen herübersahen. Einerseits war es gut, dass sie hier vorankamen. Andererseits fühlte sie sich unangenehm berührt. Sie war eben doch auch die Tochter ihres Vaters. Dann wandte sie sich, genau wie Max, dem brodelnden Jensen zu. »Was meinen Sie damit?«

Jensen starrte sie einen Moment einfach nur an. Sie ahnte, dass hinter seiner Stirn ein Sturm tobte. Der junge Anwalt rang erkennbar mit sich, ob er hier die Maske fallen lassen konnte. Ob er das überhaupt *durfte*. Dann gab er sich einen Ruck. Und los ging die wilde Fahrt.

»Karl Müller war ein narzisstisches Arschloch!« Sophie nahm wahr, dass Hackenberg nach vorn preschen wollte, um Jensen zu stoppen. Sie musste allerdings nicht eingreifen. Jensen bedachte seinen Kollegen mit einem Blick, der klarmachte, dass *er* jetzt reden würde. Und zwar *nur* er. Zur Sicherheit wandte er sich auch noch Dahmen zu. »Ich rede jetzt, Eva! Und ich sage, wie es wirklich war. Euer Gesülze könnt ihr dann gern nachher wieder auspacken.«

Sein Blick ging zu Sophie und Max. Trotzdem sprach er weiter zu seinen Kollegen, als seien die beiden nicht da. »Was denkt ihr denn, was ihr hier macht? Diese internen Ermittler sind doch nicht bescheuert. Himmel, die Frau ist die Tochter von Ernst Mahler! Der Mann lehrt an der Polizeihochschule! Mit anderen Worten: Sie bekommen doch *sowieso* alles heraus. Sie *wissen*, wie das geht!«

Sophie sah, wie Dahmen und Hackenberg betreten den Blick senkten. Das Zeichen war klar: Sie hatten ihren Teil getan. Wenn Jensen jetzt eskalieren wollte, war das seine Sache. Auch dann, wenn er alles kaputtmachte. Oder die Wahrheit sagte. Wobei es ganz so wirkte, als gehe das eine ohnehin mit dem anderen einher.

Kurz schien sich der *Associate* noch sammeln zu müssen. Dann fuhr er, zwar immer noch angespannt, aber mit deutlich ruhigerer Stimme fort: »Karl Müller war *wirklich* ein Arsch. Auch wenn er es als Anwalt übel draufhatte. Ganz ehrlich, die von ihm erdachten Steuermodelle waren der Hammer. Müller war in diesem Rechtsgebiet so etwas wie Lionel Messi auf dem Platz. Er konnte Lücken erkennen, wo andere vor lauter Chaos nicht mal das gegnerische Tor gesehen haben. Ich sage damit nicht, dass ich es gut fand, wie wir das gemacht haben.« Jensen legte eine kurze Kunstpause ein. »Ich meine, wissen Sie, was der Untersuchungsausschuss jetzt ermittelt, das ist ja nicht falsch. Die erste Frage, die sie dort stellen werden, ist ziemlich leicht zu beantworten: Haben es gerissene Banker mit Hilfe noch gerissenerer Anwälte von *Müller & Mahler* geschafft, sich über ein Dividendenstripping so zu bereichern, dass der deutsche Steuerzahler ihnen, ohne das auch nur zu merken oder zu verstehen, Millionen überwiesen hat? Die Antwort ist hier ganz klar: ja.«

Ein schneller Blick zu Dahmen und Hackenberg verriet Sophie, dass von ihnen nicht mehr viel kommen würde. Weder dazu noch zu irgendetwas sonst. Beide hielten die Köpfe gesenkt und starrten konzentriert auf ihre Hände. Falls es noch eine Bestätigung gebraucht hatte, dass Jensen den Nagel auf den Kopf traf – hier war sie.

»Die Antwort auf die zweite Frage, die sich der Ausschuss stellen dürfte, ist nicht viel komplizierter: Hat Herr Dr. Müller einen wesentlichen Beitrag dazu geleistet, dass diese kruden Steuermodelle überhaupt erst entstanden sind? Auch hier läuft es *natürlich* auf ein klares Ja hinaus.«

Jensen unterbrach seinen Vortrag, um einen Schluck Wasser zu trinken. Dann wandte er sich an Max und Sophie. Zum ersten Mal, seit sie mit den drei Mitarbeitern aus dem Team von Karl Müller an dem vermeintlich ruhigen Ecktisch Platz genommen hatten, wirkte es, als stelle sich bei Jensen so etwas wie Entspannung ein.

Sophie sah aus dem Augenwinkel, dass Max sich vorsichtig nach vorn beugte. Er spürte es also auch.

»Wissen Sie, ich fand das scheiße«, murmelte Jensen. »Was Müller da gemacht hat ...« Er unterbrach sich. Sah die anderen beiden an. Nahm einen neuen Anlauf. »Was *wir* da gemacht haben, war, den Steuerzahler nach Strich und Faden zu bescheißen. Schauen Sie, mein Vater war Klempner, meine Mutter arbeitet im Supermarkt. Nicht jeder, der später mal einen Vertrag bei einer großen Kanzlei ergattert, ist mit dem goldenen Löffel im Gesäß aufgewachsen.«

Kurz überlegte Sophie, ob das ein Seitenhieb gegen sie gewesen sein könnte. Wenn, dann war er nicht angebracht. Für ihre Kindheit konnte sie nichts. Abgesehen davon war *Recht.Schaffen* keine große Kanzlei – und nur dort war sie schließlich tätig. Nichts an Jensen ließ allerdings darauf schließen, dass er von etwas oder jemand anderem gesprochen hätte als von sich selbst.

»Versuchen Sie einfach mal nachzuvollziehen, wie das ist: Sie kommen aus der Mühle der juristischen Ausbildung. Jahrelang haben Sie sich gequält. Dann landen Sie beim Marktführer. Der ganz großen Kanzlei. Düsseldorf. New York. Tokio. Mandanten aus dem allerobersten Regal. Unternehmen aus dem DAX. Finanzstars aus dem Handelsblatt. Durchstarter wie Wabnitz. Alles, was Sie machen müssen, ist, auch hier noch ein paar Jahre zu buckeln und Ihre sechzig bis siebzig Stunden die Woche abzureißen, ehe Sie Partner werden und gefühlt Ihr eigenes Geld drucken können.« Wieder ein Schluck Wasser. »Ich meine, klar ist Ihnen bewusst, dass das nicht leicht wird, und sicher können Sie sich denken, dass die Leute, die einen solchen Lebensentwurf auf sich nehmen, die sich in diesem Haifischbecken *wirklich* durchsetzen, nicht gerade zarte Seelchen sind. Aber wenn Sie dann feststellen, dass Ihr Chef nicht nur ein narzisstischer Größenwahnsinniger ist, sondern sein ganzer, angeblich brillanter *case*, das, womit die Kanzlei einen Haufen Geld verdient, auch noch darauf aufbaut, Steuerlücken zu finden, die stinknormale Menschen aus der stinknormalen Bevölkerung stopfen müssen, dann kriegen Sie einfach nur das große Kotzen!«

Sophie sah, dass Max nachdenklich nickte. Besonders viel Verständnis war in dieser Reaktion allerdings nicht zu erkennen. Er fragte das Naheliegende. »Warum haben Sie das dann überhaupt auf sich genommen?«

Jensen zuckte mit den Schultern. »Glauben Sie mir, das überlegt man da drin jeden Tag. Und das geht, wenn Sie mich fragen, auch allen anderen so.« Sein Blick glitt zu Dahmen und Hackenberg, die es allerdings weiterhin vorzogen, ihre Hände zu studieren. »Aber was soll man machen? Irgendwie ist man dann eben darin gefangen. Im Hamsterrad. Im Sog. Den anderen um einen herum geht es ja auch nicht besser. Alle arbeiten viel. Alle leiden unter denselben Arschgeigen. Dann macht man das eben mal ein paar Dutzend Stunden die Woche. Jede Woche. Dazwischen gibt es noch einige Events, eine Woche *Retreat* in Los Angeles, eine Party in Barcelona hier, ein Kanzleiausflug nach Paris dort, alle immer total spitze drauf, absolut super Freunde, *work hard, play hard*, die Mandanten sind alle anstrengend, die Partner alle schwierig, aber *wir* sind ja eigentlich ganz anders. Wir sind die Elite. Wir halten zusammen.« Sein Blick blieb bei Dahmen und Hackenberg hängen. Kurz hatte Sophie den Eindruck, dass er seltsam flackerte. Dann schien sich Jensen beruhigt zu haben und murmelte abschließend: »Und so weiter.«

Max hatte die Stirn in Falten gelegt. Als Sophie sah, wie er mit dem rang, was sich ihm gerade offenbarte, drängte sich ihr einer der vielen Pirlo-typischen Ausdrücke auf: Offensichtlich hielt Max diesen Jensen für ein *absolutes Opfer*. Und offensichtlich auch zu Recht.

Nach ein paar Sekunden schien sich Max sortiert zu haben.

»Gibt es noch mehr Fragen, die Sie sich stellen und gleich auch beantworten möchten?«

»Eine vielleicht noch«, antwortete Jensen.

»Nämlich?«

»Kann ich mir vorstellen, dass Müller sich das Leben genommen hat?«

»Und?«

»Auf keinen Fall – und schon gar nicht mit Blick auf die anstehende Anhörung im Untersuchungsausschuss. Diesem von sich selbst berauschten Kotzbrocken wäre es eine Freude gewesen, sich dort vor allen Leuten auf seine genialen Steuerkonzepte einen runterzuholen.« Jensen schüttelte heftig den Kopf. »Nein, Müller hat sich auf keinen Fall selbst getötet!« Dann sah er auf. Jetzt flackerte sein Blick definitiv. »Auch wenn er es ganz bestimmt verdient hatte zu sterben.«

7

MAX

Donnerstag, 17. 10., 13.30 Uhr

Max wartete geduldig, bis Jensens Redeschwall beendet war, dann betrachtete er den jungen, wütenden Anwalt eine Weile, bis dieser nervös fragte: »Was ist? Warum sehen Sie mich so an? Das ist nun mal meine ehrliche Meinung!«

Mit einem kurzen Blick zu Eva Dahmen und Tristan Hackenberg machte er klar, an wen diese Feststellung gerichtet war, bevor er sich wieder Max zuwandte, der noch zwei, drei Sekunden verstreichen ließ, ehe er sagte: »Ich schaue Sie so an, weil man selten einen Menschen trifft, der sich anmaßt, darüber zu urteilen, ob ein anderer den Tod verdient hat. Vor allem, wenn dieser Mensch selbst die ganze Zeit über an dem mitverdient, was der seiner Meinung nach Todeswürdige getan hat.«

»Nein, so ... so habe ich das nicht gemeint. Und außerdem wollte ich das nicht, was Müller mit seinem Steuermodell losgetreten hat. Das habe ich doch eben erklärt.«

Max verschränkte die Hände und nickte mehrmals nachdenklich. »Also gut, fassen wir zusammen: Sie tun Dinge, die Sie nicht wollen, und sagen Dinge, die Sie nicht meinen. Da drängt sich mir eine Frage auf: Sind Sie zufrieden mit Ihrem Leben?«

Ohne auf eine Antwort zu warten, wandte Max sich Dahmen und Hackenberg zu. »Und was Sie beide betrifft, so kann sich die Kanzlei wirklich glücklich schätzen. Ich habe selten derart kritiklosen und devoten Mitarbeitern dabei zuhören dürfen, wie sie in den höchsten Tönen Loblieder auf ihren Brötchengeber singen. Ich hatte zwischendurch das Gefühl, Sie lesen mir aus einem Werbeprospekt der Kanzlei vor.«

Die Anwältin und ihr Kollege wechselten einen Blick und sahen dann betreten von Max zu Sophie.

Max hatte keine Lust, noch länger an diesem Schauspiel teilzunehmen, und sagte, an Sophie gewandt: »Ich denke, wir können die Befragung jetzt beenden.«

Sophie nickte und wandte sich an die drei Anwälte. »Fällt jemandem von Ihnen noch etwas ein, das wichtig für uns sein könnte?«

»Ja«, sagte Eva Dahmen kleinlaut. »Es ist wahr, was Leon gesagt hat. Also nicht, dass Dr. Müller den Tod verdient hatte, das hat niemand, aber … na ja … alles andere. Er war wirklich ein Arsch.«

Max ließ das unkommentiert und erhob sich. Sophie tat es ihm gleich, und keine Minute später verließen sie das *Café Bretagne* in Richtung *Müller & Mahler*.

Max flutete seine Lungen mit der klaren, kühlen Herbstluft. Als Nächstes stand ein Gespräch mit Sophies Vater an, und er musste erst mal durchatmen.

Sophie schien das nicht entgangen zu sein. Sie ließ Max in Ruhe, bis sie in der opulenten Lobby von *Müller & Mahler* angekommen waren und auf den Aufzug warteten, ehe sie ihn von der Seite fragte: »Geht's wieder?«

»Was meinen Sie?«

Sie zuckte mit den Schultern. »Sie wirkten bei dem Gespräch mit den drei Müller-Mitarbeitern nicht gerade begeistert.«

»Ach, das haben Sie bemerkt?« Max versuchte, locker zu klingen, zog innerlich aber den Hut vor dieser Frau. Was sie gerade über ihren Patenonkel gehört hatte, war alles andere als erfreulich. Trotzdem erkundigte sie sich bei ihm danach, wie es ihm ging.

Die Aufzugtür öffnete sich und gab den Blick auf einen groß gewachsenen Mann mit Glatze frei. Als er sie sah, ging ein breites Grinsen über sein Gesicht.

»Die Frau Rechtsanwältin Mahler!« Sein Blick wanderte zu Max, während er die geräumige Kabine verließ und vor den beiden stehen blieb. »Und der Herr Bischoff ist auch mit von der Partie. Wenn das mal keine interessante Konstellation ist.«

Bevor Max den Mann fragen konnte, wer er war und woher er ihn kannte, stellte Sophie die beiden vor: »Max Bischoff, Christian Schwerdtfeger von der *POST*. Und es ist ganz bestimmt reiner Zufall, dass wir Ihnen hier über den Weg laufen, richtig?«

Schwerdtfeger lachte, als habe sie einen großartigen Witz gerissen. »Noch nicht einmal im Ansatz. Ich wollte Ihren Vater sprechen, aber er ist angeblich nicht im Büro.«

»Worüber wollten Sie mit ihm sprechen?«

»Über TaxEx natürlich, worüber denn sonst?« Schwerdtfeger wandte sich an Max und sagte ihm, was er schon wusste: »*Ich* war schließlich derjenige, der durch seine Recherchen das TaxEx-Kartenhaus zum Einsturz gebracht hat!«

»Darf ich fragen, was Sie dann hier wollen?«

Schwerdtfeger lachte. »Nach dem Skandal ist vor dem Skandal.« Er deutete mit dem Finger auf den Aufzug. »Ich wollte mal nachhören, was es Neues gibt.«

»Ich kann mir nicht vorstellen, dass mein Vater dazu einen Kommentar abgegeben hätte.«

»Das nicht.« Schwerdtfeger grinste wieder. »Aber jemand hat mich darauf hingewiesen, dass die Kanzlei parallele Ermittlungen anstrengt, weil sie daran zweifelt, dass Karl Müller freiwillig gestorben ist. Und kaum verlasse ich *Müller & Mahler,* treffe ich ausgerechnet Sie beide – Ernst Mahlers Tochter und den *Superschnüffler* von Düsseldorf.« Sein Blick ging von Max zu Sophie und wieder zurück. »Also: Haben Sie ein schönes Zitat für mich?«

»Ganz bestimmt nicht«, antwortete Max.

»Auf keinen Fall«, kam es gleichzeitig von Sophie.

Schwerdtfeger winkte ab. »Ach, es reicht mir auch so: *Nach Steuerskandal und Suizidtragödie – Kann Starermittler Max Bischoff die angeschlagene Kanzlei* Müller & Mahler *retten?* Und wenn Ihnen sonst noch was einfällt: Sie finden meine Nummer im Netz. Rufen Sie mich einfach an!«

Max rang eine aufflammende Wut nieder, die sowohl Schwerdtfeger galt als auch sich selbst. Gleichzeitig war ihm klar, dass der Journalist nur auf eine bissige Reaktion von ihm lauerte – und er schon allein deswegen keine bekommen würde.

Stattdessen ließ er Schwerdtfeger einfach stehen und betrat, gefolgt von Sophie, den Aufzug. »Ich wundere mich, welch seltsame Menschen Sie kennen«, bemerkte Max in einem bemüht lockeren Ton, nachdem die Tür sich geschlossen hatte und sie auf dem Weg nach oben waren.

Sophie war allerdings um keine Antwort verlegen. »Na, immerhin kennt Schwerdtfeger *Sie* auch.«

»Das kommt sicher von meiner Zeit beim KK 11. Ich glaube tatsächlich, mich an sein Gesicht von der einen oder anderen Pressekonferenz zu erinnern.«

Sophie ging allerdings nicht darauf ein, sondern zog ihr Smartphone aus der Manteltasche und hielt es sich ans Ohr. Max sah, wie kurz darauf mit einem Schlag alle Farbe aus ihrem Gesicht verschwand.

»Was zur Hölle ... Und was soll das bedeuten?« Sie nickte. »Ich verstehe. Ja, er ist bei mir. Ich ... Ja, sicher, ich komme. Herrn Bischoff bringe ich direkt mit!«

Kurz sammelte sich Sophie noch. Dann sah sie Max mit ernster Miene an. »Petra Kühne, die andere *Managing Partnerin* meines Vaters ... Man hat sie in einem Hotelzimmer gefunden.« Sie schwieg einen Moment, bevor sie flüsterte: »Selbstmordversuch.«

Max war wie vor den Kopf gestoßen. Was war hier eigentlich los? »Versuch? Das heißt, sie lebt?«

»Anscheinend.« Sophie deutete auf ihr Telefon. »Das war das Büro meines Vaters. Ich habe keine Ahnung, wo er selbst steckt – oder was das alles sonst bedeutet.«

Max hatte sich wieder gefangen. »Ich muss kurz telefonieren.« Sie waren inzwischen im 10. Stock angekommen und verließen den Aufzug. Max wandte sich ab und wählte Böhmers Handynummer, der das Gespräch aber nicht annahm. Nach dem achten Klingeln legte Max auf und versuchte es auf dem Festnetzanschluss im Präsidium, hatte aber auch dort keinen Erfolg.

»Verdammt!«, stieß er aus und steckte das Telefon wieder ein. »Was?«

Max zwang sich zu einem ruhigen Ton. Sie hatten schließlich gerade schon genug um die Ohren. »Ich habe versucht, Horst Böhmer, meinen ehemaligen Kollegen aus dem Kommissariat anzurufen. Er ist derjenige, der auch in der Müller-Angelegenheit ermittelt. *Wenn* einer weiß, was gerade Sache ist, dann er.«

»Und? War besetzt, oder kannst du ihn nicht erreichen? Ich meine: Sie. Können Sie ihn nicht erreichen?«

»Das Du passt schon. Und zu der Frage: Letzteres. Ich kann ihn nicht erreichen.«

»Vielleicht ist er auf dem Weg zu dem Hotel und kann daher nicht sprechen?«

»Vielleicht.« Das klang jedenfalls deutlich besser als die Alternative, dass Böhmer nicht mit ihm sprechen *wollte*.

Max schüttelte den Kopf. »Ein vollendeter und ein versuchter Suizid in so kurzer Zeit ... und das in einem Hotelzimmer ... Das kann kein Zufall sein.«

Sophie tippte eilig in ihr Telefon. »Umso wichtiger ist es, dass wir uns sammeln, die Kräfte bündeln und gemeinsam überlegen, was als Nächstes zu tun ist.« Sie nickte in Richtung ihres Smartphones. »Ich habe meinem Vater gerade mitgeteilt, dass wir hier auf ihn warten und der Kanzlei den ganzen Nachmittag zur Verfügung stehen.«

»Du.«

»Wie meinst du?«

»Du verstärkst die Kanzlei. Ich nicht.« Max hob die Hände. »Du hast völlig recht damit, dass wir einen Überblick brauchen. Dazu muss ich aber mit Böhmer sprechen.«

Sophie legte den Kopf schief. »Wenn ich dort allein auftauche, dürfte mein Vater nicht gerade begeistert sein.«

»Was ist deiner Meinung nach wichtiger? Dass deinem Vater gefällt, was ich tue, oder dass ich versuche, auf schnellstem Weg möglichst viele Informationen zu beschaffen?«

Sophie wirkte nicht überzeugt, schien aber keine Lust auf Diskussionen zu haben. »Wie du meinst. Halt mich jedenfalls auf dem Laufenden.«

Ohne ein weiteres Wort ließ sie ihn stehen und ging am Empfangstresen vorbei in die Räume der Kanzlei.

Max sah ihr einen Augenblick lang nach, dann fuhr er zurück in die Lobby und eilte von dort zum nächsten Taxistand.

»Zum Polizeipräsidium in die Haroldstraße«, sagte er, als er in den vorderen Wagen eingestiegen war.

»Oha!« Der Taxifahrer sah in den Rückspiegel und grinste. »Woll'n Se sich stellen?«

»Fahren Sie bitte«, entgegnete Max. Ihm war nicht nach Späßen zumute. Der Fahrer zuckte mit den Schultern und richtete den Blick nach vorn.

Während der Fahrt sah Max aus dem Seitenfenster, ohne die vorbeiziehenden Häuser und Geschäfte wahrzunehmen.

Zwei von drei geschäftsführenden Partnern einer erfolgreichen Anwaltskanzlei hatten angeblich versucht, ihrem Leben ein Ende zu setzen. Einer war tatsächlich tot. Was würde wohl als Nächstes passieren? Ein weiterer vermeintlicher Selbstmordversuch, diesmal von Sophies Vater? Auch wenn Max es in ihrer Abwesenheit nicht ansprechen wollte, erschien das alles andere als abwegig.

Entweder, dieser Untersuchungsausschuss hatte eine solche Brisanz für die Kanzlei, dass sich ihre Köpfe der Reihe nach das Leben nahmen, oder jemand sorgte gerade dafür, dass keiner von ihnen dort aussagen konnte. Aber falls das so war – wer sollte ein Interesse daran haben, die gesamte Führungsriege der Kanzlei *Müller & Mahler* zu ermorden?

Max *musste* mit Horst reden. Viel sprach dafür, dass Sophies Vater in Gefahr war und beschützt werden musste. So, wie er Ernst Mahler einschätzte, würde der sich wahrscheinlich dagegen wehren. Den Versuch *musste* Max aber zumindest unternehmen.

Zehn Minuten später bezahlte er den Fahrer und stieg aus dem Taxi. Der Zivilangestellte vor der Schleuse nickte ihm freundlich zu und sagte: »Guten Tag, Herr Bischoff. Falls Sie zu Kriminalhauptkommissar Böhmer wollen, haben Sie kein Glück. Er ist nicht im Haus.«

»Seit wann ist er weg?«

Der Mann sah auf seine Armbanduhr. »Er hat das Präsidium ungefähr vor zwei Stunden verlassen.«

»Ist Frau Keskin da?«

»Ich denke, ja.«

»Dann melden Sie mich bitte bei ihr an. Ich möchte sie sprechen.«

Der Pförtner griff zum Telefonhörer und wählte eine Nummer. Max konnte nicht hören, was er sagte, aber als der Mann sich kurz darauf wieder an ihn wandte, schüttelte er den Kopf. »Tut mir leid, aber Frau Kriminalrätin Keskin hat keine Zeit. Sie lässt ausrichten, dass Sie sie morgen anrufen sollen.«

»Ja, das habe ich mir gedacht. Danke.«

Max wandte sich ab und verließ das Präsidium. Auch wenige

Wochen vor ihrem Ausscheiden blieb sich Keskin also noch in ihrer Abneigung gegen ihn treu.

Er ärgerte sich, dass er nicht mit seinem Auto zu dem Treffen mit Sophie und den Mitarbeitern aus Müllers Team gefahren war, sondern mit der S-Bahn, weil es in der Innenstadt fast unmöglich war, einen Parkplatz zu finden. Max hatte gerade sein Handy aus der Tasche gezogen, um sich wieder ein Taxi zu rufen, als ein Wagen unmittelbar neben ihm hielt und Böhmer auf der Beifahrerseite ausstieg. Seinem Gesichtsausdruck nach zu urteilen, hatte er ausgesprochen schlechte Laune.

Vor Max blieb er stehen und steckte die Hände in die Taschen seines dunklen Mantels. »Falls du hier bist, um etwas über den Suizidversuch von Petra Kühne zu erfahren, hättest du dir den Weg sparen können. Ich kann dir nichts sagen.«

»Kannst oder willst du nicht?«

»Ich darf nicht, Max, und das weißt du. Wie lange brauchst du eigentlich, um das zu kapieren?«

»Horst, wenn du wirklich mein Freund bist, dann sagst du mir zumindest grob, was du weißt.«

Böhmer schüttelte den Kopf. »Du weißt, dass du mich damit nicht umstimmen kannst. Bei mir klingelt den ganzen Tag das Telefon, weil Leute aus den höchsten politischen Kreisen wissen wollen, wie der Stand der Ermittlungen ist. Die Gerüchte über eine Verbindung der Politik mit diesen illegalen Steuergeschäften überschlagen sich geradezu. Max, diese Leute sind nervös. Und alle im Präsidium ebenfalls.«

»Dann erklär mir doch bitte eines, mein *Freund*«, sagte Max wütend. »Seit wann haben Politiker mit als Suizid getarnten *Morden* zu tun? Und seit wann bist du mit einem solchen Scheiß einverstanden?«

Eine Weile sahen sie sich in die Augen, und Max hatte schon die Hoffnung, dass Böhmer ihm doch ein paar Informationen geben würde, als sein Ex-Partner sagte: »Geh nach Hause, Max, und lass die Finger von der Sache.«

Damit wandte er sich ab und eilte, ohne sich noch mal umzudrehen, auf den Eingang des Präsidiums zu.

Max sah ihm nach, bis er in dem Gebäude verschwunden war, dann sagte er laut »Scheiße«, zog sein Handy aus der Tasche und wählte Sophies Nummer.

»Ich habe gerade mit Böhmer gesprochen«, sagte er ohne Umschweife, als sie das Gespräch angenommen hatte. »Wir kommen hier nicht weiter.«

»Fuck!«

»Kann man so sagen. Hast du sonst noch eine Idee?«

Nach einem endlos scheinenden Schweigen sagte Sophie: »Ich fürchte, ja.«

III

Ich lasse mich auf den Stuhl sinken, der mir am nächsten steht. Meine Knie haben nachgegeben, als ich die Nachricht erhalten habe. Sie lebt.

Für einen Moment lähmen die Fragen meine Gedanken. Was ist schiefgelaufen? Wie, zur Hölle, hat die Schlampe es geschafft, Hilfe zu rufen? Warum bin ich gescheitert?

Dann gelingt es mir wieder, mich zusammenzureißen. Mit der Klarheit kommt die Wut. Das kommt davon, wenn man die Dinge nicht gleich vor Ort erledigt. Wenn man zögert. Wenn man auf andere hört.

Wie gern hätte ich sie einfach sterben sehen. Diesmal war ich so nah dran. Als sie das Bewusstsein verloren hat, hätte mich nichts und niemand daran hindern können, einfach meine Hände um ihren Hals zu legen und zuzudrücken. Aber nein, das sollte ich ja nicht. Ich durfte es ja nicht.

Das also passiert, wenn man sich nach anderen richtet. Wenn man es muss. Was ja aber, genau genommen, nicht in jeder Hinsicht gilt. Und nicht für alle Personen.

Ich merke, wie mich der Gedanke tröstet. Wie ein Plan Gestalt annimmt. Mein Versprechen bindet mich nur an manche Regeln, nur an manche Menschen. Nichts hindert mich aber daran, meine eigenen Opfer zu suchen – auf meine ganz eigene Weise. Der Ärger *wird sich in Grenzen halten – erst recht, wenn das Opfer nützlich ist.*

Ich spüre, wie sich der Trost in Erregung verwandelt. Diesmal wird es keine Skrupel geben. Keine Grenzen.

Und erst recht keine Gnade.

8

PIRLO

Donnerstag, 17. 10., 16 Uhr

Pirlo beobachtete die beiden uniformierten Polizisten im Eingangsbereich des Hotels *Breidenbacher Hof* und wartete auf eine Idee.

Gleich nach Sophies Anruf hatte er sich dorthin auf den Weg gemacht. Was er wusste: Irgendwo darin sollte Petra Kühne, die Kollegin Ernst Mahlers aus der Kanzleipartnerschaft von *Müller & Mahler*, versucht haben, sich das Leben zu nehmen. Was er nicht wusste, war quasi alles andere. Wer diese Frau war. Warum Sophie daran zweifelte, dass es sich bei Müllers und ihrem Handeln gegen sich selbst um eigene Entscheidungen handelte. Was das Sophie und ihn, Pirlo, überhaupt anging. Und was er jetzt tun sollte, um mehr Licht ins Dunkel zu bringen.

»Ich bin in der Kanzlei meines Vaters, Toni«, hatte Sophie ihm am Telefon zugerufen. »Wir brauchen dringend einen Überblick, was um alles in der Welt gerade passiert. Bitte geh du in der Zwischenzeit zum Hotel, solange die Spuren noch frisch sind. Du musst herausfinden, was da los ist!«

Dann hatte sie aufgelegt und Pirlo irritiert zurückgelassen. *Du musst.* Aha.

Trotzdem stand Pirlo jetzt vor dem prunkvollen Eingang des Hotels. Wenn Sophie ihn um etwas bat, war er zur Stelle. Der Ärger um irgendwelche Alltagsunzuverlässigkeiten spielte dabei längst keine Rolle mehr. Das hier war viel zu ernst. Und viel zu wichtig. Wenn Pirlo etwas darüber, was in dem Hotel geschehen war, herausfinden wollte, sollte er sich besser beeilen. Unter touristischen Gesichtspunkten waren Suizidversuche von Gästen schließlich eher abträglich. Die Spurensicherung dürfte ihre Arbeit bald getan haben. Danach würde das Zimmer gereinigt – und jede Chance auf einen Anhaltspunkt verschwunden sein.

Was Pirlo tun wollte – oder eben *musste* –, war damit klar. Ganz anders sah es hinsichtlich der Umsetzung aus. Der erste Anlauf war jedenfalls erstaunlich trostlos verlaufen. Schon in Ermangelung einer besseren Idee hatte sich Pirlo auf das verlassen, was er sonst auch immer Sophie empfahl: Es gibt nichts Gutes, außer man tut es. Er hatte seinen Anzug zurechtgerückt, die Haare zurechtgestrichen und sich daher kurz entschlossen festen Schritts der Eingangstür genähert. Souveräne Wirkung. Entschiedenes Auftreten. Das sollte ja wohl genügen, um die beiden Polizisten zu beeindrucken. Und klappte doch noch nicht einmal im Ansatz.

»Sie kommen hier nicht durch«, hatte der kleinere der beiden mit einer erstaunlich hohen Stimme bemerkt.

»Doch, das passt schon. Ich bin Rechtsanwalt und habe ein wichtiges Anliegen«, hatte Pirlo gesagt. Und bereut. Es gab diese Situationen, in denen sich vorheriges Nachdenken lohnte. Bedauerlicherweise erkannte man sie manchmal erst im Nachhinein. Zum Beispiel jetzt.

Der Polizist hatte die Augenbrauen hochgezogen. »Ach, Sie sind *Rechtsanwalt* und haben ein wichtiges *Anliegen*!« Wie der Satz enden würde, hatte Pirlo auch absehen können, ohne dass sich das hohe Stimmchen über ihn lustig machte. Ertragen musste er den Ausgang aber natürlich trotzdem. »Dann kommen Sie hier trotzdem nicht rein.« Zu allem Überfluss hatte der Polizist auch noch gelacht, ebenso die beiden livrierten Pagen im Hintergrund.

Der andere Polizist schien Mitleid mit Pirlo zu haben. Was ja schon unangenehm genug war, hier aber wenigstens weiterhalf. »Das Hotel ist aktuell gesperrt, weil wir darin Spuren sichern.«

»Warum?«, hatte Pirlo gefragt. Jede Information war schließlich willkommen.

Der Polizist hatte allerdings die Hände gehoben. »Laufende Ermittlungen. Noch nicht mal wir wissen, was dadrin vor sich geht.« Pirlo hatte genickt. So war das nun mal im Leben. Wenn es lief, dann lief es. Und wenn nicht, dann eben nicht. So wie hier.

Seitdem stand er auf der anderen Straßenseite, klickte auf seinem Telefon herum, las alles, was er über *Müller & Mahler*, Karl Müller, Petra Kühne und Sophies Vater herausfinden konnte und fluchte innerlich sowohl über die Polizisten als auch seine eigene Überheblichkeit.

Sein Scheitern war eine Sache. Dass es zurecht dazu gekommen war, tat allerdings *richtig* weh. Die Lage wurde auch ganz bestimmt nicht besser dadurch, dass die Polizisten ihn nun kannten. Ohne ein *wirkliches* Anliegen konnte Pirlo den Weg in das Hotel jetzt tatsächlich vergessen. Dass das, was er vorhatte, als Dritter den Tatort sichten und Spuren sichern, genau das war, was die beiden verhindern sollten, rundete das Dilemma eigentlich nur noch ab. Es war insofern ein schwacher Trost, dass Sophie und ihr neuer Professorenfreund ihn bei seinem kläglichen Auftritt wenigstens nicht gesehen hatten. Und nicht mitbekamen, was als Nächstes anstand. Wieder und wieder sah Pirlo auf sein Telefon. Tippte. Rief erfolglos an. Wartete. Und fluchte sogar noch viel mehr. Es stand für ihn außer Zweifel, dass er Sophie helfen wollte. Wenn nötig, sprang er dafür auch über seinen eigenen Schatten. Es wäre ihm nur wesentlich lieber gewesen, wenn das nicht so viel Anlauf gekostet hätte. Und so viel Würde.

»Na, Probleme mit der Polizei?«, grinste Ahmid, als er nach einer gefühlten Ewigkeit endlich auftauchte und Pirlos zornigem Blick auf die andere Straßenseite folgte.

Der beschränkte sich darauf, seinen Bruder am Arm zu packen und um die Ecke zu ziehen. »Wo warst du, verdammt? Ich hatte dir doch gesagt, dass es dringend ist!«

»Alter, entspann dich. Ich war Fitness.« Ahmid hob seine Sporttasche. Dann runzelte er seine Stirn. »Du wolltest, dass ich *unbedingt* herkomme, um ein Problem für Sophie zu lösen. Also: Hier bin ich. Und wo ist sie?«

»Nicht hier.« Ehe Ahmid protestieren konnte, fügte Pirlo hinzu. »Das Problem aber schon.«

Ahmid verschränkte die Arme. »Nämlich?«

Pirlo fuhr sich über den Bart. Es war schlimm genug, seinem Bruder gestehen zu müssen, dass er nicht weiterkam. Wenn überhaupt hatte Ahmid ohnehin eher Erfahrung damit, wie man sich gegenüber der Polizei in Schwierigkeiten brachte – und nicht damit, wie man sich ihrer entledigte. Auf der anderen Seite musste Pirlo zugeben, dass er alleine nicht weiterwusste. Und wer hatte sonst schon zuverlässig rund um die Uhr Zeit? An einem Werktag?

»Kommt da jetzt noch was?« Wenn es noch eine Bestätigung dafür gebraucht hätte, dass Pirlo hier keine gute Figur abgab, lag sie darin, dass sein Bruder fast mehr besorgt als patzig klang.

»Ich brauche deine Unterstützung«, murmelte Pirlo. »Beziehungsweise Sophie.«

»Sophie oder du?« Es war klar, dass das einen fundamentalen Unterschied machte. Und wo Ahmids Präferenz lag. Er stellte die Sporttasche ab und richtete seinen Undercut. Für Frauen wie Sophie konnte man schließlich nie bereit genug sein.

Schon um darüber nicht weiter nachdenken zu müssen, folgte Pirlos Blick lieber der Tasche als den Händen seines Bruders. Wobei ihm eine Idee kam. »Sag mal, brauchst du die gerade?«

»Was?«

»Die Tasche.«

»Auf die Gefahr, mich zu wiederholen: Was?«

Aber Pirlo hörte schon gar nicht mehr zu. Ehe Ahmid dazu kam, sich zu empören, hatte er sich schon zurück auf den Weg zum Hotel gemacht. Die Tasche kam mit.

»Sie können hier immer noch nicht rein«, moserte der gleiche Polizist wie gerade.

»Ich fürchte, ich kann nicht nur, sondern ich muss sogar.« Pirlo hob die Sporttasche. »Wir drehen gleich für den WDR einen Bericht über den Suizid.«

»Den *vermeintlichen* Suizid.«

»Ach, Sie wissen also *doch*, was dadrin los ist?« Der Polizist verzog den Mund, kam aber zu keiner Antwort. »Vielleicht drehen wir dann einfach direkt hier, mit einem Augenzeugen vor Ort.«

»Sie können sowieso nichts mehr filmen«, stellte der zweite Uniformierte klar. »Die Spurensicherung ist zwischenzeitlich längst weg.«

»Unabhängig davon ist da drin keine Kamera«, legte der Kleinere mit einem Kopfnicken in Richtung der Tasche nach. »Sondern das, was auch immer Sie von dem anderen Bärtigen dort drüben erhalten haben.«

Woraufhin alle Köpfe zu Ahmid gingen, der die Lage von der anderen Straßenseite im Blick behalten hatte und jetzt, als ihn die Blicke der beiden Polizisten trafen, reflexartig das Weite suchte. Gelernt war schließlich gelernt.

Pirlo sah erst auf die Sporttasche, dann ins Innere des Hotels. Er hatte einen Haufen Zeit verloren und schuldete seinem Bruder einen Gefallen. Beides war nicht gut. Manches musste man aber einfach vom Ergebnis her sehen, erst recht, wenn es gut war. So wie jetzt. »Dann kann ich also rein?«

»Sicher.«

»Und warum stehen Sie hier?«

»Wir warten darauf, dass wir offiziell abberufen werden.«

Was zu einem Spruch einlud – den Pirlo dann doch stecken ließ. Die Lage der beiden war schließlich traurig genug. Außerdem war er in Eile.

Drinnen nahm Pirlo direkt einen Fahrstuhl in den ersten Stock. Der Gang war leer. Im Stockwerk darüber war es das Gleiche. Eine Fahrstuhlstufe später hatte Pirlo allerdings Glück. Vor einem der Räume stand der Wagen einer Reinigungskraft. Als er an der entsprechenden Tür klopfte, erschien eine winzige, abgekämpft wirkende Frau mit osteuropäischen Gesichtszügen. »Ja?«

»Entschuldigen Sie, ich habe in meinem Zimmer meinen Laptop liegenlassen.«

Die Putzfrau verdrehte die Augen. »Und wie soll ich Ihnen jetzt helfen?«

Pirlos Lächeln wechselte von freundlich zu verlegen »Ich habe leider meine Zimmernummer vergessen.« Die Frau zuckte mit den Schultern. Natürlich hatte er das. »Wissen Sie, ich übernachte oft in Hotels. Da entfällt einem so was schon mal. Ich weiß nur noch, dass es im Zimmer daneben diesen Ärger mit der Polizei gab. Keine Ahnung, was da los war. Irgendein Tumult oder so. Wahrscheinlich habe ich deshalb auch den Computer vergessen.«

»Natürlich.« Die Frau wirkte jetzt deutlich interessierter. Ein Polizeieinsatz kam in diesem Hotel schließlich nicht jeden Tag vor. »Ich kann Ihnen dazu leider keine Auskunft geben.« Woraufhin Pirlo eine übertrieben betroffene Miene aufsetzte. Ein schicksalsgeplagter Mann. Noch dazu einer ohne Laptop. Sie lachte. Na immerhin. Dann sagte sie: »Allerdings könnte ich mir vorstellen, dass Sie in Zimmer fünfhundertdreizehn oder fünfhundertsiebzehn waren.«

»Weil es in fünfhundertfünfzehn das Durcheinander gab?«

»Das haben *Sie* gesagt.«

Pirlo zwinkerte verschwörerisch zurück. »Dann sehe ich wahrscheinlich besser mal dort nach.«

Er lächelte, tat einen Schritt nach vorne, verhakte sich mit seinem Fuß an einer Rolle des Reinigungswagens und fand sich unmittelbar darauf unter einer Vielzahl von Handtüchern, Shampoofläschchen und Lotionen wieder. Sofort war die Putzfrau über ihm, in ihrem Blick die alarmierte Erkenntnis, dass sie diesen Vollidioten schnellstmöglich loswerden sollte, ehe er ihr noch mehr Ärger bescherte. Sie half Pirlo auf und befreite ihn vom Inhalt ihres Wägelchens. Unter gemurmelten Entschuldigungen half er ihr, das von ihm verursachte Chaos zu beheben, ehe er sich in Richtung der Aufzüge entfernte und ihr durch die sich schließenden Türen zuwinkte. Kurz schien sie noch mit sich zu ringen. Dann rang sie sich wenigstens noch zu einem mürrischen Lächeln durch.

Als er im fünften Stock die Universalschlüsselkarte zückte, die er der Frau bei dem gemeinsamen Aufräumen vom Gürtel gezogen hatte, fühlte sich Pirlo fast ein bisschen schlecht. Andererseits bekam sie bestimmt an der Rezeption eine neue. Darauf, dass der bärtige Anzugträger die Karte entwendet haben könnte, würde sie jedenfalls eher nicht kommen. Dazu war Pirlo, jedenfalls bei *dieser* Aktion, viel zu geschickt vorgegangen. So wie das eben war, wenn man als einer der Khatibs aufwuchs. Manche Sachen lernte man einfach mit. Und manchmal konnten sie sogar ganz nützlich sein.

Kurz darauf stand er in Raum 515. Von der Spurensicherung war tatsächlich nichts mehr zu sehen. Sie schien auch nicht mehr wiederkommen zu wollen: Die Tür war noch nicht einmal versiegelt. Viel sprach damit dafür, dass die Ermittler hier ebenfalls einen Suizid annahmen – wenn auch diesmal einen fehlgeschlagenen.

Pirlo durchschritt langsam den Vorraum. Dahinter folgte das Hauptzimmer, in dessen Mitte ein großes Bett stand. Rechts davon befand sich, eingerahmt von zwei Stühlen, ein kleiner Tisch. Pirlo trat näher heran. Auf der glatten Tischplatte waren drei schwache runde Abdrücke zu sehen, ein großer, zwei kleinere. Neben jedem klebte ein Sticker. Die Spurensicherung hatte die Kreise offensichtlich ebenfalls entdeckt, sich dann aber mit einem Foto begnügt.

Wenn es nach Pirlo ging, brauchte es für das, was er da sah, nicht viel Phantasie: die Erinnerung an eine Flasche und zwei Gläser. Wenn die Abdruckreste auch jetzt noch zu sehen waren, lag das womöglich daran, dass kein Wasser getrunken worden war, sondern – ja was? Champagner vielleicht? Sekt? Irgendetwas, das klebte und gern mal überfloss? Als sich Pirlo vorsichtig mit der Nase näherte, passierte nicht viel mehr, als dass seine Frisur zerfiel. Was immer er hier hätte riechen können, hatte sich längst verflüchtigt. Er zückte sein Telefon, um ein Foto von dem Tisch zu schießen. Vielleicht hatte dieser Ermittlerprofessor dazu eine schlaue Idee. Für irgendetwas musste der ja schließlich gut sein.

Ehe Pirlo das Telefon wieder in die Innenseite seines Sakkos steckte, erschien auf dem Display Sophies Nummer.

»Wo bist du?«

»Im Hotelzimmer von Petra Kühne.«

»Im Ernst?«

»Klar.«

»Wie hast du *das* denn angestellt?«

»Du hast mich doch darum gebeten.«

»Und dann hat das einfach so geklappt?«

»Natürlich. Viel zu einfach.« Pirlo grinste. Und ignorierte großzügig die von ihm in der Tür abgestellte Sporttasche. »Wo bist du?«

»In der Kanzlei meines Vaters. Max war vorhin auch hier.« Natürlich war er das. Sophies Stimme veränderte sich. »Mein Vater ist wahnsinnig nervös. Ich kenne ihn so gar nicht.« Sie stockte kurz. »Was meinst du, was hier eigentlich los ist?«

Pirlo betrachtete nachdenklich die Abdrücke auf dem Tisch.

Kein Zweifel, es waren drei. Eine Flasche. Zwei Gläser. Und damit für einen Suizidversuch eines zu viel.

»Ganz ehrlich: Ich habe noch keine Ahnung. Aber was immer es ist, es gefällt mir überhaupt nicht.«

9

MAX

Am Abend später kehrte Max doch noch einmal zum Präsidium zurück. Diesmal mit seinem eigenen Wagen. Er war immer noch wütend. Mit trotziger Entschlossenheit betrat er das Gebäude und nickte dem Mann hinter der Glasscheibe zu. »Ist Kriminalhauptkommissar Böhmer noch im Haus?« Möglich war das. Immerhin war es erst kurz nach 18 Uhr – und Böhmer bei seinen Fällen genauso ehrgeizig wie Max selbst.

Der Mann grüßte lächelnd und griff zum Telefonhörer. »Sie haben Glück, er ist tatsächlich noch da.«

»Sagen Sie ihm, ich gehe nicht, ohne mit ihm gesprochen zu haben!«

Wenige Minuten später betrat Max Böhmers kleine Kammer und schloss die Tür hinter sich. Sein ehemaliger Kollege schob gerade einige Papiere auf seinem Schreibtisch zusammen und sah ihm mit einer Mischung aus Überraschung und Ärger entgegen.

»Glaubst du wirklich, wenn du mir nur lange genug auf die Nerven gehst, würde ich meine Meinung ändern? Das kannst du vergessen, Max.«

»Ich denke, dass hier irgendetwas oberfaul ist, mein lieber Ex-Kollege.«

»Und warum?«

»Müller *freute* sich angeblich sogar auf diese Anhörung im Untersuchungsausschuss. Er hatte keinen Grund, sich das Leben zu nehmen. Und im Hotelzimmer, in dem man Petra Kühne gefunden hat, gab es Spuren, die auf eine zweite Person schließen lassen.«

Böhmers Augen verengten sich. »Woher willst du das wissen?«

»*Ich* mache eben meine Hausaufgaben – und bin mir auch nicht zu fein, ihre Ergebnisse zu teilen.«

Böhmer reagierte darauf mit einer wegwerfenden Handbewegung. »Du solltest aufpassen, dass die Keskin dich nicht erwischt. Sie ist gerade wieder auf dem Kriegspfad und würde dich sicher mit großer Freude an ihrem rhetorischen Marterpfahl quälen.«

»Lenk nicht ab, Horst.«

»Ich meinte das ernst«, versicherte Böhmer. »Sie ist wie immer gar nicht gut auf dich zu sprechen, weil du dich mit dem Feind verbrüdert hast. Und ich bin quasi schon auf dem Sprung in den Feierabend.« Böhmer kam um seinen Schreibtisch herum und deutete zur Tür. »Also, wollen wir?«

»Horst, ich lasse mich so nicht von dir abspeisen.«

Böhmer schüttelte den Kopf. »Es wird dir letztendlich nichts anderes übrig bleiben, aber gut, ich mache dir einen Vorschlag. Ich werde dir definitiv nichts zu dem Fall sagen, aber da wir Freunde sind ... Ich habe vor, zum Fortuna-Büdchen am Rheinufer zu fahren, mich dort hinzusetzen und bei einem Bier auf das Wasser zu starren, in der Hoffnung, dass eine aufregende Frau vorbeikommt und mich für einen wahnsinnig romantischen Typen hält, dem sie augenblicklich hoffnungslos verfällt. Wenn du möchtest, kannst du mich ja begleiten. Dann bestaunen wir den Fluss zusammen oder reden über die guten, alten Zeiten.«

Max war sich unschlüssig, ob Böhmers Angebot nicht nur ein weiteres Ablenkungsmanöver war, letztendlich aber wollte er die Gelegenheit nutzen, vielleicht doch noch etwas aus ihm herauszukitzeln. Zudem nahm er ihm dieses lockere Gehabe nicht ab. Er kannte Böhmer gut genug, um sowohl an seiner Mimik als auch an der Körperhaltung zu erkennen, dass er alles andere als entspannt war. Dennoch nickte er und verließ kurz darauf mit ihm zusammen das Präsidium.

Sie fuhren jeder mit dem eigenen Wagen. Zwanzig Minuten später saßen sie am Rheinufer und hatten je eine Flasche Altbier in der Hand. Der Sonnenuntergang war trotz der Kälte spektakulär. Böhmer schlug den Kragen seiner Jacke hoch und blickte Max an. »Also gut, schieß los: Warum bist du noch mal zum Präsidium gekommen?«

»Auch wenn es dir nicht gefällt, muss ich trotzdem einiges loswerden«, begann Max. Zuerst prosteten sie sich aber zu. »Ich verstehe es einfach nicht. Ihr habt es mit zwei äußerst merkwürdigen, vermeintlichen Suiziden zu tun, und trotzdem scheinst du mehr Sorge vor politischem Druck zu haben als davor, dass vielleicht ein Mörder frei herumläuft. Was, zum Teufel, ist denn mit dir los?« Ohne Böhmer die Gelegenheit zu geben, darauf zu antworten, redete Max weiter. »Nachdem jetzt schon das zweite von drei Mitgliedern der Führungsriege dieser Kanzlei angeblich so verzweifelt war, dass es seinem Leben ein Ende setzen wollte, müsstet ihr doch eigentlich höchst alarmiert sein und zumindest den *Versuch* unternehmen, den letzten noch verbliebenen Partner davor zu bewahren, sich ebenfalls angeblich das Leben zu nehmen. Zum Beispiel, indem ihr Leute abstellt, die auf ihn aufpassen.« Max machte eine Pause, in der er Böhmer direkt ansah. »Habt ihr das denn?«

»Max, nun sieh doch endlich ein, dass ...«

»Habt ihr oder habt ihr nicht?«

»Nein, haben wir nicht, gottverdammt.«

Max nickte mit einem grimmigen Lächeln. »Ach, tatsächlich nicht? Welch eine Überraschung. Und warum weicht ihr hier vom Standardprocedere ab?«

»Ich kann mich nur wiederholen: Selbst, wenn ich es wollte,

könnte ich dir nichts zu dem Fall sagen, ohne meinen Job und wer weiß was sonst noch zu riskieren.«

»Und ich wiederhole mich ebenfalls, wenn ich dir sage, dass die ganze Sache zum Himmel stinkt und ich aus diesem Grund keineswegs damit aufhören werde zu recherchieren.«

Während Max redete, hörte er ein helles *Pling* aus Böhmers Richtung. Sein Ex-Kollege zog sein Telefon aus der Hosentasche, warf einen kurzen Blick darauf und stieß einen deftigen Fluch aus, während er mit dem ausgestreckten Zeigefinger auf dem Display herumtippte. Nachdem er eine ganze Weile mit zusammengekniffenen Augen darauf gestarrt hatte, sagte er: »Das darf doch wohl nicht wahr sein!«

»Was ist?«, fragte Max, nicht sonderlich von dem Gefühlsausbruch überrascht. Böhmer schien im Moment allgemein recht gereizt zu sein.

»Du möchtest wissen, was ist? Das kann ich dir in diesem Fall sogar sagen. Ich habe gerade eine Push-Nachricht bekommen. Soeben sind in der *POST* brandaktuelle Neuigkeiten veröffentlicht worden. Nun hör dir das mal an.« Er hielt das Handy ein Stück von sich weg und las vom Display ab: »Rechtsanwalt Dr. Pirlo sicher: Angeblicher Suizidversuch der erfolgreichen Anwältin Kühne aus der bekannten Kanzlei *Müller & Mahler* war in Wahrheit versuchter Mord.« Er wischte hektisch über das Display. »Im Text wird es nicht besser. ›Laut Rechtsanwalt Dr. Pirlo gab es in dem Hotelzimmer, in dem man die Anwältin gefunden hat, Spuren einer weiteren Person.‹« Böhmer bedachte Max mit einem Blick, als würde er jeden Moment explodieren. »Was zur Hölle soll das, Max?«

Der zuckte mit den Schultern. »Woher soll ich das denn wissen? Ich kenne diesen Pirlo noch nicht einmal.«

»Du vielleicht nicht. Deine neue Kollegin hat aber zufällig mit ihm gemeinsam eine Kanzlei.«

»Na und?«

»Versuch bloß nicht, dich so billig herauszureden. In dem Artikel steht, dass dieser Anwalt *Hintergrundinformationen* zu dem Fall hat, die nicht einmal die Polizei kennt. Wenn es stimmt, was die da schreiben, dann heißt das im Klartext, dass er die Ermittlungen in einem möglichen Fall von versuchtem Mord behindert und ...«

»Stopp, stopp!«, fiel Max ihm ins Wort. Was fiel diesem Pirlo ein? Selbst, wenn er tatsächlich etwas herausgefunden hatte – wieso ging dieser Dilettant dann damit nicht zu seiner Anwaltspartnerin Sophie, sondern ohne jede Absprache gleich an die Presse und provozierte genau das, was gerade eingetreten war? Dass der einzige Mensch, bei dem überhaupt noch die Chance bestand, dass er Max vielleicht doch ein paar interne Informationen zuspielte, nun endgültig dichtmachen würde?

»Was?«, raunzte Böhmer ihn wütend an und riss Max aus seinen Überlegungen.

»Jetzt plötzlich ist es doch ein möglicher Mord?« Max startete eine Nebelkerze. »Das hörte sich gerade noch ganz anders an, als du konsequent von einem Suizidversuch gesprochen hast.«

»Nun lenk nicht vom Thema ab. Dein neuer Freund Pirlo hat öffentlich behauptet, über Hintergrundinformationen zu verfügen. Wieso geht der Kerl damit an die Presse, statt uns zu informieren, wie es seine verdammte Pflicht wäre?«

»Ich weiß es nicht«, musste Max zugeben, und allein dafür wünschte er diesen Pirlo zum Mond. »Außerdem möchte ich mal klarstellen, dass Herr Pirlo nicht mein Kollege und schon gar nicht mein Freund ist.«

»Aber du arbeitest mit diesem Kerl zusammen. Und dann erwartest du ernsthaft von mir, dass ich mich strafbar mache, indem ich dir geheime Informationen weitergebe?«

»Ich arbeite mit Sophie Mahler zusammen. Dass sie eine gemeinsame Kanzlei mit Pirlo hat, dafür kann ich ja wohl nichts. Und darüber, dass du dich mit Informationen an mich vielleicht strafbar machst, hast du dir bisher noch nie Gedanken gemacht.«

»Ach, das ist doch alles eine einzige gequirlte Kacke!« Böhmer wandte sich ab und starrte auf das mittlerweile silbrig-dunkle Wasser des Rheins, in dem sich hier und da die Lichter von Gebäuden oder Lampen spiegelten.

»Horst«, versuchte Max es noch mal in ruhigem Ton, obwohl er wegen Pirlo innerlich tobte. »Wir arbeiten doch schon ewig zusammen. Was, zum Teufel, ist bei euch los, dass du dich mir gegenüber so benimmst? Ich kann und will nicht glauben, dass du dich vor irgendeinen politischen Karren spannen lässt. Ich bitte dich noch einmal, rede mit mir.«

Eine Weile starrte sein Ex-Partner noch auf das Wasser, dann sah er Max mit fast sanftem Blick an. In Max keimte schon die Hoffnung auf, dass Böhmer sich endlich öffnete, doch dann sagte er: »Max, wir sind Freunde. Immer noch. Und ich sage dir als dein Freund: Gib auf dich acht. Diese feinen Pinkel, die dich engagiert haben, würden alles tun, um weder ihre Macht noch ihr Geld zu verlieren. Denen gehst du am Arsch vorbei, und die zögern keine Sekunde, dich über die Klinge springen zu lassen, wenn es zu ihrem Vorteil ist. Ich …«

Das Klingeln von Max' Handy unterbrach Böhmers Redeschwall.

Es war Kirsten. Max nahm das Gespräch an.

»Hi Bruderherz, ich bin's«, meldete sie sich. »Störe ich?«

»Nein. Ich sitze mit Horst auf ein Alt am Rheinufer und unterhalte mich mit ihm über Polizeiarbeit.« Böhmer schüttelte mit säuerlicher Miene den Kopf und trank einen Schluck.

»Bist du auf dem Rückweg von München?«

»Ja.«

»Und? Wie war's?« Max war zwar innerlich aufgewühlt von

Böhmers seltsamem Verhalten, aber er wollte zumindest kurz hören, was die Voruntersuchungen gebracht hatten.

»Na ja, die haben da allerlei Tests gemacht, einige mit Stromstößen, um die Leitfähigkeit verschiedener Nervenbahnen zu checken. Nicht angenehm, aber auszuhalten. Um es kurz zu machen: Mein Körper scheint die Voraussetzungen für die OP zu erfüllen.«

»Wow! Das klingt doch super.«

»Ja, schon, aber ich weiß noch nicht ... Es ist nicht garantiert, dass sich danach wirklich etwas verändert.«

»Aber trotzdem ...«

»Lass uns ein anderes Mal darüber reden, okay? Ich wollte dir nur kurz Bescheid geben und möchte eure Unterhaltung nicht stören. Außerdem bin ich ziemlich müde und werde gleich ein Nickerchen machen.«

»Okay«, stimmte Max zu. »Schön, dass du angerufen hast.«

Nachdem er das Telefon eingesteckt hatte, wandte er sich wieder Böhmer zu, der ihn fragend ansah. »Geht es Kirsten gut?«

»Ja, sie war in München für einige Untersuchungen. Es gibt da eine neue Methode ... Aber darüber können wir ein anderes Mal reden. Du warst gerade dabei, mich über meine Auftraggeber zu belehren.«

Böhmer winkte ab. »Lass mal. Ich möchte gerne noch eine Weile allein hier sitzen und nachdenken. Ich hoffe, dass du mich gut genug kennst, um das, was ich dir sage, einordnen zu können.«

Max nickte und erhob sich. Er wusste, dass der Moment gekommen war, um sich zu verabschieden. Bevor er losging, sagte er noch: »Ich bin mir gerade nicht mehr so sicher, dass ich dich wirklich kenne, Horst.«

Kaum hatte Max den Bereich des Rheinufers in Richtung Parkplatz verlassen, zog er sein Telefon hervor und rief Sophie Mahler an.

»Wissen Sie es schon?«, begann er ohne Umschweife, als sie das Gespräch angenommen hatte.

»Ich dachte, wir seien beim Du?«

»Weißt *du* es schon?«

»Das kommt darauf an, was du meinst.«

»Hast du mitbekommen, was dein Kollege online bei der *POST* zum Besten gegeben hat?«

»Keine Ahnung, was du meinst. Gerade habe ich aber auch wirklich andere Sorgen. Ich bin noch bei *Müller & Mahler* und habe dort Petra Kühnes Kalender durchforstet. An allen Tagen dieses Monats gibt es dort mindestens fünf Termine. Das gilt übrigens auch für morgen, übermorgen und so weiter. Heute ist der einzige Tag mit nur einem Eintrag. Hör dir das mal an: 13 Uhr, Hotel Breidenbacher Hof. Treffen mit *Sigmund*.«

Max' Atem stockte. Der Name aus Müllers Kalender..

Sophie fuhr derweil fort. »Lass uns nachher darüber sprechen, Max. Und zwar dringend. Jetzt muss ich mich aber erst mal um meinen Vater kümmern. Ich weiß nicht, ob es am Schock oder an seiner Sturheit liegt, jedenfalls will er nichts davon wissen, dass auch *er* in Gefahr sein könnte.«

»Und was ist mit Pirlo?«, murmelte Max. Er merkte allerdings selbst, dass es lahm klang.

Sophie seufzte genervt in den Hörer. »Was soll mit ihm sein?«

»Du solltest dir zumindest anhören, was er der *POST* mitgeteilt hat«, riet Max deutlich sanfter, obwohl er immer noch verärgert war. »Es ist wichtig.«

»Von mir aus. Dann aber schnell.«

»Also gut«, sagte Max und berichtete von Anton Pirlos Interview, das noch keine Stunde alt sein konnte. Als er fertig war, wartete er auf eine Reaktion von Sophie. Erst nach einer ganzen Weile, in der bedrückende Stille in der Leitung herrschte, sagte sie: »Das war alles?«

»Ja.«

»Und? Was erwartest du jetzt von mir?«

»Na, dass du deinen Kanzleipartner fragst, ob er diesen Fall mit aller Gewalt gegen die Wand fahren will, obwohl er eigentlich nichts damit zu tun hat.«

»Immerhin hat er mir mitgeteilt, was er in dem Hotelzimmer herausgefunden hat – und du weißt es wiederum von mir. Er hat also nicht *nichts* gemacht. Außerdem: Warum sollte ich? Wenn du ein Problem mit Pirlo hast, kannst du das gern direkt mit ihm klären. Schließlich hat *er* das Interview gegeben und nicht ich. Ihr seid große Jungs. Das schafft ihr schon.«

»Okay«, entgegnete Max irritiert. »Ich gestehe, dass ich mit einer anderen Reaktion von dir gerechnet habe.«

»Du meinst nach all der langen Zeit, die wir uns jetzt schon kennen?« Sophie seufzte. Ihr bissiger Ton schien ihr selbst aufzufallen – und unangenehm zu sein. »Pass auf, Max, ich finde es gut, dass mein Vater deine Unterstützung eingekauft hat. Ganz bestimmt wäre es auch sinnvoll, alles mit Zeit und Ruhe zu besprechen. Womöglich ist es nicht mal ein Schaden, wenn Pirlo und du euch auch mal persönlich kennenlernt. Gerade überschlagen sich aber rechts und links die Ereignisse. Wir haben daher *wirklich* andere Sorgen als irgendwelche Eitelkeiten oder Medieneskapaden. Pirlo kommt also nicht an einem Mikrophon vorbei. Na und? Erzähl mir was Neues. Vor allem: Erzähl mir was, mit dem ich *tatsächlich* etwas anfangen kann!«

Während sie sprach, entfernte sich ihre Stimme.

»Hallo, bist du noch da?«, fragte Max nach.

»Ja«, kam es aus der Distanz von ihr zurück. »Ich tippe.«

»Was denn?«

»Eine Nachricht an dich.« Parallel dazu vibrierte Max' Telefon. »Herzlichen Glückwunsch, du hast jetzt Pirlos Nummer. Ihm habe ich übrigens auch deine geschickt. Macht eure Befindlichkeiten unter euch aus. Reißt euch zusammen. Und dann meldet euch, damit wir besprechen können, wie wir weiter vorgehen.«

Und schon hatte sie aufgelegt. Einen Augenblick starrte Max noch irritiert auf sein Telefon. Sophies Umgang mit ihm war – vorsichtig formuliert – robust. Doch was hatte er erwartet? Sie war Ernst Mahlers Tochter und hatte Pirlo als Partner ...

Weiter kam er nicht mit seinen Gedanken. Eine unbekannte Nummer rief an. Und schon fand sich Max im nächsten seltsamen Gespräch.

»Habe ich jetzt den *Professor* dran?« Die Stimme war überraschend angenehm.

»Pirlo?«, riet Max.

»Freut mich«, antwortete der. Auch wenn es nicht so klang.

Max rang noch kurz damit, wie sehr er sich zusammenreißen sollte. Dann war die Entscheidung gefallen: gar nicht. Dazu war er wegen Pirlos Alleingang und dessen Auswirkungen auf sein Verhältnis zu Böhmer einfach viel zu sauer. »Können Sie mir einen einzigen, vernünftigen Grund nennen, warum Sie der *POST* dieses mehr als überflüssige Interview gegeben haben, mit dem Sie nur eines erreicht haben: dass meine Quelle bei der Polizei nun definitiv versiegt ist? Warum um alles in der Welt machen Sie so was?«

»Weil ich es will. Und weil ich es kann.« Womit Max' Entscheidung feststand. Er konnte diesen Typen wirklich nicht leiden. Dann lachte Pirlo allerdings. »Ernsthaft, Bischoff: Denken Sie doch mal nach. Innerhalb kürzester Zeit geraten zwei der Partner von Sophies Vater in akute Gefahr. Einer überlebt es nicht, die andere nur knapp. Wenn ich es richtig verstehe, gehen Sophie und Sie davon aus, dass bei Karl Müller jemand anderes seine Finger im Spiel hatte. Bei Petra Kühne sehe ich das selbst ganz ähnlich.«

»Und?«

»Woher sollen der Mörder oder die Mörderin wissen, dass wir ihm oder ihr auf der Spur sind?«

»Ich stelle eine Gegenfrage: Warum sollten wir es diesen Menschen *wissen* lassen?«

»Damit er einen Fehler macht. Wenn das bei Karl Müller ein Mord war, dann lief es geradezu perfekt. Die Polizei scheint schließlich fest entschlossen, die Sache auf sich beruhen zu lassen.«

Was Max leider nur bestätigen konnte. Kurz überlegte er, ob er Pirlo von Böhmers Hinweisen auf die Politik berichten sollte, entschied sich dann aber dagegen. Dieser Anwalt hatte wenig getan, um sich sein Vertrauen zu erarbeiten. Verdient hatte er es erst recht nicht.

»Bei Petra Kühne hat allerdings etwas nicht geklappt. Kann ja sein, dass die Ermittler auch hier wieder in Richtung Suizid denken. Dann aber wäre trotzdem das Ergebnis ausgeblieben.«

»Und was schließen Sie daraus?«

»Wer immer dafür verantwortlich war, dürfte alles andere als zufrieden sein. Vielleicht wird der Täter jetzt nervös und gerät aus der Spur. Er oder sie hat diesen zweiten Anschlag jedenfalls solide verkackt. Und dank eines äußerst gelungenen Interviews in der *POST* weiß das jetzt auch das ganze Land.«

»Das ist ganz schön hoch gepokert.«

»Es geht ja auch um verdammt viel.«

»Gehen Sie mit Menschenleben immer so leichtfertig um?«

»Gegenfrage: Haben Sie eine bessere Idee?« Max überlegte einen Augenblick zu lange. »Na eben. Alles andere besprechen wir dann bei unserem persönlichen Kennenlernen. Ich denke, es geht mir dabei ähnlich wie Ihnen: Ich kann es vor Vorfreude kaum erwarten.«

Womit Pirlo auflegte. Wieder blieb Max irritiert zurück. An was für Leute war er da eigentlich geraten?

10

SOPHIE

Als Sophie kurz vor Mitternacht in die dritte Runde um die Bilker Kirche einbog, war sie nicht mehr nur nervös, sondern geradezu panisch. Bis gerade hatte der Anlass für ihren Aufenthalt hier völlig ausgereicht, sie jede Fassung verlieren zu lassen. Jetzt allerdings kam noch eine weitere Facette des Unwohlseins dazu, die, in aller Öffentlichkeit orientierungslos durch die Gegend zu irren und, noch viel schlimmer, nicht *effektiv* zu sein.

Es spielte keine Rolle, wie viele Jahre sie schon nicht mehr bei ihren Eltern lebte, die Weisheiten, die ihr Vater, solange sie denken konnte, von sich gab, hatten sich unauslöschlich in ihr Gedächtnis gebrannt. »Fleiß ist die beste Form der Leidenschaft.« Wenn er so etwas sagte, legte ihr Vater immer eine kleine Kunstpause ein, ehe er enthüllte, von wem das Zitat stammte, gerade so, als wollte er ihr die Gelegenheit geben, sich zumindest ein kleines bisschen zu schämen, dass sie es nicht einfach wusste. »Thomas Mann«, fügte er dann hinzu. Sophie hatte diese Belehrungen lange einfach hingenommen. Ein Stück weit waren sie über die Jahre aufgrund der ständigen Wiederholungen ohnehin zu reinen Formeln verkommen. Oft war sie auch einfach froh, dass ihr Vater *überhaupt* etwas zu ihr sagte.

Als sie nach ihrer Runde wieder vor dem Altbau neben der *Seifenhorst*-Kneipe stand, beschloss sie, dass es reichte – und zwar sowohl die Sorge, den Geistern der Vergangenheit nicht zu genügen, als auch das Hinauszögern des ganz konkret anstehenden Gesprächs. Und warum auch nicht? Am Telefon war es ihr schließlich auch leichtgefallen, als starke Anwältin aufzutreten. Wobei das nicht nur eine Rolle war. Sondern tatsächlich *sie*. Dann konnte sie sich aber auch endlich zusammenreißen und einfach klingeln.«

Als sie nach ihrem Weg in den sechsten Stock etwas atemlos vor Max auftauchte, wirkte er überrascht. Sie war es allerdings auch. Leider.

Darauf, dass er gut aussah, hatte sie sich mittlerweile eingestellt. Der körperbetonte Pullover, mit dem er zu Hause herumlief, ließ erkennen, dass er mindestens so viel Zeit beim Sport verbrachte wie sie selbst. Das war aber nicht das Auffälligste. Sondern, dass Max einen sitzen hatte. Und zwar deutlich. Sowohl seine geröteten Wangen als auch der gar nicht mal so zarte Geruch, der von ihm ausging, ließen auf weit mehr als ein Kaltgetränk schließen. Was natürlich jeder halten konnte, wie er wollte. Ungewöhnlich kam ihr das bei diesem fast asketisch wirkenden Professor aber irgendwie doch vor. Dazu kam, dass sie, allein aus familiären Gründen, bei Alkoholfragen alles andere als entspannt war.

Max unterbrach ihre Gedanken. »Frau Mahler!« Kurz hantierte er unbeholfen mit seinen Armen herum. Dann streckte er ihr zur Begrüßung die Hand entgegen. »Was für eine unerwartete Freude!«

»Sophie«, erinnerte sie ihn.

»Richtig. Sophie. Entschuldige den Rückfall in alte Förmlichkeiten.« Sein Lächeln wechselte von freundlich zu ertappt. »Du triffst mich aber auch nicht gerade auf der absoluten Höhe meiner Form an.« Bischoff fuhr sich über seine kurzen Haare, die er dabei leicht verwuschelte. »Ich habe heute möglicherweise ein kleines bisschen am Altbier genippt.« Dabei sah er sie so verlegen an, dass

Sophie gar nicht anders konnte als zu lachen. Was gut tat. Auch wenn es unpassend war. Und zwar sehr. Ehe sie auf den Grund dafür eingehen konnte, sprach Max aber schon weiter.

»Eigentlich«, erklärte er, »ist das ja auch gar nicht meine Art. Wobei mir natürlich klar ist, dass das genau das ist, was die Leute sagen, deren Art das eben *doch* ist. Hier ist es aber tatsächlich anders. Dass ich angeschickert bin, kommt so gut wie nicht vor.«

»Außer jetzt gerade?«

Er nickte. »Erwischt. Wobei ich zumindest teilweise unschuldig bin. Vorhin hat mich mein Kollege und ...« Er schien einen Moment nach dem richtigen Begriff zu suchen, »... Freund Horst Böhmer von der Kripo zu einem Alt am Fortuna-Büdchen verführt. Zu Hause haben sich dann noch zwei, drei weitere dazugesellt.«

»Das klingt doch eigentlich ganz gut«, erwiderte Sophie, der auffiel, dass sie sich gar nicht mehr erinnern konnte, wann sie das letzte Mal ein Alt am Rhein getrunken hatte. Wenn sie die Lage auch nur im Ansatz richtig einschätzte, würde es allzu bald auch nicht mehr dazu kommen.

Wieder drängte sich Max in ihre Überlegungen. »Willst du nicht wissen, warum es meinem geschätzten Ex-Kollegen gelungen ist, mich ausgerechnet heute zum Trinken zu bewegen?«

Doch klar, dachte Sophie. Nur eben nicht gerade jetzt. Und schon gar nicht dann, wenn es darauf hinauslief, sich über Pirlo aufzuregen. Sie wusste zwar, dass Pirlo anstrengend sein konnte. Dass er Max mit seiner Art geradezu *triggerte*, war allerdings doch erstaunlich.

»Das erste Alt mit Böhmer war quasi ein Notwehrbier.«

»Ein was?«

»Du hast es schon richtig verstanden. Indem dein Kollege mit der *POST* gesprochen hat, ist es ihm geradezu spielend leicht gelungen, mein über Jahre aufgebautes Vertrauensverhältnis mit meinen alten Kollegen in Schutt und Asche zu legen.«

»Warum das denn? Ich dachte, die Leute vom KK 11 und du seid immer noch miteinander vertraut.«

»Jedenfalls alle bis auf die Leiterin.«

»Des KK 11?«

»Ja.«

»Na also, wenn du sonst mit allen gut auskommst, wird das bisschen Pirlo-Gepose schon nicht zu viel Schaden angerichtet haben.«

»Außer, dass ich jetzt in deinem und damit auch in seinem Team bin und mich meine Ex-Kollegen daran messen. Ob ich will oder nicht.«

Sophie seufzte. »Hast du Pirlo denn darauf angesprochen?«

»Ja.«

»Gut.«

Max schüttelte den Kopf. »Ganz und gar nicht.«

Sie bemühte sich darum, ihre Fassung zu bewahren. »Glaub mir, es gibt wirklich Wichtigeres, als irgendwelche Platzhirsch-eitelkeiten. Ich kenne das Interview von Pirlo in der *POST*. Geh davon aus, dass ich auch nicht gerade begeistert davon bin, aber weißt du, Pirlo ist einfach ...« Sie überlegte. »Wie er eben ist.«

Sie konnte Max ansehen, dass ihm auch noch viele andere Ausdrücke eingefallen wären, und war erleichtert, dass er es damit zumindest an dieser Stelle gut sein ließ – wenn auch nicht ganz.

»Ich frage mich allerdings schon, warum du dich überhaupt mit einem wie ihm abgibst. Man sollte meinen, dass eine Frau wie du besser darauf achtet, mit welchen Leuten sie ihr Umfeld schmückt.«

Sophie sah Max für einen langen Moment einfach nur an. Es war ein Fehler gewesen hierherzukommen. Trotzdem wäre es falsch gewesen, ihm das jetzt vorzuwerfen. Sie kannte ihn schließlich kaum – und er sie auch nicht. Warum hatte sie sich also dafür entschieden, statt zu Pirlo ausgerechnet zu ihm zu fahren? Wieso war sie davon ausgegangen, dass er, nur weil er ein ehemaliger Polizist war, schon irgendwie *wissen* würde, was zu tun sei? Und überhaupt: Wie hatte sie nur so blöd sein können?

Sie straffte sich. »Es tut mir leid, dass ich unangemeldet vorbeigekommen bin, Max.« Dann rang sie sich ein müdes Lächeln ab. »Wir sprechen einfach wann anders.«

Womit sie sich umdrehte und ging.

Er holte sie noch vor der Kirche ein. Immerhin schien er nach ihrem Abgang keine Sekunde gezögert zu haben. Im Gegenteil, in so kurzer Zeit zu ihr aufzuschließen und es dabei geschafft zu haben, nicht nur feste Schuhe, sondern auch einen Mantel und eine Wollmütze anzuziehen, ließ einiges von der Entschlossenheit erkennen, die Sophie schon vorhin bei Max zu finden gehofft hatte. Genau genommen war sie ja auch der Grund gewesen, statt zu Pirlo direkt zu ihm zu eilen. Umso tiefer saßen jetzt allerdings auch ihr Ärger und, was noch viel schlimmer war, ihre Verunsicherung.

Zu ihrer Erleichterung übernahm Max das Reden. »Bitte entschuldige mein ungehaltenes Auftreten, Sophie. Ich weiß, dass ich mich gerade nicht so hätte mitreißen lassen sollen. Es ist nur so, dass dein Kollege Pirlo eine ziemliche Herausforderung für die Nerven ist.«

»Das weiß ich«, murmelte sie, während sie in Richtung Hafen marschierte. »Es ist mir gerade allerdings wirklich von Herzen egal. Deswegen bin ich nicht zu dir gekommen.«

Einen Anlauf nahm Max allerdings noch. »Du ahnst gar nicht, wie blöd er mich bei meinen ehemaligen Kollegen dastehen lässt. Ein professioneller Ermittler setzt eigentlich auf Sachlichkeit und Ruhe.«

»Und Pirlo eben auf Anarchie und Chaos. Zumindest manchmal.« Sophie sah, dass Max damit nicht zufrieden war. Zum einen hatte sie aber recht. Zum anderen war das hier kein Wunschkonzert. Im Gegenteil, obwohl ihr Ton resolut war, legte er einmal mehr nach.

»Ganz nebenbei trägt Pirlo uns im schlimmsten Fall wegen des Vorenthaltens von Beweismitteln auch noch ein Ermittlungsverfahren ein.«

Sophie ballte ihre Hände zu Fäusten. Sie spürte, wie es in ihr brodelte. Noch hatte sie sich zwar im Griff. Es genügte schließlich, wenn hier der Bischoff-Ätna spuckte. Trotzdem gelang es ihr nur mit Mühe, tief durchzuatmen. Um nicht doch noch die Kontrolle zu verlieren, beschloss sie, ihre Schritte zu beschleunigen. Weglaufen statt wegdiskutieren. Vielleicht half das ja. Um Bischoff musste sie sich dabei sowieso nicht sorgen. Mit ihrem Tempo konnte er längst mithalten. Womöglich half ihm die Kombination aus frischer Luft und strammen Schritten sogar dabei, endlich einen klaren Kopf zu bekommen.

Sie schwiegen, bis sie am Wasser ankamen. Tief unter ihnen schwappte die Schwärze des nächtlichen Rheins gegen das Hafenbecken. Einen Moment füllte nichts als dieses Geräusch die Dunkelheit. Dann sprach wieder Bischoff, diesmal ruhiger, leiser. Und klarer. »Noch einmal: Ich bedaure, dass ich vorhin so emotional war. Das sieht mir eigentlich gar nicht ähnlich. Es ist nur so, dass ich mich hier auf unbekanntem Terrain bewege. Ich finde Mörder, verstehst du? Ich kann nachvollziehen, wie sie denken, sie analysieren und überlisten. Das sind meine Stärken, und dazu stehe ich auch. Das hier« – seine Hand beschrieb einen Halbkreis, der wahrscheinlich nicht nur die Glaspaläste der Großkanzleien im Hafen, sondern auch die in der Innenstadt und womöglich sogar noch weit darüber hinaus umfasste – »dieser ganze Schickimickischnickschnack von irgendwelchen Krawattenträgern ist einfach nicht meine Welt. Womöglich ist Pirlo gar kein schlimmerer Profilneurotiker als alle anderen. Von ihm bekomme ich nur deutlich mehr mit.«

»Trotzdem hast du den Job angenommen.«

Sie sah, dass Bischoff mit den Schultern zuckte. »Ich hatte schon vorher Zweifel, gebe aber auch offen zu, dass ich mich möglicherweise verschätzt habe. Dieses Gehabe und ich: Das passt einfach nicht.«

»Selbst dann nicht, wenn es um Mord geht?«

Er hob die Hände. »Außer uns glaubt das doch niemand!«

»Doch«, antwortete Sophie leise.

»Und wer?«, fragte Bischoff. Er klang jetzt vorsichtig. Und interessiert.

Sie schluckte. »Die Polizei.«

»Seit wann das denn?«

Sophie sah auf ihre Hände. »Seit ungefähr zwei Stunden.« Sie seufzte. »*Das* ist auch der Grund dafür, dass ich heute Abend zu dir gekommen bin, Max. Ich brauche deine Hilfe.«

Er schien einen Moment zu überlegen, sagte dann aber: »Tut mir leid, Sophie, ich kann nicht folgen. Was ist passiert?«

Sie hörte ihre eigene Stimme, als käme sie aus weiter Ferne. »Die Polizei war vorhin bei meinen Eltern zu Hause und hat erklärt, dass es neue Beweise gibt, die dafür sprechen, dass Karl Müller und Petra Kühne getötet werden sollten. Zwischenzeitlich hat sie außerdem einen konkreten Verdacht, wer hinter all dem steckt.«

»Und zwar wer?«, fragte Bischoff.

Sophie sah ihn an. Im schwachen Schein einer Straßenlaterne waren seine Augen dunkel, aber klar. Er stand so nah bei ihr, dass eine winzige Bewegung genügt hätte, um ihn zu berühren. Oder um sich in den Arm nehmen zu lassen. Wobei für beides kein Platz war. Natürlich nicht. Stattdessen riss sich Sophie zusammen. »Sie sagen, dass es einen dringenden Tatverdacht gibt.«

»Gegen wen?«, hakte Bischoff nach. Auch in seiner Stimme schwang jetzt einige Unruhe mit.

Sophie wandte den Blick ab. Ihre Unterlippe zitterte. »Gegen meinen Vater. Sie sagen, dass er der Mörder sein soll, Max.« Jetzt schluchzte sie doch. »Und deswegen haben sie ihn vorhin verhaftet.«

11

MAX

»Scheiße!«, entfuhr es Max. »Das ... tut mir leid.«

Sophie wischte sich über die Augen. »Ja«, sagte sie, »mir auch. Wahrscheinlich gilt das am Ende auch für alle anderen. Dass es ihnen *leidtut*. Das Ergebnis ist trotzdem dasselbe: Mein Vater ist in Haft. Alles, was er aufgebaut hat, liegt in Trümmern. Und ich habe absolut keine Ahnung, wie es jetzt weitergehen soll.«

Max überlegte fieberhaft. Natürlich fiel ihm auf, dass Sophie offensichtlich zuerst zu ihm gekommen war statt zu ihrem langjährigen Partner Pirlo. Warum das so war, spielte gerade allerdings keine Rolle. Genauso wenig musste er fragen, ob sie befürchtete, ihr Vater könnte wirklich etwas verbrochen haben. Ernst Mahler mochte Max nicht besonders sympathisch sein. Jemand, der Menschen tötete, engagierte aber ganz bestimmt keinen erfahrenen Ermittler, um die Hintergründe dazu aufzuklären ... Wobei Max auffiel, dass er noch gar nicht wusste, was Ernst Mahler eigentlich zur Last gelegt wurde.

»Lass mich doch noch mal bei Böhmer anrufen. Er soll mir sagen, was genau gegen deinen Vater vorliegt.«

Sophie schüttelte langsam den Kopf. »Das ist nicht nötig, Max. Als sie meinen Vater abholten, haben sie ihm den Vorwurf mitgeteilt. Dass meine Mutter nebendran stand, schien ihnen ganz gleich gewesen zu sein.«

Sie zitterte, obwohl es nicht über die Maßen kalt war, und Max unterdrückte den Impuls, sie einfach in den Arm zu nehmen. Die Situation war kompliziert genug. Er musste sie mit einer missverständlichen Geste nicht noch schlimmer machen. »Was ist der Vorwurf?«

Sophie senkte den Blick. »Mord. Sie vermuten, dass er hinter dem steckt, was Karl und Petra passiert ist.«

»Du meinst, bei ihr versuchter Mord?« Max wusste nicht, ob er sich über seine Pingeligkeit ärgerte. Trotzdem, nur so war es richtig.

Sie antwortete mit leiser Stimme. »Petra Kühne scheint vor etwa einer Stunde verstorben zu sein.«

Max verdaute das kurz. Dann griff er seinen Gedanken wieder auf. »Das ergibt doch gar keinen Sinn. Dein Vater kauft Ermittler ein, um diese Morde aufzuklären. Warum sollte er dann seine Partner töten wollen – und das gleichzeitig untersuchen lassen?«

Ihre Stimme war fast nicht mehr zu hören. »Die sagen sogar, dass er das selbst getan haben soll.«

Für einen Moment war Max tatsächlich sprachlos. Dann keimte ein Gedanke auf, der Sophie zwar nicht froh machen würde, den er aber trotzdem aussprechen musste. »Meinst du, dass auch das auf Pirlo zurückgeht?«

Sie sah ihn irritiert an. »Inwiefern?«

»Na ja, er hat doch davon gesprochen, dass er Hintergrundinformationen darüber hat, dass Frau Kühne *ermordet* wurde. Und kurz darauf wird dein Vater wegen Mordverdachts verhaftet. Vielleicht gibt es da ja einen Zusammenhang.«

»Auf keinen Fall!« Die Antwort kam schnell und fiel deutlich aus. »Falls Pirlo auch nur den Ansatz eines Verdachts gehabt hätte, dass bei meinem Vater etwas nicht stimmt, hätte er mit mir gesprochen, vielleicht sogar mit ihm, ganz bestimmt aber nicht mit der Presse oder der Polizei.«

Max nickte. Auch wenn er, was die Integrität dieses Anwalts anging, noch längst nicht überzeugt war, stellte er doch erleichtert fest, dass es Sophie gutzutun schien, über etwas anderes zu sprechen als den Verdacht gegen ihren Vater.

»Pirlo ist aber trotzdem ein gutes Stichwort.«

»Inwiefern?«

»Du wirst das nicht gern hören. Dass ich direkt zu dir gekommen bin, hat auch mit ihm zu tun.«

»Mit Pirlo?«

Sie nickte. »Mein Vater braucht einen Verteidiger für die Haftvorführung.«

»Und das soll *er* sein?«

»Gemeinsam mit dir.«

»Mit *mir*?«

»Ja. Du kennst den Fall und meinen Vater. Er vertraut dir bei diesen Ermittlungen. Und wenn das bei ihm so ist, ist es auch bei mir so.«

»Das mag sein, hat aber nicht notwendigerweise mit Pirlo zu tun. In der Kanzlei deines Vaters wimmelt es doch nur so von Anwälten. Und davon abgesehen gehörst du ebenfalls zu dieser Zunft. Es sollte also kein Problem sein, jemand anderen zu finden. Vielleicht sogar jemanden, die oder der sich abspricht, ehe er die Polizei gegen uns aufbringt.«

»Pirlo ist aber der beste.« Sophie schien zu ahnen, dass Max widersprechen wollte. »Zumindest für das, was jetzt ansteht.« Sie seufzte. »Ich weiß, dass es mit ihm« – sie suchte nach dem richtigen Wort – »*herausfordernd* sein kann. Er ist aber auch schnell im Denken, klar im Kurs und, auf seine ganz eigene Art, verlässlich. Ihr werdet schon miteinander klarkommen.«

»Wenn du mich fragst, prallen da nicht nur Persönlichkeiten aufeinander, sondern ganze Welten«, protestierte Max.

Dann allerdings passierte das, was er die ganze Zeit schon befürchtet hatte. Sophie sah ihn lange mit tränengefüllten Augen an und sagte: »Bitte!«

Max rang seinen Impuls zu widersprechen nieder. Sophie fuhr fort. »Man mag über meinen Vater denken, was man will. Er ist sicher nicht nur mit Freundlichkeiten dorthingekommen, wo er heute ist. Seine Methoden und sein Auftreten sind oft genug auch nicht gerade zimperlich. Fälle wie TaxEx fallen nicht vom Himmel. Mandanten wie einen Wabnitz beeindruckt man nicht durch zarte Worte. Eines ist aber trotzdem klar: Mein Vater ist kein Mörder, zumal er sich auch mit dem Auslöschen der Führungsebene seiner Kanzlei ins eigene Fleisch schneiden würde. Er würde niemals einen Menschen umbringen oder umbringen lassen. Das *musst* du mir einfach glauben!« Sophie hatte ordentlich Tempo aufgenommen und zwang sich jetzt erkennbar zu etwas mehr Ruhe. »Wie es aussieht, müssen wir aber auch alle anderen überzeugen. Dafür brauchen wir Pirlo als Anwalt.« Sie ließ einen Moment verstreichen, ehe sie hinzufügte: »Und dich als Ermittler.«

Eine Weile sahen sie sich schweigend an, dann nickte Max und zog sein Telefon aus der Tasche, um doch noch bei Böhmer anzurufen. Als er die Uhrzeit auf dem Display sah, zögerte er nur kurz. Es war schon nach Mitternacht. Max rief ihn trotzdem an. In Böhmers Fall hatte es eine erste Verhaftung gegeben, da war es sehr unwahrscheinlich, dass der leitende Ermittlungsbeamte einfach gemütlich im Bett lag.

»Was immer du möchtest«, begann Böhmer, nachdem er das Gespräch angenommen hatte, »vergiss es. Ich kann dir nichts sagen.«

»Nun mach mal langsam, Horst. Das ist mittlerweile nicht mehr witzig. Ihr habt Ernst Mahler verhaftet. Warum hast du mich nicht vorgewarnt? Was ist denn bloß los mit dir? Ich habe dich so oft gefragt, in welche Richtung ihr ermittelt, und ausgerechnet *das* verschweigst du mir!«

»Das habe ich nicht, Max. Im Gegenteil habe ich mich so weit aus dem Fenster gelehnt, wie ich konnte, und dich mehrfach vor diesen Leuten gewarnt.« Max linste vorsichtig zu Sophie, die allerdings nicht zu hören schien, was Böhmer sagte. Sie hatte die Arme um den Oberkörper geschlungen und schien neben ihm angespannt auf das zu warten, was das Gespräch ergab. Das waren für seinen Ex-Kollegen also *diese Leute*. »Aber du wolltest nichts davon hören. Wo ist denn dein so verlässlicher, analytischer Verstand? Oder anders gefragt, was ist denn mit *dir* los?«

Die sich verändernden Geräusche im Hintergrund deuteten darauf hin, dass Böhmer seinen Standort wechselte. Schließlich sagte er deutlich leiser. »Glaub mir, Max, ich möchte dich beschützen.«

»Ich brauche keinen Schutz, Horst, das solltest du langsam mal verstanden haben. Ich habe es noch immer ganz gut geschafft, auf mich selbst aufzupassen.«

»Dieser Fall ist anders.«

»Warum?«

»Ich kann es dir nicht sagen, weil ich es selbst nicht weiß. Ich bekomme nur mit, was hier in der Dienststelle abgeht. Die Keskin ist hypernervös, der Polizeipräsident rennt herum wie ein aufgescheuchtes Huhn. Aktuell bin ich als Kriminalbeamter zumindest halbwegs geschützt, aber du weißt, dass ich bald als Leiter dieser Abteilung in der Verantwortung stehe.«

»Und ich habe hier eine verzweifelte Frau neben mir stehen, deren Vater gerade von euch verhaftet worden ist. Da ist es doch wohl nicht zu viel verlangt, wenn du ...«

»Ich muss Schluss machen«, fiel Böhmer ihm ins Wort. In der nächsten Sekunde hatte er aufgelegt.

»Scheiße!«, stieß Max aus und steckte das Telefon wütend wieder ein. »Er macht dicht.«

»Pirlo wird gleich morgen früh Einsicht in die Ermittlungsakte beantragen. Dann wissen wir mehr. *Ihn* können sie nicht einfach so abwimmeln.«

Max merkte, dass ihm das zu weit ging. »Horst meint es nur gut, und außerdem sind ihm die Hände gebunden.« Er wollte nicht mit Sophie über Böhmer reden. Sie hatten ohnehin andere Probleme. »Ich befürchte, wir werden heute Nacht nichts mehr tun können, und schlage vor, wir bemühen uns, ein paar Stunden zu schlafen. Morgen früh sehen wir dann weiter.« Sein Verstand hatte wieder auf praktisches Denken umgeschaltet. »Wie bist du überhaupt hierhergekommen? Soll ich dich nach Hause fahren?«

»Nein, danke, mein Fahrrad steht gleich um die Ecke.«

»Ich begleite dich noch bis dorthin.«

Als sie kurz darauf Sophies Rad erreicht hatten, wandte sie sich Max noch einmal zu. »Die Haftanhörung ist morgen Vormittag. Pirlo wird dir schreiben, wann und wo.« Ihr Blick wurde etwas weicher. »Ich weiß, dass es nicht immer einfach ist, mit ihm klarzukommen. Es geht jetzt aber nicht um irgendwelche Eitelkeiten, sondern um meinen Vater. Reißt euch einfach zusammen. Bitte.«

»Ich werde mich bemühen«, versprach Max. »Aber ich kann nichts garantieren.«

Zu Hause angekommen überlegte Max, ob er gleich ins Bett gehen sollte, entschied sich aber dagegen. Er fühlte sich noch zu aufgepeitscht und würde sich wahrscheinlich sowieso nur von einer Seite auf die andere drehen und in Gedanken die letzten Entwicklungen wieder und wieder durchgehen. Also schenkte er sich in der Küche ein Glas trockenen Auxerrois ein, setzte sich damit ins Wohnzimmer und überlegte, ob er Jana anrufen sollte. Sie waren zwar noch nicht lange zusammen, aber Max hatte sich schon sehr daran gewöhnt, dass neben seiner Schwester Kirsten auch Jana ein wichtiger Ansprechpartner für ihn war. Allerdings hielt sie sich gerade für einen speziellen Lehrgang bei Interpol in Wien auf, und er wusste, wie wichtig ihr das war. Er wollte sie nicht aus dem Schlaf reißen, zumal klar war, dass dieses Gespräch länger als nur ein paar Minuten dauern würde. Und es gab noch einen weiteren Grund, der dagegensprach, sie anzurufen: Sie war Böhmers Kollegin, und wenn sie hörte, wie der sich im Moment benahm, würde sie natürlich versuchen herauszufinden, was im KK 11 los war, und – je nachdem, was Böhmer ihr sagte – dann vielleicht in einen Gewissenskonflikt kommen zwischen ihrer dienstlichen Schweigepflicht auf der einen und ihren Gefühlen Max gegenüber auf der anderen Seite. Das wollte er ihr ersparen.

Dennoch hatte er das dringende Bedürfnis, mit jemandem zu reden.

Schließlich rief er seine Schwester an. Er würde sie wahrscheinlich auch aus dem Bett holen, doch das war für Kirsten okay. Schon ihr ganzes Leben lang waren sie, ungeachtet von Uhrzeiten oder sonstigen Parametern, füreinander da.

Es dauerte eine Weile, bis Kirsten das Gespräch schließlich annahm. »Max! Sag mir bitte zuerst, dass bei dir alles in Ordnung ist und es dir gut geht.«

»Zweimal ja«, bestätigte er mit einem Lächeln.

»Gut. Ich weiß, wenn du um diese Uhrzeit anrufst, muss es einen triftigen Grund dafür geben. Aber wenn alles in Ordnung ist, bin ich beruhigt. Also, ich höre dir zu.«

Max lächelte still vor sich hin. Der Pragmatismus, mit dem seine Schwester auf solche Situationen reagierte, stand im Gegensatz zu ihrem oft ausgesprochen gefühlsgesteuerten Handeln bei anderen Gelegenheiten.

»Du wolltest mir doch mehr über die Voruntersuchung in München erzählen.«

Ein paar Atemzüge lang herrschte Stille, bis Kirsten sagte: »Darüber können wir gerne irgendwann in den nächsten Tagen reden, aber sicher nicht mitten in der Nacht. Also, warum hast du angerufen?«

Max atmete tief durch. »Es geht letztendlich um den Fall, den ich übernommen habe.«

»Kanzlei *Müller & Mahler*.« Kirsten wusste, wovon er sprach. »Aber warum *letztendlich*?«

»Weil mittlerweile noch andere Dinge dazugekommen sind. Diese Sache zieht ungeahnte Kreise, so weit, dass ich sogar mit Böhmer im Clinch liege, weil er mich aus dem Fall drängen will und mir keinerlei Informationen gibt.«

»Ging es bei eurer Unterhaltung am Rheinufer darum?«

»Ja.«

»Das ist ja seltsam. Normalerweise hilft er dir doch immer, wenn es darum geht, an Informationen zu kommen, die nur die Polizei hat.«

»Ja, aber dieses Mal ist alles anders. Er benimmt sich sehr merkwürdig.«

»Woran liegt's deiner Meinung nach?«

»Dazu muss ich dir die ganze Geschichte erzählen.«

»Die Nacht ist noch jung, und mittlerweile bin ich hellwach.«

Also erzählte Max seiner Schwester in Kurzform alles, was geschehen war, seit er den Auftrag von Sophies Vater angenommen hatte.

Kirsten hörte ihm geduldig zu und sagte zwischendurch nur mal »ach herrje« oder »du meine Güte«.

Als Max fertig war, entstand eine längere Pause, in der Kirsten nachzudenken schien.

»Dir ist schon klar, dass Horst zwischen den Stühlen sitzt«, sagte sie schließlich, bevor die Stille unangenehm werden konnte.

»Aber das ist doch immer so, wenn ich Infos brauche, die die Keskin nicht rausrücken möchte.«

»Ja, aber wenn ich das richtig verstanden habe, hängen bei diesen eigenartigen Finanztricksereien, in die die Kanzlei verwickelt ist, auch Politiker mit drin. Ich habe gelesen, dass die Presse zum

Beispiel dem ehemaligen Justizminister unterstellt, mit der Sache zu tun zu haben, und dass er deswegen auch im Untersuchungsausschuss aussagen muss. Liegt es da nicht auf der Hand, dass von allen Seiten – vielleicht sogar von ganz oben – Druck auf deine ehemaligen Kolleginnen und Kollegen ausgeübt wird?«

»Ja, schon, aber …«

»Und wenn Horst sagt, er will dich schützen und es wäre angeraten, du würdest die Finger von der Sache lassen, solltest du vielleicht darüber nachdenken. Du kennst ihn besser als ich, aber ich schätze, du kannst ihm vertrauen.«

»Ja, ich weiß, und normalerweise tue ich das auch, aber dieses Mal finde ich es einfach sehr seltsam, wie er sich verhält. Außerdem läuft im Moment wahrscheinlich ein Mörder frei herum. Du weißt, dass ich keine ruhige Minute mehr hätte, wenn ich jetzt hinschmeißen würde, um mich selbst zu schützen, und der Kerl würde noch jemanden umbringen.«

Dass es noch einen anderen Grund für Max gab, an dem Fall dranzubleiben, erwähnte er nicht. Erst, als sein Telefonat mit Kirsten beendet war, fragte er sich, warum er ihr nichts davon gesagt hatte, dass er Sophie auf keinen Fall allein lassen wollte, gerade jetzt, wo ihr Vater verhaftet worden war.

Dann fiel ihm ein, was ihm am nächsten Tag bevorstand, und er beschloss, ins Bett zu gehen und schnellstmöglich zu schlafen.

Damit wollte er sich in diesem Moment nicht auch noch befassen.

12

PIRLO

Im langen Flur des Amtsgerichts versuchte Pirlo sich dazu zu zwingen, genervt auf seine Armbanduhr zu sehen. Besonders gut gelang es ihm nicht. Zum einen war er es nicht gewohnt, überhaupt eine Uhr zu tragen. Zum anderen fand er dadurch keine Gelegenheit, wie sonst an seinen Haaren zu drehen. Vor allem aber wanderte sein Blick immer wieder zurück in den langen Gang vor den Haftprüfungsräumen.

Wäre Sophie da gewesen, hätte sie wahrscheinlich darauf hingewiesen, dass sie noch nie eine Uhr an Pirlo gesehen hatte. Statussymbole waren schließlich nicht so seins. Er hätte erklärt, dass sie wahrscheinlich bisher nur nie aufmerksam genug gewesen sei – und sich dann um Kopf und Kragen geredet. Ach, es war kompliziert. Dass jetzt auch noch ein »junger Professor« auftauchte, machte die ohnehin schon schwierige Lage zwischen Pirlo und ihr ganz bestimmt nicht einfacher. Das galt erst recht, als Max Bischoff tatsächlich in dem Gang auftauchte und mit schnellen Schritten auf Pirlo zumarschierte. Er sah auf dem Homepagefoto der Polizeihochschule schon *fit* aus. Das wahre Leben verstärkte diesen Eindruck sogar noch.

Kurz bevor Bischoff zu ihm aufgeschlossen hatte, erinnerte sich Pirlo an die Uhr.

»Guten Morgen«, brummte Bischoff.

»Er wäre gut gewesen, wenn ich nicht so lange auf Sie hätte warten müssen.«

Bischoff folgte seinem Blick. »Schöne Uhr.«

»Ach, das ist nur eine von vielen.« Den zweiten Teil des Satzes ließ Pirlo weg. Schon weil er lautete: »Die mein Bruder Ahmid bei sich zu Hause rumliegen hat und deren Ursprung kein Mensch kennt. Oder kennen sollte. Oder kennen will.«

Als Pirlo Bischoffs skeptischen Blick bemerkte, fühlte er sich ohnehin schon so nachhaltig durchleuchtet, dass um ein Haar die ganze mühsam aufgesetzte Coolness zu bröckeln begann. Himmel, der Kerl war aber auch unheimlich. Ein Stirnrunzeln von ihm reichte wahrscheinlich, um die Leute zu Geständnissen zu bringen. Also, alle außer Pirlo, natürlich. Der hatte sich ja auch nichts vorzuwerfen. Außer vielleicht, dass er sich nicht an sein eigenes Skript hielt.

»Sie sind ganz schön spät dran.« Ergänzend dazu tippte er auf Ahmids Rolex-Cartier-Breitling. Oder was auch immer das war.

Bischoff runzelte die Stirn. »Wieso? Die Anhörung beginnt doch erst um zehn Uhr. Das ist in fünf Minuten.«

»Aber was ist mit der *Vorbereitung*?«, fragte Pirlo spitz. »Wir können schließlich nicht einfach nur da reinmarschieren und mal sehen, was passiert.«

»Ist doch gut, wenn Sie etwas Zeit für sich hatten«, entgegnete Bischoff. »Vielleicht konnten Sie die Gelegenheit für ein schnelles Interview nutzen. Wir haben ja schon festgestellt, dass Sie dafür weder lange nachdenken noch brauchen.«

»Sehr witzig.«

»Finden Sie?«

»Nein.« Pirlo sah auf die Uhr. Diesmal ging es ihm sogar tatsächlich um die Zeit. »Kurz vor zehn. Wir sollten zur Sache kommen.«

»Nur dafür bin ich überhaupt hier.«

»Hat Sophie Sie schon auf den Termin vorbereitet?«

»Hätte Sie das sollen?«

»Warum haben Sie sich gestern denn *sonst* getroffen?« Bischoff lächelte dünn. »Kann es sein, dass Sie das mehr stört, als Sie es sich eingestehen wollen?«

Pirlo beschränkte sich darauf, die Augen zu verdrehen. Doch ja, dieser Bischoff nervte ihn gewaltig. Schon, weil er möglicherweise recht hatte.

Wichtig war allerdings erstmal etwas anderes: »Wir brauchen einen Plan, wie wir Sie mit in den Anhörungsraum bekommen.«

»Was meinen Sie?«

Pirlo nahm erleichtert zur Kenntnis, dass Bischoff jetzt deutlich konzentrierter klang. Das Geplänkel war damit vorbei. Erfreulicherweise. Besonders gut war es schließlich nicht gelaufen.

Pirlo strich sich über den Bart. »Wir sind uns einig, dass wir den Termin zu zweit angehen wollen.«

»Richtig.«

Pirlo nickte. »Gut. Das ist zwar ungewöhnlich, ich bin aber einverstanden. Sie sind schließlich von *Müller & Mahler* engagiert, um herauszufinden, wer oder was das Leitungsgremium der Kanzlei auslöscht. Gleich geht es um den Haftbefehl für den einzigen *Managing Partner*, der überhaupt noch lebt. Für Ihren Auftrag dürfte der Termin also nicht ganz unwichtig sein.«

»Bis hierhin kein Widerspruch.«

Pirlo ging nicht auf die Bemerkung ein. Auch er war jetzt fokussiert. Das hier war wichtig. »Unser Problem ist, dass Sie kein Anwalt sind.«

»Und das heißt?«

»Die Anhörung ist nicht öffentlich. Sie kommen da als normaler Bürger nicht einfach so rein.«

»Wie gehen wir damit um?«

»Wir müssen uns was einfallen lassen.«

»Was Sie sicher schon getan haben«, ätzte Bischoff. »Sie haben sich schließlich *vorbereitet*.«

Pirlo grinste. »Das ist tatsächlich so.« Dann reichte er Max seine Aktentasche. »Ich übernehme als Anwalt die Verantwortung für den Termin. Und Sie als Praktikant die für unsere Unterlagen.«

Er sah, dass der Professor um Worte rang. Was auch immer Bischoff auf Pirlos Freundlichkeit antworten wollte, fand jedoch keinen Platz mehr. Die schwere Holztür zum Hafttrakt schwang auf, und ein erstaunlich breit gebauter Justizwachtmeister forderte sie auf, ihm zu folgen. Pirlo straffte seine Schultern. Bald ging es los. Die Auseinandersetzung. Der Kampf. Das, worin er gut war. Vorher gab es nur noch eine Sache zu erledigen. Die allerdings fiel ihm schwer genug.

Als Pirlo die Haftzelle betrat, hatte er sich schon darauf eingestellt, dass Ernst Mahler mitgenommen sein würde. Was ihn *tatsächlich* erwartete, schockte ihn trotzdem. Pirlo hatte nie ein Geheimnis daraus gemacht, dass er Mahler für einen aufgeblasenen Selbstdarsteller hielt, der weit mehr Erfolg hatte, als er verdiente. Mahler hatte seinerseits keinen Zweifel daran gelassen, dass aus seiner Sicht für Pirlo genau dasselbe galt, wenn auch ohne den Teil mit dem Erfolg. Allzu viel gegenseitige Zuneigung war jedenfalls bei keinem ihrer Aufeinandertreffen spürbar gewesen.

Was Pirlo in der engen, schwitzigen Zelle vorfand, traf ihn dennoch wie eine Ahmid-Faust in die Magengrube. Draußen, in der wahren Welt, war Mahler eine imposante Erscheinung. Groß. Drahtig. Ein Abbild kompetenter Entschlossenheit. Hier drin aber, in der Schuhschachtelhaftigkeit des stinkenden und über Generationen mit Kugelschreiberschmierereien verunzierten Haftkabuffs, erschien er, in grobem Kontrast zu der Enge des Raums, geradezu winzig. Als Pirlo und Bischoff eintraten, saß Mahler zusammengesunken auf einer in der Wand verschraubten Pritsche. Nur mit Mühe schien er in der Lage zu sein, den Kopf zu heben. Auch, wenn sein Freiheitsentzug erst wenige Stunden dauerte, wirkte es, als habe er sich mindestens eine Woche nicht rasiert. Kurzum: Ernst Mahler sah fertig aus. Und zwar so richtig.

»Hallo, Herr Dr. Mahler«, begrüßte Pirlo ihn.

»Herr Dr. Pirlo.« Ernst Mahler quälte sich mühsam in die Höhe und reichte Max und Pirlo die Hand.

Wenn es noch eines Zeichens dafür bedurft hätte, dass er den Druck erkannt hatte, unter dem er stand: Hier war es. Dass er für Pirlo aufstand, war bemerkenswert. Dass er ihm die Anerkennung gönnte, ihn mit seinem Doktortitel anzusprechen, geradezu sensationell.

»Sie wissen, warum ich hier bin?«

Mahler setzte sich wieder. Dann lächelte er schmal. »Hoffentlich nicht nur, um sich an meinem Elend zu ergötzen.«

»Reißen Sie sich zusammen, Herr Dr. Mahler«, mahnte Pirlo. »Die Lage ist ernst genug.«

Wie erwartet nickte Mahler. Was gut war. Nur so kamen sie schließlich voran.

Pirlo räusperte sich. »Sie wollen also, dass ich Sie verteidige?«

»Ja, das will ich.« Mahler hob seinen Blick. Er sah müde aus. Erschöpft. Aber noch nicht vollständig geschlagen. »Dass wir uns richtig verstehen: Ich halte es weiterhin für einen Fehler, dass meine Tochter ihr Leben in einer Kanzlei wie Ihrer verschwendet.« Er hob die Hand, um jeder Form der Widerrede zuvorzukommen. »Ich kann aber anerkennen, dass Sie Ihren Job draufhaben.« Dann richtete er sich auf. Sein Blick festigte sich. »Also *ja*, ich will, dass Sie mich verteidigen. Noch viel mehr als das will ich außerdem, dass Sie mich hier rausholen.« Kurz atmete er durch. Dann gab er sich einen Ruck. »Und ehe Sie fragen: Nein, ich habe mit dem Tod von Karl Müller und Petra Kühne nichts zu tun.«

Pirlo nickte. »Gut.« Für den Moment war das alles, was er

wissen musste. Für mehr war auch keine Zeit. Der Justizbeamte klopfte an die Tür. Es ging los.

Als Haftrichter erwartete sie Dirk Schrötter, ein kerniger Mittdreißiger mit strengem Blick. Umso mehr überraschte Pirlo, dass sich das Gesicht des Richters bei dem Anblick ihrer kleinen Schicksalsgemeinschaft plötzlich aufhellte. »Sie kenne ich doch!«

Pirlo bemühte sich um ein verbindliches Lächeln. »Das kann schon sein. Ich komme recht viel in den Medien vor.«

»Sie meine ich doch gar nicht«, beschied ihn der Richter kühl. Dann wandte er sich an Bischoff. »Sondern *Sie*.«

Pirlo folgte seinem Blick ebenso wie Mahler. Bischoff wirkte ernsthaft irritiert. »Ich wüsste nicht, woher, Herr Richter.«

»Herr Bischoff tut hier eigentlich nichts zur Sache«, erklärte Pirlo. »Er ist nur als Praktikant dabei.«

»Ach, Unsinn«, erwiderte Schrötter. »Für einen Praktikanten wäre er zum einen viel zu alt.« Pirlo schmunzelte, als er sah, wie Bischoff dazu das Gesicht verzog. »Zum anderen hat er nichts mit einer Strafrechtskanzlei zu tun.« Schrötter wandte sich direkt an Bischoff. »Ganz im Gegenteil, ich kenne Sie aus Ihren Vorlesungen! Vor meiner Zeit in der Justiz habe ich damit geliebäugelt, bei der Polizei anzufangen. Dabei habe ich Sie als Dozent an der Hochschule kennengelernt. Sie sind Max Bischoff!« Er kräuselte die Lippen. »Und damit ein Zivilist.« Schrötter hob entschuldigend die Hände. »Ich muss Sie daher leider bitten, den Saal zu verlassen.«

Woraufhin Bischoff erst kurz zögerte, sich dann aber doch aus seinem knarzenden Stuhl drückte und den Raum verließ. Beim Vorbeigehen ignorierte er Pirlo demonstrativ. Der hatte in der Zwischenzeit allerdings den durch einen Justizbeamten übergebenen Haftbefehl gelesen und damit längst ganz andere Sorgen.

Nach einer halben Stunde war die Haftprüfung vorbei. Pirlo übergab Mahler, was er für ihn mitgebracht hatte. Eine Zahnbürste. Deo. Kleidung. Die Ausstattung im »Hotel JVA« entsprach schließlich nicht ganz dem, was sein Mandant in der Welt draußen als Standard gewohnt war. Dann verließ Pirlo den Anhörungsraum allein. Direkt davor wartete Bischoff auf ihn.

»Sagen Sie mir, was ich über Ihr Verhalten denken soll, Pirlo! Es kann nur eine von zwei Möglichkeiten richtig sein. Nach keiner davon stehen Sie gut da.«

»Was meinen Sie?«

Bischoff schnaufte. »Entweder Sie haben nicht richtig bedacht, wie Sie mich in der Anhörung *tatsächlich* unterbringen können. Dann sind Sie einfach ein schlechter Anwalt. Oder aber, Sie haben *überhaupt* nicht darüber nachgedacht. Dann sind Sie obendrein auch noch faul.«

Pirlo hob dazu nur die Augenbrauen. Auch Bischoff schien das aufzufallen. Erst wurde er langsam ruhiger. Dann verstummte er ganz.

»Sie werfen ihm tatsächlich zwei Morde vor«, erklärte Pirlo in die Stille hinein. »Das macht es schon aus rechtlichen Gründen schwer, gegen die Untersuchungshaft vorzugehen.« Er kratzte sich nachdenklich am Bart. »Noch schlimmer sieht es allerdings hinsichtlich der Faktenlage aus.«

»Was meinen Sie damit?«

»Für einen Haftbefehl braucht man einen dringenden Tatverdacht, der an konkrete tatsächliche Anhaltspunkte anknüpft.«

»Und?«

Pirlo atmete lange aus. »Sie haben welche. Leider. Selbst wenn der Richter gewollt hätte, wäre es ihm nicht möglich gewesen, meinen Mandanten gehen zu lassen. Deswegen bleibt der Haftbefehl auch aufrechterhalten. Und Ernst Mahler hier.«

»Scheiße«, murmelte Bischoff.

Pirlo nickte langsam. Es war das erste Mal, dass er sich mit Bischoff in etwas einig war. Und sei es nur darin, dass sie es mit einer absoluten Katastrophe zu tun hatten.

IV

Der Anruf hat mir Freude gemacht. Vielleicht kippt ja langsam doch alles in die richtige Richtung. Sicher, der Mord an Müller war unbefriedigend. Öd. Ohne allzu viel Eskalation, Blut und Drama. Dann das Desaster bei Petra Kühne. Selbst wenn sie vom Ergebnis gesehen ja noch bekommen hat, was sie verdient. Keine Frage: Ich war genervt. Enttäuscht. Wütend.

Bis jetzt. Bis zu dieser Wendung, die mich gleich doppelt glücklich macht.

Bischoff und Pirlo. Pirlo und Bischoff.

Zwei neue Fische in meinem Netz. Zwei, die sich für die Größten halten. Die alles durcheinanderwirbeln und dabei gleichzeitig so um sich selbst kreisen, dass sie nichts verstehen werden. Gar nichts. Und zwar ganz gleich, wie offen es vor ihren Augen steht.

Kurz kämpfe ich mit dem Impuls, mich direkt auf sie zu stürzen. Anzufangen. Loszulegen. Nur langsam bekomme ich mich in den Griff. Meinen Drang. Meine Gier. Es wäre aber auch zu schade gewesen, mir die Freude an ihnen zu nehmen. An meinem Spiel. Daran zu sehen, wie sie sich irren. Wie sie sich im Dickicht meiner Spuren verlieren. Wie sie leiden.

Vor allem hätte ich es bedauert, auf das zu verzichten, was ich schon vorbereitet habe. Das Ablenkungsmanöver. Den Rausch. Den Taumel. Und das ganze Blut.

13

MAX

Max und Pirlo verabschiedeten sich vor dem Gericht mit wenigen Worten voneinander und gingen in verschiedene Richtungen davon. Max war um jeden Meter froh, der den Abstand zwischen Pirlo und ihm vergrößerte.

Was für ein aufgeblasener Hanswurst! Mochte sein, dass er als Anwalt brillante Momente hatte, wie Sophie behauptete. Schade nur, dass Max gerade keinen davon erleben durfte. Und das auf Kosten von Sophies Vater.

Je mehr Distanz zwischen ihm und Pirlo lag, desto besonnener wurden allerdings auch Max' Gedanken. Dass der Richter Max des Raumes verwiesen hatte, war schließlich nicht die Schuld von Pirlo. Im Gegenteil, der hatte ja überhaupt erst versucht, ihn mit hineinzunehmen. Auch dafür, dass die Untersuchungshaft andauerte, konnte Pirlo wahrscheinlich nichts. Max kannte die Regeln aus seiner eigenen Vorlesung. Wenn die Tatsachenlage für einen Mordverdacht sprach, waren dem Gericht die Hände gebunden. Er tat daher gut daran, sich weniger Sorgen über Pirlo zu machen als darüber, wie sie Sophies Vater schnell und wirkungsvoll helfen konnten.

Max zog sein Telefon hervor und wählte Sophies Nummer, hörte aber gleich darauf das Besetztzeichen. Wahrscheinlich war Pirlo gerade dabei, ihr die schlechten Nachrichten mitzuteilen.

Womöglich war das auch richtig so. Die beiden kannten sich schließlich wesentlich länger, auch wenn Max natürlich nicht entgangen war, dass Pirlo einige Spannungen mit ihrem Vater hatte. Andererseits: Mit wem hatte er die nicht?

Max ließ das Telefon sinken, behielt es aber in der Hand. Er würde es gleich wieder versuchen. Wenige Minuten später war Sophies Anschluss frei, und schon nach dem zweiten Läuten nahm sie das Gespräch an.

»Max! Und? Wie ist es gelaufen?«

»Hat Pirlo dir das nicht gerade schon erzählt?«, fragte Max überrascht.

»Nein.« Sophie schien verwirrt. »Ich wusste nicht mal, dass der Haftprüfungstermin schon vorbei ist.« Sie räusperte sich. »Gerade habe ich noch mit meiner Mutter telefoniert. Sie kommt mit der Situation nicht einmal im Ansatz klar. Und selbst das ist wahrscheinlich noch untertrieben.« Ihre Stimme klang belegt, und Max fluchte darüber, dass er es war, der gleich alles für Sophie noch schlimmer machen musste. »Also, wie ist es gelaufen?«

»Das Wichtigste ohne Umwege vorweg: Dein Vater muss leider in Haft bleiben. Die Verdachtsmomente gegen ihn scheinen zu groß, um ihn gehen zu lassen. Tut mir leid.«

Kurz war er nicht sicher, ob sie überhaupt noch in der Leitung war. Als sie dann sprach, klang ihre Stimme leise, fast tonlos. »Wahrscheinlich war das zu befürchten. Man erlässt schließlich keinen Haftbefehl gegen eine so bekannte Person, wenn man sich seiner Sache nicht wirklich sicher ist. Trotzdem habe ich meiner Mutter gerade noch gesagt, dass ich zuversichtlich bin, dass Pirlo meinen Vater da rausholt.« Sie schluckte hörbar. »Frag mich nicht, warum ich das gemacht habe, Max. Vielleicht war es nur eine Art Schutzreflex für mich selbst. Einfach so, weil das alles nicht sein kann. Weil es nicht sein *darf*.«

»Ich kann nicht beurteilen, ob wir überhaupt eine Chance hatten«, murmelte Max. »Auch wenn Pirlo nicht gerade besonders gut vorbereitet wirkte.« Kaum hatte er das gesagt, biss er sich auf die Lippe. Der Kommentar war überflüssig gewesen. Sophie hatte schließlich genug eigene Sorgen. Mehr noch, der Sache nach stimmte das, was er gesagt hatte, nicht einmal. Eigentlich war dieses Nachtreten auch gar nicht seine Art. Trotzdem, irgendwas hatte dieser langhaarige Typ an sich, was ihn nervte. Er hing so sehr diesem Gedanken nach, dass er fast nicht mitbekam, wie Sophie das Thema wechselte.

»Hast du schon von der Pressekonferenz des Justizministeriums zu den TaxEx-Geschäften gehört, die heute Mittag stattfinden soll?«

Max war froh, dass es endlich um etwas anderes ging. Noch dazu etwas, das wirklich wichtig klang. »Nein, welche Pressekonferenz? Die sollten wir auf keinen Fall verpassen.«

»Da bin ich mir ehrlich gesagt nicht so sicher. In dieser Angelegenheit werden schließlich laufend Erklärungen abgegeben. Auf der anderen Seite steht heute zumindest der Form nach eine Zeitenwende auf dem Programm: Chiara Jebsen, die neue Justizministerin, hat angekündigt, sich um 13 Uhr das erste Mal öffentlich zum Ermittlungsstand zu äußern.«

»Hat sie das Amt nicht gerade erst übernommen?«

»Doch, vor zwei Wochen, direkt am Tag nach der TaxEx-Veröffentlichung in der *POST*. Aber davon abgesehen, ist das schon ganz schön schlau.«

»Wie meinst du das?«

»Na ja, führ dir einfach mal vor Augen, was allein im letzten Monat passiert ist: Zuerst platzt nach einem Bericht von Schwerdtfeger in der *POST* die TaxEx-Blase. Dann stellt sich heraus, dass die dahinterstehenden Steuererstattungsmodelle nicht nur illegal waren, sondern dass der Justizminister, Rainer Hainsch, auch noch die ganze Zeit davon gewusst haben soll. Was folgt, ist ein gewaltiger Shitstorm, an dessen Ende mit einer knapp dreißigjährigen Durchstarterin eine Nachwuchskraft an die Spitze des Justizministeriums rückt, die gerade erst frisch aus dem Referendariat kommt, keinen Tag in der rechtlichen Praxis tätig war und von der auch in der Politik kurz zuvor noch kein Mensch gehört hatte.«

»Wahrscheinlich hat sie gerade *das* für diesen Job qualifiziert«, überlegte Max mit. »Immerhin steht nach dem Skandal die ganze Regierungskoalition im Feuer. Dass sie noch ein unbeschriebenes Blatt ist, kam ihr womöglich gewaltig entgegen.«

»Mindestens so sehr, wie die Tatsache, dass sie auch noch verdammt gut aussieht«, bemerkte Sophie.

»Wäre mir gar nicht aufgefallen«, entgegnete Max genauso trocken.

Kurz lachten beide. Der Moment tat gut. Alles andere war ohnehin ernst genug. Natürlich hatte Max mitbekommen, wer Chiara Jebsen war. Es mochte ja sein, dass er keine Ahnung hatte, wofür sie stand. Wie sie aussah – nämlich wie frisch vom Laufsteg –, hatte er selbstverständlich trotzdem mitbekommen. Seit die TaxEx-Aufklärung lief, gab es schließlich kaum eine Titelseite oder eine Talksendung, die ohne sie auskam.

»Zurück zu dem, was uns heute erwartet«, nahm er dann den Ball auf. »Sie wird nicht nur über ihre politischen Aufräumarbeiten sprechen wollen.«

»Natürlich nicht. Dafür genügt es ja schon fast, dass sie den Untersuchungsausschuss eingerichtet hat.« Sophie hustete in den Hörer. Was jetzt kam, fiel ihr erkennbar schwer. »Wenn du mich fragst, geht es heute um nicht viel mehr als reine Show. Jebsens Ausschuss hat die *Managing Partner* der namhaftesten Kanzlei des Landes vorgeladen. Seit zwei Tagen reduziert sich deren Bestand erheblich. Jetzt hat die Staatsanwaltschaft auch noch den letzten verbliebenen Boss als möglichen Täter inhaftiert – und das eine Woche, nachdem die zuvor leitende Staatsanwältin mit der

Begründung, dass man die Kleinen immer hänge und die Großen immer laufen lasse, ihre Kündigung eingereicht hat.«

»Was an sich schon spektakulär war.«

»Erst recht, nachdem es ihr gelungen war, ihre Nase auf so gut wie jedes Wirtschaftsmagazin drucken zu lassen.«

»Wo es jetzt eine Leerstelle gibt.«

»Gegeben haben würde«, korrigierte Sophie. »Denn wer ist die Vorgesetzte der Ermittlungsbehörden?«

»Die Justizministerin.«

»Eben.«

Max nickte in den Hörer. »Umso wichtiger, dass wir uns anhören, was sie zu erzählen hat.« Er zögerte. »Auch wenn du dich wahrscheinlich darauf einstellen musst, dass sie sich für die Verhaftung deines Vaters feiern lassen will.«

Er merkte, wie sie stockte. »Daran habe ich noch gar nicht gedacht.«

»Tut mir leid, das aufzubringen. Andererseits ist es besser, du befasst dich jetzt damit, als erst dort, vor Ort.« Er blieb kurz stehen und tippte auf seinem Telefon. »Wenn ich das im Internet richtig sehe, wird die Pressekonferenz aber auch live auf der Webseite des NRW-Justizministeriums gestreamt. Wollen wir es uns gemeinsam ansehen?«, schlug Max vor. »Dann können wir uns sofort darüber abstimmen, wie wir auf das reagieren, was die Jebsen eventuell zur Verhaftung deines Vaters sagt.«

Sie schien eine Weile darüber nachzudenken. »Ich glaube, ich sollte jeden Moment, den ich nicht damit verbringe, den wahren Mörder zu suchen, damit verbringen, mich um meine Mutter zu kümmern.«

»Das finde ich gut.«

»Außerdem muss ich mit Pirlo sprechen.« Was Max weit weniger gut fand. Auch wenn es Sinn ergab.

»Kann ich dir bei irgendetwas helfen?«

»Ich befürchte nein, es sei denn, du willst an meiner Stelle mit Pirlo reden.«

»Ich verzichte dankend«, entschied Max umgehend. Wahrscheinlich hatte sie das sowieso nur im Scherz gemeint. Trotzdem konnte er hier nicht sicher genug gehen.

»Ich muss jetzt auflegen«, erklärte sie. »Meine Mutter sollte so schnell wie möglich erfahren, dass mein Vater *doch* in Haft bleiben muss. Vor allem sollte ich ihr das dringend selbst sagen, ehe sie die Nachricht darüber irgendwo im Internet oder im Fernsehen entdeckt.«

»Das tut mir alles sehr leid. Ich wünschte, ich könnte irgendwie helfen.«

Sie seufzte. »Danke. Ich weiß das sehr zu schätzen. Aber glaub mir, das wird richtig übel«, murmelte Sophie. Max konnte nicht richtig zuordnen, warum sie ihm das mitteilte. Vielleicht musste sie über ihre Sorgen aber auch einfach nur mit irgendwem sprechen.

»Ja, das verstehe ich.«

»Nein, ich denke nicht. Jedenfalls nicht in der ganzen Tragweite. Aber das passt jetzt eigentlich auch nicht hierher.«

»Melde dich einfach, wenn du darüber sprechen willst«, schlug Max vor. Auch, wenn er zu gern gewusst hätte, was Sophie mit ihren Andeutungen gemeint hatte, war klar, dass er zu diesem Zeitpunkt nicht mehr von ihr erfahren würde.

»Vielleicht dann bis später«, sagte er daher nur und begriff erst, als er keine Antwort erhielt, dass sie schon aufgelegt hatte.

Die Pressekonferenz begann mit einer Verzögerung von knapp zehn Minuten, in denen die Kamera auf das leere Rednerpult gerichtet war, das für die Justizministerin bereitstand.

Schließlich betrat Chiara Jebsen den Raum, begrüßte kurz die Journalistinnen und Journalisten und bedankte sich für deren Anwesenheit.

Max war beeindruckt von ihrem Auftreten, alles an ihr wirkte perfekt aufeinander abgestimmt. Die weiße Seidenbluse, die so geschickt geschnitten war, dass sie zwar keinerlei Dekolleté zeigte, man aber unwillkürlich daran denken musste, was sie verbarg, ob man wollte oder nicht. Dazu das beigefarbene Kostüm, das Jebsen auf den ersten Blick als Politikerin oder Geschäftsfrau erkennen ließ. Die feine Perlenkette, die ebenfalls dafür sprach. Und nicht zuletzt die blonden Haare, deren Schnitt sie locker auf die Schultern fallen ließ und die das schmale, fein geschnittene Gesicht elegant umspielten.

Max interessierte sich nicht sonderlich für die Ränkespiele in der Landespolitik. Sicher hatte er Bilder von Chiara Jebsen schon einmal im Vorübergehen an einem Zeitungsstand zur Kenntnis genommen. Als er jetzt aber das erste Mal wirklich hinsah, verstand er endlich, warum Böhmer so von ihr schwärmte. Und alle anderen auch.

Chiara Jebsen verlor keine Zeit und erklärte, dass sie den Termin ursprünglich angesetzt hatte, um über die Entwicklungen im TaxEx-Untersuchungsausschuss zu informieren, sie aber aus aktuellem Anlass zuerst auf die Verhaftung »eines absoluten Staranwaltes« eingehen wolle. Denn: »Sie alle haben diese schreckliche Mordserie mitbekommen. Ich darf Ihnen aber verkünden: Wir haben den Mörder!«

Max biss die Zähne zusammen. Was sie da von sich gab, verstieß gegen sämtliche Regeln der Verdachtsberichterstattung. Andererseits: Wer sollte sie schon verfolgen? Es war schließlich nicht gerade wahrscheinlich, dass es sich der Justizapparat kurz nach ihrem Amtsantritt mit der neuen Vorgesetzten verscherzen wollte.

»Ich bin sehr stolz auf diesen schnellen Ermittlungserfolg unserer Polizei«, las die Jebsen von ihrem Manuskript ab. »Er ist zurückzuführen auf effiziente und zielgerichtete Planung seitens der verantwortlichen Führungskräfte bei der Polizei und in der Politik und auf deren unbedingten Willen, Recht und Gesetz in Deutschlands bevölkerungsreichstem Bundesland zum Schutze aller Bürgerinnen und Bürger durchzusetzen. Ebenso bedanke ich mich für die enorm hohe Einsatzbereitschaft unserer Beamtinnen und Beamten. Dieser Erfolg ist letztendlich auch ein deutliches Zeichen an all diejenigen, die die Politik in letzter Zeit vermehrt kritisiert haben – inklusive einer abtrünnigen Chefermittlerin, der nach all dem Staub, den sie aufgewirbelt hat, dann doch der lange Atem gefehlt hat.« Was ein schöner Seitenhieb war.

»Die Zeiten haben sich geändert«, fuhr Chiara Jebsen in staatstragendem Ton fort, »und es weht ein frischer Wind im Justizministerium. Dies hat, wenn ich das in aller Bescheidenheit erwähnen darf, natürlich auch mit dem Wechsel an dessen Spitze zu tun.«

Max fand die Kunst, so viel Eigenlob in die Meldung über die Verhaftung eines vermeintlichen Verbrechers unterzubringen, eine beachtliche Leistung. Und das bei aller Bescheidenheit.

Dann holte Jebsen zu einem Rundumschlag gegen ihren Vorgänger im Amt, Rainer Hainsch, aus, unter dessen Führung die TaxEx-Geschäfte, die den Steuerzahler Hunderte von Millionen Euro gekostet hatten, gemeinsam mit der Kanzlei *Müller & Mahler* ausgeheckt und auf den Weg gebracht worden seien. Ihre dringlichste Aufgabe als neue Justizministerin sei es nun, hinter Hainsch aufzuräumen und die mehr als fragwürdigen Methoden und Machenschaften in seinem Ministerium aufzudecken und restlos aufzuklären. Hilfreich würde dabei auch der Untersuchungsausschuss sein, vor dem nun leider mit Karl Müller einer der Hauptverantwortlichen für die TaxEx-Geschäfte nicht mehr würde aussagen können, da sein langjähriger Partner, der gerade erst frisch verhaftete Ernst Mahler, auf die effektivst mögliche

Art dafür gesorgt haben dürfte, dass er niemanden mehr belasten konnte.

Nach weiteren zehn Minuten voller Schuldzuweisungen und Selbstbeweihräucherung schloss Max den Browser und klappte das Notebook zu, auf dem er, an seinem Esstisch sitzend, die Ausführungen der Justizministerin verfolgt hatte. Sein Bedarf an Politikersprech war voll und ganz gedeckt.

Er griff zum Telefon und rief Sophie an. Sie nahm sofort ab. Im Hintergrund hörte Max dabei immer noch die Jebsen sprechen.

»Und, was denkst du?«

»Das, was Max Liebermann über Hitler gedacht hat.«

»Was?«

Sie seufzte. »Ich kann gar nicht so viel essen, wie ich kotzen will.«

Max lachte. »Ja, mir geht es genauso«, stimmte er dann zu. »Ich habe mich gerade ausgeklinkt.«

»Mir gehen sowohl die Art als auch der Ton dieser Frau gewaltig auf die Nerven. Was sie inhaltlich von sich gibt, ist sowieso kaum zu ertragen.« Kurz sammelte Sophie sich. »Ich ahne zwar, dass das nicht viel bringt. Morgen früh sollen aber trotzdem die Anwälte von *Müller & Mahler* prüfen, ob man ihr nicht wenigstens diese unterschwelligen Vorverurteilungen verbieten kann – und sei es zumindest für den nächsten großen Auftritt.«

»Ich drücke die Daumen«, bemerkte Max. »Was anderes: Wie geht es deiner Mutter?«

»Frag nicht.« Sophie zögerte kurz. »Bitte.« Dann war sie es, die das Thema wechselte: »Hat sich bei dir etwas Neues ergeben?«

Du meinst, in der ganzen halben Stunde, die wir nicht miteinander gesprochen haben?, wollte Max schon fragen. Dann bremste er sich aber. Er konnte Sophies Anspannung gut verstehen.

»Noch nicht. Ich habe aber gleich vor herauszufinden, was in der halben Stunde vor Petra Kühnes Notruf auf den Überwachungsvideos vom *Breidenbacher Hof* zu sehen ist. Dazu will ich einen letzten Anlauf bei Böhmer nehmen.«

»Glaubst du denn, das bringt was?« Sophie klang so skeptisch, wie Max sich fühlte.

»Schwer zu sagen, aber ich gehe davon aus, er verfolgt ebenfalls die Pressekonferenz. Allein schon, weil er ein ziemlicher Fan von Jebsen zu sein scheint. Ich muss ihm meine Meinung über sie ja nicht unbedingt auf die Nase binden. Dass wir uns jetzt aber einig darüber sind, dass es eigentlich um Morde geht, steht, nachdem selbst sein neuer Liebling das öffentlich erklärt hat, allerdings ja wohl fest. Wenn es aber ein Thema gibt, das uns eint, dann das.«

»Du meinst also, er teilt seine Erkenntnisse mit dir?«

»Den Versuch ist es jedenfalls wert.«

»Na dann viel Erfolg. Und meld dich, wenn es etwas Neues gibt.« Damit war das Gespräch beendet.

Max ließ seine Gedanken ungezügelt galoppieren, dachte an die Dinge, die Jebsen über die Kanzlei und Ernst Mahler gesagt hatte, und daran, wie sich diese Worte für Sophie angefühlt haben mussten.

Dann zwang er seinen Verstand in eine bestimmte Richtung.

Ich habe einen Menschen erfolgreich umgebracht, beim zweiten aber war ich nachlässig. Womöglich hätte hier sogar die Gefahr gedroht, dass Petra Kühne noch einmal zu sich kommt und mich identifiziert – falls sie mich denn kennt.

Die Polizei hat zwar jemand anderen für meine Taten verhaftet. Aber bin ich damit wirklich zufrieden? War es das jetzt schon für mich? Oder will ich noch mehr? Muss ich noch mehr haben?

Max zermarterte sich den Kopf, ohne auch nur eine Idee zu haben, welche Schritte der Mörder als Nächstes planen könnte, während Ernst Mahler an seiner Stelle in U-Haft saß. Schließlich gab er es auf und griff zum Telefon.

»Max, was willst du?«, meldete sich Böhmer.

»Hast du die Pressekonferenz der Frau Justizministerin gesehen?«

»Ja.«

»Dann musst du ja mächtig stolz darauf sein, dass ihr als Polizeibeamte nur dank der effizienten zielgerichteten Planung seitens der verantwortlichen Führungskräfte in der Politik den Falschen verhaftet habt.«

»Was soll das, Max? Dir muss klar sein, dass wir Ernst Mahler nur festnehmen konnten, weil es ausreichende Verdachtsmomente gegen ihn gibt.«

»Und du weißt, dass solche Dinge recht leicht zu manipulieren sind. Horst, ich kenne dich gut genug, um zu wissen, dass das, was du da gerade gehört hast, dir unmöglich gefallen kann. Nun gib dir doch bitte einen Ruck und sag mir wenigstens ein paar Details. Denn du weißt auch, dass ich euch noch fast immer helfen konnte, wenn ihr mich mit den nötigen Informationen versorgt habt. Was ist zum Beispiel auf den Überwachungsvideos aus dem *Breidenbacher Hof* zu sehen, kurz bevor Kühne den Notruf abgesetzt hat?«

»Ich habe nichts dazu zu sagen.«

»Verrat mir wenigstens, ob das einer der Verdachtsmomente gegen Mahler ist.«

»Nein.«

»Nein, du sagst es mir nicht, oder nein, ist es nicht?«

»Max, ich lege jetzt auf«, sagte Böhmer, dann war die Leitung still.

Mit einem Fluch steckte Max das Telefon ein und verließ seine Wohnung.

Auf der Fahrt zum *Breidenbacher Hof* dachte Max darüber nach, wie er Zugang zu den Videos der Überwachungskameras bekommen konnte. Er beschloss, es auf die ehrliche Art zu versuchen und den Verantwortlichen dort zu sagen, wer er war und warum er die Aufzeichnungen sehen musste. Immerhin ging es darum, die Unschuld eines Mannes zu beweisen, der ziemlich sicher zu Unrecht verhaftet worden war.

Eine halbe Stunde später wusste er, dass Ehrlichkeit ein Fehler gewesen war. Nach den Erfahrungen, die man in dem Hotel mit einem gewissen bärtigen Anwalt gesammelt hatte, waren die Sicherheitsmaßnahmen drastisch verschärft worden. Dazu gehörte auch, dass weder Rechtsanwälte noch private Ermittler mit Unterstützung in irgendeiner Form rechnen durften.

Als Max wieder in seinen Wagen stieg, überlegte er, ob ihn schon jemals ein Mann, der auf der gleichen Seite gestanden hatte wie er, so wütend gemacht hatte wie dieser Kerl.

Es fiel ihm niemand ein.

14

SOPHIE

Freitag, 18. 10., 15.30 Uhr

Sophies Knie zitterten. Sie versuchte, nicht darauf zu achten. Tatsächlich war ihre Aufregung auch mehr als verständlich. Wann, wenn nicht jetzt? Trotzdem war sie erleichtert, als ihr ein schneller Kontrollblick verriet, dass die Augen des Empfangsbeamten der Justizvollzugsanstalt die ausgedruckte Anmeldeliste nur überflogen. Seine Reaktion, als sie das Gefängnis betrat, hatte bereits darauf schließen lassen, dass er sie erkannt und ihren Besuch als rein beruflich eingeordnet hatte. Eine Strafrechtsanwältin besucht einen Knast. Na und? Sophie ließ ihn in dem Glauben. Damit mogelte sie zwar, aber sie hatte mit Pirlo in dieser Beziehung schließlich von einem der Besten gelernt. Das war auch der offizielle Grund, warum er nicht mit dabei war. »Es soll wirken, als würde ich einfach *irgendeinen* Mandanten besuchen. Eine Routinesache, mehr nicht. Wenn wir beide zusammen auftauchen, sorgt das für deutlich mehr Aufmerksamkeit.« Pirlo hatte das ohne Murren akzeptiert. Vielleicht hatte er auch einfach geahnt, worauf es ihr *eigentlich* ankam: Sophie musste mit ihrem Vater allein sein. Wenn Pirlo mit dabei war, wäre das alles hier viel zu *real*. Und sie wusste wirklich nicht, ob sie das aushalten konnte.

»Heute ist viel los.« Der Empfangsbeamte hob entschuldigend die Hände. »Kurz vor dem Wochenende ist das eben so. Sie haben aber immerhin eine halbe Stunde.«

Sophie nickte. Natürlich wusste sie, dass sie als Anwältin grundsätzlich auch einen längeren Zugang zu einem Inhaftierten fördern konnte. Allerdings war sie hier nicht als Verteidigerin bestellt. Sie würde es auch nicht sein. Nicht in diesem Fall. Nicht bei ihrem Vater.

Als er die fensterlose Besprechungszelle betrat, zuckte Sophie zusammen. Sie wusste zwar, was die Untersuchungshaft selbst in kurzer Zeit mit einem Menschen anstellen konnte. Auch Pirlo hatte sich nach seinen Erfahrungen bei der Haftanhörung bei einem kurzen Gespräch in der Kanzlei erkennbar bemüht, sie auf einen unschönen Anblick vorzubereiten. Als es dann aber tatsächlich so weit war, musste sich Sophie eingestehen, dass es nichts gab, was sie für diesen Moment *wirklich* hätte wappnen können. Vor ihr stand ihr Vater. Der große, unendlich erfolgreiche, im Leben seiner Tochter über allem schwebende Staranwalt Ernst Mahler. Ganz allein. In einem grauen Kapuzenpullover. Im Knast.

Eine Weile verharrten sie einfach nur schweigend, würdelos getrennt von einer Plexiglasscheibe, die zur Verhinderung von Corona-Ansteckungen auch nach dem Ende der Pandemie immer noch auf dem raumteilenden Tisch festgeschraubt war.

Dann durchbrach Sophie die drückende Stille und deutete in Richtung des grauen Oberteils, in dem ihr Vater steckte. »Was hast du da eigentlich an?« Wahrscheinlich war das in dieser Situation weder die beste noch die freundlichste Frage. Aber irgendwer musste ja mit irgendwas anfangen.

Ernst Mahler blickte an sich herunter, als sehe er sich das erste Mal. »Das hat mir dein Kollege mitgebracht.«

»Pirlo?«

»Ja. Er meinte, dass ich hier damit besser zurechtkomme als im Anzug.«

Sophie nickte. Da hatte Pirlo sicher recht. Immerhin gab es damit einen, der die Situation tatsächlich erfasst hatte, wie sie war. Noch willkommener als ein Pulli-Mitbringsel wäre es aber natürlich gewesen, wenn Pirlo ihren Vater gleich ganz in die Freiheit gezaubert hätte. Auch er musste sich allerdings an den Realitäten des Haftbefehls messen lassen. Und die sahen nun mal beschissen aus. Zwischenzeitlich hatte Sophie die fünf lachsfarbenen Seiten so oft gelesen, dass das Papier an den Ecken schon ganz abgegriffen war. Auch jetzt wanderten ihre Finger wieder dorthin. Sie hatte den Haftbefehl gegen ihren Vater mit in die Zelle gebracht. Dass es ihn gab, war so surreal, dass sie ihn geradezu festhalten *musste*, um sich seine Existenz überhaupt vorstellen zu können.

Sie wusste, dass ihr Vater sie beobachtete. Allerdings war bei ihm das große Schweigen zurückgekehrt. Was Sophies Gedanken umso mehr zum Rasen brachte. *Wollte* ihr Vater ihr nichts sagen? Wusste er einfach nur nicht, wie er es anstellen sollte? Oder – die schlimmste aller Vorstellungen – war das, was er zu sagen *hatte*, am Ende doch so krass, so unbegreiflich, dass er entschlossen war, seine Tochter so lange damit zu verschonen, wie es nur eben ging?

Während Sophie versuchte, diesen Gedankenstrom zu ordnen, verstrich unaufhaltsam die Zeit. In ihrem inneren Ohr hörte Sophie die Sekundenzeiger sich beständig voranquälen. Tick. Tack. Wieder eine Minute. Langsam zwar, aber erbarmungslos, erstickte das Schweigen ihres Vaters jede Möglichkeit, aus der Situation irgendetwas Sinnvolles herauszuziehen. Und sei es auch nur einen kleinen Funken Hoffnung.

Weswegen das hier nicht so weitergehen konnte. Nichts davon. Kurz schloss Sophie die Augen. Sie musste sich sammeln. Finden. Vorbereiten. Als sie die Lider wieder aufschlug, fixierte sie den Blick ihres Vaters. Ihre Stimme war freundlich, aber bestimmt. Gerichtssaalerprobt sozusagen. Gelernt war schließlich gelernt.

»Sag was!«

»Wozu?«, fragte Ernst Mahler. Es klang nervös, was Sophie in ihrer Vermutung bestärkte, dass er eher verunsichert war als trotzig. Augenblicklich tat er ihr leid. Was allerdings nicht hilfreich war. Im Gegenteil, sie musste jetzt am Ball bleiben. Und zwar unbedingt.

Sophie hob den Haftbefehl hoch. »Was ist damit?«

»Das ist alles völliger Unsinn!«, antwortete Ernst Mahler, jetzt schon etwas gereizter. Was eigentlich ganz gut war. Je schneller er in seine ganz normale Verfassung zurückfand, desto effektiver kamen sie voran. »Das weißt du aber auch!«

»Nein«, antwortete Sophie.

»Was soll das heißen?«, fragte Ernst Mahler.

Sophie seufzte. »Nein, das weiß ich nicht. Dass das alles Unsinn ist. Dass du nichts mit dem Tod von Karl Müller und dem von Petra Kühne zu tun hast. Das *glaube* ich vielleicht, und das *will* ich auch glauben. Aber ich *weiß* es nicht. Was ich *weiß*, ist, dass die Strafverfolgungsbehörden ein Narrativ haben, das auf den ersten Blick erschreckend schlüssig wirkt: Ihr habt euch als Kanzlei mit den TaxEx-Geschäften übernommen. Müller sollte im Untersuchungsausschuss dazu aussagen. Hätte er dort erklärt, dass alles ein riesengroßer Schmu war, die Modelle, die ihr entworfen habt, die Mandate, die ihr geführt habt, die Milliarden, die von den Taschen der Steuerzahler in die eurer Schützlinge und die von euch selbst gewandert sind – dann wäre euch das unmittelbar auf die Füße gefallen. Ein Skandal dieses Ausmaßes wäre nicht nur geeignet gewesen, die gesamte Kanzlei zu ruinieren, sondern auch alle damit verbundenen Partner.« Sophie tippte heftig auf den Haftbefehl. »Hier steht, dass es Anhaltspunkte für einen *Dissens* darüber gab, wie Müller vor dem Untersuchungsausschuss auftreten sollte. Auch Petra Kühne soll miteinbezogen gewesen sein. Und ehe du irgendwas bestreitest, erinnere ich dich vielleicht besser daran, dass ich euch alle drei in einer mehr als seltsamen Stimmung bei uns zu Hause *gesehen* habe!«

Für einen Augenblick wirkte es, als wolle Ernst Mahler widersprechen. Dann ließ er es allerdings doch bleiben. Sophie war es recht. Sie war sich wirklich nicht sicher, ob sie das, was ihr Vater dazu zu sagen hatte, hören wollte.

»Die Staatsanwaltschaft kommt zu dem Schluss, jemand habe verhindern wollen, dass *Müller & Mahler* dieser ganze Skandal um die Ohren fliegt«, fuhr sie fort. »Jemand, der, anders als die anderen beiden, eine Ehe und eine Familie und damit auch *persönlich* viel zu verlieren hatte. Jemand, dem die anderen vertrauten und der zu ihnen einen ungehinderten Zugang hatte. Du.«

»Ach, das ist doch alles Quatsch!«, entfuhr es Ernst Mahler ungeahnt heftig. Er schien es zu bemerken und konnte sich nur mit einiger Mühe wieder beruhigen. Dann sah er Sophie eindringlich an. »Das glaubst du doch alles selbst nicht, Krümel!«

Sophie schüttelte langsam den Kopf. »Natürlich nicht.« Ihr fiel auf, dass nicht nur ihre professionelle Distanz flöten ging, sondern sich ihre Augen auch mit Tränen füllten. »Aber was ist *stattdessen* passiert? Wo warst du denn, als Karl starb?«

Ihr Vater seufzte. »Ich war zu Hause im Homeoffice.« Er sah auf seine Hände. »Und ehe du fragst: Natürlich war deine Mutter auch da. Karl ist aber am Abend gestorben. Du weißt, was das bedeutet.« Sophie nickte. Ja, sie wusste es. Ihr Vater sprach es trotzdem aus. »Ich kann dir nicht sagen, wie viel deine Mutter noch von ihrer Umwelt mitbekommen hat. Wir wissen jedenfalls beide, dass sie als Zeugin dafür, wann was tatsächlich geschehen ist, denkbar wenig in Frage kommt.«

Sophie nickte erneut. »Und was ist mit Petra Kühne?«

Ernst Mahlers Schultern sackten nach unten. »Da war es dasselbe.«

Seine Stimme war nicht viel mehr als ein Murmeln. Das Ausmaß der darin liegenden Katastrophe war Sophie trotzdem sofort klar. »Das heißt, du hast für beide Fälle kein Alibi.«

»Richtig.« Verwirrenderweise schüttelte Ernst Mahler dazu den Kopf. Was er meinte, war allerdings klar.

»Scheiße.« Dass Sophie flüsterte, lag nur zu einem kleinen Teil daran, dass ihr das Fluchen unangenehm war. Anders als Pirlo übte sie sich hier eigentlich in vornehmer Zurückhaltung. Sehr viel mehr Anteil hatte allerdings der Schock. Der wiederum saß tief. Sie brauchte einen Moment, ehe sie den nächsten Anlauf nahm. »Was ist mit diesem Dissens über den Umgang mit der Aufklärung zu den TaxEx-Geschäften? Was war da los?«

»Diese Unstimmigkeit gab es tatsächlich«, antwortete Ernst Mahler. »Allerdings nicht zwischen Karl, Petra und mir, sondern nur zwischen diesen beiden.«

»Und was war deine Haltung dazu?«

Ernst Mahler senkte den Kopf. »Ich hatte keine.«

»Wie bitte?« Sophie war überzeugt, sich verhört zu haben. Alles andere ergab keinen Sinn.

»Ich hatte keine Haltung dazu«, wiederholte Ernst Mahler jedoch. Ehe Sophie nachfragen konnte, hob er den Blick. Er sah müde aus. Abgekämpft. Was aber nicht alles war. In den Augen ihres Vaters, die sonst ebenso blau, klar und wach waren wie ihre eigenen, entdeckte Sophie noch etwas anderes, etwas, das sie dort noch nie gesehen hatte. Er räumte etwas ein. Unfassbarerweise war es eine Niederlage.

Einen kurzen Moment zögerte Ernst Mahler noch. Sophie hielt den Atem an. Es zeichnete sich ab, dass etwas kommen würde, was ihr Weltbild erschüttern würde. Trotzdem warf das Ausmaß des Geständnisses sie um.

»Ich bin schon seit längerer Zeit nicht mehr im operativen Geschäft von *Müller & Mahler* tätig, Krümel.« Ihr Vater klang erstaunlich sanft. »Die ganze TaxEx-Geschichte ist auf dem Mist von Karl gewachsen. Er hatte die gesetzlichen Lücken entdeckt und die darauf aufbauenden Steuermodelle für unsere Mandanten in die Welt gesetzt. Petra hatte ihn dabei zunächst aktiv unterstützt, nach einer Weile aber auch heftig dafür kritisiert.«

»Aber du hast das doch immer überall erklärt, beworben und verkauft.«

Ernst Mahlers Schmunzeln war kurz und bitter. »Eben. Ich habe die Ideen nach außen getragen. Ihr *Urheber* war ich allerdings längst nicht mehr. Aber du kennst Karl.« Er unterbrach sich und fuhr sich rasch mit einer Hand über die Augen. »Ich meine, du *kanntest* ihn. Er war in der Finanzberatung zwar genial, dem Rest der Menschheit aber nur ganz bedingt zuzumuten. Bei einer Kanzlei, die *Müller & Mahler* heißt, hat es für die Menschenfängereien dann eben den anderen Teil gebraucht.«

»Das heißt, du hast nicht mehr in der Sache gearbeitet, sondern dich auf den reinen Vertrieb beschränkt?«

Ernst Mahler zuckte mit den Schultern. »So, wie *du* das formulierst, klingt es hart.« Dann überraschte er Sophie schon wieder. »Man könnte es aber sogar noch deutlicher ausdrücken: Ich war der Werbeclown meines eigenen Unternehmens.«

Sophie ließ das kurz sacken. »Aber warum?«

Ihr Vater atmete tief durch. »Deiner Mutter geht es sehr viel schlechter, als du und ich das wahrhaben wollen, Krümel.« Er hob die Hand. Nachfragen waren nicht erwünscht. Vielleicht konnte er sie gerade auch einfach nicht aushalten. »Die Sache mit dem Alkohol hat sie ja schon länger nicht mehr richtig im Griff. Aber weißt du, Sophie, sie wird älter. Schwächer. Und immer anfälliger für alle möglichen Aussetzer.« Er schluckte. Fasste sich. »Ich lasse sie schon seit einiger Zeit nicht mehr gern allein. Nicht nur, weil ich es nicht will. Sondern auch, weil ich es nicht *kann*. Du weißt, wie es heißt: In guten wie in schlechten Zeiten. Selbst wenn es von den schlechten deutlich mehr gibt als von den guten.« Einen

Moment schwiegen beide, dann fuhr Ernst Mahler fort: »Wie viel Petra darüber wusste, kann ich nicht sagen. Mit Karl habe ich jedenfalls offen über alles gesprochen. Mag sein, dass wir sehr unterschiedlich waren. Er war aber doch auch einer meiner ältesten Vertrauten. Wir sind übereingekommen, dass ich mich aus dem eigentlichen Kanzleigeschäft zurückziehe und er weiter daran arbeitet, unsere Beratungsprodukte zu entwickeln.« Er lächelte trocken. »Du kannst dir denken, dass er sich das aus meinen Anteilen fürstlich hat bezahlen lassen.« Dann senkte er den Kopf. »Aber was hätte ich machen sollen? Deine Mutter hat mich gebraucht.« Er sah sich um. »Sie braucht mich auch jetzt. Und ich bin *hier*.«

Sophies Gedanken überschlugen sich. Trotzdem zwang sie sich, sachlich zu bleiben. »Was hätte Karl vor dem Untersuchungsausschuss ausgesagt?«

Ihr Vater zuckte mit den Schultern. »Ganz ehrlich: Ich weiß es nicht. Als ich ihn darauf angesprochen habe, zeigte er sich absolut zuversichtlich, dass die Politik auf unserer Seite sei. ›Mach dir keine Sorgen‹, hatte er gesagt, ›ich habe das im Griff. Ganz gleich, wer da kommt und weswegen: Wir sitzen sicher im Sattel. Wir sind *Müller & Mahler*. Vergiss das nicht! Ohne uns gibt es nicht nur kein TaxEx, sondern auch kein Weltraumprojekt von Fynn Wabnitz. Wer außer uns wäre schließlich in der Lage dazu, ein so gigantisches Unterfangen zu planen und zu organisieren?‹ Ich kann seine Worte noch ganz genau hören: ›Glaub mir, Ernst, die alle brauchen uns mindestens so sehr wie wir sie.‹«

Sophies Vater sah sie nachdenklich an. »Karl hat dabei so überzeugt gewirkt, dass ich erst gar keine weiteren Fragen gestellt habe. Du weißt doch, wie das bei ihm war: Er war zwar kein großer Charismatiker. Wenn es darum ging, sich mit harten Argumenten zu messen, war er allerdings nicht zu schlagen. Genau wie er war daher auch ich überzeugt, dass er den Untersuchungsausschuss im Zweifel freihändig in der Luft auseinandernehmen würde.« Ernst Mahler seufzte. »Um es zusammenzufassen: Karl wirkte vollkommen entspannt. Er hatte keinen Grund, sich umzubringen. Nein, wenn du mich fragst, wurde er kaltblütig ermordet. Aber eben nicht von mir.« Er atmete durch. »Sag das auch Max Bischoff und deinem Kollegen. Teil ihnen mit, wie die Verhältnisse wirklich waren. Für falschen Stolz ist jetzt kein Platz mehr.« Dann verengten sich seine Augen. »Und sag diesem Pirlo, dass er sich beeilen soll. Er *muss* es einfach. Ich muss hier raus, Sophie!« Er zögerte. Formte eine Faust und biss sich in einen Finger. Er rang mit sich. Dann brach aber doch noch der Damm. »Ich bin hier drin Ernst Mahler, ein Staranwalt und ein reicher Schnösel. Das weckt Begehrlichkeiten.«

Von außen klopfte jemand an die Tür. »Die Zeit ist um!«

Sophies Blick jagte zur Uhr. Tatsächlich war die halbe Stunde vorüber. Umso mehr fluchte sie darüber, dass sie sich am Anfang mit diesem ganzen Gehabe aufgehalten hatten. Dann fing sie noch einmal die Stimme ihres Vaters ein. Mit aller Dringlichkeit. Und allem Schrecken. »Ich werde hier drin bedroht, Sophie. Ihr müsst mich rausholen. Unbedingt! Bald!«

Ehe sie noch etwas antworten konnte, öffneten sich die Türen hinter ihnen. In beiden erschienen Mitarbeiterinnen der Justizvollzugsanstalt. Das genügte als Ansage: Das Gespräch war vorbei. Zum Abschluss warf ihr Vater ihr noch einen langen, drängenden Blick zu. Dann verschwand er um die Ecke.

Auf dem Weg nach Meerbusch bewegte sich Sophie wie ein Roboter. Es war völlig klar, dass sie nach ihrer Mutter sehen musste. Jetzt erst recht. Weitere Gedanken drangen nicht zu ihr durch. Sie fühlte sich leer. Fassungslos. Wie betäubt. Eine tatsächliche Empfindung kam erst wieder auf, als sie an ihrem Elternhaus eintraf, durch die Eingangstür trat und ihre Mutter sah.

Es war namenloses Entsetzen.

15

MAX

Seit geraumer Zeit saß Max zu Hause und lenkte sich mit dem Korrigieren von Klausuren ab, etwas, das in seinem Job als Dozent zwar unabdingbar war, von ihm aber, wie er sich selbst eingestehen musste, meist vernachlässigt wurde, wenn er in einem Fall steckte.

Zum Glück nahmen seine Studenten es ihm in der Regel nicht übel, wenn sie die Klausuren etwas später zurückbekamen, weil sie wussten, womit er sich in der Zeit außerhalb des Hörsaals beschäftigte, und das äußerst spannend fanden.

Eine Studentin hatte ihn sogar mal mit der Filmfigur des Archäologieprofessors Dr. Henry Walton Jones Jr. verglichen, der in seiner Freizeit mit Schlapphut und Peitsche als Indiana Jones unterwegs war.

Max' Studierende bedrängten ihn nicht selten in Vorlesungen, ihnen von diesem oder jenem Fall zu erzählen. Da es sich thematisch durchaus in sein Fachgebiet, die Operative Fallanalyse, einfügen ließ, tat er ihnen hier und da den Gefallen als Ausgleich für die längeren Wartezeiten.

Momente wie dieser Vormittag fielen eindeutig unter die Kategorie *In-einem-Fall-stecken*. Dass er sich trotzdem mit einer Klausur beschäftigte und an den Antworten eines Polizeischülers namens Guido Biewen verzweifelte, lag an der Tatsache, dass er auf einen Rückruf von Sophie wartete, und an der geradezu unfassbaren Unwissenheit des Studenten.

Wie abgemacht hatte Max versucht, Sophie nach seiner Schlappe im *Breidenbacher Hof* anzurufen, sie aber nicht erreichen können. Nachdem er dann in der Kanzlei durchgeklingelt und erfahren hatte, dass Sophie zu ihrem Vater in die JVA wollte, hatte er beschlossen, auf ihren Rückruf zu warten.

Als der endlich kam, legte er erleichtert den Rotstift zur Seite.

»Entschuldige bitte, dass ich mich erst so spät melde.« Sophies Stimme klang bedrückt.

»Kein Problem, ich hatte genug zu tun«, antwortete Max, was im Grunde ja auch der Wahrheit entsprach. »Ich hatte in der Kanzlei angerufen und gehört, dass du zu deinem Vater wolltest, deshalb habe ich gewartet, bis du dich meldest.«

»Ja, ich war dort.«

»Und?«

»Es war furchtbar.« Die Bestätigung für seine Wahrnehmung.

»Das kann ich mir vorstellen. Wie geht es ihm?«

Sophie berichtete Max, wie sehr sie vom Anblick ihres Vaters schockiert gewesen war und was er ihr alles erzählt hatte.

Max unterbrach sie nicht und wartete geduldig, bis sie zum Abschluss feststellte: »Lass ihn uns schnell da rausholen, Max. Wir *müssen* einfach!«

»Hast du schon mit Pirlo geredet?« Max verzichtete bewusst auf die Adjektive, die ihm spontan einfielen, um den Anwalt näher zu beschreiben. »Vielleicht kann er ja doch noch etwas bewirken.«

»Über das Gespräch mit meinem Vater habe ich ihn informiert. Die nächsten Schritte haben wir aber noch nicht besprochen. Vielleicht kannst auch besser du das übernehmen.« Sie senkte die Stimme. »Ich bin gerade bei meiner Mutter.«

»Und?«

Sie seufzte. »Das Katastrophenlevel ist dem in der JVA leider recht ähnlich.«

»Was ist passiert?«, hakte Max nach, statt Sophie zu sagen, was er von der Idee eines Gespräches zwischen ihm und Anton Pirlo hielt. Das konnte sie sich wahrscheinlich sowieso denken.

»Es geht um meine Mutter. Sie ...« Sophie atmete tief durch, bevor sie leise weitersprach. »Was soll's, jetzt ist nicht die Zeit für Familiengeheimnisse ... Ich habe sie im Wohnzimmer auf dem Boden gefunden. Sie hat sich bis zur Besinnungslosigkeit betrunken und ist dann wohl gestürzt.«

»Scheiße!«, konnte Max sich nicht verkneifen. »Hat sie sich verletzt?«

Sophie stieß ein humorloses Lachen aus. »Du weißt doch, was man über Betrunkene sagt: Irgendwie überstehen sie die sonderbarsten Sachen. Soweit ich das beurteilen kann, ist weder eine Verletzung erkennbar, noch hat sie Schmerzen. Zumindest das kann sich allerdings ändern, wenn sie wieder nüchtern ist.«

»Das tut mir sehr leid. Sie hat wohl die Verhaftung deines Vaters nicht verkraftet.«

»Das ist zwar sicherlich nicht falsch. Wirklich richtig ist es aber auch nicht. Wäre er nicht verhaftet worden, hätte sie es nicht verkraftet, dass er erst spät nach Hause gekommen wäre. Hätte er den Tag aber zu Hause verbracht, hätte sie es nicht verkraftet, ihn permanent um sich zu haben. Du verstehst, worauf ich hinauswill?«

»Ich denke schon. Wie lange geht das bereits so?«

»Viel zu lange.«

»Kann ich etwas für dich tun? Soll ich etwas besorgen ...«

»Nein, ich komme schon klar. Aber ich kann meine Mutter jetzt nicht allein lassen. Im Moment ist sie vollkommen hilflos, und sobald sie sich wieder halbwegs auf den Beinen halten kann, würde sie sofort anfangen zu trinken. Hier kannst du also wirklich nichts tun. Setz dich lieber mit Pirlo in Verbindung. Seht zu, dass ihr einen Weg findet, meinen Vater rauszuholen, bevor ihm was passiert.«

»Okay. Aber, Sophie ...«

»Ja?«

»Melde dich bitte gleich, wenn du irgendetwas brauchst, okay?«

»Versprochen. Bis dann.«

Max ließ den Hörer sinken und dachte an Pirlo. Die Tatsache, dass dieser seltsame Vogel es innerhalb kürzester Zeit geschafft hatte, allein schon beim Gedanken an ihn in Max Unwohlsein auszulösen, bewirkte noch etwas anderes in ihm: Ärger. Er gab sich trotzdem einen Ruck und wählte die Nummer des Anwalts.

»Pirlo«, meldete der sich knapp und ohne Begrüßung. Aber war etwas anderes zu erwarten gewesen?

»Hallo, hier spricht Max Bischoff. Ich hatte gerade Sophie am Telefon. Sind Sie in Ihrer Kanzlei?«

»Sophie? Hat sie *Sie* angerufen oder umgekehrt?«

»Was?«

»Na, wer wen angerufen hat«, sagte Pirlo übertrieben langsam, so, als könne er Max nur so die Chance geben zu folgen.

»Was spielt das denn für eine Rolle? Noch mal meine Frage – sind Sie in der Kanzlei?«

»Ja, warum?«

»Gut, ich komme zu Ihnen. Wir haben einiges zu besprechen.«

»Nicht nötig, ich rufe Sophie dazu an.«

»Tun Sie das nicht, sie hat im Moment andere Dinge um die Ohren.«

»Ich bin mir nicht sicher, ob ausgerechnet *Sie* derjenige sind, der *mir* erklärt, was ich zu tun oder zu lassen habe, Herr *Professor.*«

»Es geht um ihre Mutter«, sagte Max knapp.

»Oh!«, entgegnete Pirlo nur, was Max einigermaßen verwunderte, und fragte dann mit besorgter Stimme: »Ist etwas passiert?«

»Ich bin in zwanzig Minuten bei Ihnen, dann erzähle ich Ihnen alles.«

Die Kanzlei war in einer Maisonette im Obergeschoss eines Jugendstil-Eckhauses am Carlsplatz untergebracht.

Pirlo persönlich öffnete die schwere, hölzerne Eingangstür und nickte Max mit einem kurzen »Hallo« zu. Die Tatsache, dass der Anwalt ihm jegliche sonstige Kommentare ersparte, vermerkte Max auf seiner imaginären Pirlo-Liste als positiven Aspekt.

»Kommen Sie, gehen wir in mein Büro«, sagte Pirlo und wandte sich ab. Max folgte ihm über einen kurzen, breiten Flur und betrachtete dabei die hellen Wände und die hohen Decken der Kanzlei. Pirlos Büro lag auf der linken Seite und entsprach sowohl von der Einrichtung als auch von der anscheinend nicht vorhandenen Ordnung in etwa dem, was Max erwartet hatte.

»Also los«, forderte Pirlo Max auf, nachdem er hinter seinem Schreibtisch Platz genommen hatte. Dabei strich er eine Strähne seiner langen, schwarzen Haare hinter das Ohr. »Was ist mit Sophies Mutter, und was wollten Sie mit mir besprechen?«

Wie schon bei ihrer ersten Begegnung stellte Max erneut fest, dass Pirlo mit seiner fast schulterlangen Haarpracht in Verbindung mit dem dichten Vollbart zumindest für einen Strafverteidiger mehr als nur außergewöhnlich aussah.

»Sophie hat nach dem JVA-Besuch bei ihrem Vater ihre Mutter zu Hause im Wohnzimmer gefunden«, begann Max, und dann erzählte er Pirlo alles, was Sophie ihm berichtet hatte.

Als er seine Schilderung beendet hatte, drehte Pirlo den Kopf und starrte eine ganze Weile nachdenklich auf einen Punkt an der Wand, wo es eigentlich nichts zu sehen gab. Max beobachtete ihn dabei und wartete ab. Schließlich wandte der Anwalt sich ihm wieder zu. »Danke für die Zusammenfassung der Lage. Auch wenn sie natürlich vollkommen beschissen ist.« Er fuhr sich durch die Haare. »Ich weiß von den Problemen, die Sophies Mutter mit Alkohol hat oder, besser gesagt, ohne ihn. Es ist gut, dass sie jetzt bei ihr bleibt.«

Max gestand sich ein, dass er solche Töne ganz sicher nicht von Pirlo erwartet hatte.

»Versuchen wir uns auf das zu konzentrieren, was wir im Moment erreichen können: Wir müssen Ernst Mahler unbedingt aus dem Knast holen.«

Max nickte. »Sehe ich auch so.« Er widerstand der Versuchung, darauf hinzuweisen, dass die Ergebnisse von Pirlos bisherigen Bemühungen sehr überschaubar gewesen waren. Stattdessen fragte er: »Haben Sie eine Idee?«

»Dazu kommen wir gleich. Lassen Sie uns zuerst kurz über etwas anderes reden.«

»Worüber?«

»Sie und mich.«

Also gut, dachte Max, schauen wir mal, in welche Richtung das jetzt läuft. »Hören Sie«, setzte er an, doch Pirlo hob eine Hand.

»Nein, bitte. Das ist wirklich wichtig.« Pirlo räusperte sich. »Wir hatten keinen guten Start. Vielleicht war unser Umgang hier und da auch nicht ganz situationsoptimal.«

Nicht situationsoptimal? Max nahm sich vor, sich diese Bezeichnung zu merken. »Das ist eine nette Umschreibung«, kommentierte er bewusst zurückhaltend.

»Noel Gallagher sagt, dass man nicht im Zorn zurückschauen soll. Womöglich ist da was dran.«

Max unterdrückte ein Lächeln. Pirlos Art zu sprechen war zwar verschroben. Er wusste aber trotzdem genau, was der Anwalt meinte.

»Mein Vorschlag: Wir konzentrieren uns darauf, diesen Karren gemeinsam aus dem Dreck zu ziehen, während Sophie sich um ihre Mutter kümmert.« Pirlo grinste. »Wenn wir das erfolgreich hinbekommen haben, können wir uns ja immer noch gegenseitig für Idioten halten.« Dann wurde er ernst: »Wahrscheinlich sind wir im Moment die Einzigen, die ihr und ihrem Vater noch helfen können und wollen.«

Max zuckte mit den Schultern. »Das ist letztendlich das, wozu ich engagiert worden bin.« Das große *Aber*, das ihm auf der Zunge lag, verschluckte er.

Pirlo blieb ebenfalls sachlich. »Ich habe mittlerweile die Ermittlungsakte mit den Beschuldigungen gegen Ernst Mahler erhalten. Am sinnvollsten ist es wahrscheinlich, Sie schauen sie sich in Ruhe an, und wir gehen sie danach noch einmal gemeinsam durch. Irgendwo darin könnte etwas versteckt sein, das uns weiterhilft. Was ich bisher gesehen habe, lässt zwar keine großen Hoffnungen zu, aber vier Augen sehen mehr als zwei. Also: Frieden?«

Pirlo erhob sich und streckte Max über den überfüllten Schreibtisch hinweg die Hand entgegen.

Überrascht von dieser neuen und deutlich angenehmeren Ausgabe von Anton Pirlo stand auch Max auf und schlug ein. Er hätte dem Anwalt gern noch den einen oder anderen Satz zu Zeitungsinterviews gesagt, verkniff es sich aber. Wie es aussah, hatte Pirlo sich dazu entschlossen, sein Ego hinter der Professionalität einzureihen, was er zu Max' Überraschung offenbar mühelos konnte. Womöglich motivierte ihn auch eine gewisse Zuneigung zu Sophie. Und vielleicht hatte sein anfängliches, arschiges Verhalten Max gegenüber den gleichen Grund, und er war schlichtweg eifersüchtig gewesen.

So oder so beschloss Max, es zumindest für den Moment dabei bewenden zu lassen. Er deutete auf den Schreibtisch. »Also gut, nachdem wir das geklärt haben, würde ich jetzt gern die Akte lesen.«

Pirlo griff einen noch neu aussehenden Schnellhefter aus dem Chaos vor sich und reichte ihn Max. »Ich habe Ihnen den Hauptband ausgedruckt. Sie können ihn mitnehmen und sich alles in Ruhe durchschauen. Das aus meiner Sicht Wesentliche fasse ich aber gern schon mal vorab zusammen.« Max merkte, wie Pirlo seinen Blick suchte. »Wenn Sie mögen.«

Max nickte. Mit *dieser* Anwaltsausgabe konnte er tatsächlich etwas anfangen.

»Man hat bei Karl Müller Unterlagen gefunden, die ein noch ausgeklügelteres System für TaxEx-Geschäfte beschreiben als das, worum es in der Anhörung gehen sollte. Wie es aussieht, hat sich Müller bei der Entwicklung neuer Konzepte auch durch den Untersuchungsausschuss nicht beeindrucken lassen.« Pirlo begann, an einer Strähne zu drehen. »Bis hierhin ist der Aktenbestand nicht gut. Jetzt wird er allerdings richtig schlecht: Auf dem Notebook von Sophies Vater ist der Entwurf einer E-Mail, in dem er schreibt, dass er auf keinen Fall für weitere TaxEx-Geschäfte zu haben sei.« Pirlo tippte auf seinem Laptop. »Hier ist es, Seite 252: ›Ich bin nicht bereit, mein Lebenswerk durch deine kriminellen Machenschaften zerstören zu lassen. Falls du nicht mit diesen TaxEx-Spinnereien aufhörst, wird es ernsthafte Konsequenzen geben!‹«

»Hm...«, brummte Max. »Das spricht einerseits dafür, dass Sophies Vater nichts, oder zumindest nichts mehr, mit diesen krummen Geschäften zu tun haben wollte. Andererseits könnte die Staatsanwaltschaft natürlich die Beschreibung *ernsthafte Konsequenzen* so deuten, dass Mahler alles tun würde, um Schaden von seinem Lebenswerk, also von der Kanzlei, abzuwenden. Vielleicht sogar morden.«

Pirlo nickte. »Das allein wäre für die Anordnung der Untersuchungshaft aber dennoch zu wenig. Dazu kommt, dass es an den Tatorten keine individualisierbaren Spuren gab.«

»Was für uns ja eigentlich gut ist.«

»Sehr sogar. Auch wenn es mich überrascht. Die Ermittler haben im Auto von Müller zwar alle möglichen Personenspuren gefunden, an seinem Körper aber nichts, was auf eine konkrete Fremdeinwirkung hinweisen könnte.«

»Daher die Suizidthese.«

Pirlo nickte. »Zumindest bis zu Mahlers E-Mail.«

»Was ist mit den Glasspuren im *Breidenbacher Hof*?«

»Sophie hat Ihnen davon erzählt?«

»Stört Sie das?«

»Im Gegenteil. Wir müssen schließlich alle Kräfte bündeln.« Pirlo rang sich ein müdes Lächeln ab. »Und so weiter.«

»Also?«

»Die Spurensicherung hat tatsächlich zwei Gläser sicherge-stellt.«

»Und?«

»An einem sind Fingerabdrücke von Petra Kühne. Und am an-deren ist nichts.«

»Nichts? Wie um alles in der Welt ist das möglich?«

»Sie sind doch der schlaue Professor!« Pirlo nickte in Richtung der Akte in Max' Hand. »Handschuhe vielleicht? Ein Reinigen da-nach? Vielleicht hat auch nur Petra Kühne getrunken? *Ich* weiß es nicht. Aber wenn *Sie* auch keine Erklärung haben, sieht es für uns düster aus.«

Max ließ das eine Weile sacken. »Aber wenn es keine Spuren gibt, die auf Ernst Mahler als Täter hindeuten ...«

»Dürfte er doch eigentlich nicht in Haft sein«, ergänzte Pirlo den Gedanken. »Ganz genau.«

»Und warum ist er es dann?«

Pirlo seufzte. »Das alles, diese ganzen Unstimmigkeiten, könnte ich tatsächlich zerpflücken. Dann würde der Haftbefehl einfach so in sich zusammenfallen.«

»Aber?«

»Es gibt noch etwas anderes, das Sophies Vater belastet. Etwas, das sich wesentlich weniger einfach angreifen lässt.«

»Nun machen Sie es nicht so spannend«, hakte Max nach, als Pirlo eine Pause einlegte. »Was ist es?«

»Mahler ist auf den Überwachungsvideos des *Breidenbacher Hofs* zu sehen. Und das in etwa zu der Zeit, als Petra Kühne angeblich versucht hat, sich das Leben zu nehmen.«

16

PIRLO

Als Ernst Mahler den Haftbesprechungsraum betrat, wartete Pirlo dort schon ein paar Minuten. Es war der letzte Besuchstermin vor dem Wochenende, kurz bevor die JVA schloss. Viel Zeit hatten sie nicht. Trotzdem empfand Pirlo hier, in Haftsituationen wie diesen, nicht die für ihn sonst übliche Ungeduld. Im Gegenteil, er zog es vor, sich in die Situation einzufinden und alles auf sich wirken lassen zu können, was er eben zur Kenntnis nahm, wenn sein Mandant den Raum durch die Tür auf der anderen Seite betrat. Wer in Untersuchungshaft saß, galt bis zu einer Verurteilung als unschuldig. Es ging nicht darum, eine Strafe zu verbüßen, sondern nur darum, einen Menschen an der Flucht zu hindern – auch wenn Pirlo natürlich wusste, dass die Grenzen manchmal fließend waren und die Strafverfolgungsbehörden oft Freude an der Weisheit »Untersuchungshaft schafft Rechtskraft« fanden. So konnte der Druck einer ungewiss langen, vorläufigen Haft, gepaart mit der Hoffnung auf ein abgeschwächtes Urteil, durchaus zu einem Geständnis führen. Was Ernst Mahler hätte zugeben können, wäre aber nichts anderes gewesen als zwei Morde. Die Folge wäre eine lebenslange Freiheitsstrafe. Mildere Urteile sah das Recht nicht vor. Es gab also durch ein Einräumen der Taten nichts zu gewinnen. Vor allem traute Pirlo sie seinem Mandanten auch nicht zu. Und zwar trotz allem.

Umso mehr war er darauf gespannt, welchen Eindruck Ernst Mahler auf ihn machen würde, wenn er ihn nach dem ersten ganzen Tag in Haft wiedertraf. Genau deshalb hatte er seinen Mandanten auch nicht wissen lassen, wann er kommen würde.

Während Pirlo in der Enge des Besprechungsraumes wartete, informierte ein Gefängnismitarbeiter Mahler in dessen Zelle darüber, dass der von ihm bevollmächtigte Anwalt vor Ort sei. Mahler konnte entscheiden, ob er Pirlo sprechen wollte oder nicht. Wie das ausgehen würde, war allerdings absehbar. Wenn zutraf, was Sophie berichtet hatte, stand ihr Vater im Knast enorm unter Druck. Er musste also hier raus. Und zwar dringend.

Pirlo war daher erleichtert über die Art und Weise, in der Mahler den Raum betrat. Zwar wirkte es seltsam, ihn in einem von Pirlos eigenen Kapuzenpullis mit einem Aufdruck von Fortuna Düsseldorf zu sehen. Der Rest erinnerte aber doch schon wieder deutlicher an den stolzen Staranwalt, den Mahler draußen in der Welt verkörperte, als an das Häufchen Elend, das Pirlo bei der Haftanhörung angetroffen hatte.

Was immer Mahler seine Haltung zurückgegeben hatte, es konnte Pirlo nur recht sein. Sein Auftrag war klar: Er musste seinen Mandanten so schnell wie möglich aus dem Knast holen. Ganz unabhängig davon, wie gut oder schlecht es Mahler hier drinnen gehen mochte, war es zweifellos leichter, seine Verteidigung aufzubauen, wenn sie beide sich in der Kanzlei treffen konnten. Außerdem war es Pirlo nur so möglich, Sophie und Bischoff mit in die Gespräche einzubeziehen und sich aktiv von ihnen helfen zu lassen. Dass Sophie nicht offiziell als Anwältin für ihren Vater auftreten wollte, konnte er dabei gut nachvollziehen. Mit Blick auf mögliche Überschriften wäre das für die Presse ein gefundenes Fressen. Bischoff hatte als Zivilist dagegen erst gar keine Chance, zusammen mit einem Rechtsanwalt in die Haftanstalt zu gelangen. Nachdem das Desaster mit dem behaupteten

Praktikantenstatus bei der Haftanhörung einen zwar würdelosen, aber noch recht glimpflichen Abschluss ohne Ermittlungen gegen Bischoff oder ein standesrechtliches Verfahren gegen Pirlo gefunden hatte, war dieser ausnahmsweise bereit, seine Lektion zu lernen und von weiteren Tricksereien abzusehen. Auch das trug allerdings dazu bei, dass er Mahler aus der Haft holen *musste*. Egal, wie. Möglicherweise sogar mit Hilfe der Wahrheit – falls sie denn überhaupt noch jemanden interessierte.

Pirlo machte sich keine Illusionen. Das Auftauchen Mahlers auf den Videoaufzeichnungen des *Breidenbacher Hofs* war ein ziemlich dickes Brett. Er fing das Gespräch deswegen erst gar nicht damit an. Wenn er Mahler schon in einem Moment der zumindest äußerlichen Gefasstheit erwischte, wollte er diesen so lange wie möglich aufrechterhalten.

»Hallo, Herr Dr. Mahler«, grüßte Pirlo förmlich. Er stand sogar auf.

»Herr Dr. Pirlo.« Ernst Mahler nickte ihm zu und ließ sich mit einer ausgesucht langsamen Geschmeidigkeit auf seinem schmucklosen Holzstuhl nieder, die erkennen ließ, dass er es gewohnt war, an den großen Konferenztischen dieser Welt zu residieren. Und zwar am Kopfende. Mahler zog die Augenbrauen in die Höhe. »Ich hätte mir gewünscht, dass Sie mich wissen lassen, wann Sie hier auftauchen.«

Pirlo nickte und fuhr sich langsam über den Bart. »Sagen Sie mir, ob das etwas geändert hätte.«

»Was?« Mahler klang nicht nur irritiert. Er sah auch so aus.

Pirlo deutete auf den Raum um sie herum. »Was wäre hier anders, wenn ich Ihnen mitgeteilt hätte, wann ich zu Ihnen komme?«

Mahler streckte den Rücken durch. Das war aber auch alles, was noch an großer Geste drin war. Der Gesichtsausdruck verriet seine Angst. Seine Augen erst recht.

Einen Augenblick schwankte Mahler noch. Dann gab er auf. Die Schultern sackten nach unten, die Mundwinkel ebenso. Als großes Finale der Resignation schlug er die Hände vors Gesicht. Pirlo wartete ab, bis sich Mahler von selbst einen Ruck geben konnte. Als das schließlich geschah, klang es so: »Also gut, Herr Dr. Pirlo. Sie haben ja recht. Um Ihre Frage zu beantworten: Wenn ich gewusst hätte, wann Sie hier auftauchen, hätte das überhaupt keinen Unterschied gemacht. Alles wäre genau gleich gewesen, meine Aufregung vielleicht sogar noch schlimmer. Aber wissen Sie, meine Nerven gehen mir hier durch. Meine Haltung gibt mir zumindest noch ein bisschen Kraft.« Er atmete durch. »Ich gehe davon aus, dass Sophie schon mit Ihnen gesprochen hat, sage es Ihnen aber auch noch einmal selbst: Ich werde hier drin auf Schritt und Tritt beobachtet. Die Leute wissen *ganz genau*, wer ich bin und was draußen von mir zu holen ist. Körperlich drängt sich mir keiner auf. Warum auch, ich bin schließlich ein alter Mann. Gehen Sie aber davon aus, dass das gesamte Spektrum aller anderen Annäherungsmöglichkeiten ausgereizt wird. Und zwar die ganze Zeit.«

»Was meinen Sie?«, fragte Pirlo, obwohl er eine ziemlich konkrete Vorstellung davon hatte, was Mahler im Knast widerfuhr. Leider.

Mahler seufzte. »Ständig tritt irgendjemand an mich heran, bei der Schlange zur Essensausgabe, auf dem Weg zur Dusche oder bei einem Umschluss, ganz gleich, wo ich bin und was ich mache, irgendwer raunt mir fast immer irgendwas zu.«

»Und worum geht es dabei?«

»Geld. Was denn sonst?«

»Inwiefern?«

Sein Mandant fuhr sich über die Augen. »Die Betrüger wollen einem ein phantastisches Angebot machen, irgendeine Investitionschance aufdrängen, die es gar nicht gibt.«

»Mutmaßlich«, brummte Pirlo reflexhaft.

»Wie bitte?« Mahler sah ihn verwirrt an.

»Ich hatte *mutmaßlich* gesagt.« Pirlo hob entschuldigend die Hände. »In der Untersuchungshaft sind doch vor dem Gesetz noch alle unschuldig.«

Mahler sah ihn an, als habe Pirlo den Verstand verloren. »Wollen wir wirklich auf diesem Niveau miteinander sprechen?«

Pirlo winkte ab. »Machen Sie einfach weiter.«

Mahler nickte. »Das waren also die Betrüger. Die Mörder bieten an, gegen Bezahlung auch noch andere verschwinden zu lassen, und die Erpresser wollen Kohle, um mich zu beschützen, wahrscheinlich am meisten vor sich selbst.«

Pirlo nickte. Genau das hatte er befürchtet. »Dann lassen Sie uns besser an die Arbeit gehen.«

»Klar«, antwortete Mahler erfreulich schnell. Noch angenehmer war, wie sachlich er dabei klang. Was danach kam, wunderte Pirlo dennoch. »Danke, übrigens. Sowohl für Ihre Zeit als auch für Ihr Engagement, Herr Dr. Pirlo.«

»Pirlo genügt. Wir wollen hier vorankommen. Der akademische Grad bremst da nur.«

»Sicher«, erwiderte Mahler, ohne darauf einzugehen, ob das auch für seinen eigenen Doktortitel galt. Ein bisschen blieb er sich eben doch treu. Pirlo verbuchte das als gutes Zeichen.

Kurz überlegte er noch, auf welche Weise er vorgehen wollte. Dann entschied er sich, es ab jetzt handzuhaben wie sonst auch: direkt aus dem Bauch und voll auf die Zwölf. »Warum sind Sie auf Videoaufzeichnungen des *Breidenbacher Hofs* zu sehen, die zu der Zeit des angeblichen Suizids Ihrer Kollegin entstanden sind?«

»Bin ich das?«

Pirlo nickte zwar, erkannte aber, dass er einen Fehler gemacht hatte. In Mahler steckte mindestens so viel von einem Prozessanwalt wie in ihm selbst. Wenn er hier keine klare Kante zeigte, drohte Mahler, ihm aus lauter Gewohnheit selbst dann in Ausflüchte zu verfallen, wenn er das eigentlich gar nicht wollte.

Der nächste Anlauf fiel daher *noch* direkter aus. »Waren Sie gestern Nachmittag im *Breidenbacher Hof*?«

»Ja«, antwortete Mahler ohne jedes Zögern. Sie hatten also einen vernünftigen Rhythmus gefunden.

»Warum waren Sie dort?«

»Man hatte mich einbestellt.«

»Wie meinen Sie das?«

»So, wie ich es sage.« Diesmal war es Mahler selbst, dem auffiel, dass seine Antwort nicht hilfreich war. Er seufzte. »Ich habe per WhatsApp eine Nachricht erhalten, mit der man mir mitteilte, dass ich in das Hotel kommen und mich dort in den fünften Stock zu Zimmer fünfhundertfünfzehn begeben sollte.«

»Von wem kam diese Nachricht?«

Mahler sah überrascht auf. »Von Petra Kühne, natürlich. Sie können das ja auch auf meinem Telefon nachlesen.«

Pirlo beschloss für den Moment, nicht weiter darauf einzugehen. In der Akte hatte davon jedenfalls nichts gestanden. Allerdings war Mahlers Mobiltelefon auch erst seit einem Tag beschlagnahmt. Manchmal dauerte es eine Weile, bis die Korrespondenz ausgewertet war. Und manchmal mochte das ermittelnde Kommissariat eine solche Verzögerung sogar ganz gut finden.

»Was ist dann passiert?«

Mahler zuckte mit den Schultern. »Ich war bei diesem Zimmer und habe geklopft. Dabei habe ich bemerkt, dass die Tür offen stand. Ich bin hineingegangen und habe mich umgesehen. Es war aber niemand dort.«

»Ist Ihnen sonst etwas aufgefallen?«

Mahler schüttelte den Kopf. »Nein, es war ein ganz normales Zimmer. Überdurchschnittlich luxuriös vielleicht, aber das ist an der Kö ja nichts Ungewöhnliches.«

Pirlo musste das nicht nur selbst verarbeiten. Er wollte es auch mit jemandem teilen. Interessanterweise fiel ihm dabei als Erstes ausgerechnet Bischoff ein. Pirlo schätzte den schnell arbeitenden Verstand des Ermittlers – auch wenn er das Bischoff nicht unbedingt wissen lassen würde.

»Was haben Sie dann gemacht?«

Wieder ein Schulterzucken. »Ich bin gegangen.« Ohne weitere Vorwarnung gerieten Mahlers Augen plötzlich ins Schwimmen. »Hören Sie, ich kannte Petra während ihrer gesamten Karriere. Es war *meine* Entscheidung, sie gegen Karl Müllers Wunsch in die Geschäftsleitung aufzunehmen. Für mich war sie mehr als nur ein Protegé, fast schon eine Art zweite Tochter. Nie im Leben hätte ich Petra auch nur ein Haar gekrümmt. Genauso wenig hätte ich zugelassen, dass das irgendjemand anderes tut. Ich habe dort aber tatsächlich niemand anderen gesehen.«

Pirlo nickte. Er glaubte Mahler. Nur brachte ihn das gerade herzlich wenig weiter. Immerhin gab es jetzt aber eine Erklärung dafür, warum Mahler am Tatort zu sehen war. Ob sie jemand glauben würde, stand dagegen auf einem ganz anderen Blatt. Selbst wenn eine solche Nachricht von Petra Kühne existierte, belegte das eigentlich nur, dass Mahler seine Kollegin treffen *wollte*. Außerdem zeigte die Kamera des Hotels eine Uhrzeit an, die nach erster rechtsmedizinischer Bewertung perfekt als Tatzeit in Betracht kam. Neben all dem blieb weiterhin die größte aller Fragen offen: Wenn Mahler nicht der Mörder war, wer war es dann?

Und direkt daran anschließend: Warum gab sich diese Person so viel Mühe damit, die Spur ausgerechnet auf Mahler zu lenken? Was sollte das denn alles?

Trotz dieser in ihm rumorenden Fragen war Pirlo fest entschlossen, einen lockeren Tonfall anzuschlagen, als er direkt nach seinem Haftbesuch bei Sophies Elternhaus klingelte. Da Sophie sofort die Tür aufriss, sprach viel dafür, dass sie wie auf glühenden Kohlen gewartet hatte.

»Pirlo! Was gibt es Neues?«

Er bemühte sich um ein Lächeln. »Für den Aufenthalt im *Breidenbacher Hof* gibt es eine Erklärung.« Dann verschwand seine Zuversicht. »Für mehr aber auch nicht. Noch nicht, zumindest.«

Sophie nickte tapfer. Einen Augenblick standen sie sich einfach nur wortlos gegenüber. Dann überraschte sie ihn, indem sie einen Schritt nach vorn trat und sich in seine Arme warf. Das hatte sie lange nicht getan, genau genommen sogar nur ein einziges Mal. Und er glaubte nicht, dass die Situation jetzt auch nur im Ansatz vergleichbar war.

Er räusperte sich, aber sie war schneller. »Sag jetzt mal ausnahmsweise nichts, Toni. Halt mich einfach fest.«

Pirlo nickte und drückte sie vorsichtig an sich. Kurz standen sie einfach so da. Schweigend. Weltvergessen. Zusammen.

Dann klingelte Pirlos Telefon. Nicht dranzugehen war keine Option. Nicht, wenn die Lage so angespannt war wie jetzt gerade. Als er sah, dass der Anruf von Bischoff kam, verdrehte er die Augen. Ausgerechnet der. Ausgerechnet jetzt. Dann gab sich Pirlo allerdings einen Ruck und nahm ab.

17

MAX

»Wo sind Sie gerade?«, begann Max das Gespräch ohne lange Floskeln.

»Ich bin eben im Haus von Sophies Eltern angekommen«, antwortete Pirlo. »Ist etwas passiert?«

»Allerdings«, bestätigte Max. »Schalten Sie den Fernseher ein. RTL.«

»Moment«, sagte Pirlo, dann, entfernter: »Es ist Bischoff. Er sagt, ich soll den Fernseher einschalten.«

Schritte waren zu hören, außerdem Sophies Stimme: »Den Fernseher? Warum?«

»Das werden wir gleich erfahren.«

Das musste Max ihm lassen, Pirlo hatte offenbar ein Gespür für Situationen und reagierte prompt und professionell, zumindest dann, wenn er es für angebracht hielt.

Pirlo sagte: »Okay, wir sehen es. Die Moderatorin sagt mir was, der Bankertyp daneben nicht.« Er schien sich wieder abzuwenden. »Dir?«

Max konnte Sophies Antwort nicht verstehen. Pirlo gab sie aber weiter. »Sophie kennt den Banker auch nicht.«

»Wie kommen Sie dann darauf, dass es einer ist?«, fragte Max.

»Nennen Sie es Intuition. Wenn einer aussieht wie ein Banker, sich bewegt wie ein Banker und spricht wie ein Banker, dann ist es manchmal auch einer.«

Max unterdrückte ein Schmunzeln. »Gut, dann hören Sie sich mal an, was der Vogel da von sich gibt.«

Max richtete den Blick ebenfalls auf seinen laufenden Fernseher.

»Wenn ich das mal zusammenfassen darf«, sagte die schwarzhaarige Moderatorin, »dann sind Sie also der Meinung, dass die Todesfälle von Karl Müller und Petra Kühne nichts mit den TaxEx-Geschäften zu tun haben, zu denen beide vor dem Untersuchungsausschuss aussagen sollten?«

»Ja, absolut«, sagte der Mann, der ihr auf dem rechtwinkligen, orangefarbenen Sofa schräg gegenübersaß. »Und ich habe auch meine Gründe dafür, die auf Informationen beruhen, die ich aus dem *inneren Kreis* der Kanzlei bekommen habe.«

Während er sprach, wurde am unteren Bildschirmrand eingeblendet: *Herbert Kuhlert, Abteilungsdirektor Wealth Management.*

Kuhlert entsprach tatsächlich dem Bankerklischee, das auch in Filmen immer wieder bestätigt wurde. Anfang vierzig, schlank, mittellange, blonde Haare. Der dunkelblaue Anzug saß ebenso perfekt wie das weiße Hemd, dazu eine graue Krawatte. Selbst das dazu passende Einstecktuch fehlte nicht. Abgerundet wurde das Ensemble durch den gefühlten Stock im Hintern. Anders war die übertrieben aufrechte Sitzweise jedenfalls nicht zu erklären.

»Aber wenn es nicht um den Steuerskandal ging – worum denn dann?«, fragte die Moderatorin aufgeregt.

»Tatsächlich dreht sich alles um interne Machtkämpfe in der Kanzlei.«

»Was genau können sich unsere Zuschauerinnen und Zuschauer darunter vorstellen?«

»Nun, das ist recht einfach«, erklärte Kuhlert und blickte dabei selbstgefällig direkt in die Kamera, als schaue er den Zuschauern ins Gesicht. »*Müller & Mahler* leidet unter einem akuten Machtvakuum. Man hat dort schlichtweg den Generationenwechsel verpasst. Was eine Dynastie hätte werden sollen, hat sich als Rohrkrepierer entpuppt.«

»Jetzt wollen wir natürlich auch Details hören.« Die Moderatorin lachte, als gehe es nur um ein nettes Geplauder. Und nicht um einen zweifachen Mord.

»Aber gern«, strahlte ihr Gast. »Nachdem Sophie Mahler, die Tochter des Gründers und unter Mordverdacht stehenden Ernst Mahler, sich geweigert hat, in die Kanzlei ihres Vaters als dessen Nachfolgerin einzutreten, ging ein internes Gerangel zwischen den geschäftsführenden Partnern Müller, Mahler und Kühne los. Ich habe erfahren, dass die drei derart zerstritten waren, dass es durchaus denkbar ist, dass einer der drei die beiden anderen aus dem Weg räumen wollte.«

»Bischoff«, hörte Max Pirlos Stimme aus dem Telefon.

»Ja?«

»Haben Sie eine Ahnung, wer aus der Kanzlei seine Quelle sein könnte?«

»Nicht die Spur.«

»Hm«, brummte Pirlo. »Dann habe ich einen Vorschlag.«

»Ich höre.«

»Wir fragen einen, der es wissen müsste.«

»Kuhlert?«

»Vielleicht freut er sich sogar. Er erzählt ja schließlich so gern.«

»Dann sollten wir ihm mal die Gelegenheit geben, das bei uns zu tun«, stimmte Max zu.

»Wo sind Sie?«

»Zu Hause.«

»Geben Sie mir Ihre Adresse. Ich hole Sie ab. Sophie hat die Show gerade gegoogelt. Sie wird live in den MMC-Studios in Köln gedreht. Nach der Analyse zu den TaxEx-Morden und der Lage bei *Müller & Mahler* steht noch was zur verzweifelten Trainersuche beim FC Bayern und danach ein ganzer Block mit Fragen zur Förderung des Weltraumprojekts von Fynn Wabnitz durch das Land NRW an. Mit anderen Worten: Bis alle Gäste durch sind, dauert es noch eine ganze Weile. Wenn Kuhlert bis zum Ende bleibt, um sich von den Moderatoren und so weiter zu verabschieden, und wir uns jetzt beeilen, erwischen wir ihn vielleicht sogar noch vor Ort.«

»Alles klar«, sagte Max, nannte seine Adresse und legte auf. Trotz seiner Eskapaden begann dieser Pirlo, ihm zu gefallen. Zumindest seine Art, Dinge ohne langes Zögern anzugehen.

Eine Viertelstunde später läutete das Telefon.

»Ich bin in zwei Minuten da«, erklärte Pirlo knapp. »Kommen Sie raus.«

»Ich bin gespannt, ob der Kerl noch im Studio ist, wenn wir in Köln sind«, sagte Max, nachdem er sich auf den Beifahrersitz geschwungen hatte.

»Wenn nicht, finden wir ihn morgen zu Hause oder in der Bank«, knurrte Pirlo. »Wegfliegen wird uns der Vogel jedenfalls ganz bestimmt nicht.«

»Der Vogel?«

»So haben *Sie* ihn doch genannt.«

»Sollte das etwa ein Wortspiel werden?«

»Nicht, wenn Sie *so* damit umgehen.«

Max grinste. Pirlo versuchte augenscheinlich, einen guten Draht zu ihm aufzubauen. Auch wenn er sich dabei nicht gerade geschickt anstellte.

Dann überraschte er ihn, als er nach einem kurzen Seitenblick zu Max fragte: »Wie läuft eigentlich die Zusammenarbeit mit Sophie?«

Max unterdrückte ein amüsiertes Lächeln. Die betonte Beiläufigkeit, mit der Pirlo die Frage gestellt hatte, wirkte auf ihn sogar *noch* weniger geschickt.

»Sie agiert sehr professionell und zielgerichtet. Das mag ich. Im Moment tut sie mir leid. Was sie mit ihrem Vater und ihrer Mutter gerade durchmacht, das ist nicht einfach zu verkraften. Warum fragen Sie?«

»Nur so.«

»Nur so? Was genau wollten Sie denn von mir hören?«

»Genau das, was ich gefragt habe. Was Sie von ihr halten.«

»Das haben Sie aber nicht getan.«

»Nein?«

»Gefragt haben Sie, wie die Zusammenarbeit mit ihr ist. Was ich von ihr halte, haben Sie wahrscheinlich gemeint.«

Pirlos Blick klebte auf der Straße. »Haben Sie so auch Ihre Ermittlungen geführt?«

»Mit Präzision?«

»Mit Unterstellungen.«

Max sah aus dem Seitenfenster, damit Pirlo nicht bemerkte, dass er sich ein Grinsen nur mit Mühe verkneifen konnte.

Es vergingen weitere fünf lange Minuten, bis Pirlo sagte: »Also gut: Wie sieht es persönlich aus?«

»Was?«

»Na, was halten Sie persönlich von Sophie? So als Frau?«

»Also wollen Sie es doch wissen.«

»Aber nur, weil Sie damit angefangen haben.«

Max konnte nicht anders, als ein kurzes Lachen auszustoßen. »Gegenfrage: Was halten *Sie* denn von Sophie? Ich meine, so *als Frau*?«

»Ich ... arbeite gern mit ihr zusammen.«

»Ah, verstehe.« Max nickte. »Sie können also gar nicht sagen, wie Sophie als Frau auf Sie wirkt. Also, *ich* kann das. Ich finde sie sehr attraktiv. Sie hat eine tolle Figur und ...«

»Mann, Mann, Mann«, fiel Pirlo ihm ins Wort. »Ich wollte nur wissen, was Sie von ihr *halten,* und Sie fangen gleich mit einem halben Liebesgedicht an.«

Max lachte. »Kann es sein, dass Sie eifersüchtig sind?«

»Kann es sein, dass wir professioneller sein sollten?«

Max zuckte mit den Schultern. »Von mir aus. Als professioneller Ermittler hoffe ich jedenfalls, dass wir den Kerl gleich noch erwischen.«

»Gut.«

»Und in persönlicher Hinsicht habe ich nicht das geringste Problem damit, dass Sie für Sophie schwärmen.«

»Als Kollegin.«

»Als was auch immer.« Max beschloss, nicht weiter nachzuhaken. Er fand, dass das auch nicht nötig war.

Das Glück war auf ihrer Seite. Als sie etwa zwanzig Minuten später den Wagen auf dem großen Parkplatz vor den MMC-Studios am Coloneum abstellten und in Richtung Haupteingang eilten, kamen ihnen zuerst eine Gruppe von drei Frauen und kurz dahinter ein Mann entgegen, bei dem es sich zweifellos um Herbert Kuhlert handelte. Im Fernsehen war nicht erkennbar gewesen, dass der Banker knappe zwei Meter maß. Sie hielten trotzdem geradewegs auf Kuhlert zu, der erst versuchte, ihnen auszuweichen, dann aber stehen blieb, als er begriff, dass die beiden sich ihm in den Weg stellen würden.

»Guten Abend«, sagte er und nickte Pirlo und Max zu.

»Lassen Sie uns mal abwarten, ob Ihr Abend gut wird oder bleibt«, erwiderte Max. »Mein Name ist Max Bischoff, dieser nette Herr hier neben mir ist Dr. Anton Pirlo, der ...«

»Pirlo«, wiederholte Kuhlert, zumindest nach außen recht ungerührt. »Sie sind doch der Kanzleipartner von Mahlers Tochter, nicht wahr? Was wollen Sie hier?«

»Wir haben Ihre ...«, setzte Max an, doch Pirlo schob sich ein

Stück nach vorn und sagte: »Wir können das hier erfreulich kurz halten: Was wissen Sie über die Morde bei *Müller & Mahler*?«

»Das habe ich doch gerade schon in der Sendung erklärt.«

»Wir haben das leider verpasst.«

»Das ist doch nicht mein Problem.«

»Wir können ja einfach mal so tun, als sei das doch so.«

Max sprang Pirlo zur Seite: »Sie haben behauptet, jemand aus der Kanzlei habe Ihnen interne *Informationen* zugespielt. Und wir wollen wissen, wer das war.«

Kuhlerts Gesicht verzog sich zu einem überheblichen Grinsen. »Was Sie wollen, interessiert mich reichlich wenig. Das geht Sie auch überhaupt nichts an.«

Der Banker wollte an ihnen vorbeigehen, doch Pirlo versperrte ihm den Weg.

»Was soll der Scheiß?«, blaffte Kuhlert. Von seinem Grinsen war nun nichts mehr zu sehen.

Statt einer Antwort warf Pirlo einen Blick über die Schulter und wandte sich dann an Max. »Schau dich doch mal ein bisschen um und achte darauf, dass uns niemand stört, während ich Herrn Kuhlert da vorn zwischen den Autos noch einmal die Gelegenheit gebe, seine Haltung zu überdenken.«

Im ersten Reflex wollte Max protestieren, doch dann ahnte er, dass der Anwalt tatsächlich das alte Theater von dem guten und dem bösen Bullen spielen wollte. Ohne Hoffnung, dass der Banker darauf hereinfiel, zuckte er mit den Schultern und sah Kuhlert warnend an.

»Sie sollten ihm sagen, was er wissen will. Glauben Sie mir, ich weiß, wozu das sonst gleich führen wird.« Und wie Pirlo so dastand mit seinen etwas zerzausten, schulterlangen Haaren, dem Vollbart und einem beeindruckend wütenden Blick, hätte Max fast geglaubt, dass er Kuhlert gleich an den Kragen gehen würde.

»Drohen Sie mir etwa?«, fragte der Banker hektisch. Er klang trotzig, wirkte aber auch verunsichert.

»Ich?« Pirlo hob die Hände. »Aber ganz bestimmt nicht.« Dann wandte er sich an Max. »Hast *du* ihm etwa gedroht?«

»Auf keinen Fall.«

»Was sollte man denn auch sagen? Dass er sich zwischen den Autos eine fängt? Auf einem öffentlichen Parkplatz?«

»Viel zu klischeehaft.«

»Eigentlich völlig abwegig.«

Max nickte zustimmend. »Genauso wie die Vorstellung, dass er sich eine Anzeige wegen der Verletzung von Persönlichkeitsrechten durch das Verbreiten von Gerüchten im Fernsehen fangen könnte.«

»Oder wie die, dass ich ihn noch mal bei anderer Gelegenheit besuche – und dann meine Brüder mitbringe.«

Kuhlerts Blick irrte zwischen den beiden hin und her. »Was wollen Sie eigentlich von mir?«

Max kam wieder näher und blieb neben Pirlo stehen. »Wir wollen wissen, ob du in der Sendung die Wahrheit gesagt hast, und falls ja, wer dein Informant aus der Kanzlei ist.«

»Herrgott, es war nicht ganz so, wie ich es gesagt habe«, lenkte Kuhlert ein.

»Was heißt das, *nicht ganz so*?«

Sein Blick senkte sich. »Im Grunde genommen habe ich die Geschichte mehr oder weniger erfunden.«

»Es gibt also keinen Informanten in der Kanzlei?«

»Nein.«

»Und diese internen Rangeleien hast du dir ebenfalls einfach ausgedacht?«

»Ja. Sie müssen das verstehen. Meine Bank, also auch ich, wir verdienen mit diesen Geschäften eine ganze Menge Geld. Und wir machen dabei nichts anderes, als die gegebene Rechtslage auszunutzen und vielleicht ein bisschen zu dehnen. Wenn sich herausstellen sollte, dass die Todesfälle von Müller und Kühne tatsächlich auf diese Geschäfte zurückzuführen sind, verlieren die Kunden das Vertrauen in die Sache, was uns wiederum eine ganze Menge Geld kostet. Ich wollte lediglich den Fokus ein bisschen von uns ablenken.«

»Und deshalb belasten Sie einen unschuldigen Menschen?«, knurrte Pirlo, und Max spürte, dass die Wut, die er in dessen Stimme hörte, nicht gespielt war.

»Ob Ernst Mahler tatsächlich unschuldig ist, wissen Sie nicht. Im Grunde habe ich nur…« Weiter kam er nicht. Pirlos Blick genügte, um ihn zum Schweigen zu bringen. Max war nicht einfach zu beeindrucken. Trotzdem beschloss er für sich, dass es deutlich angenehmer war, den Anwalt mittlerweile in seinem Team zu wissen. Und dass er ihn auf keinen Fall wirklich wütend erleben wollte.

Als sie kurz darauf im Auto saßen, sagte Max: »Ich habe nicht geglaubt, dass dieses Spielchen funktioniert.« Er überlegte, ob er noch weiter nachlegen sollte. »Ehrlich gesagt wirkte es kurz sogar so, als wären Sie tatsächlich bereit zuzuschlagen.«

»Manche sagen so, manche sagen so.«

»Ich sage: Sie waren nah dran.«

Pirlo startete den Wagen. »Sophie hat diese Sachen besser drauf als ich. Sinngemäß sagt der Bundesgerichtshof aber jedenfalls, dass es nur dann eine Straftat ist, wenn man jemand anderem ein konkretes Übel androht. Und hier haben wir ja gerade darauf hingewiesen, dass es ausbleibt.«

»Womit es nur eine Warnung war.«

»Richtig.«

»Die straflos ist«, ergänzte Max. »Wie der Bundesgerichtshof 2008 festgestellt hat.«

Pirlo verzog den Mund. »Ich dachte, Sie seien Professor für Polizeisachen, nicht für Recht.«

»Richtig. Für die Praktische Fallanalyse.«

»Aber?«

Max zuckte mit den Schultern. »Ich war auch selbst Polizist. Da weiß man so was. Schon, weil man es muss. Insofern war das, was wir mit diesem Kuhlert abgezogen haben, ganz schön ruppig.«

»Und? Haben Sie damit ein Problem?«

Max schüttelte grinsend den Kopf. »Ganz im Gegenteil.«

»Gut«, erwiderte Pirlo. Er grinste. »Möglicherweise stehen wir ja am Anfang einer wundervollen Freundschaft.«

Max räusperte sich und sagte: »Kann schon sein«, obwohl dieser Gedanke sich zumindest im Moment noch fast exotisch fremd anfühlte.

18

SOPHIE

Samstag, 19. 10., 2 Uhr

Sophie telefonierte mit Max Bischoff. Irgendwann fiel ihr das sogar selbst auf. Als sie begriff, dass sie sich das Gespräch nicht nur *vorstellte*, sondern dass Max tatsächlich am anderen Ende der Leitung war, dass er etwas sagte und dass sie sogar rudimentär darauf antwortete, ließ sie vor lauter Schreck beinahe ihr Handy fallen. Noch mehr als die Erkenntnis ihrer Geistesabwesenheit erwischte sie eigentlich nur die Sorge, dass das alles auch Max bemerkt haben könnte. Falls es so gewesen sein sollte, ließ er sich jedenfalls nichts anmerken. Natürlich nicht. Auch wenn der Ermittler nach außen hin manchmal unterkühlt daherkommen konnte, hatte Sophie mittlerweile verstanden, dass sich hinter der rauen Schale ein überraschend feinfühliger Kern verbarg. Wenn Max ab und an distanziert wirkte, war das möglicherweise weniger seiner Persönlichkeit geschuldet als der ganz grundsätzlichen Entscheidung, sich professionell zu verhalten. Was gut war. Sehr sogar. Umso wichtiger war es Sophie, diesen Umgang nicht durch eigene Rätselhaftigkeiten zu sabotieren. Sie wollte, dass Max sie schätzte, vor allem auch im Job. Mindestens da. Weswegen es übrigens angebracht war, sich hier, am Telefon, langsam mal zusammenzureißen. Auch wenn das mit einem schmerzhaften Geständnis einherging.

»Entschuldige, Max, ich war kurz nicht bei der Sache.« Ein Blick auf das Display ihres Telefons legte zwar nahe, dass das stark untertrieben war. Immerhin bestand die Verbindung angeblich schon seit schwer zu glaubenden drei Minuten. Aber wie sagte Pirlo immer: Das waren Details. Dafür interessierte sich kein Mensch. Und am Ende half sowieso nur die Flucht nach vorn. Was hier so klang: »Fasst du mir die Lage bitte noch mal zusammen?«

Sie hörte, wie Max kurz auflachte, was aber, zu ihrer großen Erleichterung, ausschließlich freundlich klang. Überhaupt schien er trotz aller Umstände einigermaßen gute Laune zu haben. Interessanterweise erstreckte sich sein Wohlwollen sogar auf Pirlo.

»Wir haben diesem Kuhlert auf den Zahn gefühlt, der sich mit angeblichem Insiderwissen über die Kanzlei deines Vaters gebrüstet hat. Für mich war das eine gute Gelegenheit, einmal die ganz eigenen Vernehmungsmethoden deines werten Kollegen kennenzulernen.«

Zwar brach, während Max das sagte, immer wieder kurz die Verbindung weg. Vielleicht war er gerade im Auto und fuhr durch einen Tunnel. Trotzdem glaubte Sophie, in seiner Stimme ein Lächeln erahnen zu können. Sie ging darauf allerdings nicht weiter ein. Was er mit Pirlos *Methoden* meinte, konnte sie sich ohnehin denken. Immer wieder tauchten bei ihm schließlich quasi aus dem Nichts entscheidende Beweise auf. Was dahintersteckte, wusste Sophie zwar meistens nicht. Sie konnte sich bei Bedarf aber einfach ein Foto ansehen, das Pirlo im Rahmen eines großen Mordprozesses nach einem Einbruch bei einem Zeugen zeigte, um sich daran zu erinnern, dass sie das alles womöglich gar nicht immer wissen *wollte*. Entsprechend verhielt sie sich. Sophie hatte dieses Foto schon vor Monaten anonym zugespielt bekommen und Pirlo nie darauf angesprochen. Wenn es einen guten Zeitpunkt dafür gegeben hatte, war er schon lange vorüber. Max musste das alles nicht wissen. Er hatte seine Eindrücke von Pirlo außerdem schon selbst gesammelt. Das genügte vollkommen.

Max unterbrach ihre Gedanken. »Ist alles in Ordnung bei dir, Sophie?«, fragte er in einer angenehm warmen, freundlichen Tonlage.

»Sicher«, murmelte sie reflexhaft. Dann atmete sie durch und gab sich einen Ruck. Max war in ihrem Team. Ihr Vater vertraute ihm und konnte seine Unterstützung dringend gebrauchen, jetzt sogar noch mehr als zuvor. Es war daher nicht sinnvoll, sich weiter zurückzuhalten. Im Gegenteil, je klarer Max vor Augen hatte, wie ernst die Lage war, desto mehr, besser und schneller konnte er helfen. Ein Blick auf die Wohnzimmercouch ließ für Sophie keinen Zweifel, dass sie seine Unterstützung tatsächlich dringend nötig hatte. Und zwar so viel wie möglich und in jeder Form. »Wobei, weißt du, was«, ergänzte sie daher. »Eigentlich stimmt das nicht. Tatsächlich ist ziemlich wenig auch nur im Ansatz in Ordnung.«

»Ist was mit Pirlo?«

Hoppla, dachte Sophie, das kam wie aus der Pistole geschossen. Allzu innig schien die neue Harmonie zwischen den beiden dann doch noch nicht zu sein.

»Nein.« Sie zögerte. »Es geht um meine Mutter. Immer noch. Sogar mehr als jemals zuvor.«

Max ging nicht darauf ein. Womöglich wollte er höflich sein. Vielleicht lag es aber auch einfach in seinem Wesen, die Leute zum Reden zu bringen. Bei Sophie jedenfalls funktionierte das blendend. Zwar presste sie die Hand, die nicht den Hörer hielt, fest auf die Augen. Dann brachte sie das, was zu sagen war, aber doch in einem Schwung über die Lippen. Das Trauma ihrer Familie. Die Zusammenfassung ihres Lebens, seit ihr älterer Bruder als Jugendlicher gestorben war. Ihr ganz persönliches, kleines Schicksal. »Meine Mutter ist schwere Alkoholikerin, Max. Schon unter normalen Umständen kommt sie oft kaum durch den Tag. Was jetzt mit meinem Vater geschieht, hat ihr völlig den Boden unter den Füßen fortgerissen.«

Auch darauf ging Max nicht ein. Kurz war Sophie darüber nur irritiert. Dann fühlte sie sich aber doch ziemlich vor den Kopf gestoßen. »Bist du noch da?«, fragte sie trotzdem erst einmal vorsichtig. Vielleicht war Max tatsächlich in einem Funkloch und hatte sie nicht verstanden. »Hast du gehört, was ich über meine Mutter gesagt habe?«

»Ja«, antwortete er schließlich. Erneut kam kurz nichts. Dann fragte er: »Kann ich etwas für dich tun?«

Sophie linste wieder zu ihrer Mutter, die wie der weltunglücklichste Seestern die Chaiselongue zierte. Klar kannst du etwas tun, dachte sie. Hol meinen Vater aus dem Knast, damit das hier zumindest wieder ein kleines bisschen besser wird. Oder hol vielleicht sogar *mich* ganz hier raus. Wobei selbst der strahlende Weiße Ritter und Problemlöser Max Bischoff für eine solche Großtat ein gutes Jahrzehnt zu spät gewesen wäre. »Nein«, sagte Sophie, »mach dir keine Sorgen, Max. Ich komme schon zurecht.«

»Das klingt offen gestanden nicht so.«

»Es ist wirklich alles in Ordnung«, antwortete sie trocken. »Glaub mir, ich bin Kummer gewohnt, wenn auch vielleicht nicht in genau *diesem* Umfang.«

»Vielleicht solltest du trotzdem nicht allein sein.«

Im Hörer gab es ein Piepgeräusch, das nach einer Einparkhilfe klang. Doch, ja, er war definitiv mit dem Auto unterwegs.

»Wenn du willst, leiste ich dir Gesellschaft, und wir überlegen gemeinsam, wie wir die Lage für deinen Vater zumindest ein wenig verbessern können.«

Sophie hatte damit begonnen, auf ihrer Unterlippe zu kauen. Sicher, es war ein verlockender Gedanke, sich mit Max zusammenzusetzen. Wieder schielte sie zu ihrer Mutter. Es fiel ihr schon allein schwer genug, sie in dieser Verfassung zu sehen. Vor anderen wollte sie diesen Anblick eigentlich erst recht verbergen. Auch Pirlo hatte keine Vorstellung davon, wie krass die Ausfälle sein konnten. Zwar kannte er das Problem. Von dessen Ausmaß hatte er allerdings wenig Ahnung. Es wäre also ein gewaltiger Vertrauensvorschuss, wenn sie diese Situation jetzt ausgerechnet mit Max teilen würde, zumal der, zu allem Überfluss, nicht nur ein fürsorglicher, sondern auch ein überaus interessanter Mensch war. Um das mal ganz vorsichtig auszudrücken.

»Ich weiß nicht, Max«, murmelte sie und merkte, wie schwer ihr der nächste Satz fiel. Weil es eben kompliziert war. Alles. Immer. Leider. Sie seufzte. »Wann könntest du denn überhaupt hier sein?«

»Jetzt«, antwortete er.

»Wie meinst du das?«

Diesmal konnte sie sein Lächeln tatsächlich *sehen*. Zwar über das Telefon. Dafür aber ganz deutlich. »Ich stehe vor der Tür. Das Klingeln habe ich nur weggelassen, weil ich nicht einschätzen kann, ob das die Lage mit deiner Mutter nicht noch weiter durcheinanderbringt.«

Sofort hatte Sophie einen Kloß im Hals. »Es geht ihr wirklich nicht gut. Ich weiß nicht, ob du dir das zumuten solltest, Max.«

»Dann schlage ich vor, du lässt mich einfach reinkommen, und ich entscheide das selbst.« Er klang freundlich, aber auch entschlossen. Lösungsorientiert. Klar. Sophie spürte, wie unheimlich erleichternd allein das schon war. Dann beschloss sie, nicht weiter nachzudenken, und öffnete die Tür.

Eine halbe Stunde später kam Max mit seinem Bericht langsam zum Ende. Sie standen in der Küche, Sophie vor dem Kühlschrank, Max lehnte einen Meter entfernt ums Eck an der Anrichte.

Er hatte ihr umfangreich geschildert, was Pirlo und er zuletzt erfahren hatten und welche Rückschlüsse aus seiner Sicht daraus zu ziehen waren. Recht bald schon war Sophie aufgefallen, dass er sich umständlicher ausdrückte, als sie das von ihm gewohnt war. Statt seiner kurzen, analytisch präzisen Sätze verlor sich Max in ausufernden Erklärungen, die in ihrer weitschweifenden Wortgewalt fast an Pirlo erinnerten. Andererseits: Es war kurz vor halb drei Uhr nachts. Die Umstände waren extrem. Wahrscheinlich war es ganz normal, ein bisschen aus der Form zu sein. Wer war das nicht?

Immerhin konnte sie ihm zugestehen, dass sein sonores Erzählen beruhigend auf sie wirkte. Das und der Wein, den sie, im vollen Bewusstsein der Ironie des Moments, mit ihm teilte, nachdem sie die Flasche von dem Beistelltisch ihrer Mutter genommen hatte. Als sich Sophie nach vorn beugte, um Max ein weiteres Mal nachzuschenken, geriet sie etwas aus dem Takt. Zwar war die Gefahr eines Sturzes klein. Max fing sie aber dennoch mit einem schnellen, festen Griff auf. Dadurch war sie plötzlich nah bei ihm. Sehr nah sogar. Was eine Frage rechtfertigte, die dann aber jemand ganz anderes stellte.

»Was *macht* ihr denn da?«

Sophie hob überrascht den Blick. Mitten im Raum stand Pirlo, die Haare nicht mehr streng hinter die Ohren gestrichen, sondern wirr in die Stirn gewuschelt, in seinem Gesicht ein großes Fragezeichen.

»Wo kommst *du* denn her?« Sophie ging direkt zu einer Gegenfrage über. Gelernt war schließlich gelernt. Und zwar von ihm.

»Von draußen.«

»Wie?«

»Die Tür war offen.«

Sophie beschloss, darauf nicht weiter einzugehen. Sie wusste, dass die Haustür geschlossen gewesen war. Zwar ahnte sie mittlerweile, dass Pirlo Mittel und Wege kannte, dennoch ein Gebäude zu betreten. Das musste sie aber nicht unbedingt vor Max ausbreiten. Wahrscheinlich hatte Pirlo draußen dessen Auto gesehen, die Lage schnell erfasst und dann kurzen Prozess gemacht. Von dem, was er angetroffen hatte, schien er dennoch zutiefst verstört.

Ehe Pirlo noch mehr begreifen, vor allem aber noch unangenehmere Fragen stellen konnte, beschloss Sophie, für klare Verhältnisse zu sorgen: »Max hat mir von euren neuen Erkenntnissen berichtet.« Beinahe hätte sie noch hinzugefügt, dass mehr nicht gewesen war. Das allerdings passte hier nicht wirklich hin. Zumal es Pirlo auch gar nichts anging. Stattdessen sagte sie: »Er wollte gerade gehen.« Dann sah sie zu Pirlo. »Ich schlage vor, du schließt dich ihm an. Ich muss mich um meine Mutter kümmern.«

Sie sah, wie Pirlo den Mund öffnete, um ihr zu widersprechen. Dann schien er ihren entschlossenen Blick zu bemerken. Das genügte. Pirlo nickte und zuckte mit den Schultern. »Wenn du schon alle Neuigkeiten weißt, gibt es für mich ja nichts mehr zu tun.«

Max legte ihm einen Arm auf die Schultern. »Für uns beide nicht. Gehen wir.«

Als die beiden kurz darauf tatsächlich fort waren, setzte sich Sophie wieder zu ihrer immer noch schlafenden Mutter auf das Sofa und war fest entschlossen, über all das auf gar keinen Fall nachzudenken. Was keine zehn Sekunden klappte. Mehr war einfach nicht drin. Natürlich nicht.

19

MAX

Das Frühstück fiel für Max' Verhältnisse fast schon opulent aus. Normalerweise begnügte er sich mit Kaffee, einem Toast und einer Scheibe Käse, doch an diesem Samstagmorgen hatte er sich für Rührei mit Schinken- und Paprikawürfeln entschieden und neben der Kaffeetasse sogar ein Glas Orangensaft auf dem Tisch stehen.

Das änderte jedoch nichts daran, dass seine Gedanken sich nicht um kulinarische Genüsse, sondern um Sophie Mahler und ihren Vater drehten. Und um Pirlo.

Anders als bei den Anwälten lag für Max der Fokus nicht vorrangig darauf, Mahlers Unschuld zu beweisen. Ihm ging es in erster Linie darum, denjenigen zu finden, der die Taten tatsächlich begangen hatte. Womit sich die Frage nach Mahlers Unschuld automatisch erledigen würde.

Nachdem er sein Rührei aufgegessen und das Geschirr in die Spülmaschine geräumt hatte, machte Max sich noch mal einen Kaffee und setzte sich wieder an den Tisch.

Eine Weile war sein Blick auf die gegenüberliegende Wand gerichtet, dann schloss er die Augen und startete erneut einen Versuch, sich in die Gedankenwelt des Täters hineinzuversetzen.

Ich habe Karl Müller getötet und versucht, auch Petra Kühne umzubringen, was mir allerdings erst mit etwas Verzögerung ge-

lungen ist. Warum möchte ich zwei der drei geschäftsführenden Partner einer großen Anwaltskanzlei töten und dem dritten die Schuld dafür in die Schuhe schieben?

Was habe ich davon, die Kanzlei führerlos zu machen? Und wer bin ich, wenn ich davon profitieren kann?

Max stellte sich die Fragen mehrmals nacheinander, bevor er die Augen wieder öffnete und sich mit den Händen über das Gesicht rieb. Es war zum Verrücktwerden, er kam einfach nicht weiter. Es wollte ihm nicht gelingen, seine Gedanken in die richtigen Bahnen zu lenken.

Frustriert stand er auf, ging ins Wohnzimmer und setzte sich an den Tisch, auf dem sein Notebook lag. Er öffnete den Browser und tippte in das Eingabefeld der Suchmaschine die Namen der beiden Opfer ein.

Neben einigen teils reißerischen Berichten stieß er wieder auf das letzte Interview, das Pirlo der *POST* gegeben hatte. Und das letztendlich auf eine ganz andere Art reißerisch war.

Staranwalt Pirlo zum TaxEx-Skandal um Müller & Mahler: Mordanschlag statt Suizidversuch!

Das war kurz nach Pirlos Besuch im *Breidenbacher Hof* gewesen.

Max öffnete die Seite des Fünf-Sterne-Hotels und klickte sich durch das Menü, bis er zu einer Ansicht der Suiten kam, deren Preise pro Nacht im vierstelligen Bereich lagen. In einer von ihnen hatte Petra Kühne fast ihr Leben verloren. Und kurz darauf dann tatsächlich.

Sein Blick glitt über eine großzügige, beigefarbene Wohnlandschaft, hin zu mehreren in einer akkuraten Reihe darüber aufgehängten Bildern und auf ein breites Bett mit erdfarbenen Kissen auf dem nächsten Foto. Bei einer weiteren Aufnahme blieb er hängen. Auf ihr war ein in Carrara-Marmor gehaltenes, großzügiges Badezimmer zu sehen, dessen Möbel aus dunklem Holz einen eleganten Kontrast zu der hellen Suite bildeten, ebenso wie die Badewanne mit schwarzer Umrandung. Alles wirkte edel und vor allem teuer.

Während Max' Blick über jedes Detail des Raumes wanderte, gingen seine Gedanken wieder auf die Reise, dieses Mal ungesteuert.

Ich habe Petra Kühne eine Überdosis Tabletten verabreicht und sie ihrem Schicksal überlassen. Ich war mir so sicher, dass sie nicht mehr in der Lage sein würde, sich bemerkbar zu machen, dass ich einfach gegangen bin, ohne mich weiter um sie zu kümmern. Wie konnte mir das passieren, nachdem ich bei Müller so professionell gearbeitet habe?

Bin ich am Ende gar kein Profi, sondern ein Anfänger, was das Töten von Menschen angeht? War der reibungslose Ablauf bei Müller ein Glücksfall, und nun, bei Kühne, hat sich gezeigt, dass ich in Wahrheit ein Stümper bin?

Woraus sich eine andere Frage ableitet: Kühne hat es noch geschafft, einen Polizeinotruf abzusetzen. Warum hat sie dabei nicht auch meinen Namen genannt? Den Namen desjenigen, der sie umbringen wollte?

Die Antwort darauf könnte sein, dass sie mich nicht kennt. Ist das der Grund, warum ich sie so leichtfertig sich selbst überlassen habe? Und warum ich jetzt keine Veranlassung habe, in Panik zu verfallen? Dann allerdings bin ich alles andere als ein Stümper. Dann bin ich ein eiskalter Killer.

Oder aber sie kennt mich ganz genau, nennt aber trotzdem nicht meinen Namen. Warum jedoch sollte das so sein? Denkt sie nicht daran? Will sie es nicht? Oder bricht sie einfach nur zusammen, ehe sie dazu kommt?

Das Läuten des Telefons riss Max aus seinen Gedanken.

»Indiana Jones! Düsseldorf-Version!«, meldete sich Pirlo.

Max rollte mit den Augen. Er hätte dem Anwalt nichts von diesem Spitznamen erzählen sollen. Selbst wenn er ihn mochte.

»Wir haben andere Sorgen als solche Neckereien«, entgegnete Max trocken.

»Ich fahre in die JVA zu Sophies Vater.«

»Am Wochenende?«

»Ich kenne jemanden, der jemanden kennt.«

»Und der lässt uns rein?«

»Worüber wir uns lieber nicht beklagen wollen. Glaub mir, die Sorgen, wenn jemand rauskommt, der drin sein soll, sind wesentlich größer, als wenn jemand drin ist, der da nichts verloren hat. Bei uns geht es ja auch außerdem um einen guten Zweck. Also: Kommst du mit?«

Offenbar hatte der Anwalt entschieden, dass sie ab sofort per du miteinander waren. Max war das nur recht. Er war sowieso kein großer Freund von Förmlichkeiten zwischen Partnern, und, ob gut oder nicht, das waren sie in diesem Fall.

»Natürlich«, entgegnete er. »Dieses Mal bin ich sogar freiwillig bereit, als dein Praktikant zu fungieren.«

»Hm … ich denke, du bist besser mein Anwaltskollege, der aus Versehen seinen Kammerausweis vergessen hat. Ich melde dich einfach mit an. Deinen Personalausweis musst du aber trotzdem mitnehmen.«

»Okay.«

»Gut, ich bin in einer Stunde da.« Damit war Pirlo aus der Leitung, ohne ein Wort über das zu verlieren, was in der vergangenen Nacht im Haus der Mahlers gewesen war. Vielleicht hatte er beschlossen, die Begegnung einfach zu ignorieren. Vielleicht wollte er auch nur professionell sein. Ganz bestimmt jedenfalls hatte Max recht mit seiner vorherigen Einschätzung: Sie hatten ganz andere Sorgen. Er beschloss daher, erst gar nicht weiter darüber nachzudenken.

Max sah Ernst Mahler deutlich an, wie sehr er sich bemühte, Haltung zu wahren. Und wie sehr es ihm misslang.

Seine Haut wirkte so fahl, als läge ein grauer Schleier über ihr. Die Schultern wollten trotz seiner offensichtlichen Anstrengung nicht mehr gestrafft, der Rücken nicht mehr durchgestreckt sein.

»Herr Dr. Pirlo, schön, dass Sie wieder hier sind.« Mit einem kurzen Blick auf Max fügte er hinzu: »Und schön, dass es Ihnen gelungen ist, auch Herrn Professor Bischoff hereinzuschmuggeln. Offenbar hatte meine Tochter recht damit, dass Ihre *kreativen Lösungsmethoden* durchaus erfolgreich sein können.«

Er setzte sich und wandte sich erneut Max zu.

»Sind Sie schon weitergekommen?«

»Nicht wirklich. Aber wir sind am Ball und werden alles daransetzen, Sie hier so schnell wie möglich herauszuholen.«

Max sah die Enttäuschung im Gesicht des Mannes, der seit ihrer ersten Begegnung wenige Tage zuvor um Jahre gealtert zu sein schien. »Das ist … nicht gut.«

»Ich finde dennoch, wir haben keinen Grund, den Kopf hängen zu lassen«, erklärte Max. »Mir sind ein paar Dinge aufgefallen, die vielleicht nicht unerheblich sind. Zum Bespiel die Tatsache, dass Petra Kühne bei ihrem Notruf nicht Ihren Namen genannt hat.«

»Wie meinen Sie?«, fragte Mahler und sah Pirlo fragend an, doch der zuckte lediglich mit den Schultern.

»Ich bin sicher, sie hätte noch mit allerletzter Kraft versucht, auf Sie hinzuweisen, wenn Sie wirklich derjenige gewesen wären, der versucht hat, sie umzubringen.«

Mahler und Pirlo tauschten erneut einen Blick.

»Da ist was dran«, sagte Mahler.

»Ebenso hätte sie, wenn sie dazu noch genug Kraft gehabt hätte, wahrscheinlich auch jeden anderen Namen genannt. Wenn sie ihn gekannt hätte.«

»Wer versucht hat, Petra Kühne zu töten, war für sie also niemand Bekanntes?«, fragte Pirlo. »Das ist ein ziemlich schlauer Gedanke, wenn man erst einmal darauf gekommen ist.«

Max nickte und verkniff sich in Gegenwart Mahlers die Bemerkung, dass das etwas gewesen wäre, was man daher auch beim Haftprüfungstermin hätte vorbringen können. Wenn man sich entsprechend darauf vorbereitet hätte.

»Sie müssen versuchen, mich hier rauszuholen«, wandte Mahler sich an Pirlo. »Die Hyänen hier drin kreisen immer dichter um mich, und es wird nicht mehr lange dauern, bis die ersten beginnen, sich in mich zu verbeißen.«

Pirlo strich sich eine Strähne seiner langen Haare aus dem Gesicht und sagte mit einem Seitenblick zu Max: »Wir werden alles versuchen.«

Sie sprachen noch über Sophie, ließen aber den Zustand, in dem sich ihre Mutter befand, außen vor, bis Mahler Pirlo direkt darauf ansprach. »Wie geht es meiner Frau?«

»Soweit ich weiß, nicht so gut«, erwiderte Pirlo, für ihn bemerkenswert diplomatisch, wie Max fand.

Mahler nickte. »Ja, das habe ich mir gedacht. Ist Sophie bei ihr?«

»Ja.«

»Immerhin.« Für einen Moment wirkte Mahler gedankenverloren, dann nickte er. »Ich schlage vor, Sie gehen jetzt und sorgen dafür, dass dieser Albtraum hier ein Ende findet. Herr Bischoff, was sagen Ihre Kontakte bei der Polizei?«

»Nicht viel«, erklärte Max wahrheitsgemäß. »Wie es aussieht, stehen meine ehemaligen Kolleginnen und Kollegen enorm unter Druck, und der scheint von sehr weit oben zu kommen.«

»Ja, das dachte ich mir. Politiker, die Angst um ihre Macht haben, sind gefährlicher als jeder Berufsverbrecher.«

»Ich werde trotzdem weiter versuchen, mehr zu erfahren«, versicherte Max.

Nachdem sie die JVA verlassen hatten, griff er nach seinem Telefon und wählte Böhmers Nummer.

»Du entwickelst dich zu einer echten Nervensäge«, begann sein ehemaliger Partner beim KK 11 das Gespräch.

»Ja, ich weiß, und das werde ich so lange sein, bis du endlich bereit bist, mir zu helfen.«

»Ich habe dir alles gesagt, was es zu sagen gibt.«

Sie hatten das Auto erreicht und stiegen ein.

»Ist dir schon mal der Gedanke gekommen, dass Petra Kühne bei ihrem Notruf Mahlers Namen gesagt hätte, wenn er wirklich derjenige gewesen wäre, der versucht hat, sie umzubringen?«

Es entstand eine kurze Pause, bis Böhmer erwiderte: »Sie war kurz davor zu sterben. Ihr Fokus lag darauf, uns mitzuteilen, wo sie ist, damit sie *gerettet* wird.«

»Du weißt, dass sie es dennoch versucht hätte, wenn wirklich ...«

»Max! Ich kann dir nichts sagen«, unterbrach ihn Böhmer einmal mehr. Es klang dennoch anders als bisher. Nicht so entschlossen. Nachsichtiger. Das ließ Max hoffen.

»Sind in der Suite, in der Kühne fast gestorben ist, *tatsächlich* keine Spuren gefunden worden?«

Erneut musste Max ein paar Sekunden auf Böhmers Antwort warten. »Ich weiß es nicht. Die SpuSi hat noch nicht alles ausgewertet.«

»Was, wenn ich dir sage, dass in dem Zimmer zwei benutzte Gläser gestanden haben dürften?«

»Dann würde ich dir antworten, dass wir das bemerkt und aufgenommen haben. Max ... ich bin seit Jahrzehnten Polizist. Du musst mir wirklich nicht erklären, wie ich meine Arbeit zu machen habe.«

Böhmer hatte natürlich recht. »Ich weiß. Also, wie sieht es aus? Wenn die Kollegen von der Spurensicherung fertig sind, und es stellt sich heraus, dass es doch Spuren am Tatort gab ... Sagst du es mir dann?«

»Wenn sich zeigen sollte, dass es etwas gibt, das unsere Einschätzung dramatisch ändert, wir also nicht mehr davon ausgehen, dass Mahler der Täter ist, dann werde ich es dich wissen lassen.«

»Das ist doch schon mal ein Anfang.«

»Nein, Max, das ist es nicht, denn ein Anfang würde bedeuten, dass es danach weitergeht, was aber nicht passieren wird. Wir werden in diesem Fall nicht zusammenarbeiten, das sollte dir klar sein.«

»Ja, ja, ja«, wiegelte Max ab. »Du wirst sehen, so oder so wissen wir alle bald, dass Ernst Mahler weder seinen Partner Müller noch Petra Kühne getötet hat.«

»Das mag vielleicht sein. Aber bis es so weit ist, bleibt er unser Hauptverdächtiger in beiden Fällen.«

»Du bist ein sturer Bock«, stellte Max fest. »Ich warte auf deinen Anruf.«

Als er das Telefon wegsteckte, warf Pirlo ihm einen fragenden Blick zu. »Scheint ja eine enge Freundschaft zu sein, die du zu deinem ehemaligen Partner pflegst.«

Max schüttelte den Kopf. »Er ist normalerweise nicht so. Horst muss extrem unter Druck stehen.«

»Genauso wie wir. Und zwar immer und überall.«

20

PIRLO

Irgendwann sah Pirlo doch von seinem Telefon auf. Immerhin saßen sie, um nach dem Knast frische Luft zu schnappen, mitten am Tag trotz der kalten Jahreszeit an der frischen Luft, heizpilzgeschützt in einem der Cafés an der Kö. Wo man nun einmal die Leute drumherum beobachtete. Immer. Nur dafür gab es die Läden dort schließlich überhaupt.

Kurz ging sein Blick zu Max, der allerdings weiterhin engagiert auf seinem Handy herumtippte und in konstruktive Grübeleien versunken zu sein schien, womit er genau das schlau-entschlossene Ermittlerverhalten zeigte, mit dem bis gerade Pirlo ebenfalls erfolgreich kokettiert hatte. Wenn auch nur für zehn Minuten. Und ohne die konstruktiven Gedanken. Wobei: Für *irgendwas* musste der Profilerkönig schließlich gut sein. Bisher hatte er jedenfalls noch nicht besonders gezündet.

Sicher, die Idee, dass Petra Kühne bei ihrem Anruf nichts von Ernst Mahler gesagt hatte, war gut. Wirklich weiter brachte sie ihren Fall aber trotzdem nicht. Die Staatsanwaltschaft würde darauf verweisen, dass ihr für einen solchen Hinweis die Kraft gefehlt haben könnte. Dafür gab es zwar keinen Beleg. Dagegen aber leider auch nicht.

Pirlo dachte an das, was die Reibeisenstimme von Grobulla, des Oberstaatsanwalts aus dem Morddezernat, einer darauf aufbauenden Verteidigung im Schwurgericht um die Ohren schlagen würde: Die Abwesenheit einer Belastung war nicht dasselbe wie die Abwesenheit von Schuld. Der Schock über einen Täter aus dem Nahbereich mochte so tief sitzen, dass es völlig schlüssig war, ihn eben *nicht* namentlich zu benennen. Dass Kühne und Mahler sich so nah stehen könnten, dass sie sich nicht nur im Hotelzimmer trafen, sondern sie ihn aus Gründen der Verbundenheit sogar bei einem Anschlag auf ihr Leben noch schonte, war zwar spekulativ; das Gegenteil aber auch.

Alles in allem fehlte es damit weiterhin an messbaren Fortschritten. Auf der Suche nach neuen Impulsen hatte ihn auch die von Max und ihm vereinbarte Online-Recherche zu *Müller & Mahler* und den neuesten Entwicklungen im TaxEx-Zusammenhang nicht weitergebracht. Stattdessen hatte er sich dabei erwischt, in den frisch erschienenen Berichten über die Designentwürfe für das in Düsseldorf geplante, von Tech-Milliardär Fynn Wabnitz finanzierte *Weltraumzentrum Deutschland* zu stöbern. Da konnte Pirlo genauso gut die um ihn herumflanierenden Kö-Gestalten beobachten. Vielleicht kam ja auf diese Weise eine neue Idee für ihren Fall. Oder er verschwendete zumindest keine Zeit mit Sachen, die ganz bestimmt nichts damit zu tun hatten.

Ehe sich Pirlo allerdings auf das vor ihm auf- und abstolzierende Spektakel einlassen konnte, schob sich ein livrierter Kellner in sein Blickfeld.

»Die Herren?«

Pirlo rempelte Max dezent am Knie an, der aber fest entschlossen schien, weiterhin alles zu ignorieren. Ihn. Das Café. Die Kö. Den Kellner sowieso.

»Was trinkt man denn hier so?«, fragte Pirlo.

Der Kellner hob die Augenbraue. »Um diese Uhrzeit empfehle ich ein Glas Champagner.«

Pirlo sah auf sein Telefon. Es war kurz nach drei. Lang lebe die

Kö. Da unklar war, wie lange Max noch an seinem Handy herumdoktern würde, beschloss Pirlo, dass ein bisschen Kultur nicht schaden konnte. Wenn sie denn schon einmal hier waren. »Also gut.«

»Also gut was?«

Pirlo sah den Kellner irritiert an. »Also gut: Champagner.«

»Sicher.« Pirlo ahnte, dass sein Gegenüber um Geduld bemüht war. »Aber welchen?«

»Ach, haben Sie mehr als einen?«

Der Blick des Kellners jagte über das vor ihm sitzende Gespann. Pirlo in einem teuren Anzug, aber mit wilder Frisur. Der gedankenversunkene Max in seiner abgewetzten Lederjacke. Dann huschten die Augen nervös über die weitere Umgebung. Offensichtlich suchten sie die versteckte Kamera.

»Ich schlage Ihnen einen *Veuve Clicquot* vor.«

»Aha. Und warum?«

»Das ist der mit dem gelben Aufkleber.« Ein Seufzen. »Den kennen sogar Sie.«

Ob das stimmte, blieb unklar. Neben Pirlo war Max ohne ein weiteres Wort aufgestanden und fixierte ihn mit wilder Entschlossenheit. »Wir gehen!«

Auf den verwunderten Blick des Kellners hin, zuckte Pirlo nur mit den Schultern. »Was soll ich sagen? Er trifft hier die Entscheidungen. Ich bin nur fürs gute Aussehen zuständig.«

»Weswegen wir bei beidem nicht besonders gut dastehen.« Max grinste. »Jedenfalls bis jetzt. Und in meinem Bereich auch nicht mehr lang.«

Ehe Pirlo darauf etwas entgegnen konnte, war er aber auch schon verschwunden. Kurz schmunzelte Pirlo noch in sich hinein. Er mochte diesen Typen immer mehr. Verdammt! Dann eilte er ihm nach.

Als es Pirlo endlich gelungen war, nach einem zähen Ringen

mit den sie trennenden Touristenmassen zu Max aufzuschließen, verabschiedete der sich gerade am Telefon.

»Mit wem hast du gesprochen?«, fragte Pirlo.

»Mit Sophie.«

»Und worüber?« Pirlos Stimme hatte bei der Frage keinen besonderen Tonfall. Erst recht ließ sie kein Gefühl erkennen. Zumindest hoffte er das.

»Über Leon Jensen.«

»Wen?«

Max blieb kurz stehen. Seine Augen blitzten. »Liest du eigentlich irgendeinen von Sophies Vermerken aus deiner *eigenen* Kanzlei?«

»Sicher.« Pirlo hatte auf diese Art von Gespräch keinen Bock. Was Max ruhig merken durfte. Gern auch deutlich. »Trotzdem ist mir der Name nicht geläufig. Also gibt es zwei Möglichkeiten: Du erklärst mir, dass du ganz großartig bist und ich nicht, du machst mir klar, dass du mich für faul hältst, und ich dir, dass ich dich großkotzig finde, und dann, nach dem ganzen Theater, enthüllst du endlich, wer dieser Jensen ist. Oder wir kürzen es einfach ab, und du sagst es mir gleich.«

Max' Grinsen überraschte Pirlo schon gar nicht mehr. Doch ja, sie waren auf einem guten Weg. Jetzt galt es dabei aber auch, ein paar wichtige Meter zu machen.

»Jensen ist der *Associate*, der Karl Müller hasste. Sophie und ich haben ihn zusammen mit zwei anderen Anwälten der Kanzlei am Carlsplatz getroffen.«

»Und?«

»Ich dachte, wir warten hier, auf der Kö, darauf, dass er aus der Kanzlei kommt und passen ihn dann so ab, wie das dieser Journalist, Schwerdtfeger, vor ein paar Tagen bei Sophie und mir gemacht hat. Dann ist mir aber eingefallen, dass Jensen, nachdem seine beiden Kollegen seine Ausfälligkeiten gegenüber dem verstorbenen Chef mitbekommen haben, wahrscheinlich gerade eine Denkpause verordnet bekommen hat.«

»Dazu müssten sie ihn erst mal verpfiffen haben.«

Max wirkte irritiert. »Ich dachte, *du* bist hier derjenige, der sich mit dem Zusammenhalt von Anwälten in Großkanzleien auskennt.«

Pirlo nickte. An Max' Gespür war schon was dran. Tatsächlich dürften es Jensens Kollegen bereits während des Essens kaum ausgehalten haben, ihn endlich anschwärzen zu können. In Kanzleien wie *Müller & Mahler* galt schließlich das Radfahrerprinzip: Nach oben buckeln. Nach unten treten. Und das, was links und rechts von einem selbst auftaucht, bei vollem Tempo in die Böschung schicken.

»Wir wollen also mit Jensen sprechen.«

»Genau.«

»Und warum hast du dann Sophie angerufen?«

Pirlo war froh, dass Max nicht wieder die Eifersuchtsfrage ansprach. Schon weil er einmal mehr nicht gewusst hätte, was er dazu sagen sollte.

»Sie hat mir die Adresse von diesem Jensen verraten. Ich schlage vor, wir haken bei ihm mal nach, wie er das, was in der Kanzlei vor sich geht, einordnet.«

»Du weißt, dass wir eigentlich keine nennenswert neuen Erkenntnisse haben?«

Bischoff zuckte mit den Schultern. »Sicher. Aber Jensen weiß das nicht.«

Es dauerte keine fünfzehn Minuten, bis sie in Max' Wagen vor einem unscheinbaren Haus in Flingern Nord parkten. Düsseldorf mochte eine große Stadt sein. Die Wege waren trotzdem kurz. Pirlo hatte das immer schon gefallen. Wobei sich herausstellte, dass es die Eile gar nicht gebraucht hätte. Auch nach drei Stunden war noch nichts geschehen.

»Sollen wir nicht doch einfach klingeln?«, fragte Pirlo zum wiederholten Mal.

Erneut schüttelte Max den Kopf. »Glaub mir, wenn ich bei ihm vor der Tür stehe, blockt der Kerl komplett ab. Das war schon bei der letzten Gelegenheit dünnes Eis.«

»Und worauf warten wir stattdessen?«

Max seufzte. »Keine Ahnung.« Unmittelbar darauf hellte sich allerdings seine Miene auf. »Vielleicht ja auf das hier.«

»Auf *das*?« Pirlos Blick war dem von Max gefolgt. Was er entdeckte, war allerdings nicht das ihm zuvor geschilderte Abbild eines schnittigen Anwalts, sondern eine Art menschliche Bauruine. Trotzdem registrierte er Max' langsames Nicken neben sich.

»Scheint, als sei unser Anwaltsrebell privat im Bereich Gothic unterwegs.«

»Für mich sieht das eher aus wie ein Hilfeschrei«, murmelte Pirlo.

Kurz schien Max zu schmunzeln. Dann war die geschäftsmäßige Kühle zurück. »So oder so bleiben wir dran.«

Dass das nicht mehr von ihnen verlangte, als dem in seinen auffälligen Klamotten gut sichtbaren Jensen etwa zwanzig Minuten zu Fuß zu folgen, ehe er in dem angrenzenden Industriegebiet an das Tor einer *tatsächlichen* Bauruine klopfte, war erfreulich. Alles andere eher nicht. Zwar ließ ein bulliger Türsteher mit weiß geschminktem Gesicht und rot gefärbten Lippen auch Max und ihn dieses Tor ohne Murren passieren. Schon unmittelbar dahinter wurde Pirlo allerdings klar, dass das weniger mit zuvorkommender Freundlichkeit als mit fiesem Humor zu tun gehabt haben dürfte. In der zu lauter Elektromusik wogenden Menge aus schwarz gekleideten Leibern gab es allerlei sonderbare Erscheinungsbilder. Obwohl Pirlo eine Weile brauchte, bis sich seine Augen nach dem Tageslicht an die Dunkelheit des Clubs gewöhnt hatten, war ihm schnell klar, dass sich die Anzahl der mit ihren Alltagsklamotten wirklich krassen Freaks auf zwei beschränkte. Und zwar auf sie beide, Pirlo und Max. Da an einen Überraschungseffekt daher nicht mehr zu denken war, wunderte es Pirlo nicht sonderlich, dass Jensen plötzlich neben ihnen auftauchte und sie mit vor Wut verzerrtem Leichenschminkgesicht anherrschte: »Was wollen Sie von mir, verdammt?«

»Einen Namen«, zischte Max durch die laut stampfende Musik. Jensen warf den Kopf in den Nacken und presste ein laut wieherndes Lachen heraus. Ob er sie dabei verhöhnte, einfach nur in seiner Emo-Gothic-Was-auch-immer-Rolle aufging oder aber alles auf einmal erledigte, das war schwer auszumachen. Erst danach schien er sich jedenfalls wieder gefangen zu haben. »Ihr kapiert es wirklich nicht, oder?«

Pirlo starrte ihn irritiert an. »Was meinen Sie?«

Jensens Gesicht verzerrte sich zu einer hämischen Fratze. »*Sie* beide sind doch die professionellen Menschenkenner. Und was müssen die sich bei solchen Geschichten immer fragen? Na?«

Pirlo legte Max vorsichtig eine Hand auf den Arm. Vielleicht konnte er ihn auf diese Weise davon abhalten, diesem aufgeblasenen Totalschaden einfach eine zu kleben. Sich selbst übrigens idealerweise gleichzeitig auch.

Jensen focht das allerdings nicht an. Er war jetzt erkennbar auf großer Fahrt. »Sie überlegen, für wen das alles sinnvoll und gut ist, verdammt nochmal! *Cui bono* und so weiter. Aber das muss ich euch zwei Fachidioten doch nicht ernsthaft erklären!«

»Und wer soll das hier sein?«, presste Pirlo hervor.

Jensens Blick flackerte. Was immer er an diesem Nachmittag zu sich genommen hatte, war bestimmt nicht nur Müsli gewesen. Plötzlich drückte er seinen Kopf genau zwischen die Ohren von Pirlo und Max. »Fragt euch doch mal, wer davon profitiert, dass alle Partner dieser Höllenkanzlei der Reihe nach verschwinden. Wer leitet denn den Laden jetzt gerade?«

»Laut Google ist es ein Herr Melzer«, antwortete Max.

Pirlo nickte eifrig. Den Namen hatte er zwar noch nicht gehört, das musste Jensen aber nicht wissen. Max übrigens auch nicht.

»Na eben!«, triumphierte Jensen. »Dann überlegt mal, ob ihr nicht vielleicht lieber *dem* auf den Sack gehen wollt!«

Pirlo war schon bereit, allein aus Prinzip wieder zu nicken, als Jensens Kopf noch einmal zu ihnen vorschnellte. »Aber vergesst auch nicht, wer am Ende die ganze Kohle bekommt«, raunte er geräuschvoll gegen den Hintergrundlärm. »Bei wem bleibt denn alles kleben, wenn die Partner nach und nach verrecken?«

»Jetzt kommen Sie uns mal nicht mit Ernst Mahler«, brummte Pirlo.

»Unsinn!« Als Jensen den Kopf schüttelte, stießen seine Ohren unangenehm gegen die von Pirlo. »Ihr müsst schlauer denken. Genauer hinsehen. Der alte Mahler ist doch ebenso außer Gefecht! Aus dem Spiel genommen! Raus! Er ist aber der Einzige, der jemanden hat, der ihn beerben kann.«

Plötzlich lärmte es nicht nur um Pirlos Kopf, sondern auch *in* ihm. Er wollte das, was sich abzeichnete, nicht wissen. Er wollte es noch nicht einmal hören.

»Wenn ihr mich fragt, gibt es nur einen Menschen, der hier am Ende wirklich als Gewinner dasteht«, schrie Jensen. »Und zwar niemand anderes als Sophie Mahler.«

21

MAX

Als Max am nächsten Morgen um kurz nach neun den Klingelknopf neben Pirlos Tür drückte, war er gespannt darauf zu sehen, wie der Anwalt wohnte. So wie er Pirlo einschätzte, lebte er wahrscheinlich in einer spartanisch eingerichteten Bude, in der man dennoch die Art von Chaos fand, die nur das sprichwörtliche Genie beherrschte.

Wie auch immer, er sollte es – zumindest an diesem Morgen – nicht erfahren, denn Pirlo hatte schon seine Jacke an, als er öffnete, und drängte sich mit einem knappen »Morgen« an Max vorbei nach draußen. Nachdem er die Tür zugezogen hatte, nickte er Max zu. »Na dann ... knöpfen wir uns diesen Herrn Melzer mal vor.«

Der Interimsleiter der Kanzlei *Müller & Mahler* wohnte etwas außerhalb der Stadtgrenzen in einem schmucken, anderthalbgeschossigen Einfamilienhaus mit einem sogar zu dieser Jahreszeit penibel gepflegten Vorgarten, der von einer weiß gestrichenen, hüfthohen Mauer eingerahmt wurde. Die Zufahrt zur Doppelgarage auf der rechten Seite war mit hellen Natursteinen gepflastert und wurde zu beiden Seiten gesäumt von sorgsam gestutzten Ziergräsern.

Die Nachbarhäuser sahen alle ganz ähnlich aus. Nirgendwo war herumliegendes Spielzeug auf einem der Grundstücke zu sehen, nach einem verdorrten Strauch suchte man ebenso vergebens wie nach herabgefallenem und liegen gebliebenem Laub. Alles in allem wirkte dieses ganze Viertel auf Max wie aus dem Werbeprospekt einer Immobilienfirma für eine neue Wohnsiedlung der Meerbuscher Hautevolee.

»Wenn gleich die Dame des Hauses mit einer strahlend weißen Spitzenschürze über dem geblümten Kleid in der Tür steht und uns erklärt, dass sie gerade Kekse backt, suche ich nach der versteckten Kamera«, bemerkte Max.

»Mach das«, antwortete Pirlo, während er sich ebenfalls umsah. »Ich kümmere mich dann um die Kekse.«

Tatsächlich öffnete Melzers Frau ihnen die Tür, doch statt des erwarteten Blümchenkleides und der Schürze trug sie eine helle Jeans, weiße Sneaker und ein graues Sweatshirt, was Max auf eine versöhnliche Art beruhigte. Sie war schlank, hatte schulterlange, blonde Haare und sah ihnen mit einem neugierigen Lächeln entgegen. »Ja, bitte?«

Max schätzte sie auf Ende vierzig. Das passte. Von der Homepage von *Müller & Mahler* wusste Max, dass Melzer einundfünfzig war.

»Guten Morgen, mein Name ist Max Bischoff, das neben mir ist Anton Pirlo. Frau Melzer?«

Sie nickte, noch immer lächelnd, während ihr Blick von Max zu Pirlo und wieder zurück wanderte. »Ja, die bin ich. Und wer sind Sie? Ihre Namen sagen mir zugegebenermaßen nichts.«

»Wir kommen von der Kanzlei Ihres Mannes und würden gern mit ihm sprechen. Ist er zu Hause?«

»Von der Kanzlei?« Das Lächeln machte einem verwunderten, aber nicht abweisenden Ausdruck Platz. »Nein, er ist nicht da. Worum geht es? Vielleicht kann ich Ihnen weiterhelfen?«

»Wir versuchen, den Chef des Ladens, Ernst Mahler, aus der Untersuchungshaft zu bekommen, und hoffen, dass Ihr Mann uns dabei helfen kann«, erklärte Pirlo in seiner unnachahmlich direkten Art. »Wo können wir ihn finden?«

»Oh!«, entfuhr es Melzers Frau, während sich Falten auf ihrer Stirn zeigten. »Das … also, ja, sicher, wobei mir nicht klar ist, was mein Mann dazu beitragen könnte.«

»Nun, er hat die kommissarische Leitung der Kanzlei inne«, schaltete sich Max wieder ein. »Da wird er einen gewissen Überblick darüber haben, was dort vor sich geht.«

»Was dort vor sich geht? Was bedeutet das?«

»Genau darüber würden wir gern mit ihm sprechen«, sagte Pirlo, und dabei umspielte ein Lächeln seinen bartumrandeten Mund, von dem Max nicht wusste, wie er es einschätzen sollte. Melzers Frau schien es ähnlich zu gehen, wie ihr fragender Blick verriet.

»Also, wo können wir ihn finden?«

»Er … er ist in der Kirche, mit unserer Tochter. Sie probt für das Krippenspiel.«

Max stellte fest, dass ihn diese Antwort überhaupt nicht überraschte. In der Kirche. Wo auch sonst.

»Um diese Jahreszeit?«, fragte Pirlo. »Im Herbst?«

»Es sind schließlich nur noch gut zwei Monate bis Weihnachten!« Sie wirkte aufrichtig empört, ganz so, als sei das ohnehin schon knapp bemessen.

»Ah, natürlich, das Krippenspiel!«, sagte Max, um die Angelegenheit abzukürzen. »Und welche Kirche ist das?«

Sie teilte es ihm mit, woraufhin sowohl Pirlo als auch er sich bedankten und dann von ihr verabschiedeten.

»Spürst du, wie sie uns nachsieht?«, fragte Pirlo, während sie auf den Wagen zusteuerten.

»Und dabei fragt sie sich wahrscheinlich, ob es irgendetwas gibt, das einen Kratzer in ihre heile Welt machen könnte«, vermutete Max.

Als sie kurz darauf ihr Ziel erreicht hatten, blieb Max stehen. »Ich versuche gerade, mich zu erinnern, wann ich zum letzten Mal in einer Kirche war. Das ist schon ewig her.«

»Atheist?«, wollte Pirlo wissen.

»Realist«, entgegnete Max und öffnete die Pforte.

Der Mittelgang gab den Blick frei bis zum Altar und einem imposanten Hochaltar dahinter. Er war mit einem riesigen Gemälde geschmückt, dessen Details Max auf die Entfernung nicht erkennen konnte. Stimmen aus dem rechten Seitenschiff zogen seine Aufmerksamkeit auf sich, und über die Reihen aus massiven Holzbänken hinweg entdeckte er eine Gruppe Kinder, die vor einer großen Krippe agierten. Einige Erwachsene saßen in der ersten Reihe und sahen ihnen dabei zu. Eine Frau stand etwas abseits und schien gerade etwas zu erklären.

»Wie schaffen es diese Läden nur, dass man sich darin immer ein kleines bisschen schuldig fühlt?«, fragte Pirlo flüsternd.

»Atheist?«, wiederholte Max Pirlos vorherige Frage ebenso leise.

»Pragmatiker«, erklärte Pirlo. »Alles andere hat einfach zu viele Regeln.« Dann ging er an Max vorbei nach vorn.

Drei Frauen und ein Mann saßen in der ersten Bank und blickten ihnen neugierig entgegen.

Max erkannte den fülligen Rechtsanwalt von Fotos. Als er ihn erreicht hatte, nickte er ihm zu. »Herr Melzer?«

»Ja.« Melzers Blick wechselte erkennbar verwirrt mehrmals zwischen Max und Pirlo hin und her, bevor er aufstand, den Frauen entschuldigend etwas zumurmelte und dann Max und Pirlo andeutete, ihm zu folgen.

Sie gingen am Altar vorbei durch eine Tür im hinteren Bereich und standen dann in einem Raum, der Max an eine Umkleide in Sporthallen erinnert hätte, wenn da nicht schwarz-weiße Ministrantengewänder gehangen hätten statt Trikots.

Melzer wandte sich um und richtete den Blick auf Pirlo. »Sie sind Dr. Pirlo, aus der Kanzlei von Frau Mahler, nicht wahr?«

»Genau genommen ist Frau Mahler in *meiner* Kanzlei. Wir können uns aber darauf einigen, dass wir jedenfalls miteinander zu tun haben.«

Melzers Blick ruhte noch zwei, drei Sekunden auf Pirlo, als müsse er das, was er gerade gehört hatte, erst verarbeiten, dann richtete er sich an Max. Der kam der Frage, wer er war, zuvor. »Mein Name ist Max Bischoff, ich beschäftige mich mit den Umständen, die zum Tod von Karl Müller und Petra Kühne geführt haben.«

»Bischoff ...«, wiederholte Melzer nachdenklich. »Der Name ist mir bekannt. Sie sind ehemaliger Ermittler der Kripo, nicht wahr? Und ein sehr erfolgreicher obendrein. Wenn ich die Unterlagen aus der Kanzlei-Cloud der *Managing Partner* richtig in Erinnerung habe, bezahlen wir Sie dafür, dass Sie parallel zu den Strafverfolgungsbehörden herausfinden, was im Zusammenhang mit diesen Todesfällen eben herauszufinden ist. Wie auch immer Sie das anstellen wollen.« Er schien keine Antwort von Max zu erwarten, sondern fuhr fort: »Was genau Sie besprochen und verhandelt haben, weiß ich zwar nicht. Ich hoffe aber, Sie werden schnell beweisen können, dass Ernst Mahler unschuldig ist. Ich kann mir vorstellen, dass es für ihn ganz grauenhaft ist, in einem Gefängnis eingeschlossen zu sein. Seinen Ansprüchen wird *das* bestimmt nicht gerecht. Also, was immer ich tun kann ...«

»Wie ist die Stimmung in der Kanzlei?«, fragte Pirlo daraufhin direkt.

»Es ist deutlich zu spüren, dass ein großer Druck auf allem und jedem liegt, aber das war ehrlich gesagt auch schon vor dem Tod von Karl Müller so.«

»Was genau meinen Sie damit?«, hakte Max nach, woraufhin Melzer sich auf einen der einfachen Holzstühle sinken ließ, die im Raum verteilt standen.

»Sie wissen von den Problemen, in die die Kanzlei durch diese TaxEx-Steuergeschäfte geraten ist. Das ewige Gier-frisst-Hirn-Dilemma hat in den letzten Monaten leider mehr und mehr den Alltag bestimmt. Ich habe den *Managing Partnern* immer wieder gesagt, dass sie sich zusammenreißen sollen, aber wer nicht hören will, muss fühlen …«

Melzer schien zu merken, dass er emotional geworden war, und fügte ruhiger hinzu: »Aber die Politik hat es ja auch nicht besser gemacht.«

»Heißt was genau?«, fragte Pirlo.

»Wenn Sie mich fragen, war das lange ein Geben und Nehmen. Alle Seiten haben davon profitiert, ausnahmslos jeder. Die einen haben das System erfunden, die anderen haben die Strukturen dafür geschaffen und an den Stellen, an denen alles hätte auffliegen können, bewusst weggeschaut. Haben Sie denn nicht gelesen, was Hainsch, unser ehemaliger Justizminister, noch im Rahmen seiner Abberufung dazu gesagt hat?«

»Sie meinen das mit den Tagebüchern?«

Als Melzer den Rücken durchdrückte und eine übertrieben ernste Miene aufsetzte, erinnerte er tatsächlich vage an Rainer Hainsch. Oder zumindest eine Parodie davon. »›Ich führe immer und über alles Tagebuch‹«, zitierte er die viral gegangene Erklärung des gestrauchelten Politikers. »›Alles, was ich wichtig finde, habe ich dort notiert. Treffen mit Koalitionsmitgliedern. Wichtige Projekte wie das von Fynn Wabnitz. Sogar wie mein trotz aller Zeit in NRW noch heiß geliebter HSV spielt. Zu den angeblichen TaxEx-Gesprächen mit Karl Müller habe ich aber keine Notizen gefunden. Deshalb ist es auch kein Wunder, dass ich mich daran nicht erinnern kann.‹«

Als Melzer mit seinem Zitat fertig war, hatte er fast Applaus verdient. Zufrieden sah er allerdings trotzdem nicht aus. Im Gegenteil: »Am Ende hat Hainsch dieser Auftritt den Hals gerettet.

Das und dass die Koalition mit Chiara Jebsen als Nachfolgerin sofort einen neuen Shootingstar zur Hand hatte, haben dazu beigetragen, dass ihn der Untersuchungsausschuss bislang verschont hat und sich stattdessen direkt die anwaltlichen Berater vorknöpfen wollte.«

»Also hat er das geschickt gemacht?«, fragte Max.

»Einerseits ja«, antwortete Melzer. »Andererseits hat er trotzdem keine Ruhe gegeben. Ständig hat er in der Kanzlei angerufen und Fragen zu den anstehenden Ausschussanhörungen gestellt. Er wollte *unbedingt* wissen, was genau Müller aussagen würde. Ich weiß natürlich nicht, was im Detail gesprochen wurde. Die Unterhaltungen fanden ausschließlich zwischen Hainsch und den Herrschaften der Führungsetage statt. Man hat den dreien die Anspannung angemerkt, und die hat sich dann auch auf alle anderen übertragen.«

»Aber Hainsch ist nicht mehr am Ruder«, gab Max zu bedenken, »und wenn ich das richtig verstehe, ist die neue Justizministerin mehr als bemüht, den TaxEx-Sumpf endlich trockenzulegen.«

Melzer winkte ab und stieß ein kurzes, humorloses Lachen aus. »Ja, sie tut zumindest so. Tatsächlich sitzt sie uns genauso im Nacken wie ihr Vorgänger.«

»Was bedeutet das?«

»Jetzt ist es nicht mehr er, der anruft, sondern sie.« Melzer winkte ab. »Ab einer gewissen Position sind Politiker alle gleich. Wenn sie das nicht wären, kämen sie erst gar nicht an solch hohe Ämter. Wahrscheinlich ist das ganz normal und wenig dramatisch.«

»Wie man's nimmt«, entgegnete Max. »Erfolgreiche Anwälte zeichnet ja auch aus, dass sie gute Gelegenheiten nicht liegen lassen.«

Er tauschte mit Pirlo einen vielsagenden Blick, woraufhin der sich nun an Melzer wandte. »Wie kommen Sie mit der kommissarischen Leitung der Kanzlei zurecht?«

Auf Melzers Gesicht zeigte sich ein dünnes Lächeln. »Wenn ich das, was Herr Bischoff gerade über Anwälte gesagt hat, und Ihre Frage daraufhin in der logischen Konsequenz betrachte, möchten Sie von mir wissen, ob ich auch einer dieser Anwälte bin, die gewisse Voraussetzungen erfüllen, um zumindest interimistisch das hohe Amt der Kanzleileitung bekleiden zu können.«

»Ich fürchte, ich kann nicht folgen.«

»Sie wollen wissen, ob ich jemand bin, der eine Gelegenheit beim Schopf ergreift, wenn sie sich bietet, ganz gleich, ob sich dahinter eine Tragödie verbirgt oder nicht?«

»Und, sind Sie das?«

»Ich weiß es nicht. Gegenfrage: Wer wäre denn anders?«

»Wenn sich Ernst Mahlers Unschuld herausstellt und er wieder die Leitung der Kanzlei übernimmt, was wird dann aus Ihnen?«

Melzer zuckte mit den Schultern. »Das kann ich Ihnen nicht sagen. Vielleicht mache ich dasselbe wie zuvor. Vielleicht auch nicht.«

»Sie könnten ja zumindest darauf hoffen, den Platz von Karl Müller oder Petra Kühne an der Seite Mahlers einzunehmen.«

Melzer ließ sich Zeit mit der Antwort. »Für den Moment hoffe ich einfach darauf, dass sich schnell seine Unschuld herausstellt und er bald wieder da ist. Mehr habe ich dazu nicht zu sagen.«

Er erhob sich und reichte erst Max und dann Pirlo die Hand. »Ich wäre Ihnen sehr dankbar, wenn Sie Ihren Job rasch erledigen. Alles andere wird sich zeigen.«

Als sie kurz darauf vor der Kirche standen, sagte Pirlo: »Ein komischer Typ. Einerseits dieses Kirchlich-Devote, dann aber auch ein ziemlicher Ehrgeiz.«

»Bei seinen Ausführungen zu den politischen Hintergründen war er jedenfalls sehr viel geschickter als darin, seine Ambitionen zu verstecken.«

Pirlo sah ihn nachdenklich an. »Sag mal, glaubst du ihm, dass er

tatsächlich so dringend auf die Rückkehr von Ernst Mahler wartet?«

Max dachte einen Moment nach, bevor er antwortete: »Ich bin
mir nicht mal sicher, ob er sich selbst glaubt.«

22

SOPHIE

Das Bild, das sich Sophie bot, war immer noch seltsam. Sie beschloss allerdings, sich über die in ihrem Elternhaus neu entstandene Schicksalsgemeinschaft keine Gedanken mehr zu machen. Alle daran Beteiligten hatten schließlich anderes zu tun. Besseres sowieso.

Neben ihr auf dem Sofa im Wohnzimmer der Familie Mahler streckte Pirlo die Beine aus. In der Ecke, auf Sophies anderer Seite, hockte Max im Schneidersitz. Beide Männer klebten mit der Nase an ihren Telefonen und versuchten im Nachgang zu ihren Gesprächen mit Jensen und Melzer Argumente zu finden, die es erlaubten, Ernst Mahler aus der Untersuchungshaft zu holen. Was Sophie alles noch nicht so ganz glauben konnte. Nicht in den einzelnen Bestandteilen. Und erst recht nicht in der Gesamtheit.

Schon der Ort des Geschehens war seltsam genug. Bis gestern hatte Sophie es jahrelang zu verhindern gewusst, dass *irgendjemand* in dieses Haus kam, ganz gleich, ob es sich dabei um Freunde, Verwandte oder auch Pirlo handelte. Nur Manu, ihr zwischenzeitlich verflossener Beinahe-Verlobter hatte das zweifelhafte Privileg genossen, Helena Mahler in ihren eigenen vier Wänden erleben zu dürfen. Für die Welt außerhalb davon hatte sich Sophies Mutter einem selbst gewählten Lebensmodell unterworfen, das sie radikal befolgte: Wann immer sie das Haus verließ, verkörperte sie konsequent den Düsseldorfer Chic. Zu Hause ließ sie sich dagegen hemmungslos gehen. Würde jemand sie danach gefragt haben, hätte Sophie vehement bestritten, dass sie damit wirklich ihren Frieden gemacht hatte. Nur fragte eben keiner. Niemand wusste über das, was sich hier abspielte, Bescheid. Zumindest bis jetzt.

Als Pirlo und Max vorgeschlagen hatten, sich bei ihr zu treffen, war ihr die Abwägung trotzdem nicht schwergefallen. Natürlich war es nicht schön, wenn die beiden mitbekamen, in welchem Zustand sich ihre Mutter befand. Andererseits hatten sie genau das schließlich bereits erlebt. Überraschungen konnte es daher kaum mehr geben. Erst recht keine guten. Ein anderer Treffpunkt kam ohnehin nicht in Frage. Sicher wäre Sophie die Kanzlei lieber gewesen, oder schlichtweg jeder einzelne andere Ort dieser Welt. Nur hatte sie längst verstanden, wie das Miteinander im Hause Mahler zuletzt ausgesehen hatte: Ihr Vater passte auf ihre Mutter auf. Anders als mit einem wachen, nüchternen Menschen, der einen Blick auf Helena Mahler hatte, ging es nicht mehr. Das sah Sophie mittlerweile ein. Nur, dass ihr Vater jetzt eben weg war. Und zwar für eine längere Zeit. Was für sie eine Art Hausarrest zur Folge hatte. Den Gedanken daran, was das eigentlich bedeutete, falls ihr Vater nicht wieder aus dem Knast kam, sondern lebenslänglich dort blieb, wollte sie erst gar nicht zulassen. Mehr noch: Sie *konnte* es einfach nicht. Zumindest nicht so. Nicht jetzt. Nicht, wenn sie nicht unmittelbar und vollständig zusammenbrechen wollte.

Sie hatte daher entschieden, sich bedingungslos zusammenzureißen. Was blieb ihr auch anderes übrig?

Sophie sah zu den beiden Männern, die immer noch auf ihren Geräten herumtippten. Kurz überflutete sie trotz aller Erschöpfung eine Welle der Dankbarkeit. Dann schob sie aber auch das weg. Sie mussten sich hier alle auf das gemeinsame Ziel konzentrieren. Nur das zählte. Und nur dafür waren sie schließlich überhaupt da.

»Was sagt ihr, wollen wir uns mal die Karten legen?«

»Sicher«, murmelte Pirlo.

»Moment noch«, flüsterte Max. Mit schnellen Fingern tippte er eine knappe Notiz in sein Telefon. Dann sah er sie mit einem klaren, fokussierten Blick an. »In Ordnung, ich bin auch so weit.«

Sophie schenkte ihm ein Lächeln, begriff, was sie tat, und bemühte sich, das Ganze auch auf Pirlo zu erstrecken. »Ihr braucht übrigens nicht leise zu sein. Meine Mutter würde wahrscheinlich noch nicht einmal aufwachen, wenn hier ein Zug durchfahren würde.«

Was leider stimmte. Als Max und Pirlo angekommen waren, hatten sie Sophie dabei geholfen, Helena Mahler vorsichtig in das elterliche Schlafzimmer zu begleiten. Dort hatte sie sich, von diesem Abenteuer erschöpft, auf das Bett sinken lassen und wie ein kleines, frierendes Kind zusammengerollt. Sophie war froh gewesen, dass sich die beiden Männer kommentarlos aus dem Raum entfernt hatten. Wäre auch nur ein Hauch von Mitgefühl bei ihr hängen geblieben, hätte sie die Tränen wahrscheinlich nicht zurückhalten können.

Pirlo schien zu spüren, in welche Richtung ihre Gedanken wanderten. Zwar nahm er erst mal einen Schluck von dem Rotwein, der, von Sophies Mutter bereits geöffnet, auf dem Wohnzimmertisch gestanden hatte. Dann streckte er aber betont geschäftsmäßig den Rücken durch.

»Ich schlage vor, wir fangen mit dem aktuellen Erkenntnisstand zu Müllers Fahrzeug an.«

Sophie nahm ebenfalls einen Schluck Wein. Sie sah zu Pirlo und nickte. Der von ihm vorgeschlagene Ausgangspunkt ergab Sinn. Die mittlerweile in Ergänzung zu dem bisherigen Aktenstand vorliegende kriminaltechnische Untersuchung war schließlich neben dem von ihnen zusammengetragenen Wust an Theorien das Einzige, was sich in Form eines vierseitigen Ausdrucks tatsächlich *anfassen* ließ.

»Erklär mir bitte noch einmal kurz, wie du es geschafft hast, diesen Bericht am selben Tag zu erhalten, an dem er auch bei der Staatsanwaltschaft angekommen ist«, bat Max. Er schien davon immer noch beeindruckt zu sein.

»Auch wir haben unsere Ansprechpartner bei den Ermittlungsbehörden«, erklärte Sophie mit einem Augenzwinkern. »In diesem Fall einen jungen Staatsanwalt namens Michael Jungk.« Sie sah, dass Pirlo das Gesicht verzog, als hätte er auf eine Zitrone gebissen.

Trotzdem war er es, der den Satz zu Ende brachte. »Der Sophies Verehrer ist.«

Sie beschränkte sich auf ein schmales Lächeln. »Manche sagen so, manche sagen so.«

Pirlo ging nicht weiter darauf ein. Er deutete auf das Dokument. »Fasst du die wesentlichen Erkenntnisse zusammen?«

Sophie strich eine Haarsträhne zurück. Sie mochte es, wenn zwischen Pirlo und ihr diese ihnen eigene Arbeitsatmosphäre aufkam. »Die Kriminaltechniker haben in Müllers Wagen fünf verschiedene DNA-Spuren gefunden.«

»*Nur* fünf?«, fragte Max.

»Mich überrascht offen gestanden, dass es überhaupt so viele sind«, antwortete Sophie. »Ich habe meinen Patenonkel immer als einsamen Kauz wahrgenommen und hätte sogar vier Spuren weniger erwartet.«

Pirlo schaltete sich ein: »Allerdings relativiert sich das Ergebnis dadurch, dass zwei der Spuren zu Mahler und Kühne gehören.«

Sophie ahnte, dass das nicht gut war. Andererseits, ihr Vater und Karl Müller hatten eng zusammengearbeitet. Niemand konnte ernsthaft auf den Gedanken kommen, die DNA-Spuren von Ernst Mahler als belastendend einzuordnen. Interessanter war sowieso dies: »Zwei der DNA-Nachweise können bislang niemandem zugeordnet werden. Alles, was die Kriminaltechnik herausfinden konnte, ist, dass sie wahrscheinlich zu einem Mann und einer Frau gehören.«

»Was nicht besonders außergewöhnlich sein muss«, bemerkte Max. Ehe er weitersprach, nahm er einen Schluck aus seinem Glas, das allerdings Wasser enthielt. »Wir sollten nicht den Standardfehler junger Polizeianwärter begehen und den Fall nur von hinten denken. Nicht alles, was ein Mensch, an dem später ein Verbrechen verübt wird, zuvor getan hat, ist bedeutungsvoll und wichtig.«

»Was meinst du?«, fragte Pirlo, während er Sophie und sich Wein nachschenkte.

»Wir neigen dazu, Lebenssachverhalte im Nachhinein mit Bedeutung aufzuladen. Hier spricht vieles dafür, dass Müller vier Personen in seinem Fahrzeug hatte. Zwei davon kennen wir. Zwei nicht. Das bedeutet aber nicht, dass auch Müller sie nicht kannte. Im Gegenteil, es kann für ihre Spuren alle möglichen Erklärungen geben. Vielleicht handelt es sich um private Bekanntschaften, auf die noch niemand gekommen ist. Es hat zum Beispiel jemand bei ihm geputzt, und er hat diesen Menschen nach Hause gefahren, oder er hatte Kontakt zu Prostituierten.«

»Einem Mann *und* einer Frau?«

Max zuckte nur mit der Schulter. »Es gibt nichts, was es nicht gibt.«

»Kann ja sein«, brummte Pirlo. Sophie mochte es, wie seine dunkle Stimme den Raum füllte. Wenn er nachdachte, rutschte sie noch einmal eine Tonlage nach unten. »Wir können uns sicher darauf einigen, dass wir nicht bei jeder neuen Spur in Euphorie auszubrechen brauchen. Trotzdem haben wir immerhin einen Anhaltspunkt, der uns weiterbringen *könnte*.« Pirlo hob eine Hand. Er schien auf Widerworte gefasst und daher entschlossen, am Ball zu bleiben, ehe jemand seinen Gedankengang unterbrach. »Was haltet ihr in diesem Zusammenhang eigentlich von Rainer Hainsch?«

»Wem?«, fragte Sophie.

»Dem ehemaligen Justizminister«, erklärte Max.

»Richtig.« Sophie fuhr sich über die Augen. »Entschuldige. Das sind lange Tage.« Sie rang sich ein Lächeln ab. »Also, was soll mit ihm sein?«

Pirlo fuhr sich nachdenklich über den Bart. »Findet ihr es nicht ungewöhnlich, dass er laut Melzer *parallel* zu der laufenden Tax-Ex-Ermittlung gegen sein Ministerium und sich selbst versucht, bei der betroffenen Kanzlei an Informationen zu kommen?«

»Inwiefern störst du dich daran?«, fragte Sophie. »Eigentlich ergibt das doch Sinn, wenn beide angeblich im gleichen Boot sitzen.«

»Kann sein«, murmelte Pirlo. »Klingt aber auch gefährlich nach Absprachen und Verdunkelungen. Wenn das ans Licht kommt, kann sich Hainsch womöglich nicht mehr damit herausreden, dass er sich an nichts mehr erinnern kann.«

»Das glaubt ihm doch sowieso keiner«, bemerkte Max. »Die Politiker sind doch alle gleich. Wundert ihr euch wirklich, dass sie versuchen, sich wo immer möglich einen Vorsprung zu verschaffen?«

»Hoppla.« Pirlo grinste. »Da ist aber jemand anscheinend nicht gerade ein Fan.«

»Ich ziehe es einfach vor, mir eine gewisse Restvernunft zu bewahren. Das schließt ein besonderes Verständnis für das politische Geschäft fast zwangsläufig aus. Erst recht, wenn ich auch noch welches für *dich* aufbringen soll.«

Sophie bemühte sich um ein Lächeln. Sie ahnte, dass Max mit diesem Kommentar für Auflockerung sorgen wollte. Trotzdem nervte sie die Richtung, die das Gespräch genommen hatte.

»Lasst uns konzentriert bleiben«, mahnte sie daher. »Der Fokus sollte auf dem Tatvorwurf liegen, nicht auf irgendwelchen Hintergrundgeräuschen. Mein Vater ist schließlich wegen angeblicher Tötungsdelikte im Knast, nicht wegen Kontakten zu Politikern.«

»Ich meine nur«, setzte Pirlo trotzdem noch einmal an, »dass das hier eine ziemlich seltsame Gemengelage ist. Vergesst nicht, dass *Müller & Mahler* an den Gesetzen mitgeschrieben hat, um die sich jetzt dieser Untersuchungsausschuss dreht.«

»Aber bei TaxEx geht es doch um Steuern«, rief Sophie genervt. »Nicht um Mord!« Ihr fiel selbst auf, wie laut sie geworden war. Mit einem verbindlichen Lächeln bemühte sie sich um etwas mehr Gelassenheit. »Sicher, der Untersuchungsausschuss hat in den letzten Wochen für Müller, Kühne und meinen Vater bestimmt eine große Rolle gespielt. Es mag auch sein, dass die Kanzlei wegen dieser Steuersache im Feuer steht. Wir müssen uns aber trotzdem um die Frage kümmern, wer hinter den Angriffen auf Karl und Petra steckt – und dafür gesorgt hat, meinen Vater in den Knast zu bringen. Und um nichts anderes.«

»Klar«, brummte Pirlo. Auch wenn er dabei nicht besonders zufrieden aussah. Dazu passte, dass er sein Rotweinglas mit einem großen Schluck leerte.

Sophie wandte sich an Max. »Also, was haben wir noch?«

Sie sah ihm zu, wie er seine Finger über das Display seines Telefons gleiten ließ. Hier und da zögerte er kurz, wischte dann aber doch weiter. »Nicht viel«, murmelte er schließlich. »Zumindest nichts, was uns unmittelbar weiterbringt.«

»Was ist mit dieser Sigmund-Sache?«

»Dem Namen, der in den Kalendern von Karl Müller und Petra Kühne stand?«

»Ganz genau.«

Max tippte in seinem Telefon. »Ich habe mir dazu angesehen, was das Internet zu bieten hat. Ein paar Unternehmen heißen so, außerdem ein paar historische Persönlichkeiten, allerdings keine, die mit *Müller & Mahler* zu tun gehabt hätten.« Er sah zu Pirlo. »Mit TaxEx übrigens auch nicht.«

»Danke trotzdem fürs Nachsehen. Hat die Polizei sich denn irgendwelche Gedanken darüber gemacht?«

»In der Akte gibt es einen Vermerk, in dem außer dem Namen selbst aber keine weiteren Erkenntnisse stehen. Meinen Freund Horst Böhmer habe ich dazu ...« Max schien den richtigen Ausdruck zu suchen. »Ich habe ihn dazu jedenfalls noch nicht erreicht.«

Sophie schloss die Augen. So kamen sie hier nicht weiter. Fuck, dachte sie. Fuck. Fuck. *Fuck!*

Sie seufzte. »Also gut, Toni, dann erzähl eben noch mal von deinen Gedanken zu diesen politischen Einflüssen.« Richtig zu ihm hin sah sie allerdings erst, als keine Antwort kam. Und selbst dann konnte sie das, was sie sah, noch nicht glauben. Augenscheinlich hatte Pirlo den letzten Schwung Rotwein dazu genutzt, sich in einen ausgeprägten Schlummer zu verabschieden.

»Das ist jetzt nicht dein Ernst, oder?«, fragte sie, ohne sich sicher zu sein, ob sie irritiert oder erheitert war. Beziehungsweise: Was davon mehr. Das Ausbleiben einer Reaktion beantwortete alle Fragen.

Sophie merkte, dass auch Max mit einem Schmunzeln kämpfte. »Sollen wir ihn aufwecken?«

Kurz überlegte sie noch. Dann schüttelte sie den Kopf. Auch Max wirkte schließlich ein wenig erschöpft. »Lass uns einfach morgen weiterarbeiten.«

Er nickte in Richtung Pirlo. »Und was machen wir mit ihm?«

Sie lächelte schwach. »Wir lassen ihn liegen.« Der Rest war so ehrlich wie bitter. »Es ist schließlich nicht das erste Mal, dass hier jemand seinen Rausch ausschläft.«

V

Es ist so weit. Meine Belohnung naht. Mein Vergnügen. Meine Erfüllung.

Ich ahne, dass man unzufrieden mit mir sein wird. Dass man mir vorwerfen wird, mich nicht an den Plan gehalten zu haben. Die Abmachung. Den Deal. Was soll ich sagen? Genau so ist es. Ich weiß allerdings genau, wessen Problem das ist. Und zwar ganz bestimmt nicht meines.

Ich habe mich lange genug zurückgehalten. Die Köder geschluckt. Das Spiel gespielt. Die Morde an Müller und Kühne waren schwach. Läppisch. Fast zart. Dass ich mich an das gehalten habe, was man von mir verlangte, war ein Zugeständnis – und ein Fehler. Jetzt ist das vorbei. Jetzt spielen wir ein neues Spiel. Und die Regeln mache ich allein.

Ich bin der Tiger im Käfig, der, vom Hunger nach selbst erlegter Beute getrieben, hinter den Gitterstäben von einer Seite zur anderen läuft, immer auf der Suche nach einer Möglichkeit, zu entkommen und endlich ungehindert das tun zu können, was in seiner Natur liegt: zu töten.

Mein Käfig besteht nicht aus Metall, und dennoch hält er mich gefangen. Zumindest bisher.

Aber damit ist jetzt Schluss. Ich werde jetzt etwas tun. Ein Leben beenden. Weil ich es kann. Weil es wieder an der Zeit ist. Und dann *werde ich dabei zusehen, wie das Leben sich aus meinem Opfer schleicht, während meine Beute noch darum bettelt, nicht sterben zu müssen.*

Ich werde das schnell kalt werdende Blut durch meine Finger rinnen lassen, während es immer dickflüssiger wird und schließlich zu einer dunklen, verkrusteten Masse erstarrt. Sinnbild für die kalte Starre des Todes. Herbeigeführt durch mich.

Ich möchte aufstöhnen, aufleben, aufgehen im Rausch eines Tötens, wie nur ich es kann, wie ich es mir in Gedanken schon tausendmal ausgemalt habe, ausgeschmückt bis ins kleinste Detail, gekrönt mit immer neuen Variationen des Hinmetzelns.

Aber genug davon. Genug der Gedankenbilder, genug der Vorstellung.

Es wird Zeit, zur Tat zu schreiten.

23

MAX

Auf dem Weg von der Mahler-Villa nach Hause drehten sich Max' Gedanken anfangs noch um ihre Unterhaltung und um die weiterhin vergebliche Suche nach einer Möglichkeit, Sophies Vater aus der Untersuchungshaft holen zu können. Recht schnell schweifte er dann aber ab zu Sophie selbst und zu der Frage, die er sich schon lange stellen wollte, bisher aber vor sich hergeschoben hatte: Wie er zu Sophie Mahler stand.

Sie war eine faszinierende Frau, die nicht nur gut aussah, sondern zudem ein ausgesprochen einnehmendes Wesen und einen auf eine angenehme Weise analytischen Verstand hatte. Er mochte Sophie wirklich sehr und bewunderte sie dafür, wie sie sich neben ihrem übermächtigen Vater bisher behauptet hatte. Er schätzte sie und arbeitete gern mit ihr zusammen. Aber seine Liebe gehörte Jana Brosius.

Pirlo hingegen war in Sophie verliebt, dessen war Max sicher, auch, wenn der Anwalt das niemals zugeben würde. Was ebenso sicher war.

Max registrierte durchaus, wie Pirlo ihn misstrauisch musterte, sobald er in einer Unterhaltung mit Sophie ein wenig herumflachste oder sie zum Lachen brachte. Offensichtlich war es an der Zeit, Pirlo von Jana zu erzählen und davon, was Max für sie empfand. Das würde ihn vielleicht beruhigen, auch wenn die gröbsten Eifersüchteleien zwischenzeitlich ausgestanden zu sein schienen.

Jana. Es war schon zwei Tage her, dass sie kurz telefoniert hatten. Einer spontanen Eingebung folgend griff Max zum Telefon und wählte ihre Nummer. Er wollte sie nicht nur vermissen. Er wollte ihre Stimme hören.

»Hi, ich bin's«, meldete er sich, als Jana das Gespräch angenommen hatte, und ihm fiel selbst auf, wie sanft er dabei klang. »Störe ich?«

»Nein, überhaupt nicht. Ich bin in meinem Zimmer und mache mich fertig für das Abendessen. Aber ich habe noch ein bisschen Zeit. Wie schön, dass du dich meldest.«

»Wie war dein Tag?«

»Nun, ich bin auf einem Lehrgang von Interpol. Hm … ich würde sagen, teils interessant, teils okay. Und staubtrocken und langweilig.« Ihr helles Lachen erzeugte in ihm ein warmes Gefühl. »Ich bin froh, wenn ich wieder zu Hause bin. Bei dir.«

»Das bin ich auch. Du fehlst mir, Jana. Sehr. Das ist das erste Mal, dass wir so lange getrennt sind, seit …«

»Ja. Ich weiß, wovon du sprichst. Aber zum Glück ist es bald vorbei. Dann werde ich dich wohl erst einmal stundenlang ununterbrochen umarmen müssen und deine Haut spüren und deinen Atem hören und dir liebe Dinge sagen und …« Sie atmete hörbar durch. »Ich freue mich wahnsinnig auf dich.«

»Genau so machen wir das. Und falls es noch ein paar ununterbrochene Stunden mehr werden sollten, ist das für mich vollkommen in Ordnung.«

Erneut war ihr Lachen zu hören. »Sehr gerne. Aber erzähl mir, wie geht es dir? Was machst du gerade während deiner letzten Wochen an der Uni? Gibt es was Neues?«

Max hatte Jana in ihren bisherigen Gesprächen noch nichts von dem aktuellen Fall erzählt, weil er befürchtet hatte, dass sie das von ihrem Lehrgang ablenken würde. Außerdem hatte er es vermeiden wollen, dass das Thema auf Böhmer kam, der schließlich ihr Kollege war. Nun hatte sie ihn aber zum ersten Mal konkret gefragt, und anlügen konnte und wollte er sie nicht.

»Ja, ich bin da an einer Sache dran im Banken- und Anwaltsmilieu. Ein bekannter Anwalt hat angeblich Selbstmord begangen, und seine Partner haben mich beauftragt herauszufinden, was es damit auf sich hat.«

»Das klingt interessant. Und? Kommst du ... Oh, Moment bitte, es hat geklopft.«

Max hörte, wie Jana die Tür öffnete, dann sagte eine entfernt klingende Frauenstimme: »Bist du fertig? Wir müssen runter.«

»Ähm, ja, fast. Geh schon mal vor, ich komme sofort.«

Im nächsten Moment hatte Jana das Telefon wieder am Ohr. »Max? Tut mir leid, das war eine Kollegin vom Zimmer nebenan. Ich befürchte, ich muss jetzt wirklich zum Essen.«

»Kein Problem«, erwiderte Max erleichtert, weil ihm auf diese Weise erspart blieb, den Fall und vor allem das Thema Horst Böhmer näher erläutern zu müssen. »Ich wünsche dir einen schönen Abend, und ...«

»Ja?«

»Hey, ich liebe dich.«

»Hey, ich dich auch, du Superschnüffler. Ciao!« Ihr Lachen wurde abrupt unterbrochen, als sie das Gespräch beendete.

Zu Hause angekommen spürte Max noch immer die Wärme, die das Gespräch mit Jana in ihm hinterlassen hatte. Er konnte es nicht erwarten, sie in eineinhalb Wochen endlich wieder in die Arme zu schließen.

Er setzte sich vor den Fernseher und sah sich den Rest der Nachrichten an. Krieg in der Ukraine und im Nahen Osten, Streitereien innerhalb der Regierung, Wirtschaftsflaute, Russland, China ... Im Grunde waren es immer wieder die gleichen Geschichten, zwar an anderen Orten und mit anderen Protagonisten, doch keine von ihnen taugte dazu, den Tag doch noch mit einem guten Gefühl zu beenden.

Max schaltete den Fernseher aus, brachte Teller und Besteck in die Küche und ging dann ins Bad.

Zehn Minuten später zog er sich die Decke zum Kinn hoch und schloss die Augen.

Er dachte an Jana.

Um fünf nach sieben am Montagmorgen wachte Max auf und schwang die Beine aus dem Bett. Er fühlte sich frisch und ausgeruht, da er am Abend zuvor verhältnismäßig früh eingeschlafen war.

Nach einer ausgiebigen Dusche saß er um halb acht an dem kleinen Tisch in der Küche, hatte eine Tasse Kaffee und eine kleine Schüssel Müsli vor sich stehen. Er war wieder voll auf den Fall konzentriert und blätterte auf seinem Tablet-PC die Online-Portale verschiedener Zeitungen nach diesbezüglichen Nachrichten durch. Auf einem der Portale fand er die Ankündigung einer politischen Veranstaltung in Form eines Frühschoppens im Festsaal eines Düsseldorfer Hotels. Die Hauptrednerin sollte Justizministerin Chiara Jebsen sein. Anders als bei der vorausgegangenen Pressekonferenz war dieses Mal die Öffentlichkeit jedoch zugelassen.

Max erinnerte sich an sein Gespräch vom Vorabend im Haus der Mahlers und an Pirlos Erklärung, dass er das Verhalten von Hainsch und Jebsen seltsam fand.

Vielleicht sollte er sich Jebsens Rede anhören. Unter Umständen bot sich ja danach sogar die Möglichkeit zu einem Gespräch mit ihr.

Einer Eingebung folgend griff er zu seinem Handy und rief Horst Böhmer an. Als sein Ex-Partner abhob, stellte Max anhand der Hintergrundgeräusche fest, dass er wohl nicht zu Hause war.

»Guten Morgen«, sagte er.

»Morgen«, erwiderte Böhmer grummelig, etwas, das durchaus nicht ungewöhnlich war um diese Uhrzeit.

»Ich habe gerade gesehen, dass unsere Innenministerin heute Vormittag um elf zu einer Veranstaltung mit Frühschoppen einlädt, und dachte mir, es wäre doch eine schöne Sache, wenn ich dort mit meinem Freund Horst gemeinsam hingehe. Na, was hältst du davon?«

»Von einem Frühschoppen zum Wochenanfang? Nichts. Auf so was können nur Politiker kommen.«

»Ich nehme erfreut zur Kenntnis, dass wir uns mal wieder über eine Sache einig sind«, entgegnete Max. »Also, wie sieht es aus: Kommst du mit?«

»Kannst du vergessen«, brummte Böhmer. »Ich bin nicht zu Hause.«

»Ja, das habe ich mir schon gedacht. Wo bist du denn?«

»In der Wohnung von Christian Schwerdtfeger.«

»Schwerdtfeger ... der Journalist von der *POST*?«

»Genau der. Er ist tot. Wobei das in Anbetracht des Zustandes seiner Leiche maßlos untertrieben ist. Sogar von Übertötung zu sprechen wäre hier eine extreme Verharmlosung.«

»Das ist nicht dein Ernst.«

»Doch. Leider. Kanntest du den Typen etwa?«

»Kennen ist zu viel gesagt. Aber ich bin ihm erst vor kurzem noch begegnet.«

»Wann?«

»Lass mich überlegen. Das muss Mittwoch oder Donnerstag ... nein, es war Donnerstag, ganz sicher. Noch interessanter jedoch als die Frage, *wann* ich ihn getroffen habe, ist, *wer* dabei war.«

»Schieß los.«

»Ich war mit Sophie Mahler unterwegs, als Schwerdtfeger uns plötzlich angesprochen hat. Er wollte Informationen zu dem Fall.«

»Welchem?«

»Na welchem wohl?«

»TaxEx also.«

»Natürlich.«

»Du weißt, dass der ganze Skandal mit ihm angefangen hat.«

»Er hat diesen Enthüllungsartikel geschrieben, mit dem alles losging. Wenn ich es richtig verstehe, ist das seitdem seine große Geschichte. Beziehungsweise: Sie war es.«

Böhmer ließ einen Moment verstreichen. »Was habt ihr ihm gesagt?«

»Natürlich nichts.« Auch Max dachte einen Moment nach. »Denkst du, sein Tod hat etwas damit zu tun?«

»Mit TaxEx? Ich denke nicht.«

»Wie kommst du darauf?«

»Schwerdtfeger ist abgeschlachtet und regelrecht zerlegt worden. In seinem Körper dürfte sich quasi kein Blut mehr befinden. Das passt nicht zu den Selbstmordinszenierungen bei Müller und Kühne.«

»Klingt ganz so«, bestätigte Max. »Wenn du mich fragst, ist es aber, bei aller Tragik, fast erleichternd, dass mal etwas nicht mit diesem TaxEx-Drama zusammenzuhängen scheint. Obwohl die zeitliche Überschneidung natürlich nachdenklich stimmt.«

Da Böhmer einmal mehr entschlossen schien, den von Max ausgebrachten Köder zu einem Gespräch über das, was sie auch verband, zu ignorieren, schwenkte er zu seinem ursprünglichen Anliegen um. »Ich gehe dann also allein zu der Veranstaltung der Frau Justizministerin. Natürlich melde ich mich aber bei dir, falls sich doch noch irgendein Bezug zu meinem Fall ergeben sollte ...«

»Das ist nicht *dein* Fall, Max«, unterbrach Böhmer ihn harsch.

»Dann eben zu *eurem* Fall, jetzt hör endlich mal auf damit. Also, wenn sich doch herausstellen sollte, dass Schwerdtfegers

Tod etwas damit zu tun hat, gebe ich dir Bescheid und hoffe, du lässt es mich umgekehrt genauso wissen. Dieses Mal könnt ihr Mahler ja nicht beschuldigen.«

»Ich muss jetzt aufhören.«

»Horst...«

»Ja, ja, bis bald«, wiegelte Böhmer ab und legte auf.

Max saß noch eine Weile am Tisch und dachte an seine Begegnung mit dem Journalisten. Schwerdtfeger konnte extrem anstrengend sein, das hatte er selbst erlebt. Vielleicht war er dem Falschen auf die Nerven gegangen? Oder hatte die falschen Fragen gestellt? Wenn jemand eine Leiche so zurichtete, wie Böhmer es beschrieben hatte, dann musste derjenige eine enorme Wut haben. Und die hatte in aller Regel einen Grund. Aber das war definitiv etwas, mit dem Böhmer sich allein würde beschäftigen müssen. Natürlich hätte Max seinem ehemaligen Partner gern dabei geholfen, sein Fokus lag jedoch im Moment auf zwei anderen Morden. Und vor allem darauf, einen Unschuldigen aus der Untersuchungshaft zu holen.

Kurz dachte er darüber nach, ob er Pirlo anrufen und fragen sollte, ob er zu der Presserunde mitkommen wolle, entschied sich jedoch dagegen, weil er nicht sicher war, ob die Anwesenheit des sich allzu sehr in den Vordergrund drängenden Anwalts die Möglichkeit eines Gespräches mit Chiara Jebsen nicht gegen null rücken würde.

Sophie brauchte er gar nicht erst zu fragen, die hatte mit ihrer Mutter und der Sorge um ihren Vater genug um die Ohren.

Also machte er sich allein auf den Weg.

Als Max in dem Hotel ankam, war der Veranstaltungssaal schon gut gefüllt. Ein junger Mann, der als Platzanweiser fungierte, zeigte ihm einen freien Stuhl an einem Tisch im vorderen Bereich. Max ging darauf zu und betrachtete dabei diejenigen, die bereits dort saßen. Wenige Meter entfernt blieb er so abrupt stehen, als sei er gegen eine Wand gelaufen. Fünf Personen saßen an dem Tisch, drei Männer und zwei Frauen. Eine der Frauen hatte zu einem Dutt hochgesteckte, blonde Haare und war etwa in Max' Alter. Die andere war dreiundfünfzig, wie er wusste, und die dunklen Augen hinter den Gläsern ihrer rot umrandeten Brille richteten sich in diesem Moment auf ihn. Ihr Gesicht schien für eine Sekunde zu versteinern, doch schon im nächsten Moment hatte sie sich wieder gefangen und verzog den Mund zu einem kalten, fast spöttischen Lächeln.

Max gab sich einen Ruck und trat zu dem Tisch, wo er zuerst den anderen Anwesenden einen guten Morgen wünschte, bevor er sich der Frau zuwandte.

»Herr Bischoff«, sagte sie mit übertriebener Höflichkeit. »Dass ich Sie auf einer politischen Veranstaltung treffen würde, hätte ich nicht für möglich gehalten. Nach den Entwicklungen in letzter Zeit hätte ich Sie eher gemeinsam mit Ihren neuen Anwaltsfreunden beim Kaviarfrühstück im Golfklub vermutet.«

»Da geht es mir mit Ihnen anders, Frau Keskin«, entgegnete Max im gleichen, aufgesetzten Tonfall und ließ sich auf dem freien Stuhl neben ihr nieder. »Dass Sie immer in der Nähe derjenigen sind, die im Rang über Ihnen stehen und von deren Wohlwollen Sie abhängig sind, war mir absolut klar.«

Das Revier der beiden war abgesteckt, und Max hoffte darauf, dass eine weitere Unterhaltung mit Keskin sich damit erledigt hatte. Lächelnd nickte er den anderen am Tisch zu, die ihre Begrüßung neugierig verfolgt hatten.

Bei einer jungen Frau, die gerade vorbeikam, bestellte er sich eine große Apfelschorle und sah sich dann im Saal um. Mit Böhmer hätte er vielleicht sogar ein Bier getrunken, aber allein verzichtete er um diese Uhrzeit darauf.

Die Bedienung brachte gerade sein Getränk, als Keskin sich erhob. »Ich gehe noch ein wenig an die frische Luft«, erklärte sie, an Max gewandt, gerade so, als ob es ihn tatsächlich interessieren würde.

Sie wandte sich ab und schritt erhobenen Hauptes auf den Ausgang des Saales zu.

Max' Hoffnung, sie würde vielleicht nicht zurückkommen, erfüllte sich leider nicht, denn als Minuten später ein junger Mann im dunkelblauen Anzug die Bühne betrat und die Anwesenden begrüßte, tauchte sie wieder auf und setzte sich wortlos auf ihren Stuhl.

»Ich freue mich, nun Justizministerin Chiara Jebsen als Hauptrednerin des heutigen politischen Frühschoppens begrüßen zu dürfen«, erklärte der Jüngling, der auf Max wirkte wie ein Abiturient, der sich für den Abschlussball schick gemacht hatte.

Unter dem Applaus der etwa hundertfünfzig Menschen im Saal betrat Jebsen die Bühne und nickte lächelnd in die Runde.

Dann begann sie zu reden und kam sofort zu ihrem Hauptthema. Den schändlichen TaxEx-Geschäften, die ihr Vorgänger Hainsch in ablehnungswürdiger Art und Weise zumindest habe laufen lassen, ohne etwas dagegen zu tun. Wenn er nicht sogar selbst darin verwickelt gewesen war, was aber der durch sie ins Leben gerufene Untersuchungsausschuss ebenso sicher ans Licht bringen würde wie sie, Justizministerin Chiara Jebsen, den Morast ausmisten würde, den Hainsch ihr hinterlassen hatte.

So ging es etwa eine halbe Stunde weiter, in der außer Selbstbeweihräucherung und Andeutungen zu der Rolle ihres Vorgängers in dieser Affäre höchstens noch Raum genug für Seitenhiebe gegen die Konkurrenzparteien war. Mehr als einmal bereute Max, dass er überhaupt gekommen war und dann auch noch weit vorne am Tisch mit Keskin saß, so dass er sich nicht die Blöße geben wollte, einfach zu gehen oder zumindest mit seinem Telefon im Fall von Ernst Mahler weiterzurecherchieren. Andererseits war es auch interessant zu beobachten, welche Wirkung Chiara Jebsen aktuell hatte: Selbst dann, wenn sie eigentlich gar nichts zu sagen hatte – und gar nichts sagte –, verfielen die Würdenträger aus Politik und Verwaltung in begeistertes Klatschen. Keine Frage, wenn der TaxEx-Skandal überhaupt einen Gewinner hatte, dann eindeutig sie.

Nachdem Jebsen eine gefühlte Ewigkeit später endlich als Folgeredner den Staatsanwalt angekündigt hatte, der über den aktuellen Stand der TaxEx-Ermittlungen sprechen und für Fragen aus dem Publikum zur Verfügung stehen würde, verließ sie die Bühne. Den Mord an Karl Müller hatte sie diesmal ebenso wenig erwähnt wie den an Petra Kühne.

Max trank sein Glas aus und stand auf. Keskin sah ihn an und hob eine Braue. »Ihre Aufmerksamkeitsfähigkeit ist wohl schon erschöpft? Aber immerhin haben Sie ja dreißig Minuten durchgehalten.«

Max zuckte mit den Schultern. »Nun, ich bin aus freien Stücken hier und kann es mir erlauben, jederzeit die Veranstaltung zu verlassen, weil ich in keinen der Hintern kriechen muss, die sich auf dieser Bühne bewegen. Wie sieht es bei Ihnen aus? Ich wünsche Ihnen noch eine angenehme Woche.«

Ohne ihr die Chance einer Entgegnung zu geben, wandte Max sich ab und verließ den Saal. Als er die Hotellobby durchquerte, sagte hinter ihm eine Frau: »Max Bischoff! Einer der besten Ermittler, den die Düsseldorfer Kriminalpolizei je hatte.«

Noch ehe Max sich umgedreht hatte, wusste er, wer hinter ihm stand. Chiara Jebsen, flankiert von zwei stämmigen Männern in schwarzen Anzügen, die Max mit finsteren Mienen musterten. Max hätte ihnen gern geraten, sich nicht so viele schlechte Agentenfilme anzuschauen, verkniff es sich aber und lächelte stattdessen Jebsen zu. »Glauben Sie nicht alles, was in alten Zeitungen steht, Frau Ministerin.«

»Oh, ich habe meine Quellen direkt bei der Polizei, die mir das bestätigt haben, lieber Herr Bischoff.«

Ich weiß, wer definitiv nicht *diese Quelle ist*, dachte Max, in Erinnerung an seine Tischnachbarin der letzten halben Stunde.

Jebsen winkte einen Mittvierziger im grauen Anzug mit Dreitagebart herbei und flötete: »Herr Tischler, seien Sie doch so lieb und machen Sie ein schönes Foto von Herrn Bischoff und mir für die Presse. Kennen Sie Herrn Bischoff? Er ist ein ehemaliger Ermittler der Kripo. Eine echte Koryphäe auf seinem Gebiet, der jetzt an der Hochschule sein Wissen an die nächste Generation weitergibt.«

Max machte gute Miene zu dem Spiel und ließ sich mit Jebsen fotografieren. Nachdem sie wieder ein Stück von ihm abgerückt war, sagte sie: »Ich freue mich, Sie hier zu sehen.«

Obwohl Jebsen klar sein musste, dass Max aktuell nicht nur lehrte, sondern für die Kanzlei arbeitete, auf die sie ihren Untersuchungsausschuss angesetzt hatte, erwähnte sie es mit keinem Wort.

Das konnte er ebenfalls.

»Ich gratuliere Ihnen zu der brillanten Rede, muss aber gestehen, noch immer nicht begriffen zu haben, wie genau diese TaxEx-Geschäfte funktionieren. Ich hatte gehofft, hier etwas mehr darüber zu erfahren.«

»Ach, das ist im Grunde gar nicht so kompliziert, wie man denkt«, erklärte Jebsen in typischem Politikerplauderton. »Wenn Sie möchten, bringe ich Sie gern mit einem meiner Mitarbeiter zusammen, der das so erklären kann, dass sogar ich es verstanden habe.«

»Ja, vielleicht komme ich darauf zurück, vielen Dank«, versicherte Max. »Jetzt muss ich aber los, ich habe noch einiges zu tun. Ich wünsche Ihnen einen schönen Tag.«

Max wollte sich schon abwenden, als Jebsen sich ein Herz zu

fassen schien: »Sie ermitteln jetzt im Auftrag der Kanzlei *Müller & Mahler*, wie ich hörte?«

Also doch.

»Das ist richtig«, entgegnete Max und war gespannt, was als Nächstes kommen würde.

In einer theatralischen Geste des Bedauerns zuckte Chiara Jebsen mit den Schultern. »Wie gesagt, halte ich Sie für einen genialen Ermittler. Umso bedauernswerter finde ich es, dass Sie sich vor den Karren von ... *solchen Leuten* spannen lassen.«

»Solchen Leuten?«, hakte Max nach.

»Stinkreiche Schnösel in Armani-Anzügen, die glauben, das Recht mit Geld kaufen zu können.«

Max sah sie einen Moment schweigend an, dann nickte er. »Ich wünsche Ihnen noch einen schönen Tag.«

Damit wandte er sich ab und ging los. Er konnte es kaum erwarten, diesen Ort zu verlassen, und atmete tief durch, als er vor dem Hotel stand. Was war das denn gewesen? Nicht nur, dass er nicht mehr wusste, wie er Jebsen einschätzen sollte, nein, sie hatte ein Déjà-vu-Gefühl in ihm ausgelöst.

Was sie gerade gesagt, die Worte, die sie benutzt hatte, kannte er. Er hatte sie schon gehört, und das war noch nicht lange her. Von seinem Freund Horst Böhmer. Was natürlich ein Zufall sein konnte. Oder auch nicht.

24

PIRLO

Pirlo bestellte den nächsten Kaffee auf die Hand und tigerte weiter hin und her. Die Bewegung tat ihm gut. Der Kaffee sowieso, wenn das, was das *Café de France* als solchen verkaufte, auch deutlich hinter dem zurückblieb, was sich Pirlo in seiner eigenen kleinen Höllenmaschine zusammenbraute. Nach dem ganzen Stress der letzten Tage hätte seine Gemütslage daher eigentlich ausnahmsweise mal ausgeglichen sein können. Auch das, was ihm gleich bevorstand, ließ ihn schließlich unberührt. Zumindest redete er sich das auf eine, wie er fand, überzeugende Art ein. Ganz anders sah es dagegen mit den WhatsApp-Nachrichten von Max aus.

Schwerdtfeger ist tot. Die Kripo sieht aber keinen Zusammenhang zu unserem Fall.

Die Jebsen ist ein Polit-Profi. Ich war bei einer Rede. Die Morde hat sie so wenig erwähnt wie die Verhaftung von Sophies Vater. Trotzdem sollten wir darüber sprechen.

Wenn wir Ernst Mahler aus dem Knast holen wollen, brauchen wir endlich eine Idee. Noch ein Plan B genügt bestimmt nicht mehr.

Pirlo pustete gedankenverloren über den Kaffee. Darauf, dass sie einen Plan brauchten, konnten sie sich zwar einigen. Wie dieser aussehen sollte, fiel allerdings augenscheinlich auch dem Superermittler Max Bischoff nicht ein. Seine Kampfansage bewegte sich damit auf einem schmalen Grat zwischen Großartigkeit und Aktionismus, den Pirlo nur zu gut kannte. Und zwar von sich selbst. Dasselbe galt für Max' Entscheidung, allein zu einer Rede der Jebsen zu gehen.

Immerhin war es ein kleiner Trost, dass Max dabei dem Gedanken an einen größeren TaxEx-Zusammenhang gefolgt war, den Pirlo bei ihrer gemeinsamen Ideensuche in Sophies Elternhaus aufgebracht hatte. Den Impuls als solchen hielt er auch nach wie vor für richtig. Klar hatte er keine Ahnung, ob die Ministerin etwas mit *Müller & Mahler* zu tun hatte. Darum ging es gerade aber auch gar nicht. Was die Verteidigung von Ernst Mahler anbelangte, standen Sophie, Max und Pirlo mit dem Rücken zur Wand. Woher das, was jetzt am dringendsten nötig war – nämlich Ablenkung und Eskalation –, letztlich kam, war daher eigentlich egal. Willst du, dass die Leute den Wasserschaden in der Küche vergessen, zünde das Wohnzimmer an. Ob das, was den Fokus von Ernst Mahler weglenkte, aus der Richtung der neuen Justizministerin kam, aus der ihres Vorgängers oder von irgendjemandem sonst, war völlig gleichgültig. Alles, was die Aufmerksamkeit weg von Sophies Vater führte, war gut. Punkt.

Sie brauchten eine echte Alternativerzählung. Ein Narrativ. Eine These, die ein kleines bisschen weniger scheiße war als die Realität. Und warum nicht diese: *Müller & Mahler* hatten mit kritischen Steuermodellen zu tun gehabt. Jetzt gab es Untersuchungen dazu. Menschen starben. Politiker gaben Erklärungen ab. Irgendetwas *musste* das einfach verbinden. Irgendetwas, das Max, Sophie und Pirlo immer noch nicht sahen – das sie aber dringend sehen *mussten*. Die einzige Erklärung für die Morde an den *Müller & Mahler*-Anwälten war ansonsten diejenige, für die sich die Staatsanwaltschaft entschieden hatte: dass Ernst Mahler der Mörder war. Das war allerdings nicht richtig. Es *konnte* nicht richtig sein. Es *durfte* nicht richtig sein.

Pirlo trank den Kaffee aus, straffte die Schultern und strich seine vom Wind durcheinandergewirbelten Haare aus der Stirn. Alles in allem fand er seine Formkurve schon wieder recht stabil. Anscheinend zeigte der Anfängerkaffee allmählich seine Wirkung. Nach dem vorabendbedingt schweren Kopf dieses Morgens fühlte sich Pirlo jedenfalls pünktlich zur Rückkehr an den Ort seines Absturzes erfreulich wiederhergestellt. Wäre das schon vorher so gewesen, hätte er möglicherweise daran gedacht, sich anzumelden. Und vorzubereiten. Da es dafür jetzt aber ohnehin zu spät und er vor allem schon da war, beschloss er, nicht weiter darüber nachzudenken, sondern einfach zu klingeln.

»Guten Tag, was führt Sie hierher?«, fragte Helena Mahler. Sie klang überrascht. Pirlo *war* es. Eventuell hätte er doch über seinen Auftritt hier nachdenken sollen. Zumindest darüber, dass statt Sophie auch ihre Mutter die Haustür öffnen könnte. Zumal *sie* es war, die er eigentlich sprechen wollte.

»Christian Schwerdtfeger ist tot«, war das Erste, das ihm einfiel.

»Wer?«

Pirlo legte die Hände zusammen. »Schwerdtfeger. Ein Journalist.« Dann hatte er sich gesammelt. »Eigentlich tut das hier nichts zur Sache.«

»Und warum erzählen Sie es mir dann?«

»Weil es stimmt«, antwortete Sophie aus dem Hintergrund. »Auch, wenn es uns hier tatsächlich nicht weiterhilft.«

Als sie sich der Tür näherte, warf sie Pirlo einen mahnenden Blick zu. Helena Mahler war anscheinend in einem relativ stabilen

Zustand. Es war daher wichtig, die Lage nicht durch überflüssige Informationen zu überfrachten.

Pirlo flüchtete sich in ein Lächeln. »Wollen wir nicht einfach reingehen?«

Die Mundwinkelanspannung hatte sich auch noch gehalten, als Sophie ein paar Minuten später eine Kanne Kaffee auf den Wohnzimmertisch stellte. Pirlo schenkte sich ein. Trank. Lächelte.

Irgendwann hatte Sophie davon erkennbar genug. »Weiß Max, dass du hier bist? Habt ihr das abgesprochen?«

»Wir sind in Austausch«, brummte Pirlo. Dann besann er sich auf das, was ihn hergebracht hatte. »Frau Mahler, ich weiß nicht, ob wir den besten Start miteinander hatten.«

Sophies Mutter neigte freundlich den Kopf. Eine weitere Reaktion war ihr nicht zu entlocken. Falls sie sich an Pirlos bisheriges Auftreten oder an den Menschen als solchen *überhaupt* erinnerte, ließ sie das jedenfalls nicht erkennen.

Pirlo fuhr einfach fort. »Ich bin Sophies Strafverteidigerkollege. Ihr Mann hat mich gebeten, ihm zu helfen. Was mich zu Ihnen bringt, ist das Anliegen, ihn aus dem Gefängnis zu holen.« Kurz versuchte er, sich zu versichern, dass sie diese Formulierung nicht zu sehr traf. Helena Mahler blieb ruhig. Pirlo schien sie tatsächlich in einem guten Moment erwischt zu haben. Sie zeigte bis hierhin genau jene Besonnenheit und aufmerksame Distanz, die er an ihrer Tochter so sehr schätzte.

»Die Staatsanwaltschaft wirft Ihrem Mann vor, dass er sich seiner beiden Geschäftspartner entledigt haben soll. Sie geht davon aus, dass er die Sorge hatte, sie könnten in einem TaxEx-Untersuchungsausschuss Angaben machen, die für *Müller & Mahler* oder sogar für ihn selbst gefährlich sein könnten.« Pirlo legte seine Stirn in Falten. »Um es gleich klarzustellen: Wir, also mein ebenfalls von Ihrem Mann engagierter Ermittlerkollege Max Bischoff und ich, gehen davon aus, dass das alles Unsinn ist.« Sein Blick fiel auf Sophie, die ihn wortlos ansah. »Und Ihre Tochter natürlich auch.« Pirlo räusperte sich. »Wir alle stehen jedenfalls fest zu Ihrem Mann.«

»Natürlich tun Sie das«, antwortete Helena Mahler ruhig. »Das, was Sie sagen, ist ja auch vollkommen abwegig.« Sie lächelte Pirlo freundlich an. »Was ich meine, ist: Mein Mann hatte weder ein Interesse daran, sich vor, hinter oder neben seine Kollegen zu stellen, noch hatte er das, was jetzt in den Medien rauf- und runterdekliniert wird, in irgendeiner Form zu verantworten. Ernst ist schon lange nicht mehr als Anwalt aktiv. Er hatte von nichts eine Ahnung.«

Pirlo sah, wie Sophie der Mund aufklappte. Helena Mahler schien die Unruhe ihrer Tochter ebenfalls zu bemerken. Langsam drehte sie sich um und nickte Sophie zu. »Ich habe das schon lange verstanden, mein kleiner Engel.« Sie hob die linke Hand zum Augenwinkel, dann hatte sich Helena Mahler auch schon wieder im Griff. »Ich weiß, warum mein Mann dieses Opfer gebracht hat, Herr Dr. Pirlo, und glauben Sie mir, es ist mir nicht leichtgefallen, das zu akzeptieren.« Dann klatschte sie in die Hände. »Jedenfalls war Ernst nicht in all diese Steuervorgänge einbezogen. Er hat damit so viel zu tun wie mit den Morden selbst, nämlich nichts. Wenn Sie mich fragen, haben wir aber nicht nur zu hoffen, dass das die Polizei versteht, sondern vor allem auch, dass das der Mörder begreift.«

Einen Augenblick sagte niemand etwas. Die plötzliche Stille erdrückte Pirlo dabei mindestens so sehr wie die Erkenntnis, dass Helena Mahler recht hatte. Wenn ihr Mann *nicht* der Täter war, stand er bei diesem womöglich als Nächstes auf der Liste. Womit der Druck sogar noch zugenommen hatte. Es hatte noch nicht einmal etwas passieren müssen. Eine besonnene Bewertung der Lage reichte dafür schon völlig aus.

»Vielleicht können wir das ja als Argument bringen«, überlegte

Pirlo daher laut. »Eventuell bekommen wir den Haftbefehl aus der Welt, wenn wir darlegen, dass Ihr Mann gar nichts mehr mit der Kanzlei zu tun hatte. Deshalb bin ich hier: Mein Plan ist, Sie dazu als Zeugin zu benennen.«

»Auf gar keinen Fall!« Helena Mahlers Antwort kam überraschend schnell. Ihre blauen Augen funkelten Pirlo auf eine klare Art an, die er sonst nur von einem einzigen anderen Menschen kannte. Jetzt sprach allerdings die Mutter. »Zum einen waren die beiden, die jetzt nicht mehr unter uns sind, die Einzigen, die, außer uns in diesem Raum, über den Rückzug von Ernst aus dem operativen Geschäft wirklich Bescheid wussten. Zum anderen würde das Unternehmen massiven Schaden nehmen. Die Kanzlei steht aber über allem.«

Diese Ansage klang so rigoros, so absolut, dass es Pirlo vorkam, als sei sie in diesen Räumen nicht nur schon oft ausgesprochen worden, sondern als gehe es um nicht weniger als eine Art familiären Glaubenssatz.

Tatsächlich schien für Helena Mahler damit auch genug gesagt. »Entschuldigen Sie mich bitte kurz«, murmelte sie, strich ihr Kleid glatt und schwebte durch eine Seitentür aus dem Raum. Pirlo blieb mit Sophie zurück. Keiner sprach. Wann war das alles eigentlich so furchtbar kompliziert geworden? Es dauerte einen Moment, bis Pirlo auffiel, dass Helena Mahler nicht zurückkam.

»Magst du vielleicht mal nach deiner Mutter sehen?«, fragte er daher vorsichtig.

Sophie hob müde den Blick. »Was glaubst du denn, was ich dann finde?«

Ein Klirren aus der Küche erübrigte alle Antworten. Helena Mahler kippte Eiswürfel in ein Glas. Pirlo verstand, dass dieses Gespräch zu Ende war. Und dass sie schnell eine Idee brauchten. Vor allem eine andere als diese hier.

25

MAX

Nachdem er Pirlo im Anschluss an Jebsens Veranstaltung in drei schnellen WhatsApp-Nachrichten seine Eindrücke dazu mitgeteilt hatte, dachte Max auf dem Weg nach Hause darüber nach, ob er Böhmer anrufen und ihn auf die merkwürdige Ähnlichkeit zwischen seinen Worten und denen, die er gerade von der Ministerin gehört hatte, ansprechen sollte. Er entschied sich dagegen. Vorerst.

Er musste etwas tun, um den Kopf ein wenig freizukriegen, und hatte auch eine Idee, was das sein würde.

In seiner Wohnung angekommen, ging er auf direktem Weg ins Schlafzimmer und tauschte seine Straßenkleidung gegen Jogginghose und -shirt. Nachdem er an der Garderobe in seine Laufschuhe und eine winddichte Sportjacke geschlüpft war, machte er sich mit dem Auto auf den Weg zu dem Waldparkplatz, auf dem Karl Müllers Leiche in dessen Wagen gefunden worden war.

Er wusste nicht, was er sich davon erhoffte dorthinzufahren, aber wenn er seine dringend fällige Joggingrunde an diese Stelle verlegte, konnte er das Nützliche mit dem Angenehmen verbinden. Vielleicht entdeckte er ja tatsächlich etwas, das ihnen weiterhalf.

Max stellte sein Auto am Rand des Parkplatzes ab, direkt vor einem schmalen Weg, der in den Wald hineinführte, nach etwa zwanzig Metern nach rechts abbog und nicht mehr einsehbar war.

Er stieg aus und zog den Reißverschluss der Jacke bis zum Kinn hoch. Wind strich über den Platz, nicht stark, aber unangenehm kalt. Nachdem er seine schwarzen Sporthandschuhe übergestreift hatte, sah er sich um. Außer seinem war hier nur noch ein weiteres Fahrzeug abgestellt, ein älteres Modell, dessen Scheiben von innen beschlagen waren, was darauf hindeutete, dass der Wagen schon länger dort stand.

Ansonsten war der Platz leer. Und matschig, wie Max feststellte, während er auf die Stelle zuging, an der Müllers Mercedes mit laufendem Motor gestanden haben musste, als seine Leiche von Spaziergängern entdeckt worden war.

Max suchte den gesamten Bereich ab, machte ein paar Schritte auf den Rand des Platzes zu und betrachtete den Boden um die angrenzenden Bäume und Sträucher herum. Die Wahrscheinlichkeit, dass er nach der ganzen Zeit noch brauchbare Spuren entdecken würde, ging gegen null, aber einen Versuch war es allemal wert.

Nach wenigen Minuten sah er ein, dass es sinnlos war, ging zu seinem Wagen zurück und lehnte sich gegen die Fahrertür. Die Arme vor der Brust verschränkt, betrachtete er die Fundstelle von Müllers Wagen und überlegte, wie der Täter wohl vorgegangen war.

Nach der Spurenlage hatte Karl Müller nicht versucht, aus seinem Fahrzeug herauszukommen, als die Abgase über einen Schlauch ins Innere geleitet worden waren. Wenn es einen Mörder gab, hatte der ihn also auf irgendeine Art außer Gefecht gesetzt.

Wie Max aus dem in der Ermittlungsakte enthaltenen Autopsiebericht wusste, waren weder Rückstände von irgendwelchen

Medikamenten in Müllers Blut gefunden worden, noch Einstich-stellen oder Verletzungen, die darauf hingewiesen hätten, dass er mit Gewalt an der Flucht gehindert worden wäre. Eine mögliche Erklärung für seine unterbliebene Gegenwehr konnte sein, dass der Täter Müller bereits bis zur Bewusstlosigkeit Kohlenmonoxid zugeführt hatte, bevor er ihn ins Auto setzte. Zudem gab es mitt-lerweile auch etliche Mittel wie starke K.-o.-Tropfen, die oral ver-abreicht wurden und schon nach wenigen Stunden im Blut nicht mehr nachgewiesen werden konnten.

Aber viel interessanter als das fand Max, wie der Täter sich ver-halten hatte, nachdem er den Anwalt in dem Auto mit laufendem Motor platziert hatte.

War er in der Nähe geblieben und hatte darauf gewartet, ob und wann der angebliche Selbstmord entdeckt werden würde? Wie Max immer wieder seinen Studierenden an der Hochschule einbläute, war die Wahrscheinlichkeit dafür recht hoch, wenn der Mörder keine oder wenig Erfahrung mit dem Töten von Men-schen hatte, ging andererseits aber gegen null, wenn es sich um einen Profi handelte.

Max stieß sich von seinem Fahrzeug ab und ging auf den schma-len Weg zu. Er würde ein Stück weit joggen und dabei erst die direkte und anschließend die weitere Umgebung des Parkplatzes erkunden. Die kalte, klare Luft würde ihm guttun und ihm den Kopf frei pusten.

Er fiel in einen lockeren Trab und folgte dem Pfad, der noch schlammiger war als der Parkplatz. Dabei betrachtete er nicht nur den Weg vor sich, sondern auch den Bereich zu beiden Seiten.

Er war noch keine fünf Minuten unterwegs, als er das vage Ge-fühl hatte, nicht allein zu sein. Er hatte zwar niemanden gesehen, glaubte aber, im Augenwinkel schräg neben sich eine Bewegung bemerkt und im nächsten Moment auch knackende Geräusche ge-hört zu haben. Max blieb stehen und sah sich um. Dabei hielt er für einen Moment den Atem an, um intensiver lauschen zu können. Fünf Sekunden vergingen, zehn ... nichts.

Vielleicht hatte er sich getäuscht, oder er hatte ein Tier aufgeschreckt, das vor ihm tiefer in den Wald geflüchtet war.

Max lief wieder los und gelangte nach etwa zweihundert Metern an eine Gabelung. Der Weg auf der rechten Seite war kurz und mündete in einen baumlosen Bereich, weswegen Max sich für ihn entschied. Die vermeintliche Lichtung stellte sich als weiterer Parkplatz heraus. Er war etwas kleiner als der andere und offensichtlich nur über eine längere Zufahrt erreichbar, die auch nicht viel mehr war als ein etwas breiterer, schlammiger Pfad. Hier hätte der Täter sein eigenes Fahrzeug abstellen können, so dass es nicht am Fundort des Toten gesehen werden konnte. Vielleicht war damit geklärt, auf welchem Weg der Mörder nach der Tat verschwunden war.

Erneut sah Max sich um, weil er immer noch das Gefühl hatte, nicht allein zu sein. Dieses Mal hatte er weder etwas gesehen, noch Geräusche gehört. Er hatte nur das intensive Gefühl, dass ein Augenpaar auf ihn gerichtet war.

Nachdem er den Boden des Platzes eine Weile abgesucht hatte, machte Max sich auf den Rückweg. Sein Verstand hatte ganz selbstverständlich wieder mit dem Versuch begonnen zu rekapitulieren, was an Müllers Todesmorgen geschehen war. Was in dem Täter vor sich gegangen war.

Ich habe den Parkplatz nicht zufällig ausgewählt. Es gibt einige Parameter, die für mein Vorhaben eines aufsehenerregenden Selbstmordes günstig sind. Der Platz ist beliebt bei Wanderern und Joggern. Das bedeutet, die Wahrscheinlichkeit, dass mein Opfer dort schnell gefunden wird, ist recht hoch. Zudem gibt es durch die vielen Besucher alle möglichen Spuren, was es für die Ermittler schwierig bis unmöglich macht, etwas zu finden, das sie eindeutig der Tat zuordnen können.

Das erhöht allerdings auch das Risiko, dass jemand mich dabei beobachtet, wie ich Müllers Wagen mit laufendem Motor zurücklasse und verschwinde.

Deshalb habe ich mir für mein Vorhaben eine Zeit ausgesucht, in der sich in der Regel kaum mehr jemand auf dem Parkplatz aufhält: abends, wenn es dunkel wird, oder früh am Morgen.

Max erinnerte sich, dass in Müllers Kalender für 19 Uhr ein Treffen mit »Sigmund« stand. Die Leiche war um 21 Uhr von zwei Rentnern entdeckt worden. Zeitlich passte beides zu seiner These.

Kurz, bevor er sein Auto wieder erreicht hatte, bog Max in einen schmaleren Weg ab, der ein Stück weit parallel zum Parkplatz verlief und dann in die entgegengesetzte Richtung führte.

Ich habe Müller zum Sterben in seinem Auto zurückgelassen. Die Wahrscheinlichkeit, dass er entdeckt wird, bevor er seinen letzten, röchelnden Atemzug tut, ist recht gering, aber nicht aus der Welt. Selbst wenn die Chance dafür eins zu hunderttausend steht, muss ich damit rechnen, dass jemand ihn noch lebend vorfindet, was wiederum bedeuten würde, Müller könnte erzählen, wer ihm bei seinem *Selbstmord unaufgefordert auf die Sprünge geholfen hat.*

Dass ich mich trotzdem für diesen alles andere als versteckt liegenden Parkplatz entschieden habe, kann also nur zwei Dinge bedeuten: Müller war schon tot, als ich ihn zurückgelassen habe, oder er hat mein Gesicht noch nie zuvor gesehen.

Max blieb erneut stehen und drehte sich abrupt um. Dieses Mal war er sicher, dass sich jemand in seiner Nähe aufhielt. Der Schatten, der in diesem Moment etwa dreißig Meter von ihm entfernt hinter einem Baum verschwand, gehörte auch nicht zu einem Tier, sondern eindeutig zu einem Menschen.

»Hey!«, rief er. »Kommen Sie da raus, ich habe Sie gesehen!«

Max wartete ein paar Sekunden, doch es tat sich nichts. Er schaute sich kurz um und bückte sich nach einem armlangen Ast, der dick und damit stabil genug war, dass er ihn als Knüppel verwenden konnte. Dann ging er langsam auf das Versteck zu.

Er war bis auf etwa zwanzig Meter herangekommen, als vor ihm hektische Bewegung entstand. Eine Gestalt löste sich hinter dem Baum und rannte geduckt vor Max davon. Die dunkelgrüne Regenjacke mit Kapuze hüllte den Körper vollständig ein und ließ keine Konturen erkennen.

»Stopp!«, rief Max, doch die Gestalt machte keine Anstalten, das Tempo zu verringern. Max spurtete hinterher, der Abstand betrug vielleicht dreißig Meter. Es ging zwischen Bäumen hindurch und über am Boden liegendes Totholz. Der Flüchtende drehte sich kein einziges Mal um, sondern konzentrierte sich offenbar auf den Weg vor sich und darauf, nicht ins Straucheln zu geraten.

Max war ein geübter Läufer, und wie es aussah, kam er auch langsam näher, doch plötzlich schlug die Gestalt einen Haken und war gleich darauf verschwunden. Max lief bis zu der Stelle und sah sich dann schnell um. Er stand an einer kleinen Kreuzung, an der der Weg in drei verschiedene Richtung führte. Zwei davon teilten sich nach wenigen Metern noch mal.

Einen der beiden hatte der Kerl – Max nahm anhand der Größe und der kraftvollen Laufbewegungen an, dass es sich um einen Mann gehandelt hatte – mit Sicherheit genommen. Aber welchen?

»Scheiße!«, stieß Max aus und entschied sich für die linke Abzweigung. Offenbar war das die falsche Entscheidung, wie er sich nach zwei Minuten eingestehen musste, da nichts mehr von der Gestalt zu entdecken war.

Schließlich gab er auf und machte sich frustriert auf den Rückweg, wobei er sich immer wieder nach allen Seiten umsah. Seine Laune war im Keller. Vielleicht hatte er sich gerade die erste echte Chance durch die Lappen gehen lassen, mehr über die Mordfälle zu erfahren. Oder sogar über alles.

An seinem Wagen angekommen, nahm Max sein Smartphone zur Hand und wählte Pirlos Nummer.

»Ja?«, meldete sich der Anwalt knapp, wofür Max ihm dankbar war. Wenn Pirlo ihn in diesem Moment wieder *Indiana Jones* genannt hätte, wäre das Telefonat unschön verlaufen.

Max erzählte Pirlo von seinem Erlebnis, woraufhin der sagte: »Warum bist du nicht einfach schneller gelaufen? Ich dachte, du bist so eine Sportskanone.«

»Wer auch immer das war« – Max ignorierte die überflüssige Stichelei –, »der Vorfall zeigt mir auf jeden Fall eines: Offenbar wird da jemand nervös.«

»Das könnte auch einfach nur ein Spanner gewesen sein.«

»Der mich beim Joggen beobachtet und verfolgt? Einen Mann?«

»Es gibt nichts, was es nicht gibt ...«

»Nun rede keinen Blödsinn, Pirlo. Ich werte das, was ich gerade erlebt habe, als Zeichen zu unseren Gunsten.«

»Ich mag diesen neuen Bischoff-Ansatz. Wenn man es nur genug versucht, kann man sich *alles* schönreden.«

»Nein, nicht alles«, entgegnete Max betont resigniert.

Pirlo war clever genug zu wissen, auf was, oder besser, auf wen Max sich damit bezog. Sie kannten sich schließlich noch nicht wirklich lang. Dafür aber zwischenzeitlich doch gut genug.

26

SOPHIE

Dienstag, 22. 10., 10 Uhr

Obwohl Sophie wusste, was sie erwartete, als sie am Morgen den Besprechungsraum von *Recht.Schaffen* betrat, war sie überrascht, dass das alles *wirklich* stattfand. Zuletzt hatten vermeintliche Selbstverständlichkeiten schließlich nicht allzu viel Bestand gehabt.

An dem breiten Holztisch saß allerdings tatsächlich Pirlo und tippte auf seinem Telefon herum. Sie setzte sich auf den Stuhl an der anderen Tischseite, der bei gemeinsam geführten Telefonaten nun einmal ihr Platz war. Eigentlich war damit alles wie immer. Nach einer Woche, in der Sophies ganzes Leben samt allen Selbstverständlichkeiten aus den Fugen geraten war, konnte sie diesen Rückfall in die vorherige Normalität trotzdem kaum fassen. Wahrscheinlich war es gut, dass sie erst gar keine Gelegenheit hatte, über all das nachzudenken. Nachdem ihre Mutter ihr an diesem Morgen in einem klaren Moment fest versprochen hatte, dass sie sich eine Weile im Griff haben würde, hatte es für Sophie keinen Zweifel gegeben, dass sie die Gelegenheit nutzen musste, um Pirlo zu unterstützen. Der hatte ebenfalls nicht lange gefackelt.

»Bist du sicher, dass deine Mutter allein klarkommt?«, hatte er sie am Telefon gefragt, ehe sie sich in Richtung Kanzlei auf den Weg machte.

»Ja.« Mehr hatte es dazu nach ihrer Meinung nicht zu sagen gegeben.

Er schien das ähnlich gesehen zu haben. »Gut. Dann treffen wir uns um zehn Uhr im Besprechungsraum. Was uns bevorsteht, ist unangenehm genug.«

»Und du meinst, geteiltes Leid ist halbes Leid?«

»Wenn du mich fragst, ist jede Art von Leid beschissen. Wenn mein Plan nicht klappt, werde ich dir im Fall deiner Anwesenheit aber die Verantwortung dafür in die Schuhe schieben können.«

Damit hatte er einfach aufgelegt und Sophie keine Gelegenheit mehr gelassen nachzufragen, ob er seine Ansage ernst gemeint oder einfach versucht hatte, witzig zu sein. Darauf kam es aber auch nicht an. Was zählte, war allein, dass sie jetzt endlich mal wieder hier saß, in ihrer eigenen Kanzlei. Und dass sie versuchten, die Katastrophe der Verhaftung ihres Vaters irgendwie in den Griff zu bekommen. Selbst, wenn dazu ein Schritt anstand, auf den wahrscheinlich sowohl Sophie als auch Pirlo am liebsten verzichtet hätten. Sophie war allerdings bereit, nach *jedem* Strohhalm zu greifen. Pirlo hatte außerdem sowieso schon das Telefon in die Tischmitte gelegt und die Wähltaste gedrückt.

Es hatte erst ein Mal geläutet, als sich am anderen Ende der Leitung eine Stimme meldete, die klang, als habe jemand eine Packung Schrauben verschluckt.

»Staatsanwaltschaft Düsseldorf, Morddezernat.«

»Guten Morgen, Herr Oberstaatsanwalt Grobulla. Ich freue mich, dass ich Sie direkt erreiche.«

»Pirlo!«, entfuhr es dem Mann am anderen Ende rasselnd. »Ich wünschte, die Freude wäre auch auf meiner Seite.« Dann folgte ein kratzendes Geräusch, ganz so, als halte der Staatsanwalt den Hörer von sich. Kurz darauf meldete sich sein Grollen zurück. »Haben Sie tatsächlich den Nerv gehabt, mich hier mit unterdrückter Rufnummer anzurufen?«

»Wären Sie sonst drangegangen?«, fragte Pirlo.

»Natürlich nicht«, brummte Grobulla.

»Dann haben wir ja beide alles richtig gemacht.«

Sophie sah, wie sich Pirlo sogar am Telefon um ein Lächeln bemühte. Leicht schien es ihm allerdings nicht zu fallen. Zumindest nicht heute. Immerhin machte er daraus in der Folge kein Geheimnis.

»Hören Sie, Grobulla, lassen wir unsere üblichen Scharmützel einfach mal beiseite. Mag ja sein, dass ich mich mit der unterdrückten Nummer nicht gerade in Ihr Herz gemogelt habe. Ihre Leitung genügt mir für den Moment aber auch schon.« Er räusperte sich. »Neben mir sitzt meine Kollegin Sophie Mahler und ...«

Weiter kam er nicht. Durch das Telefon drang ein tiefes Seufzen. »So was in der Art hatte ich fast befürchtet«, unterbrach Grobulla ihn. Diesmal fehlte seiner tiefen Stimme jedes Poltern. Stattdessen wirkte sie eher – ja, wie?, überlegte Sophie. Müde? Niedergeschlagen? Vielleicht sogar traurig? Dazu passte jedenfalls das, was Grobulla als Nächstes sagte: »Erlauben Sie mir ein offenes Wort, Frau Rechtsanwältin Mahler, ehe es wahrscheinlich für uns alle nicht zu vermeiden ist, dass Ihr Kollege das Gespräch wieder an sich reißt.« Er schien einen Moment zu zögern, sich dann aber einen Ruck zu geben. »Ich ahne, warum Sie bei mir anrufen. Sollten Sie davon ausgehen, dass ich die Ermittlungen in den Mordsachen Müller und Kühne leite, so ist das richtig. Sollte Sie die Frage beschäftigen, ob mir aufgefallen ist, dass mein mit Ihnen, Frau Mahler, bestens bekannter Kollege Herr Jungk der Verteidigung heimlich Auszüge aus der Ermittlungsakte hat zukommen lassen, kann ich das weder bestätigen, noch verneinen. Falls Sie wissen wollen, ob Sie diese Quelle noch einmal anzapfen können, wäre ich allerdings nicht allzu optimistisch.« Dann pausierte Grobulla kurz, ehe er seine Erklärungen mit einem geradezu weich daherrollenden Grummelton abschloss: »Wenn Sie aber die möglicherweise noch viel dringendere Frage umtreibt, ob aus meiner Sicht etwas dafür spricht, dass der Haftbefehl gegen Ihren Vater bald wieder aufgehoben werden könnte, muss ich das leider klar zurückweisen.«

Erst jetzt fiel Sophie auf, dass sie während der gesamten Ansage des Oberstaatsanwalts den Atem angehalten hatte. Nun, da er sie zu Ende gebracht hatte, fühlte es sich an, als habe sich unmittelbar vor ihr ein schwarzes Loch geöffnet, an dessen Rand sie orientierungslos balancierte. Es war ausgerechnet Grobulla, der sie noch mehr ins Taumeln brachte: »Selbst, wenn ich wollte, könnte ich nichts für Sie tun.« Dann kam der endgültige Stoß ins Nichts. »Es tut mir leid.«

Kurz hatte Sophie sich noch im Griff. Dann spürte sie, wie ihr mühsam zusammengezimmerter innerer Staudamm nicht mehr nur knirschte, sondern brach. Die Flut aus Überforderung, Angst und Schmerz erschütterte sie so heftig, dass sie noch nicht einmal mehr die Kraft hatte zu überlegen, ob sie sich vor Pirlo für ihre Tränen schämte. All das, was sich in dieser langen Woche voller Rückschläge angesammelt hatte, fand jetzt seinen unaufhaltsamen Weg. Und wie auch nicht? Was um sie herum passierte, war schließlich nicht nur ganz allgemein zu viel. Es zerstörte auch all das, woran Sophie immer geglaubt hatte. Die Unantastbarkeit von *Müller & Mahler*. Die Unangreifbarkeit ihres Vaters. Die Verlässlichkeit eines Systems, dessen Regeln sie so verbissen gelernt hatte, dass sie die meisten komplett auswendig kannte. Alles, wovon sie überzeugt gewesen war, schien auf einmal nichts mehr wert zu sein. Und mal ganz ehrlich: Welche Hoffnung blieb ihr denn noch?

Nicht einmal Pirlo schien mehr irgendetwas einzufallen. Nichts Schräges. Nichts Schlaues. Sondern einfach gar nichts.

Sophie rechnete es ihm hoch an, dass er es wenigstens immer

noch versuchte, obwohl das, was von dem Gespräch mit dem Oberstaatsanwalt noch zu ihr durchdrang, nur wenig zuversichtlich stimmte. Im Gegenteil, Pirlo und Grobulla hatten irgendwann in den letzten Minuten offensichtlich damit angefangen, sich gegenseitig anzuschreien. Wirklich neu war das zwar nicht. Die Intensität der Wut auf beiden Seiten überraschte Sophie allerdings doch.

»Sie wissen genau, dass Ernst Mahler kein Mörder ist! Nie im Leben hätte ein so selbstverliebter Spinner sich die Hände schmutzig gemacht!« Das war Pirlo.

»Was Arroganz anbelangt, sind Sie zwar zweifelsohne der Experte!«, giftete Grobulla zurück. »Davon, wann es angezeigt ist, einen Beschuldigten in Untersuchungshaft zu nehmen, haben Sie aber augenscheinlich trotz aller Berufserfahrung immer noch keine Ahnung!«

»Als ob es hier tatsächlich nötig war, einen allseits bekannten Rechtsanwalt hinter Gitter zu bringen!«, brüllte Pirlo. »Ernst Mahler ist in Düsseldorf fest verwurzelt. Seine Tochter lebt hier, vor allem aber auch seine pflegebedürftige Frau!«

Pirlo versetzte Sophies Herz mit diesem Hinweis zwar einen Stich. Andererseits war das hier ganz bestimmt nicht der Ort für falsche Zurückhaltung. Außerdem hatte er einfach recht.

Auch Grobulla schien auf die Schnelle kein vernünftiges Gegenargument einzufallen. Sophie wunderte sich sowieso, dass sich der Oberstaatsanwalt immer noch auf das Rededuell einließ. Kurz streifte sie der Gedanke, dass Grobulla das vielleicht nur machte, weil er sich vor sich selbst rechtfertigen wollte. Es wäre schließlich nicht das erste Mal, dass Pirlo jemanden zur Vernunft brachte, indem er einfach genau das sagte, was der andere dachte.

Es überraschte sie daher nicht, dass er unvermittelt komplett das Tempo rausnahm. Kein Geschrei mehr. Kein Theater.

Stattdessen sprach Pirlo vollkommen ruhig und fast vorsichtig:

»Kommen Sie schon, Grobulla, geben Sie sich einen Ruck, und sei es nur um der alten Zeiten willen! Sie *wissen* doch einfach, dass ich recht habe.«

»Sie haben keine Ahnung, was ich weiß und was nicht.« Auch Grobulla klang jetzt anders. Seine Wut schien sich aufgelöst zu haben. Stattdessen wirkte der Staatsanwalt ermattet. »Es ist, wie es ist, Pirlo. Ob es Ihnen, mir oder sonst jemandem gefällt oder nicht, Ernst Mahler bleibt jedenfalls so lange im Gefängnis, bis es eine andere Spur gibt. *Wir* haben jedenfalls keine. Von *Ihnen* habe ich dazu auch noch nichts Sinnvolles gehört. An der Untersuchungshaft Ihres Mandanten ist daher nicht zu rütteln. Und das ist alles, was ich dazu zu sagen habe.«

»Ich habe Sie immer für einen Mann gehalten, der zu seiner Überzeugung steht«, setzte Pirlo nach. »Jetzt wirkt das allerdings anders.« Sophie sah, wie er nach den richtigen Worten suchte. »Gibt es etwas, was wir wissen sollten, Herr Grobulla? Irgendwas, was wir gerade einfach nicht sehen?«

Diesmal blieb es so lange still, dass Sophie schon davon ausging, Grobulla habe einfach aufgelegt. Dann schob sich aber doch noch einmal sein langsames Grollen in den Raum. »Ich habe noch nie einen solchen Fall erlebt, Pirlo. Das hier ist größer als das, was Sie sonst so gewohnt sind.« Er schien zu ahnen, dass Pirlo widersprechen wollte. »Das gilt im Übrigen auch für mich. Womöglich ist Ernst Mahler nur deswegen in Haft. Ganz sicher bleibt er deshalb jedenfalls auch dort.«

Es knackte in der Leitung. Diesmal war das Telefonat tatsächlich beendet.

Sophie merkte, wie Pirlo ihren Blick suchte. »Was hältst du davon?«

»Keine Ahnung«, antwortete sie. »Wenn ich es nicht besser wüsste, würde ich annehmen, dass Grobulla sich darüber beklagt hat, von jemand anderem gesteuert zu werden.« Sie schüttelte den Kopf. »Ich ahne, in welche Richtung du denkst, Toni. Mir fehlt aber die Vorstellungskraft dafür, dass sich die Politik tatsächlich in die Geschäfte von *Müller & Mahler* einmischen könnte.«

Pirlo strich sich nachdenklich über den Bart. »Bis vor einer Woche hätte dir auch die Phantasie dafür gefehlt, dass dein Vater mal im Knast sitzen könnte.« Er hob die Hände. »Ich weiß, dass das hart klingt. Aber genau so ist es nun mal.«

Sophie wusste nicht, was sie dazu sagen sollte. Sie wusste noch nicht einmal, ob sie darauf überhaupt eingehen *wollte*. Ehe sie sich darüber klarwerden konnte, klingelte das immer noch in der Tischmitte liegende Telefon.

»Schau an. Womöglich hat sich Grobulla von meinem grandiosen Vortrag doch erweichen lassen.«

Sophie sah, wie Pirlo sich zu einem Augenzwinkern in ihre Richtung durchrang. Wahrscheinlich hätte er auch noch ein schiefes Grinsen hinzufügen wollen. Dazu kam er allerdings nicht mehr.

Max war dran. Seine Stimme klang grau. »Pirlo?«

»Ja?«

»Gut, dass ich dich erreiche.«

Auch Pirlo schien die seltsame Tonlage aufgefallen zu sein. Er setzte sich auf und begann, nervös an seinen Haaren zu drehen. »Was ist los, Max?«

Am anderen Ende rauschte es kurz. »Wir sollten uns, so schnell es geht, zusammensetzen.«

»Warum?«

»Ich fürchte, gerade braucht es einen guten Strafverteidiger.«

»Das ist ja mal wieder typisch«, trotzte Pirlo, »du hast keine Ahnung, wie ich mir hier die ganze Zeit den Hintern aufreiße, und maßt dir trotzdem solche Ansagen an!«

»Ich glaube, du verstehst mich nicht«, unterbrach Max ihn. »Mir geht es nicht darum, was du für Ernst Mahler unternimmst.«

»Sondern?«

»Es geht um mich.«

Pirlo stutzte. »Wie meinst du das?«

Max seufzte. »Ich brauche *selbst* einen Verteidiger, Pirlo. Und zwar dringend.«

27

MAX

»Was hast du angestellt?« Pirlos Stimme klang ruhig, fast besorgt. »Ich habe gerade einen Anruf vom Präsidium erhalten. Die liebe Frau Kriminalrätin Eslem Keskin hat mich offiziell dorthinbeordert.«

»Warum?«

»Keine Ahnung, das hat man mir nicht gesagt. Vielleicht hat sie einen Weg gefunden, mir wegen meiner Tätigkeit für die Kanzlei ans Bein zu pinkeln.«

»Das ist absurd«, sagte Sophie.

»Hallo, Sophie. Ist alles okay mit deiner Mutter?«

»Was man so okay nennt. Aber danke, dass du fragst.«

»Gut. Um auf deine Bemerkung einzugehen: Ja, das ist absurd, aber daran hat sich diese Frau noch nie gestört. Sie hat letztendlich meinetwegen ihren Job als Leiterin des KK 11 aufgegeben. Ich denke, sie sucht einen Weg, mir das heimzuzahlen.«

»Was bedeutet das, deinetwegen?«, wollte Pirlo wissen.

»Das ist eine lange Geschichte, für die wir jetzt wirklich keine Zeit haben. Also, wie sieht es aus? Begleitest du mich?«

»Wann sollst du da antanzen?«

»Um zwölf. Das ist in etwas mehr als einer Stunde.«

»Bist du zu Hause?«

»Ja.«

243

»Ich hole dich ab.«

Damit war das Gespräch beendet.

Max legte das Telefon auf dem Tisch ab und schloss die Augen. Plötzlich war sein letzter Fall wieder präsent. Dominique Klauber, die ein Abbild von Max' großer Liebe Jennifer gewesen war. Sie hatte bei der Beerdigung seines Förderers Professor Bormann plötzlich vor ihm gestanden und seine Welt von einer Sekunde auf die andere ins Trudeln gebracht, bis sie schließlich … Aber das hatte hier keinen Platz. Jetzt ging es um Eslem Keskin, die damals dadurch, dass sie Max wichtige Informationen bewusst vorenthalten hatte, eine Mitschuld daran trug, dass er fast ums Leben gekommen wäre. Und die daraufhin aus Angst, Max könne ihr Verhalten öffentlich machen, von sich aus ihre Versetzung zum Jahresende beantragt hatte.

Max hatte schließlich darauf verzichtet, eine Dienstaufsichtsbeschwerde gegen Keskin einzureichen. Auch, wenn sie es sicher verdient gehabt hätte, für ihr Verhalten zur Rechenschaft gezogen zu werden, wollte Max ihr und auch sich selbst das langwierige Verfahren ersparen. Zumal sie ihm bald keine Steine mehr in den Weg legen konnte.

Dennoch würde sie ihm wahrscheinlich nie verzeihen, dass er – aus ihrer speziellen Sicht der Dinge – die Schuld daran trug, dass sie bald keine Führungsposition mehr innehatte.

Und nun beorderte sie ihn offiziell ins Präsidium.

Max war sehr gespannt, wie dieses Gespräch verlaufen würde.

Kurze Zeit später rief Pirlo Max an und teilte ihm mit, dass er gleich da sei.

»Danke, dass du dir die Zeit nimmst«, sagte Max, nachdem sie losgefahren waren, woraufhin Pirlo grinste. »Die Leiterin des Düsseldorfer KK 11 lädt den ehemaligen Topermittler des gleichen Vereins vor, um ihm ans Bein zu pinkeln – das lasse ich mir auf keinen Fall entgehen.«

»Freut mich, dass ich zu deiner Unterhaltung beitragen kann«, brummte Max und betrachtete durch das Seitenfenster die vorbeiziehenden Häuser.

Fünfundzwanzig Minuten später saßen sie vor Keskins Büro und warteten darauf, dass die Frau Polizeirätin sie hereinrief. Um zwei Minuten vor zwölf kam Böhmer um die Ecke und musterte Pirlo, nachdem er Max ein grimmiges »Hallo« zugeworfen hatte.

»Ist unsere Begegnung hier ein Zufall?«, fragte Max.

»Ich bin bei dem Gespräch dabei, das musste dir doch klar sein.«

»Nein, das war es nicht.«

»Und wer sind Sie?«, fragte Böhmer und baute sich vor Pirlo auf.

»Ich bin Dr. Anton Pirlo«, entgegnete Pirlo, erhob sich und streckte Böhmer die Hand entgegen. »Herrn Bischoffs Anwalt.«

Böhmers Braue wanderte ein Stück weit nach oben, als sein Blick sich wieder auf Max richtete. »Du hast einen deiner neuen Freunde mitgebracht?«

Auch Max stand auf, allein schon, um mit Böhmer auf Augenhöhe zu sein. »Nur zur Sicherheit, Horst, ich habe im Moment das Gefühl, dass die Zeiten, in denen ich mich darauf verlassen konnte, Freunde bei meiner ehemaligen Dienststelle zu haben, vielleicht vorbei sind. Eines muss man der Keskin lassen: Bei ihr wusste ich zumindest von Anfang an, wie sie zu mir steht.«

»Lass diesen …«, setzte Böhmer an, wurde aber unterbrochen, als die Tür hinter Max sich mit einem Ruck öffnete. »Frau *Polizeirätin Keskin*«, sagte die Leiterin des KK 11. Offenbar hatte sie dem Gespräch hinter der Tür gelauscht. »So viel Respekt erbitte ich mir.«

Max wandte sich zu ihr um. »Ich denke, die Diskussionen zum Thema Respekt und Wertschätzung lassen wir an dieser Stelle. Ich hätte dazu sonst auch das eine oder andere beizutragen.«

Es konnte nicht schaden, gleich zu Beginn die Grenzen abzustecken. Keskin sollte wissen, dass er nicht bereit war, sich von ihr schikanieren zu lassen, und Max konnte in ihrem Gesicht ablesen, dass sie die Botschaft verstanden hatte.

»Kommen Sie rein«, sagte sie knapp und drehte sich um.

Böhmer ließ sich neben Keskin hinter deren Schreibtisch nieder, während Max und Pirlo auf der anderen Seite auf Besucherstühlen saßen. Die Fronten waren klar.

Keskin beugte sich vor, legte die gefalteten Hände auf die Tischplatte und sah von Max zu Pirlo und wieder zurück. »Herr Bischoff, ich habe Sie hergebeten, weil ich Ihren Stand der Ermittlungen in Sachen Müller und Kühne wissen möchte.«

»Und danach erzählen Sie mir die Erkenntnisse der Polizei?«

»Sie wissen, dass ich das nicht kann. Das sind Polizeiinterna.«

Max ließ sich provozierend zurücksinken. »Und Sie wissen, dass ich ebenfalls nichts sagen kann, denn auch meine Erkenntnisse sind Interna zwischen der Kanzlei und mir als beauftragtem Privatermittler.«

Mit einem Seitenblick sah Max, dass Pirlo ein süffisantes Grinsen aufgelegt hatte. Er schien diese ganze Sache als eine Art Privatshow zu genießen.

»Max, jetzt hör auf mit diesem Blödsinn«, blaffte Böhmer, doch Max ignorierte ihn und richtete den Blick wieder auf Keskin.

»Hatten wir das nicht schon oft genug? Dass die Aufklärung eines Falles unnötig verzögert wurde, weil wir nicht zusammengearbeitet haben?« Er verzichtete bewusst auf die treffendere Formulierung: *weil Sie sich geweigert haben, mit mir zusammenzuarbeiten*, da er noch einen Versuch starten wollte, zu einer vernünftigen Regelung zu kommen, von der letztendlich jede Seite profitierte. Allen voran Sophies Vater. »Ich bin bereit, Ihnen alle Informationen zu geben, die ich habe, aber das ist keine Einbahnstraße. Sie müssen sich auch uns gegenüber offen zeigen.«

Auf Keskins Wangen traten plötzlich rote Flecke. »Ich muss nur dafür sorgen, dass zwei ... nein, mittlerweile *drei* Morde aufgeklärt werden, und fordere Sie deshalb ein letztes Mal auf, keine Informationen zurückzuhalten, weil ich Ihnen sonst ein Verfahren wegen Strafvereitelung anhängen werde, ist Ihnen das klar?«

»Ich will *Ihnen* kurz sagen, was klar ist«, meldete sich Pirlo plötzlich zu Wort. Er klang dabei allerdings keinesfalls verärgert, eher ruhig. »Es gibt ein bestehendes Vertragsverhältnis zwischen meinem Mandanten und der Kanzlei *Müller & Mahler*, mit dem sich Herr Bischoff rechtlich bindend verpflichtet hat, Stillschweigen über den Stand seiner Ermittlungen zu bewahren. Falls Sie weiter versuchen sollten, ihn mit nicht nur absurden, sondern auch gesetzeswidrigen Drohungen dazu zu zwingen, diese bindende Verpflichtung zu brechen, sehe ich mich leider gezwungen, rechtliche Schritte gegen *Sie* einzuleiten.« Und noch ehe Keskin darauf reagieren konnte, fügte er mit leiser und auf faszinierende Art gefährlich klingender Stimme hinzu: »Wir beide wissen, dass es da noch mehr gibt, weswegen man über die Art, wie sie Ihre bald endende Funktion hier ausüben, nachdenken könnte und eigentlich auch sollte. Ist *Ihnen* das klar?«

Keskins Gesicht wurde puterrot, während sie Max einen wütenden Blick zuwarf und Böhmer neben ihr Pirlo wie versteinert anstarrte. Wie es aussah, biss er sich auf die Zähne. Max konnte nur nicht einschätzen, ob sein Ex-Partner sich bemühte, einen Wutanfall zu unterdrücken oder eher ein breites Grinsen.

Ebenso wenig wusste er, ob Pirlo den Grund kannte, warum Keskin ihren Job als Leiterin des KK 11 aufgeben würde, ob ihm Max' Bemerkung darüber genügt hatte oder ob er schlicht bluffte. Er begann zu verstehen, was Sophie an der Zusammenarbeit mit diesem Mann so reizte.

Eine Weile starrten alle sich gegenseitig schweigend an, bis Keskin schließlich eine Entscheidung gefällt zu haben schien.

Sie atmete tief durch und nickte. »Also gut, so kommen wir nicht weiter. Über allem anderen muss unser gemeinsames Interesse stehen, diesen Fall aufzuklären und dafür zu sorgen, dass der Täter dingfest gemacht wird.«

Max beugte sich nach vorn. »Heißt das, Sie sehen endlich ein, dass Ernst Mahler unschuldig ist?«

»Nein, das heißt es nicht«, antwortete Böhmer anstelle seiner Chefin. »Das heißt nur, dass wir trotz des Haftbefehls gegen ihn weiter alle Möglichkeiten in Betracht ziehen, und das solltest du auch tun.«

Max hob beide Hände. »Das mache ich doch die ganze Zeit.«

»Ach ja? Komisch, ich dachte, du behauptest nur steif und fest, Ernst Mahler sei unschuldig.«

»Das kannst du doch nicht miteinander ...«

»Also gut, Herr Bischoff«, grätschte Keskin dazwischen. »Ich bin bereit, Sie darüber zu unterrichten, welche Erkenntnisse wir bisher erlangt haben, aber zuerst möchte ich hören, was Sie herausgefunden haben.«

Max warf Pirlo einen Blick zu, der den Kopf hin und her wiegte.

»Nun?«, hakte Keskin ungeduldig nach.

»Okay. Ich gebe zu, sonderlich viel haben wir noch nicht. Wir wissen, dass Ernst Mahler von Petra Kühne mit einer Whats-App-Nachricht aufgefordert wurde, zu ihr ins Hotel zu kommen. Nur deshalb war er zur Tatzeit dort. Man hat ihn also offensichtlich in eine Falle gelockt.«

»Was sonst noch?«

»Möglicherweise haben wir den wahren Täter aufgeschreckt. Als ich gestern dort laufen war, wo man Müllers Leiche in seinem Auto gefunden hat, wurde ich von jemandem verfolgt.«

»Wie sah er aus?«, wollte Böhmer wissen, woraufhin Max ihn genervt ansah. »Du kannst dir vielleicht vorstellen, dass ich das schon gesagt hätte, wenn ich es wüsste. Ich habe ihn nur von hinten gesehen, als er weggerannt ist. Er hatte eine weite Regenjacke mit Kapuze an.«

Böhmer verdrehte die Augen. »Bist du ihm nicht nachgelaufen?«

»Doch, aber er ist mir entwischt.«

Während Böhmer den Kopf schüttelte, sagte Keskin: »Was wissen Sie noch?«

»Ich denke, im Sinne von *quid pro quo* sind Sie nun erst mal am Zug«, schaltete Pirlo sich ein.

Nachdem Keskin mit Böhmer einen schnellen Blick getauscht hatte, sah sie Max an, den diese kurze Geste schmerzlich berührte. Bisher war es immer so gewesen, dass er mit Böhmer eine untrennbare Gemeinschaft gebildet und notfalls zusammen gegen alle anderen gestanden hatte. Zu sehen, dass sein Ex-Partner sich nun so offensichtlich mit Max' Erzfeindin gegen ihn verbündet hatte, tat weh.

»Wir wissen, dass Ernst Mahler zu der Zeit im Hotel war, zu der man versucht hat, Petra Kühne zu töten. Zudem hatte er ein Motiv, sowohl sie als auch Herrn Müller aus dem Weg zu schaffen: Müllers kurz bevorstehende Aussagen vor dem Untersuchungsausschuss und die Gewissheit, dass auch Frau Kühne bald dort aussagen sollte.«

»Sie wissen, dass das Informationen sind, die mittlerweile jeder kennt«, sagte Max, in dem sich eine Befürchtung breitmachte, die sich gleich darauf bestätigte.

»Und *Sie* wissen, dass uns Ihre Erkenntnisse auch schon lange bekannt sind. Sie sind dran.«

»Nein!«, sagte Max. »So läuft das nicht. Ich sage nichts mehr, bis Sie mich über den *wirklichen* Ermittlungsstand aufgeklärt haben.«

Dass es so gut wie nichts mehr gab, was er an Informationen noch hätte anbieten können, verschwieg er.

»Ist das Ihr letztes Wort?«

»Ja«, antwortete Pirlo, bevor Max es tun konnte.

Keskin hob die Hände und ließ sie mit einem Knall wieder auf die Schreibtischplatte fallen.

»Dann sind wir fertig.«

VI

Ich sitze in einem Sessel, die Arme auf den Lehnen abgelegt, die Lider geschlossen. Lediglich an meinem Atem kann man die Erregung erkennen, die mich ergriffen hat. In kurzen, schnellen Zügen sauge ich die Luft ein und stoße sie gleich wieder aus. Vor meinem inneren Auge lasse ich die Szenen im Wald noch einmal Revue passieren und verspüre erneut diese an sexuelle Lust grenzende Aufregung ...

Als ich aus meinem Büro aufgebrochen bin, um dorthin zurückzukehren, wo ich Müller getötet habe, zu diesem Parkplatz, der so viel mehr ist als nur der Ort meines ersten Mordes, diesem Altar meiner Macht, an dem alles angefangen hat, war ich einfach nur aufgeregt. Ich habe mich auf die Erinnerung an mein Werk gefreut. Auf die Erregung. Die Energie.

Nicht einmal in meinen kühnsten Träumen habe ich auf das zu hoffen gewagt, was dann wirklich geschehen ist. Ich bin Bischoff nah gewesen. So nah, dass ich ihn fast hätte berühren können. Oder umbringen und ihm den Bauch aufschlitzen. Aufbrechen und ausweiden wie ein Jäger das erlegte Wild. Nur mit allergrößter Mühe konnte ich mich zurückhalten. Denn mir war klar, dass ich das musste. Zumindest jetzt noch.

Nur deshalb ist es zu der Flucht gekommen. Dazu, sich Bischoff zu entziehen. Tatsächlich bin aber nicht ich es gewesen, der nicht erwischt wurde. Ich war es, der den anderen verschont hat.

Noch ist Bischoff nicht an der Reihe. Noch habe ich mit ihm anderes vor – zumal es nicht das letzte Mal ist, dass wir uns begegnen. Im Gegenteil!

Ich kann es kaum erwarten.

28

PIRLO

Dass Pirlo am Nachmittag im Audimax saß, war ungewöhnlich. Seit er die Heinrich-Heine-Universität vor knapp zehn Jahren verlassen hatte, war er höchstens mal für einen Kaffee mit einem seiner ehemaligen Dozenten vorbeigekommen. In einen Hörsaal hatte es ihn seitdem aber ganz bestimmt nicht mehr gezogen. Mochte ja sein, dass Werner Arland sich gefreut hätte, wenn Pirlo die akademische Laufbahn verfolgt oder sogar die Nachfolge des *Alten* angetreten hätte. Pirlos Platz war aber ganz klar woanders: draußen, dort, wo die Action stattfand. Wozu sollte dieses ganze Rechtsgestreite denn sonst überhaupt gut sein?

Trotzdem fühlte sich seine Rückkehr an die HHU nicht falsch an. Er kannte hier schließlich jeden Veranstaltungsraum, jeden Schleichweg zwischen den Kollegiengebäuden, jeden Stuhl, der beim Aufstehen nicht knarzte und daher nicht verriet, dass man sich aus einer Vorlesung davonschlich. Pirlos Rückkehr an seine Alma Mater war damit für ihn an sich noch nichts Besonderes. Die Gesellschaft, die er dabeihatte, allerdings schon. Allein, um sich zu vergewissern, dass sie *tatsächlich* da war, schob Pirlo den schwarzen Haarvorhang zur Seite und linste nach rechts. Genau wie beim letzten Kontrollblick vor zwei Minuten saß dort tatsächlich immer noch Ahmid. Sein Bruder bemerkte Pirlos ungläubiges Überprüfungsspähen.

»*Wallah*, was willst du?«

Wie immer war Ahmid dieses unangenehme kleine bisschen zu laut. Zu präsent. Zu sehr … Pirlo überlegte, was die richtige Formulierung war. Als er sie fand, wusste er sofort, dass sie passte. Ahmid war einfach viel zu sehr *er selbst*.

»Entspann dich, Bruder«, murmelte er.

»Ich bin entspannter als du!«, patzte Ahmid zurück.

Aus der Reihe vor ihnen drehten sich ein paar Köpfe, zuckten aber schnell wieder zurück. Offensichtlich wollten die zarten Jura-Seelchen nicht in das hineingezogen werden, was die beiden bärtigen Schwarzköpfe miteinander auszufechten hatten. Pirlo konnte das gut verstehen. Er wollte ja selbst nichts damit zu tun haben.

Eigentlich war Pirlo ganz froh gewesen, als er nach dem hitzig verlaufenen Termin im Polizeipräsidium in der Kanzlei einen Kaffee gekocht, Uni-Veranstaltungen zu TaxEx gegoogelt und direkt eine Vorlesung an diesem Nachmittag gefunden hatte. Der Titel hatte jedenfalls vielversprechend geklungen: »*Quo vadis, TaxEx?* Herausforderungen, Tücken, Lösungen.« Für die »Schicksalsgemeinschaft Ernst Mahler« passte das wie die Faust aufs Auge. Da es ihr an neuen Ideen fehlte und Pirlo entschlossen war, das zeitliche Zusammenfallen der Aufklärung dieser Steuermodelle und der Morde an den Rechtsanwälten Karl Müller und Petra Kühne sowie dem Journalisten Christian Schwerdtfeger im Blick zu behalten, konnte es nicht schaden, so viel darüber zu lernen, wie es eben möglich war. So weit die Theorie. Die Praxis hatte das Ganze um ein Zwischenspiel von Ahmid ergänzt – mit allen unabsehbaren Folgen.

Als Pirlos Bruder gegen halb vier mal wieder in der Kanzlei aufschlug, um nachzusehen, ob zufällig auch Sophie da war, hatte er Pirlo genau in dem Moment erwischt, als dieser auf dem Sprung zur Uni war. Der folgende Dialog fiel so kurz wie fatal aus.

»Wo ist Sophie?«

»Nicht hier.«

»Und wo willst du hin?«

»Weg.«

»Gericht?«

»Uni.«

»Zu diesem alten Professor?«

»Du meinst Arland.«

»Lenk nicht ab. Also: dahin?«

»Nein.«

»Alter, jetzt antworte halt richtig, sonst box ich dich, ich schwör.«

Was ja immer ein gutes Argument war. Pirlo hatte daher auch gewohnt geliefert. »Ich gehe zu einer Vorlesung.«

Nach einem ausgiebigen Bartkratzen ging ein Strahlen über Ahmids Gesicht. »Ich komm mit!«

Pirlo hatte ein Schmunzeln unterdrückt. Auch wenn ihn Ahmids Schwärmerei für Sophie oft genug nervte, war er doch immer wieder überrascht, welche ungeahnten Seiten diese Leidenschaft in seinem Bruder hervorkitzelte. Zu den neuesten Erkenntnissen gehörte, dass es hilfreich sein konnte, wenn man mit der Angebeteten ein Interesse teilte. Wenn das erforderte, sich diese Sache mit dem Rechtsstaat mal von der anderen Seite anzusehen, war Ahmid augenscheinlich sogar dazu bereit.

Kurz darauf, in der Uni, war die Motivation immer noch groß. Die Ungeduld allerdings auch: »Wann geht das hier denn endlich los?«

»Um vier.«

»Es *ist* vier, *Ahbal*!«

»Vier c. t.«, zischte Pirlo. »Cum tempore.«

»Cum was?«

Pirlo seufzte. »Mit einer Viertelstunde akademischer Verzögerung.«

»Also um sechzehn Uhr fünfzehn, oder wie?«

»Richtig.«

Ahmid lachte. »Wie behindert ist das denn? Entweder ich sage vier Uhr, und dann meine ich vier Uhr, oder ich sage was anderes, wenn ich was anderes meine.«

Pirlo fiel auf, dass er gefährlich schnell an seinen Haaren drehte. »Ja, aber eben nicht hier.«

»Natürlich nicht«, feixte Ahmid. »Weil die Eierköpfe nicht nur ihren eigenen Slang haben, sondern auch ihre eigenen Uhrzeiten.« Dann stützte er einen Ellbogen auf der schmalen Tischplatte vor sich ab. »Bestimmt kann mir mein Anwaltsbruder das aber auch so erklären, dass *ich* es verstehe.«

Pirlo rollte mit den Augen. Zu einem großen Teil lag das an Ahmid selbst, zu einem kleinen daran, dass er sich eingestehen musste, auch keine Ahnung zu haben, was eigentlich die richtige Antwort war.

Erfreulicherweise bewahrte ihn der Dozent vor weiteren Debatten. Pirlo kramte einen Collegeblock aus seiner Tasche, riss für Ahmid ein paar Seiten ab und drückte seinem Bruder einen Stift in die Hand. Sie waren schließlich nicht zum Spaß da. Vor allem nicht für den von Ahmid. Ernst Mahler saß wegen einer Geschichte im Knast, zu der Sophie, Max und Pirlo mehr Fragen als Antworten hatten. Das hier war also wichtig.

Pirlo brauchte ungefähr zehn Minuten, bis ihm auffiel, dass er seine eigenen Notizen nicht mehr verstand. Noch einmal so lange dauerte es, ehe er merkte, dass er nur noch zusammenhanglose Begriffsfetzen aufschrieb. Die Schlagwörter wiederholten sich zwar. Kapitalertragsteuer. Dividendenstichtag. Arbitrage. Pirlo verstand aber trotzdem kaum etwas.

Ohne den genauen Zeitpunkt mitbekommen zu haben, war er trotz der engagierten Ausführungen des erstaunlich jungen Dozenten einfach ausgestiegen. Ein Blick nach rechts sprach dafür, dass sein Bruder sich erst gar nicht mit dem Versuch des *Einsteigens* belastet hatte. Ahmid kritzelte wild auf dem Papier herum. Vielleicht malte er etwas. Hauptsache, er störte nicht.

Da von dieser Seite damit vorerst keine Ablenkungen mehr zu erwarten waren und Pirlo sich keine Illusionen darüber machte, hier noch irgendwelche Details zu begreifen, beschloss er, zumindest herauszufinden, was die *wesentlichen* Aussagen der Vorlesung waren. Wie sich zeigte, gelang das einfacher als erwartet. Der Dozent hatte zu TaxEx eine erfreulich klare Meinung: »Einer musste dieses System erst mal erfinden. Ohne die Anwälte wäre es daher auf keinen Fall gegangen. Die Politik hat außerdem ihren Teil dazu beigetragen, dass sich die Geschäfte für alle Seiten prächtig entwickeln konnten. Ohne ihre freundliche Unterstützung wären viele Banken wahrscheinlich erst gar nicht auf die Idee gekommen, die bestehenden Regelungslücken auszunutzen, die sich öffnenden Schlupflöcher wahrzunehmen und ihre hochkritischen Investments zu wagen. Führen Sie sich bitte vor Augen, dass es für die Investoren darum ging, sich Steuern *rückerstatten* zu lassen, die sie nie *bezahlt* hatten. Trotzdem musste das Geld ja irgendwo herkommen. Dass das nur zu Lasten der Steuerzahler geschehen konnte, musste eigentlich allen klar sein. Die Banken hätten die Geschäfte daher eher nicht finanziert, wenn die Politik ihnen nicht versichert hätte, dass sie, selbst dann, wenn alles auffliegt, am Ende unbehelligt bleiben. Mit anderen Worten: Zuerst hat die Politik die Tür aufgestoßen, danach sind die Investoren nur allzu gern hindurchgegangen.«

Pirlo zeichnete drei Kreise, die er mit in beide Richtungen zeigenden Pfeilen verband. Anwälte. Politiker. Banken. Den letzten Kreis umkringelte er besonders kräftig. Ob alles stimmte, konnte Pirlo unmöglich sagen, plausibel klang es allerdings schon. Und passte es nicht auch mit dem zusammen, was Kuhlert und Melzer gegenüber Pirlo und Max erklärt hatten? Pirlo drehte an seinen Haaren. Jede Idee war willkommen. Jeder Impuls. Alles, was ihnen aus dem aktuellen Stillstand heraushalf.

Im Kosmos rund um *Müller & Mahler* kamen Sophie, Max und er nicht voran. Wenn überhaupt, hatten sie bisher Ansatzpunkte dafür gefunden, die Ernst Mahler belasteten –, und das brachte sie ganz bestimmt nicht weiter.

Bei der Politik sah es ähnlich trist aus. Dass die neue Justizministerin Jebsen extrem präsent war und gleichzeitig alles in Sack und Asche redete, was, gemeinsame Partei hin oder her, ihr Vorgänger verantwortet hatte, war wahrscheinlich einfach nur dem Selbstverständnis ihres Berufsbildes geschuldet.

Was dann überhaupt noch übrig blieb, war vielleicht wirklich das hier: verstehen, wer bei TaxEx wie von wem profitiert hatte, und dazu den in die Geschäfte verwickelten Bankern auf die Finger schauen. Wenn es um Wirtschaftsstraftaten ging, galt schließlich für Kriminologen wie Kriminalisten derselbe Grundsatz: Follow the money.

»Was denkst du darüber?«, fragte Pirlo seinen Bruder auf dem Rückweg. Wenn Ahmid schon dabei war, konnte er ihn schließlich auch in seine Gedanken einbeziehen. Außerdem machte es Pirlo nervös, dass er fast die ganze Fahrt über kein Wort von sich gegeben hatte.

»Worüber?«

Pirlo seufzte. »Ich hatte gerade gesagt, dass wir, also Sophie, Max Bischoff und ich, uns, meiner Meinung nach, nicht nur auf die Politik versteifen, sondern auch die TaxEx-Investments der Banken im Blick behalten sollten.«

»Hm«, brummte Ahmid.

Pirlo unterdrückte ein Grinsen. »Ist schon okay, wenn dich das Thema erschlägt. Ich fand die Vorlesung auch an der ein oder anderen Stelle knifflig.« Was ja nicht ganz falsch war. Selbst, wenn es nicht komplett Pirlos Verständnis-Ahnungslosigkeit-Diagramm entsprach.

Ahmid ging darauf nicht ein. Pirlos Grinsen wurde breiter. Einmal mehr war an dieser Stelle der Bart aber nicht nur schön, sondern auch nützlich. Es würde noch eine ganze Weile dauern, bis Ahmid die zuckenden Mundwinkel bemerkte.

»So oder so solltest du dich nicht ärgern, *Akin*«, setzte Pirlo nach. »Für den Einstieg in diesen Jurakram hätte es sicher auch einfachere Veranstaltungen gegeben.«

»Das ist es nicht«, schmollte Ahmid.

»Wegen Sophie brauchst du auch nicht traurig sein«, fuhr Pirlo fort. »Ich berichte ihr einfach davon, dass du dir das heute gegeben hast. Das allein dürfte sie schon beeindrucken.«

»Das sollte selbstverständlich sein, Bruder«, erwiderte Ahmid. »Aber um sie geht es mir hier ausnahmsweise mal gar nicht.«

»Sondern?«

Jetzt kam Leben in Ahmid. Er bockte sich aus dem Beifahrersitz hoch und starrte Pirlo von der Seite an. »Muss ich dir das wirklich erklären?«

Pirlo war von diesem plötzlichen Ausbruch so überrascht, dass ihm nichts Besseres einfiel, als darauf einzugehen. »Möglicherweise.«

Ahmid seufzte. Es musste ein hartes Schicksal sein, jemanden wie Pirlo als Verwandten zu haben. »Also«, hob er an, »wenn man das *wirklich* gut organisiert und die Dividendenarbitrage über die Prime Broker so over the counter eingerichtet hätte, dass die Leverage verteilt worden wäre, ohne gegen die Maßgaben von Berufsträgerbescheinigungen zu verstoßen, wäre doch am Ende wahrscheinlich gar nichts rausgekommen!«

»Was?« Mehr fiel Pirlo nicht ein.

Ahmid schnaubte. »Muss ich jetzt echt das alles wiederholen?«

»Natürlich nicht.«

»Gut.« Einen Moment brodelte Ahmid einfach nur vor sich hin. Dann schleuderte er die nächsten Temperamentsbrocken in den Raum. »Wenn du mich fragst, waren das alles echte Gangster!«

»Und das ärgert dich?«

»Natürlich, Bruder!«

»Warum?«, hakte Pirlo vorsichtig nach. »Nach dem, was ich von deinem Lebensentwurf verstehe, zahlst du doch gar keine Steuern.«

»Darum geht es hier doch gar nicht!«, regte sich Ahmid auf.

»Sondern?«

»Diese Anwälte, Politiker, Banker – die alle haben hier einen riesigen Beschiss durchgezogen!«

»Und?«

Ahmid starrte ihn entgeistert an. »Und *uns* haben sie nicht mitmachen lassen!«

Pirlo ersparte sich einen Kommentar. Aber klar, so konnte man das natürlich auch sehen.

29

MAX

Pirlo rief kurz nach neunzehn Uhr an. »Ich bin's«, meldete er sich in Pirlo-Manier. »Was hältst du nach unseren jüngsten Erfolgen davon, heute Abend mal besonders chic auszugehen?«

»Was?«, fragte Max überrumpelt. »Wie kommst du denn jetzt ...« Der Gedanke, dass es einen Grund dafür geben musste, dass sich Pirlo mit ihm schon wieder ins Nachtleben stürzen wollte, ließ ihn kurz innehalten, bevor er sagte: »Also gut. Wohin soll es gehen?«

»Jemand, der die Düsseldorfer Berge mit Kunstschnee versorgt, hat mir einen Tipp gegeben, wo wir einen seiner Premiumkunden aus dem Finanzsektor treffen können.«

»Und?«

»Möglicherweise bringt uns das ja im TaxEx-Bereich weiter.«

»In Ordnung. Wo wollen wir hin?«

»In einen Club, der diesem Finanzmenschen selbst gehört. Der Laden heißt *Moneyshot.*«

»Im Ernst?«

»Vielleicht soll es witzig sein. Ironisch oder so. Immerhin tummeln sich dort angeblich viele Banker. Möglicherweise passt es daher auch einfach.«

»Du meinst, wenn die Herrschaften in Feierlaune sind, werden sie vielleicht gesprächig?«

»Einen Versuch ist es wert.«

Da war was dran. »Das klingt nicht schlecht. Wann wollen wir los?«

»Am besten nicht zu spät. Am meisten dürfte dort während der After-Work-Zeit los sein. Sagen wir um acht?«

»Okay.«

»Ach, und ... nichts gegen deine Lederjacke, aber wenn wir uns diesmal etwas mehr dem Dresscode anpassen, wäre das wahrscheinlich schon unter vertrauensfördernden Gesichtspunkten hilfreich.«

»Dresscode? Und der wäre?«

»Hast du einen Anzug?«

Max sah Pirlos Grinsen regelrecht vor sich. »Vergiss es.«

»Schon gut. Aber was anderes als die Lederjacke wäre wirklich nicht schlecht. Irgendwas mit ein bisschen Stil. Oder zumindest einem etwas anderen Stil, als dem, den *du* hast. Wir müssen ja nicht gleich wieder innerhalb von zehn Sekunden auffallen.«

»Du möchtest nicht auffallen? Das heißt, du rasierst dir das Gestrüpp in deinem Gesicht ab?«

Eine Weile wartete Max vergebens auf eine Antwort, dann sagte Pirlo: »Ich hole dich ab.«

Um halb neun parkte Pirlo auf einem bereits gut belegten Schotterplatz neben einer alten Fabrikhalle, vor der einige Männer und Frauen im Businessdress herumstanden und rauchten.

Als sie sich näherten, hörten sie schon die Musik und den wummernden Bass.

Den Eingang bildete eine unscheinbare Stahltür, vor der ein ganz und gar nicht unscheinbarer Gorilla im schwarzen Anzug stand. Die Tattoos, die sich aus dem Bund des weißen T-Shirts heraus an seinem muskelbepackten Hals hinaufschlängelten, sollten wohl Drachen darstellen.

Als sie ihn erreicht hatten, musterte er erst Pirlo und ließ den Blick dann über Max' Outfit streichen. Auf einen Mantel hatten beide für die paar Meter verzichtet. Die dunkle Chino-Hose, die Max unter einem grauen Sakko trug, schien genehm. Pirlos silbrig schimmernder Anzug sowieso.

»Guten Abend, *Habibi*«, sagte Pirlo und reichte dem Türsteher die Hand, aus der an der Seite eine zusammengefaltete Banknote herauslugte. »Mit Grüßen von Ahmid.«

Der Blick des Kerls bohrte sich für ein, zwei Atemzüge in Pirlos Augen, dann nahm er den Geldschein mit einem flüchtigen Händedruck an sich und ließ ihn in der Tasche verschwinden, ohne einen Blick darauf zu werfen oder in seiner wie versteinert wirkende Miene auch nur den Ansatz einer Bewegung erkennen zu lassen.

Anschließend trat er zur Seite und öffnete die Stahltür, was dazu führte, dass der Musiklärm aus dem Inneren sie ansprang wie ein wildes Tier.

Soweit Max es vom Eingang aus sehen konnte, bestand das Lokal aus einem großen Raum, der von einer u-förmigen Theke auf der linken Seite dominiert wurde. Es war heiß. Und es war voll. Dicht an dicht drängten sich dunkle Anzüge und schicke Kostüme. Die darin steckenden Leute hielten Gläser in den Händen, unterhielten sich angeregt und lachten hier und da auf. Wobei Max sich fragte, wie man sich bei dieser Lautstärke unterhalten konnte, ohne sich gegenseitig anzuschreien.

Der Raum an sich war dunkel gehalten, hatte aber mit durchdacht eingesetzter, überwiegend indirekter Beleuchtung eine sehr angenehme Atmosphäre. Auf der gegenüberliegenden Seite gab es eine kleine Tanzfläche, auf der die Gäste aber nur herumstanden, quatschten und tranken. Max fiel auf, dass sich dort erstaunlich viele gut aussehende Frauen sammelten.

Auch Pirlo schien das nicht entgangen zu sein. Er beugte sich zu Max hinüber und sagte dicht neben seinem Ohr: »Interessanter Laden!«

Max verdrehte die Augen, dann bahnten sie sich einen Weg zur Theke, wo sie verblüffend schnell bedient wurden. Max wusste nicht, was Pirlo geordert hatte. Er roch an dem zur Hälfte mit einer dunklen Flüssigkeit gefüllten Glas und sah den Anwalt fragend an. »Whiskey-Cola?«

Pirlo verzog das Gesicht. »Negroni. Sieht so aus, als bräuchten wir für den Rückweg ein Taxi. Oder *du* fährst.«

Max stellte sein Glas ab. »Wer ist Ahmid?«

Pirlo winkte ab. »Jemand, den ich kenne.«

Max' Instinkt sagte ihm, dass er nichts Näheres über Ahmid wissen wollte. Zumindest nicht in diesem Augenblick. Zu einer weiteren Frage hätte er auch keine Gelegenheit mehr gehabt, denn Pirlo wandte sich an die Frau neben sich, eine gut aussehende, etwa Dreißigjährige mit langen, schwarzen Haaren. Max konnte nicht hören, was er zu ihr sagte, aber es schien seine Wirkung nicht zu verfehlen, denn sie warf den Kopf zurück und lachte.

Der Anzugträger auf ihrer anderen Seite warf Pirlo einen bösen Blick zu, woraufhin Pirlo ihm zuzwinkerte und sich wieder an seine Nachbarin wandte.

Es vergingen einige Minuten, in denen Pirlo und die Schwarzhaarige sich intensiv unterhielten und die Max dazu nutzte, die Gäste des Clubs näher zu betrachten.

Die meisten von ihnen waren noch recht jung, vielleicht Mitte bis Ende zwanzig. Von Anzügen und Uhren verstand Max nicht allzu viel, weil er sich nie sonderlich dafür interessiert hatte, aber er vermutete, dass sich eine Menge Geld in Form von teuren Stoffen und Schuhen und noch teureren Uhren in diesem Club befand. Doch es war weniger dieses Bewusstsein als das Beobachten des angeberischen Getues dieser Menschen, was ihm nicht zum ersten Mal klarmachte, dass es sich hier um eine ganz eigene Welt handelte, zu der Max nicht nur nicht gehören, sondern mit der er nach Möglichkeit auch keine Berührungspunkte haben wollte. Was sich in diesem speziellen Fall aber nicht vermeiden ließ und weswegen er schließlich Pirlos Beispiel folgte und seinen Nachbarn ansprach, der einer der wenigen Männer in diesem Raum war, die die Vierzig wohl schon überschritten hatten. Er war schlank und trug unter dem dunkelblauen Anzug, anders als die meisten anderen, kein Hemd, sondern einen hellen Rollkragenpullover, was Max schon fast als angenehm empfand.

»Hi, mein Name ist Max«, stellte er sich vor. »Ich bin zum ersten Mal in diesem Laden. Ist hier immer so viel los?«

»Nein«, antwortete der Mann und hob sein Weinglas. »Daniel.«

Er nahm einen Schluck, dann beugte er sich ein wenig nach vorn, damit Max ihn verstehen konnte. »Heute hat Dr. Thomas, der Inhaber, Geburtstag. Er übernimmt von jedem Getränk den halben Preis. Das heißt: Happy Hour den ganzen Abend – und damit auch noch mehr Leute als sonst schon.«

Max beglückwünschte sich, jemanden angesprochen zu haben, der sich nicht nur auszukennen, sondern zudem auch noch recht umgänglich zu sein schien.

»Dr. Thomas? Ein promovierter Clubbesitzer? Das hat man auch nicht allzu oft.«

Daniel nickte lachend. »Im Hauptberuf ist er Vorstand einer Bank. Das hier« – er machte eine umfassende Geste – »ist sein Hobby.« Bevor Daniel weitersprach, stieß er ein zischendes Geräusch aus, das darauf schließen ließ, wie das Folgende gemeint war. »Ein Entspannungsort für gestresste Geldfuzzis.«

»Sind Sie nicht selbst Banker?«, erkundigte sich Max, woraufhin Daniel sein Glas hob. »Ja, aber das macht es nicht unbedingt besser.«

Bevor Max fragen konnte, bei welcher Bank Dr. Thomas die Führungsposition innehatte, wurde er durch einen Tumult hinter sich abgelenkt. Als er sich umwandte, sah er den Begleiter der Schwarzhaarigen am Boden liegen, während drei Männer Pirlo festhielten. Einer hatte ihn im Schwitzkasten, die beiden anderen versuchten mühsam, ihn unter Kontrolle zu bringen.

Max machte zwei Schritte nach vorn. »Was soll das?«, blaffte er den Würger an. »Lassen Sie ihn sofort los!«

»Was willst du denn?«, entgegnete der Kerl. »Gehörst du zu dem Typen hier?«

»Ja, und ich wiederhole mich: Lassen Sie ihn sofort los!«

Mittlerweile waren die anderen Gäste auf sie aufmerksam geworden und bildeten einen schnell dichter werdenden Kreis um die Szene.

»Ich halte das für eine hervorragende Idee«, presste Pirlo in Richtung seiner Angreifer hervor. »Vor allem für euch selbst: Mein Kumpel ist ein alter Polizist und kann mindestens Kung-Fu!«

Du Idiot!, dachte Max, weil Pirlo als Anwalt genau wusste, dass es Amtsanmaßung war, wenn Max das bestätigte. Wobei allerdings auch unklar war, ob die Leute Pirlo überhaupt verstanden hatten. Oder ernst nahmen.

Der Kerl, der Pirlos linken Arm festhielt, ein Bursche von höchstens Mitte zwanzig, sah Max allerdings fragend an: »Stimmt das?«

Du verdammter Idiot!, adressierte Max gedanklich erneut an Pirlo, bevor er sagte: »Das mit der Polizei stimmt, und ich fordere Sie zum letzten Mal auf, diesen Mann sofort ...« Eine Hand hatte sich von hinten unsanft auf Max' Schulter gelegt. Er wandte sich um und sah sich einem drahtigen Kerl gegenüber, der nur halb so schwer wie der Türsteher sein durfte, aber, dessen war Max sich allein aufgrund seiner Ausstrahlung sicher, um einiges gefährlicher. Der Mann sah Max wortlos an, während ein schlanker etwa Fünfzigjähriger mit grau melierten Schläfen hinter ihm hervortrat und sich an die Typen wandte, die Pirlo noch immer festhielten.

»Ich denke, ihr könnt Herrn Pirlo jetzt loslassen.« Und an Max gewandt fügte er hinzu: »Ich wusste nicht, dass Sie wieder zur Polizei zurückgekehrt sind, Herr Bischoff.«

»Wer sind Sie?«, fragte Max, obwohl er sicher war, die Antwort zu kennen. Das ganze Auftreten, die Art, wie der Mann redete ... gewohnt, den Ton anzugeben. »Und woher kennen wir uns?«

»Ich bin Dr. Peter Thomas. Mir gehört dieses Lokal. *Wir* kennen uns nicht, sondern ich kenne *Sie*, Herr Bischoff, und zwar spätestens, seit mir ein Vögelchen gezwitschert hat, dass Sie sich von *Müller & Mahler* haben engagieren lassen.«

Offensichtlich sah man Max seine Verwunderung an, denn grinsend fügte Thomas hinzu: »Ich habe meine Kontakte.«

Dann wurde seine Miene wieder ernst. »Ich gestehe, nicht erfreut zu sein, dass Sie meine friedliche Geburtstagsfeier stören. Ach, das ist übrigens Joe Morell.« Er deutete mit dem Kinn auf den drahtigen Mann neben sich. »Mein Assistent. Er kümmert sich um alle meine Belange und sorgt dafür, dass alles so funktioniert, wie ich es möchte.«

Die drei Kerle hatten Pirlo mittlerweile losgelassen, woraufhin er sich mit einer Hand den Hals massierte, während er mit der anderen seine zerzausten Haare zurückstrich.

»Das mit dem Nicht-Auffallen hat ja hervorragend geklappt«, raunte Max ihm zu.

»Was hätte ich denn machen sollen?«, kam von Pirlo zurück.

»Zum Beispiel nicht mit der Frau eines anderen flirten!«

»Ach, das war alles nur ein Missverständnis«, maulte Pirlo. »Außerdem hat sie angefangen.«

»Du hättest es einfach lassen sollen. Ernsthaft: Warum musste das jetzt sein?«

Pirlo keuchte. »Aus Prinzip. Ich habe mich schon aus weniger guten Gründen in Schwierigkeiten gebracht.«

Die hier offensichtlich auch noch nicht vorbei waren. Hinter Pirlo hatte der Begleiter der Frau den Arm angehoben und schien kurz davor, ihm ein Glas auf den Kopf donnern zu wollen. Dass es dazu nicht kam, lag an Morell, der mit einer erstaunlichen Geschwindigkeit nach vorn schoss und den Typen niederstreckte. Als sich dessen beide Helfer wiederum Morell zuwandten, fiel der Kampf kurz, aber heftig aus. Bis die Polizei eintraf, war alles längst erledigt – und Max insgeheim ziemlich beeindruckt.

»Wie tief willst du eigentlich noch ins Klo greifen?«, fragte Böhmer zwanzig Minuten später, während er Max eindringlich ansah. Zu dessen Verwunderung war Böhmer kurz nach den uniformierten Polizisten in dem Club eingetroffen. Sie standen abseits in einer Ecke neben der Theke.

»Wieso bist du hier?«, fragte Max und beobachtete, wie zwei Beamte Pirlo mitnahmen. »Und was macht ihr jetzt mit der Knalltüte?«

»Ich habe den Anruf mitbekommen und gehört, dass dabei auch dein Name gefallen ist. Deshalb bin ich hier. Um dich vor noch größerem Blödsinn zu bewahren. Und was deinen Freund betrifft – die Kollegen nehmen ihn zu einem Alkohol- und Drogentest mit.«

»Aber warum? Er hat doch unter dem Strich gar nichts getan.«

»Das hat er meinen Kollegen auch schon erzählt.«

»Und?«

»Er hat dabei behauptet, ein Rechtsanwalt zu sein.«

»Ist er doch auch.«

Böhmer lächelte schwach. »Das hat er auch im Polizeipräsidium behauptet.« Daher wehte also der Wind. »Aber wir prüfen das besser mal nach. Genauso wie Alkohol und Drogen.« Ehe Max darauf antworten konnte, fixierte ihn Böhmer mit ernstem Blick. »Also: Was sollte das hier?«

»Wir recherchieren, Horst. Da sich hier gefühlt drei Viertel aller Banker dieser Stadt treffen, ist es doch wohl nachvollziehbar, dass wir versuchen, an dieser Stelle Informationen zu bekommen.«

»Wir haben einen dringend Tatverdächtigen in U-Haft, du kannst dir Auftritte wie diesen also schenken.«

Max sah zur Seite und schüttelte den Kopf. »Wie geht es jetzt weiter? Nimmst du mich auch mit?«

»Nein. Der Inhaber, Dr. Thomas, hat keine Anzeige erstattet. Und zwar gegen niemanden. Du kannst nach Hause gehen.«

Damit wandte Böhmer sich ab und ließ Max stehen.

Etwa zwei Stunden später, Max lag mittlerweile zu Hause im Bett und ließ den Abend noch mal Revue passieren, klingelte sein Handy. Es war Pirlo.

»Dein Kumpel Böhmer hätte mich auch gehen lassen können«, begann er das Gespräch.

»Musste das alles *wirklich* sein?«

»Dass der Typ so eifersüchtig ist und gleich Stress machen würde, konnte ich ja nicht ahnen.« Pirlo schwieg einen Moment. »Okay, doch, ich hab's ein bisschen darauf angelegt.«

»Warum?«

»Ich wollte Joe Morell kennenlernen.«

»Was?«

»Dr. Thomas' Bodyguard, Assistent, Mann fürs Grobe ... nenn es, wie du willst. Ich wollte den Kerl mal in Action erleben, um ihn einschätzen zu können. Den bekommt man normalerweise kaum zu Gesicht.«

»Ich verstehe überhaupt nichts mehr. Woher weißt du eigentlich von ihm? Und warum interessiert er dich?«

»Ich schicke Dir gleich den Link zu einem Artikel aus dem Handelsblatt zu. Die Bank, die Dr. Thomas als Vorstand leitet, ist einer der größten Nutznießer der TaxEx-Geschäfte. Wenn ihr Chef eine Kampfmaschine als Assistenten hat, während nach dem Auffliegen dieser Geschäfte Leute verschwinden, macht mich das neugierig. Dich nicht?«

»Doch. Aber woher, zum Teufel, weißt du von Joe Morell?«

»Von Ahmid.«

Max stöhnte auf. »Und wer ist nun dieser Ahmid?«

Pirlo ließ sich mit der Antwort zwei, drei Atemzüge Zeit, dann wiederholte er: »Jemand, den ich kenne.«

30

SOPHIE

Mittwoch, 23. 10., 9 Uhr

Sophie fühlte sich furchtbar. Alles war auf erschreckende Weise normal – und dann doch wieder nicht. Pirlo befand sich in einer Verhandlung. Irgendwann musste die Kanzlei schließlich auch mal für ihre *eigentlichen* Mandanten da sein.

Am Landgericht ging es um einen Unfall auf einem Rheinkreuzfahrtschiff. Bei dem Ausstieg, der über eine gesicherte Planke von einem Schiff über ein anderes führte, war einem Touristen sein Telefon aus der Hand geglitten, wonach er bei dem Versuch, es noch aufzufangen, direkt hinterhergestürzt war und sich am Schiffsrumpf das Bein gebrochen hatte. Im Raum stand eine fahrlässige Körperverletzung. Pirlo verteidigte den Kapitän, der sich zwar weder in der Nähe des Unglücksgeschehens aufgehalten noch sonst irgendetwas davon mitbekommen hatte, nach Ansicht der Staatsanwaltschaft aber auf dem Schiff nun einmal für alles, ganz gleich, was auch passierte, die Verantwortung trug.

Sophie kannte die Anklage auswendig. Es war schließlich *ihr* Fall. Nachdem sie die Ermittlungsakte das erste Mal gesehen hatte, war sie bis tief in die Nacht in sämtliche Rheinschifffahrtsverordnungen, Wasserfahrzeugregeln und Flussverkehrsmittelsicherheitsregelungen abgetaucht. Am Morgen stand ihre Strategie fest. Sicher, vor Gericht konnte man nie *wissen*, was passierte. Wenn alles seinen erwartbaren Gang ging, würde die Kanzlei diesen Fall allerdings gewinnen. Als Kirsche auf der Torte war das Ergebnis sogar noch gerecht. Nur, dass Pirlo jetzt eben derjenige war, der das alles eintüten würde.

Sophie blieb nichts anderes übrig, als zu Hause auf dem Sofa zu sitzen und darauf zu warten, dass er ihr nach der Hauptverhandlung schrieb, wie es ausgegangen war. Wenn sie ehrlich zu sich war, wusste sie nicht einmal, was sie mehr schmerzte: dass sie das Gefühl hatte, den Mandanten und Pirlo im Stich zu lassen, oder dass Pirlo die ganze Anerkennung für einen Freispruch allein einstrich.

Sie seufzte, versuchte aber, sich mit der Situation zu arrangieren. Es brachte sowieso nichts, damit zu hadern, dass es ihrer Mutter wieder schlechter ging. Konnte ja sein, dass es gestern noch ohne größere Probleme geklappt hatte, den Vormittag in der Kanzlei zu verbringen. Als Sophie gegen fünfzehn Uhr nach Hause gekommen war, hatte ihre Mutter allerdings schon wieder mit einem leichten Warmlauftrinken angefangen, das dann bis fast zum Morgen nicht wieder aufhörte. Erst als die Sonne langsam aufging, hatte Helena Mahlers Selbstzerstörungskurs einen unsanften Ausklang gefunden. Mit der letzten Bloody Mary in der Hand war sie mitten in einer an ihre Tochter gerichteten Litanei darüber, dass diese Manu nie – niemals – hätte verlassen dürfen, ins Bett gefallen. Sophie hatte sie dort eine Weile einfach nur beobachtet. Die sich dabei einstellenden Gedanken waren ihr bestens vertraut. Dasselbe galt allerdings auch für das Ergebnis, zu dem sie kommen würde.

Es lag nahe, ihre Mutter endlich in eine Entziehungsklinik zu schicken. Am Geld würde das jedenfalls bestimmt nicht scheitern. Trotzdem zögerte Sophie. Dass es um ihre Mutter *so* schlecht stand, hatte sie schließlich erst vor ein paar Tagen erfahren. Nach wie vor war ihr nicht ganz klar, wie ihre Eltern im Alltag miteinander klarkamen – und wie lange das schon so ging. Was sie dagegen *wusste*, war, dass ihr Vater die Unterstützung, zumindest aber die Anwesenheit seiner Frau, brauchen würde, wenn er aus der Haft kam – falls Sophie, Max und Pirlo das denn irgendwie hinbekommen würden. Ganz gleich, was in der Vergangenheit durchzustehen gewesen war, die Gründung der Kanzlei, der steinige Weg zum Erfolg, vor allem natürlich der tragische Tod von Sophies Bruder, Ernst und Helena Mahler hatten sich immer allem *zusammen* gestellt und die Herausforderungen dann auch gemeinsam irgendwie in den Griff bekommen. Die Alkoholsucht ihrer Mutter war das Erste, an dem sie scheiterten, das allerdings auch auf eine denkbar krasse Weise.

Kein Zweifel, nach dem, was sie in den letzten Tagen gesehen und erlebt hatte, stand für Sophie fest, dass ihre Mutter dringend professionelle Hilfe brauchte. Die Entscheidung darüber würden sie allerdings zu dritt treffen, Sophie, ihre Mutter und vor allem auch ihr Vater. Den Gedanken daran, dass sie ihn möglicherweise nie wieder außerhalb von Gefängnismauern sehen würde, blendete sie dabei verbissen aus. Sie konnte ihn nicht zulassen. Sie durfte es auch nicht. Wenn Sophie jetzt zusammenbrach, machte das ganz bestimmt nichts besser. So hatten ihre Eltern sie nicht erzogen. Und so war sie auch nicht geworden.

Sophie hatte sich von ihren Gedanken losgerissen, ihre Mutter zugedeckt und sich ins Erdgeschoss verzogen. Vor ihr lag ein weiterer Tag Hausarrest. Wobei es ein erschreckender Gedanke war, dass das für ihren Vater zuletzt ganz normal gewesen sein musste. Dass er den Zustand ihrer Mutter, die permanente Abwärtsspirale, in den letzten Monaten allein und ohne ein Wort darüber zu verlieren ausgehalten hatte. Sophie verbot sich streng, der Angst, wie es weitergehen sollte, wenn er nicht wieder zurückkam, auch nur einen Millimeter Platz einzuräumen.

Sie atmete durch und riss sich zusammen. Aufgeben war keine Option. Sophie musste funktionieren und sich auf das konzentrieren, was sie am besten konnte: Zusammenhänge herausfinden. Hintergründe verstehen. Recherchieren.

Es war ein beruhigendes Gefühl, dass sie damit nicht nur nicht allein war, sondern Max wahrscheinlich schon seit einer Weile auf ihren Anruf wartete.

»Guten Morgen!« Sie bemühte sich um einen lockeren Ton. »Wie ist bei dir die Lage?«

»Ganz gut«, antwortete Max, dessen Stimme über die kabellosen Kopfhörer in ihrem Ohr so deutlich klang, als stünde er direkt neben ihr. »Nach meinem Eindruck habe ich so gut wie alles durch, was man per Google über das Privatleben dieses ominösen Dr. Peter Thomas herausfinden kann.« Kurz verstummte er, und es klang danach, als würde er etwas trinken. »Entschuldige«, murmelte er. »Ich brauche einen zweiten Kaffee. Die gestrige Aufklärungsrunde ist etwas intensiver ausgefallen.«

»Ich ahne es.« Sophie schmunzelte. Zwar hatte sie keine Ahnung, was bei dem Besuch von Max und Pirlo in diesem Thomas-Club genau passiert war. Pirlos mit offensichtlich schweren Fingern geschriebene Nachricht um drei Uhr nachts, dass Max ein Doppelagent sei, der ihn an die Polizei verraten habe, er aber trotzdem am Morgen zum Gericht gehen und selbstverständlich gewinnen werde, ließ allerdings tief blicken. Außerdem hatte Pirlo am Ende geschrieben, dass er Sophie vermisse. Das mochte zwar ebenfalls seiner lädierten Verfassung geschuldet gewesen sein. Gefreut hatte sie sich trotzdem. Was auch immer er damit meinte.

»Wollen wir loslegen?«

»Unbedingt.«

»Gut. Ich finde, wir haben die Themenbereiche gestern Abend per WhatsApp sinnvoll unter uns aufgeteilt«, sagte Max. »Die Bereiche *Bank und Politik* und der *Club* waren bei dir bestimmt gut aufgehoben. Ich habe derweil, wie besprochen, danach Ausschau gehalten, was man über die privaten Verbindungen dieses Dr. Thomas herausfinden kann.«

»Wer fängt an?«, fragte Sophie.

»Ladies first«, schlug Max vor.

Sophie fuhr sich über die Augen. »Okay, also: Thomas bemüht sich ganz offensichtlich, wo immer er kann, um politische Verbindungen. Eine besondere Präferenz hat er dabei offensichtlich nicht. Ich habe Fotos gesehen, auf denen er zum Beispiel mit Hainsch posiert, aber auch welche mit der Jebsen. Wer immer irgendetwas zu entscheiden hat oder haben könnte, scheint ihm gerade gut genug zu sein.«

»Wie sieht es mit dem Club aus?«

Sophie lächelte. Sie mochte Max' direkte Art. Wo Pirlo möglicherweise noch ein Spruch eingefallen wäre, irgendeine Schleife, die vielleicht gut klang, für das Ergebnis aber nicht notwendig war, kam der Privatermittler unmittelbar zum Punkt. »Das *Moneyshot* scheint als Spielerei angefangen zu haben. Vielleicht stammt aus dieser Zeit auch der alberne Name. Thomas und andere Kö-Banker haben einfach in einem alten Industriegelände eine Musikanlage platziert. Wie das aber eben manchmal so ist, hat diese Sache schnell ein Eigenleben entwickelt. Als immer mehr Leute kamen, wuchs die Struktur quasi mit. Irgendwann haben sie das brachliegende Gebäude daneben gekauft, saniert, und fertig war ein Konzept, das *Ausgehen – Das Online-Magazin für das Rheinland*, eine ›gelungene Mischung aus Wallstreet, Steam Punk und Mad Max‹ nennt. Was auch immer das heißen soll.«

»Aus eigener Erfahrung kann ich dir nur sagen, wie es sich anfühlt, wenn man dort war«, knurrte Max.

»Und?«

»Nicht gut.«

Sophie lachte. »Okay, du bist dran.«

Max räusperte sich. »Danke erst mal für deinen Einsatz.«

Was gleich drei Gefühle auf einmal bei Sophie auslöste: Stolz, Zufriedenheit. Und Irritation. Pirlo wäre wahrscheinlich nicht auf diese Idee gekommen.

»Über eine Familie oder Ähnliches ist nichts bekannt«, fuhr Max fort. »Auch ansonsten scheint sich Herr Thomas außerhalb seiner beruflichen Interessen sehr zurückzuhalten.«

Sophie merkte, dass Max beim Sprechen langsamer wurde. Sie runzelte die Stirn. Irgendetwas stimmte hier nicht.

»Was ist los, Max?«

Er zögerte. »Ich habe, wie gesagt, nicht viel über diesen Typen gefunden, so wenig sogar, dass ich nach Events Ausschau gehalten habe, auf denen sich die oberen Tausend der Düsseldorfer Gesellschaft tummeln und bei denen sich daher auch ein Thomas wohlfühlen müsste. Ich habe mich durch Dutzende Bilderstrecken von Cocktailempfängen, Opernabenden und Golfplatzpartys geklickt.«

Sophie nickte mechanisch. Womöglich war diese Beschäftigung nicht besonders spannend gewesen. Das Drama, das bei Max anklang, rechtfertigte es aber bei weitem nicht. Sie beschloss daher die Flucht nach vorn. »Max, ich habe den Eindruck, dass du mir etwas nicht sagen willst, was ich eigentlich wissen sollte. Also raus mit der Sprache: Was hast du gefunden?«

Er zögerte noch einen Moment. »Das hier.« Es klang beinahe entschuldigend. Zeitgleich ploppte auf ihrem Handy eine Nachricht auf. Max hatte ein Foto geschickt. Auf den ersten Blick zeigte es eine Menge lachender Leute bei einer Art Sommerfest. So weit, so gewöhnlich, auch wenn Sophie natürlich auffiel, dass sie die Räume kannte. Kurz war sie erleichtert, dass Max nicht sehen konnte, wie ihre Finger zitterten, als sie das Foto vergrößerte. Nachdem das geschehen war, brauchte sie noch einen Augenblick, bis sie begriff, was sie sah. Dann sprang sie auf, griff nach ihrer Jacke und rannte aus dem Haus.

»Also?«, fragte Sophie. Sie hatte sich zwei Stunden gegeben, bis sie wieder zurück zu ihrer Mutter eilen würde. Hundertzwanzig Minuten, um herauszufinden, was, zur Hölle, ihr Vater mit Peter Thomas zu tun hatte. Warum die beiden auf einem Foto einer Feier bei *Müller & Mahler* die einzigen beiden waren, denen nicht die gute Laune aus dem Gesicht sprang. Und warum Ernst Mahler auf diesem Bild einen Umschlag in der Hand hielt, den er anstarrte, als kämpfe darin ein Fluch darum, hinaus in die Welt zu entweichen.

»Ich schlage wirklich vor, Sie antworten jetzt!«, setzte Pirlo nach. Sophie hatte ihn direkt am Gericht abgeholt und war mit ihm zur JVA gerast, wo am Mittwochmorgen zum Glück so wenig los war, dass sie nach der Vorlage ihrer Kammerausweise direkt durch die Kontrolle gerauscht waren. So konnten sie beide ihre Fragen stellen. Jetzt musste Ernst Mahler nur noch antworten.

Er seufzte. »Dr. Thomas ist ein umtriebiger Typ. Ein echter Tausendsassa. Vor allem ist er ein gewiefter Geschäftsmann. In dem Umschlag wollte er mir Beispielrechnungen übergeben, die zeigen sollten, welche Potenziale zukünftige TaxEx-Investments haben könnten.«

»Ich dachte, dieses TaxEx-System sei mit dem durch Schwerdtfegers Skandalbericht eingeläuteten Niedergang von Hainsch beerdigt worden«, warf Sophie ein.

Mahler nickte. »Das dachten viele. Dr. Thomas scheint aber noch nicht bereit zu sein aufzugeben. Wer weiß, welche Fäden er dazu zieht. Jedenfalls wollte er *Müller & Mahler* überzeugen, neue Gefälligkeitsgutachten zu erstellen.«

»Was bedeutet das?«, fragte Pirlo.

Mahler sah ihn an, als habe er Zweifel daran, ob sein Anwalt tatsächlich so schlau war, wie er es selbst behauptete. »Wir sollten uns den TaxEx-Zusammenhang noch einmal *ganz genau* ansehen und ihn dann *so* prüfen, dass wir zu einem ganz bestimmten Ergebnis kommen, nämlich dem, dass rechtlich alles bestens ist.«

»Aber warum ist dieser Thomas damit zu dir gekommen?«, fragte Sophie. »Ich dachte, du seist gar nicht mehr im operativen Geschäft gewesen.«

»Vergiss nicht, dass wir das nach außen hin nie kommuniziert haben, Krümel«, antwortete Ernst Mahler sehr viel nachsichtiger.

»Eigentlich wäre doch trotzdem Karl der richtige Ansprechpartner gewesen ...«

»Sicher«, entgegnete Ernst Mahler. »Der war aber an diesem Tag in unserem Büro in New York. Also dachte Thomas wohl, Partner ist Partner, und hat den Umschlag einfach mir gegeben. Dass jemand genau in diesem Moment ein Foto schießen würde, haben wir natürlich beide nicht geahnt.«

»Wusstest du damals schon, worum es ihm ging?«, fragte Sophie. Sie merkte selbst, dass es zaghaft klang. Im Augenblick fürchtete sie sich allerdings viel zu sehr vor der Antwort.

»Ja«, sagte ihr Vater. »Ich wusste, dass es um TaxEx ging, auch wenn ich erst in diesem Moment verstanden habe, dass die Party zumindest nach der Meinung von Thomas auch nach dem Abgang von Hainsch noch weitergehen sollte.«

»Und?«

»Und was?«

»Wie hast du darauf reagiert?«

Ernst Mahler atmete schwer. Dann sah er seine Tochter direkt an. »Ich habe ihm gesagt, er solle verschwinden und sich damit nie mehr blicken lassen.«

Sophie spürte, wie sie eine Welle der Erleichterung überflutete. Gelöst war damit aber trotzdem noch nicht alles. »Was hat er darauf geantwortet?«

Ernst Mahler senkte den Blick. »Dass ich das noch bereuen würde.«

31

MAX

Als Max Sophie anrief, um zu erfahren, was ihr Vater zu dem Foto gesagt hatte, auf dem er gemeinsam mit Dr. Thomas zu sehen war, verließ sie gerade mit Pirlo die JVA.

Sophie berichtete Max von dem Gespräch und sagte dann: »Wir sind jetzt draußen, ich stelle auf Lautsprecher, damit Pirlo mithören kann.«

Nachdem sie das getan hatte, fuhr sie fort: »Als mein Vater von den Justizwachtmeistern abgeholt wurde, hat er Pirlo noch einmal zugeraunt, dass er bedroht wird und befürchtet, nicht mehr lange zu leben, wenn er nicht schnell rauskommt. Vielleicht dachte er, dass ich es nicht mitbekomme – oder es war ihm unangenehm, mir das direkt zu sagen.« Sie machte eine kleine Pause, als müsse sie sich die nächsten Worte gut überlegen. »Max, du hast ihn kennengelernt und weißt, wie wichtig es ihm ist, Stärke zu zeigen. Wenn er zugibt, Angst um sein Leben zu haben, dann muss es sehr ernst sein.«

»Das glaube ich sofort. Ein sehr vermögender Anwalt, der sich körperlich nicht zur Wehr setzen kann, ist in der JVA das optimale Opfer.« Max atmete tief durch. »Wir müssen alles daransetzen, deinem Vater zu helfen. Und das schnellstmöglich. Ich werde es noch mal bei Böhmer versuchen. Zuletzt wirkte es zumindest so, als seien die Ermittlungen trotz allen frühzeitigen Festlegens

279

doch noch nicht abgeschlossen.« »Vorschlag«, sagte Pirlo mit etwas entfernt klingender Stimme. »Sophie muss dringend zurück zu ihrer Mutter. Wir sind mit ihrem Wagen da. Was hältst du davon, wenn du das Telefonat mit deinem Polizeikumpel ins Auto verlegst, mich an der JVA abholst, und wir besuchen unseren neuen Freund Dr. Thomas gemeinsam in seiner Bank?«

»Hm…«, sagte Max nachdenklich. »Das ist zwar grundsätzlich eine gute Idee, aber denkst du, er wird dich nach deinem Auftritt gestern Abend noch empfangen?«

»Den Versuch ist es wert. Unterschätz außerdem mal nicht meinen Charme, lieber Max. Thomas wird schon nicht so nachtragend sein. Und wenn doch, schlagen wir ihm vor, dass er es macht wie die Sonnenuhr – und zählt die schönen Stunden nur. Also: Ich warte hier auf dich.« Pirlo legte auf, ohne Max die Chance auf Widerworte zu geben. So blieb ihm nur, einmal mehr die Augen zu verdrehen.

Kurz darauf saß er im Auto und rief Böhmer an.

»Was willst du?«, begann sein Ex-Partner das Gespräch missmutig. »Ich habe nicht viel Zeit.«

»Ich will, dass du deinen gesunden Menschenverstand gebrauchst, Horst, sofern du ihn nicht im Vorzimmer von Ministerin Jebsen abgegeben hast.« Keine gute Gesprächseröffnung, wenn man in der Position des Bittenden ist, das wusste Max, aber die Art, mit ihm zu reden, die Böhmer sich in den letzten Tagen angewöhnt hatte, machte ihn einfach wütend.

»Was soll das? Wenn du mich angerufen hast, um solchen Blödsinn von dir zu geben, dann ist mir meine Zeit dafür wirklich zu schade.«

»Es geht um Ernst Mahler«, sagte Max ernst und mit ruhiger Stimme. »Er wird im Knast bedroht und hat Angst um sein Leben. Er muss da raus, Horst.«

»Erstens haben alle im Knast Angst um ihr Leben, was nach

deiner Logik dann wohl bedeuten würde, wir müssten alle rauslassen. Zweitens steht Ernst Mahler noch immer unter drin-
gendem Tatverdacht wegen Mordes. Das reicht allein schon als
Haftgrund. Zudem besteht bei ihm auch noch eine realistische
Fluchtgefahr. Mahler ist international tätig, hat also Verbindungen und sicher auch Konten in der ganzen Welt. Es wäre für ihn
ein Leichtes, irgendwo unterzutauchen und ein unbeschwertes
Leben zu führen.«

Max war fassungslos. »Sag mal, hörst du dir überhaupt selbst
zu? Ernst Mahler hat eine schwerkranke Frau und eine Tochter in
Düsseldorf. Denkst du wirklich, er macht sich aus dem Staub und
überlässt die beiden ihrem Schicksal? Du hast ihn doch bei der
Verhaftung erlebt, welchen Eindruck hat er da auf dich gemacht?«

»Warte ... wie beschreibe ich es am besten ... ah, ich weiß! Den
Eindruck eines blasierten, macht- und geldbesessenen Arsch-
lochs.«

»Ist es das, was dich so wütend macht?« Max war lauter geworden, obwohl ihm klar war, dass Mahler bei ihrem ersten Treffen
tatsächlich genau so gewirkt hatte, wie Böhmer ihn gerade beschrieb. »Ist es, weil er so erfolgreich ist?«

»Jetzt solltest *du* dir mal selbst zuhören. Ich denke, wir können
das Gespräch an dieser Stelle beenden. Offenbar hängst du emotional tief in dieser Sache drin. Warum auch immer. Jedenfalls
wird kein Haftrichter dieser Welt Ernst Mahler rauslassen. War's
das?«

»Ich ...«, setzte Max an, ließ es dann aber bleiben. Er würde so
nicht weiterkommen. »Ja, das war's. Bis bald.«

Max legte auf, schlug mit der Hand auf das Lenkrad. »Verdammt!«

Zwanzig Minuten später erreichte er die JVA.

Pirlo lehnte an einem Laternenpfahl und tippte auf seinem
Smartphone herum. Als Max neben ihm anhielt, verstaute er das

Gerät in der Innentasche seines Mantels und öffnete die Beifahrertür.

»Bist du im ersten Gang hergefahren?«, fragte er, nachdem er eingestiegen war, woraufhin Max genervt nickte. »Ich weiß schon, keine Situation ohne einen unnötigen Pirlo-Kommentar.«

Er blickte nach vorn und fuhr los. »Ich habe eben mit Böhmer telefoniert.«

»Und?«

»Keine Chance. Sie pochen unter anderem auf Fluchtgefahr wegen Mahlers internationalen Kontakten.«

»Das habe ich mir gedacht. Aber einen Versuch war's wert. Schauen wir mal, was der Clubbesitzerbanker so zu sagen hat.«

»Bist du sicher, dass du wirklich zu Thomas mitkommen willst? Ich könnte auch allein mit ihm reden.«

Pirlo zeigte ein breites Grinsen, das aber nicht so selbstsicher wirkte, wie er das wohl glaubte oder hoffte. »Du magst ja ein hervorragender Schnüffler sein, aber mit Typen wie diesem Dr. Thomas kenne ich mich besser aus. Ich habe fast täglich mit ihnen zu tun.«

Max nickte. »Das glaube ich dir sofort, aber das nützt uns reichlich wenig, wenn er uns beide nicht empfängt, weil du dabei bist.«

»Vertrau mir, ich weiß, was ich tue.«

»Dr. Thomas ist für Herrn Pirlo nicht zu sprechen«, verkündete die Vorstandssekretärin, die laut dem Namensschild auf ihrem Schreibtisch Alice Morbach hieß.

»Nicht gleich im Kaninchenbau verschwinden, junge Frau«, entgegnete Pirlo. »Sicher, es mag da das kleine Missverständnis geben, dass der Umgang mit mir zu Ärger führen könnte. Ich bin allerdings extra hergekommen, um das aus der Welt zu schaffen. Dazu muss ich aber mit ihm reden können. Wenn Sie mich also einfach zu ihm reinlassen würden, könnte ich das . . .«

»Es tut mir sehr leid«, unterbrach Alice Morbach ihn ohne Strenge in der Stimme. »Ich würde Ihnen wirklich gern helfen.« Dem Blick nach zu urteilen, mit dem sie Pirlo ansah, glaubte Max das sofort. »Aber wenn ich Sie gegen die klare Anweisung von Dr. Thomas zu ihm lasse, werde ich meinen Job verlieren.«

Pirlo bemühte sich um ein bedauerndes Lächeln. »Und das wollen wir ja auf keinen Fall.« Er nickte Max zu. »Also gut, dann gehen wir eben wieder.«

»Herrn Bischoff empfängt Dr. Thomas allerdings«, verkündete Alice Morbach, allerdings ohne dabei den Blick von Pirlo abzuwenden. »Wenn Sie möchten, können Sie hier auf ihn warten.«

»Damit ist Herr Pirlo sicher einverstanden«, schaltete sich Max ein und deutete auf die massiv aussehenden Mahagonitür links von ihnen. »Kann ich dann?«

Alice Morbach nickte und sagte mit einem flüchtigen Blick auf Max: »Ja, bitte.« Dann waren ihre Augen schon wieder bei Pirlo.

Dr. Peter Thomas blieb hinter seinem gigantischen Schreibtisch in einem bequem aussehenden Sessel sitzen und sah nur kurz auf, als Max nach dem Anklopfen den Raum betrat, um seine Aufmerksamkeit dann wieder irgendwelchen Papieren zu widmen. »Bitte, nehmen Sie Platz«, murmelte er, während er mit einem Stift etwas mehrfach durchstrich.

Max entschied sich für den mittleren der drei Besucherstühle, deren Sitzflächen mit dunklem Leder bezogen waren.

»Kleinen Moment noch.« Ein weiterer, energischer Querstrich auf dem Papier, dann legte Thomas den Stift zur Seite und ließ sich gegen das Rückenteil seines gepolsterten Sessels sinken, stützte die Ellbogen auf den Armlehnen ab und verschränkte die Finger vor der Brust. »Also, schießen Sie los, ich habe nur ein paar Minuten Zeit. Gibt es neue Erkenntnisse im Fall Ernst Mahler?«

Max war geneigt, Thomas zu sagen, dass er gekommen war, um *ihm* Fragen zu stellen, und nicht, um *seine* Fragen zu beantworten, ließ es aber bleiben. Er wollte vermeiden, dass der Banker gleich zu Anfang dichtmachte.

Also wiegte er den Kopf hin und her und sagte: »Nichts Bahnbrechendes. Wir suchen nach Erkenntnissen, um seine baldige Freilassung erwirken zu können.«

Dr. Thomas nickte verständnisvoll. »Ja, eine wirklich dumme Sache, in die er sich da hineinmanövriert hat.«

»Wie stehen Sie zu ihm?«

»Zu Mahler? Beeindruckender Mann, hat sich mächtig ins Zeug gelegt und mit seiner Kanzlei aus dem Nichts etwas Großartiges aufgebaut. So was mag ich.«

Max entschied sich, nicht lange um den heißen Brei herumzureden. »Es gibt ein Foto, auf dem Sie zusammen mit Ernst Mahler bei einer Veranstaltung von *Müller & Mahler* zu sehen sind. Sie reichen ihm darauf einen Umschlag. Was war da drin?«

Thomas verzog den Mund zu einem Lächeln in der Art, wie man kleine Kinder nachsichtig anlächelt, wenn sie eine naive Frage gestellt haben. »Aber, Herr Bischoff. Muss ich Ihnen als erfahrenem Ermittler sagen, dass ich darüber unmöglich sprechen kann?«

Max zuckte mit den Schultern. »Vielleicht könnten Sie mit einer Antwort dazu beitragen, Herrn Mahler aus der U-Haft zu bekommen.«

»Lieber Herr Bischoff, ich kann Ihnen zwar nicht mehr dazu sagen, aber ich kann Ihnen versichern, der Inhalt des Umschlags war sicher keine *Du-kommst-aus-dem-Gefängnis-frei-Karte*.«

Die Tür wurde geöffnet und Joe Morell betrat den Raum, eine schwarze Sporttasche in der Hand. Es schien für Dr. Thomas normal zu sein, dass sein Assistent, oder was immer Morell auch war, ohne anzuklopfen hereinkam.

»Ich mache mich auf den Weg ins Schwimmbad, ein paar Bahnen ziehen«, erklärte Morell, nachdem er neben Max stehen geblieben war, ohne ihn auch nur eines einzigen Blickes zu würdigen. »Kann ich noch etwas tun?« Jetzt sah er Max *doch* an, diesmal als betreffe seine Frage nur ihn.

Thomas schüttelte den Kopf. »Nein, alles in Ordnung, Joe. Herr Bischoff wird ohnehin gleich gehen.«

Morell nickte Thomas zu, blickte Max streng an und verließ Sekunden später das Büro.

»Tja, wie ich schon sagte, Herr Bischoff, ist meine Zeit knapp bemessen ...«

»Ihre Bank hatte auch mit den TaxEx-Geschäften zu tun, nicht wahr?«, sagte Max schnell.

»Wir befassen uns natürlich mit allen möglichen Steuermodellen, um unseren Kunden den bestmöglichen Beratungsservice bieten zu können. Dass sich darunter auch Möglichkeiten zur legalen Steuer*ersparnis* befinden, ist völlig normal.«

»Waren Sie enttäuscht davon, dass Karl Müller diese Modelle nach Hainschs Sturz nicht weiterführen wollte?« Max hielt den Atem an. Das war ein Bluff, klar. Thomas ging aber tatsächlich darauf ein.

»Wer sagt, dass er das nicht getan hätte?«

»Ich kann mir vorstellen, dass Karl Müller nach dem durch die *POST* ausgelösten Skandal lieber die Finger von solchen Geschäften lassen wollte.«

Thomas lachte. »Da kennen Sie ihn aber schlecht!«

»Also wollten Sie mit ihm weitermachen?«

»Kein Kommentar.«

Max beschloss, in die Vollen zu gehen. »Haben Sie den ehemaligen Justizminister Hainsch geschmiert?«

»Was erlauben Sie sich?«

»Irgendetwas wird er ja wohl davon gehabt haben, Ihnen und Ihren Bankerkollegen den Boden zu bereiten: Also, haben Sie für ihn großzügig die Schatulle geöffnet, ihm seinen Wahlkampf finanziert, zugunsten seiner Kampagne ›den Standort Nordrhein-Westfalen gefördert‹, oder wollen Sie mir weiterhin ernsthaft sagen, dass er *einfach so* bereit war, Ihnen diese ganzen Steuervorzüge einzuräumen?«

Thomas zeigte sich wenig beeindruckt. »Korruption wäre gesetzeswidrig und damit unzulässig. Mehr habe ich dazu nicht zu sagen.«

»Ach kommen Sie, aber persönlich gekannt haben Sie ihn doch, oder?«

»Einmal mehr: Kein Kommentar.«

»Und wie sieht es mit der neuen Justizministerin Chiara Jebsen aus? Kennen Sie die persönlich? Sie werden mir doch nicht erzählen wollen, dass Sie bei ihr keinen neuen Anlauf für das TaxEx-System genommen haben.«

Thomas warf einen Blick auf die klobige Uhr an seinem Handgelenk und seufzte theatralisch. »Es tut mir leid, Herr Bischoff, aber ich muss an dieser Stelle leider abbrechen. Besuchen Sie mich gern noch mal in meinem Club. Aber lassen Sie diesmal bitte Herrn Pirlo zu Hause.«

Max hätte noch die eine oder andere Frage gehabt, zum Beispiel, wo Thomas sich zum Zeitpunkt des Mordanschlags auf Petra Kühne aufgehalten hatte, war aber sicher, dass er keine Antworten mehr bekommen würde.

Er erhob sich. »Einen schönen Tag noch.« Dann verließ er das Büro.

Im Vorraum sah er sich um, konnte Pirlo aber nirgendwo entdecken. »Wo ist Herr Dr. Pirlo?«, wandte er sich an Alice Morbach.

»Er hatte eine kurze Unterhaltung mit Herrn Morell und ist daraufhin gegangen.« Es klang bedauernd.

Max bedankte sich und lief zum Aufzug.

Als er im Foyer im Erdgeschoss ausstieg, entdeckte er Pirlo, der sich auf eine der ledernen Sitzgruppen gelümmelt hatte und wieder auf ein Telefon starrte, sich nun aber erhob und auf Max zukam.

»Na, Spaß mit Morell gehabt?«, fragte Max knapp, als sie nebeneinander auf den Ausgang zusteuerten.

»Nein, Besseres zu tun«, entgegnete Pirlo und hob das Handy hoch. »Das ist das Diensthandy von Alice Morbach. Praktischerweise ist der Bildschirm entsperrt.«

»Warum das denn?«

Pirlo zuckte mit den Schultern. »Möglicherweise war sie kurz vor seinem Verschwinden damit beschäftigt, eine Telefonnummer einzugeben.« Er grinste.

»Du hast …«, begann Max, doch Pirlo hatte sich schon abgewandt, war mit wenigen Schritten am Empfangstresen der Lobby, legte das Handy darauf ab und sagte: »Das habe ich im Aufzug gefunden. Gehört sicher jemandem aus der Bank im fünften Stock.«

Als sie kurz darauf gemeinsam das Gebäude verließen, sagte Max: »Aus dir werde ich einfach nicht schlau. Warum klaust du ein Handy, um es gleich darauf wieder abzugeben?«

Mit einem Griff in seinen dunklen Mantel zog Pirlo sein eigenes Smartphone hervor und hielt es hoch. »Weil das sonst nicht fair wäre. Und weil ich schon alles Wichtige abfotografiert habe. Auch den Terminkalender von Dr. Peter Thomas.«

32

PIRLO

»Fuck!«, schrie Pirlo einmal mehr in die einsetzende Herbstdämmerung. Er musste erst gar nicht zu Max hinsehen, um zu wissen, dass diesem das Gefluche langsam unangenehm war. Raus musste der Frust allerdings trotzdem. Insofern war Pirlo immerhin zufrieden damit, dass er sich auf Sophies Lieblingsfluch beschränkte und kein lautes *Chara* hervorkramte. Die Lage war verfahren genug. Pirlo musste sie nicht auch noch dadurch verkomplizieren, dass sich Max fragte, warum er, wenn die Pferde mit ihm durchgingen, auf Arabisch schimpfte.

So jedenfalls konnte er sich auf ihre eigentlichen Sorgen konzentrieren – die auch so schon groß genug waren.

»Geht's wieder?«, fragte Max, nachdem Pirlo sich umständlich die bei seinem Ausbruch durcheinandergeratenen Haare hinter die Ohren geklemmt hatte.

»Langsam«, antwortete Pirlo. Dann legte er den Kopf schief. »Es wundert mich allerdings, dass *du* diesen Rückschlag einfach so hinnimmst.«

»*Einfach so?* Spinnst du?« Kurz schien auch Max die Contenance zu verlieren, wechselte aber direkt wieder in den professionellen Modus. Pirlo musste sich eingestehen, dass er darüber eigentlich auch ganz froh war. Alles andere brachte sie sowieso nicht weiter.

»Natürlich wäre es mir auch recht gewesen, wenn uns der Kalender dieses Dr. Thomas direkt den Mörder geliefert hätte«, erklärte Max nüchtern. »Oder zumindest irgendeinen Hinweis auf diesen *Sigmund*. Aber so ist es nun mal nicht. Das müssen wir akzeptieren – und dann vor allem endlich weitermachen.«

Pirlo nickte. Max hatte ja recht. Sicher wäre es großartig gewesen, wenn sich die Morde an Karl Müller und Petra Kühne direkt aus dem Outlook-Kalender dieses Kotzbrockenbankers ergeben hätten. So lief es im wahren Leben aber nun einmal leider nicht. Der Kalender hatte an beiden Tattagen einen Auslandsaufenthalt ausgewiesen. Als Petra Kühne im *Breidenbacher Hof* vergiftet worden war, sollte Thomas in London einen Vortrag zu Kapitalertragssteuerfragen halten. Eine schnelle Internetrecherche hatte Max und Pirlo bestätigt, dass er das auch tatsächlich getan hatte.

»Vielleicht haben wir uns auch einfach zu sehr von der Wunschvorstellung treiben lassen, dass Thomas derjenige sein könnte, der hinter diesem ganzen Chaos steckt.« Pirlo seufzte. »Also zurück auf Los: Lass uns noch einmal gemeinsam überlegen, wer sonst etwas davon haben könnte, dass es diese Morde gegeben hat.«

»Einverstanden«, entgegnete Max trocken. Kurz war sich Pirlo nicht sicher, ob er sich ernst genommen fühlte. Für Empfindlichkeiten war jetzt aber nicht die richtige Zeit. Sie hatten schon genug davon dadurch verloren, dass Pirlo Max nach Zons an den im Winter menschenleeren Rhein gelotst und sich dort ausgiebig seinen Flüchen gewidmet hatte.

»Noch mal von vorn: Ernst Mahler hat leider ein sehr gutes Motiv«, fasste Pirlo zusammen. »Wenn seine Partner verschwinden, bekommt er noch mehr Geld und Macht.«

»Das gilt aber nur, wenn man alle anderen Umstände außer Acht lässt«, warf Max ein.

»Klar«, stimmte Pirlo zu. »Trotzdem ist das die Sichtweise der

Staatsanwaltschaft.« Er nahm einen Kiesel auf und warf ihn mit Schwung in den Fluss. »Gleichzeitig fehlt ein solcher Tatantrieb bei Thomas. Im Gegenteil, er brauchte Müller. Wie es sich jetzt darstellt, war er schließlich derjenige, der die TaxEx-Geschäfte nicht nur bislang verantwortet hat, sondern sogar noch weiter ausbauen wollte. Ihn aus dem Weg zu räumen, das hätte für einen investmentinteressierten Banker daher keinen Sinn ergeben.«

Jetzt kam auch Bewegung in Max. »Das setzt allerdings voraus, dass Thomas wusste, wie es tatsächlich um die Aufgabenverteilung bei *Müller & Mahler* bestellt war.«

Pirlo schaltete schnell. »Das stimmt natürlich«, räumte er ein.

»Nach außen hin war Ernst Mahler immer der Macher und Matador. Deswegen hat Thomas *ihm* auch den Umschlag mit dem neuen TaxEx-Vorschlag übergeben. Er war wahrscheinlich davon überzeugt, dass er Mahlers Zustimmung dazu kaufen konnte und es, wenn überhaupt, nur noch darum ging, Müller an Bord zu holen«, setzte Max den Gedanken fort und fügte hinzu: »Umso mehr dürfte es ihn überrascht haben, als Mahler ihm klargemacht hat, dass er mit den TaxEx-Angelegenheiten nichts zu tun haben wollte.«

Einen Moment hingen beide diesem Gedanken nach. »Wäre es nach dieser Theorie dann nicht sinnvoller gewesen, wenn auch Ernst Mahler von der Bildfläche verschwunden wäre?«, fragte Max schließlich.

»Kann sein«, brummte Pirlo, »kann aber auch nicht sein. Überleg doch mal: Thomas will ein gutes Geschäft machen. Mahler ist der Anwalt, der in der Kanzlei für den Vertrieb und das Geldverdienen zuständig ist. Warum, um alles in der Welt, sollte ausgerechnet *er* etwas gegen einen guten Deal haben? Vielleicht dachte Thomas auch, dass sich Mahler mit seiner ablehnenden Haltung nur vor die beiden anderen stellen wollte. Wenn du mich fragst, dürfte es für Thomas so ausgesehen haben, als liege das eigentliche Problem bei Müller, demjenigen, der alles *schon wieder* anwaltlich irgendwie so hindrehen musste, dass die Politik den Bankern ein sauberes TaxEx-Modell präsentieren konnte. Womöglich wirkte es auf ihn, als sträube sich Müller gegen das *nächste* Gefälligkeitsgutachten.«

»Und was ist mit Petra Kühne?«

Pirlo zuckte mit den Schultern. »Sie war noch vergleichsweise jung. Möglicherweise hat Thomas befürchtet, sie könnte sich als Idealistin entpuppen und sich zumindest nicht weiter für krumme TaxEx-Prüfungen hergeben wollen.«

»Irgendwann muss Thomas dann aber verstanden haben, dass auch Mahler nicht auf seiner Seite war. Immerhin hat er den Umschlag nicht angenommen, woraufhin Thomas ihm gesagt hat, dass er das bereuen wird.«

»Dann hätte er in dem für ihn schlimmsten Fall drei Anwälten klargemacht, was er vorhatte, und keiner davon wäre bereit gewesen, ihn bei seinen Machenschaften weiter zu unterstützen.« Pirlo ging langsamer. »Wenn das stimmen sollte, reicht es allerdings nicht, nur zwei davon aus dem Weg zu räumen. Dann ist auch noch Ernst Mahler fällig.«

»Genau«, fasste Max zusammen. Dann schien ihm noch ein besseres Wort dafür einzufallen. »Fuck.«

Pirlo nickte. »Du sagst es.« Er stapfte zurück in Richtung Wagen. »Lass uns losfahren.«

»Wohin?«, fragte Max hinter ihm.

»Wir haben im Augenblick keinen anderen Verdächtigen als Peter Thomas. Der ist selbst als Täter raus, aber vielleicht sollten wir mal diesen Morell unter die Lupe nehmen.«

»Gut«, kam es von Max, während er zu Pirlo aufschloss. Zu dessen Überraschung begleitete die Antwort ein breites Grinsen. »Praktischerweise glaube ich sogar zu wissen, wo wir ihn finden.«

Als sie knapp zwanzig Minuten später vor dem *Rheinbad* standen, gingen sie ihre Fahrtgedanken noch einmal zusammen durch.

»Wir sind uns einig, dass der Täter jemand sein muss, der nah an Karl Müller und Petra Kühne herankommen konnte, ohne dass sie Verdacht schöpften«, sagte Pirlo.

»Richtig.«

»Bei Peter Thomas dürfte das jedenfalls in Bezug auf Karl Müller einfach gewesen sein. Beide hatten schließlich jede Menge mit TaxEx zu tun.«

»Auch das ist richtig«, stimmte Max zu. »Hinsichtlich Petra Kühne wissen wir es zwar nicht, können uns einen engen Draht zwischen einem Banker und einer aufstrebenden Anwältin aber zumindest vorstellen.«

»Dabei haben wir jedoch das Problem, dass Thomas bei den Taten selbst nicht vor Ort war.«

»Das könnte aber hinsichtlich seines Gorillas ganz anders aussehen.«

Pirlo zog einen Mundwinkel nach oben, als Max auch diesmal seinen Gedanken vervollständigte. Wenn sie nicht aufpassten, fingen sie wirklich noch an, einander zu mögen. »Wir sind uns also einig, dass wir Morell auf den Zahn fühlen?«, fragte er.

»Absolut«, bekräftigte Max. »Beide Anwälte hätten davon ausgehen können, dass der Handlanger seinen Chef bei einem Treffen vertritt oder der auch später noch zu einem Termin dazustoßen könnte.«

»Womit Peter Thomas dieser *Sigmund* wäre.«

Max nickte. »Er oder Morell.«

Pirlo ließ das kurz sacken. Dann nickte er in Richtung Hallenbad. »Du meinst also, dass wir ihn da drin finden?«

Max zuckte mit den Schultern. »Wenn man im Winter Bahnen schwimmen will, kommt fast nur das *Rheinbad* in Frage. Aber ich weiß jedenfalls, wie wir es mit Sicherheit herausfinden.« Er grinste. »Du hast nicht zufällig eine Badehose dabei?«

Ein paar Minuten später trafen sich Pirlo und Max vor der Dusche im Übergang zum Beckenbereich wieder. Die Sache mit der Badekleidung hatte sich durch den Shop des Schwimmbads erstaunlich einfach erledigt. Das Sortiment hatte sich einerseits auf schmale rote Schlüpfer beschränkt. Andererseits war das im Augenblick ihre geringste Sorge. Danach war auch das Umziehen unspektakulär verlaufen. Für das Ergebnis galt das allerdings nicht ganz. Pirlo war zwar wild entschlossen, sich nichts anmerken zu lassen. Trotzdem musste er feststellen, dass Max in einer tadellosen körperlichen Verfassung war. Und er selbst nicht.

»Steht dir«, bemerkte Pirlo mit einer bemüht ausdruckslosen Miene, während er auf den roten Schwimmslip von Max zeigte.

»Ich weiß«, antwortete Max. »Dir nicht.« Ehe Pirlo ihn aber zurückbeleidigen konnte, war er schon in der Dusche verschwunden.

Morell zu finden war einfach. Ihn zum Reden zu bringen, nicht. Da der muskulöse Assistent von Peter Thomas auch dann noch unbeirrt seine Bahnen zog, als Max ihn bei einem Wendevorgang ansprach, hatten Pirlo und er beschlossen, sich an den gegenüberliegenden Enden des Beckens zu postieren und auf ihn einzureden. Leider stellten sich dazu rasch zwei ernüchternde Erkenntnisse ein. Sie sahen so Hase-Igel-artig aufgestellt nicht nur bescheuert aus. Auch was sie vorhatten, nämlich Morell zur Rede zu stellen, funktionierte nicht. Im Gegenteil: Als Pirlo noch überlegte, ob er ins Wasser springen und einfach auf den Ungetümbodyguard einbrüllen sollte, unterbrach dieser plötzlich seine Bahn, zog sich behände an einer Längsseite über eine Einstiegsleiter aus dem Wasser und verschwand in Richtung der Umkleiden. Pirlo brauchte gar nicht erst nach Max zu sehen. Er wusste mittlerweile einfach, dass dieser Morell genauso hinterherjagte wie er selbst.

Nachdem in der Dusche niemand war und sie keine Ahnung hatten, welche der vielen Dutzend Umkleidekabinen Morell nutzen könnte, blieb ihnen nichts anderes übrig, als sich in aller Eile in ihre Sachen zu stürzen und mit noch von der Dusche nassen Haaren in den Eingangsbereich des Schwimmbades zu stürmen. Tatsächlich kamen sie gerade noch rechtzeitig. Während Pirlo überlegte, wo er zumindest ein Handtuch herbekommen konnte, um die schwarze Matte auf seinem Kopf zu bändigen, hatte Max Morell bereits in der Tür des Bades entdeckt und war direkt losgesprintet.

Als Pirlo ebenfalls einigermaßen atemlos auf dem mittlerweile nächtlich dunklen Parkplatz ankam, donnerte Max schon mit seinem Wagen um die Ecke und riss die Beifahrertür auf. »Steig ein!«, herrschte er Pirlo an.

»Wo ist er?«, keuchte Pirlo, während er sich anschnallte.

»Da vorn, in dem dunklen BMW«, knurrte Max und drückte das Gaspedal durch.

Morell schien zu wissen, was er tat, als er auf die Beckbuschstraße einbog. Dann überraschte er Pirlo allerdings, indem er nicht den Weg in Richtung Freiligrathplatz wählte, um schnell auf die Autobahn zu kommen, sondern stattdessen auf den schmalen Zufahrtsstraßen der Messe in Richtung Stadion und Fluss durchstartete.

»Was meinst du, was soll das?«, fragte Pirlo in Richtung Max.

»Keine Ahnung«, kam es von diesem zurück, während er einen weiteren Gang hochschaltete. »Vielleicht geht er davon aus, dass er uns auf dem Weg zum Rheintunnel abhängen kann.«

»Und wie siehst du das?«

Auch wenn Pirlo das flüchtende Auto von Morell fixierte, sah er im Augenwinkel, dass Max lächelte. »Das wird nie im Leben klappen. Zum einen bin ich in Verfolgungsjagden viel zu gut.« Das Lächeln wurde breiter. »Und zum anderen ist er darin viel zu schlecht.«

Eine knappe Minute später erkannte Pirlo, was Max damit meinte. Am Übergang eines Verkehrskreisels vor der Arena krachte Morell mit seinem Fahrzeug auf die Abgrenzung und drehte sich um die eigene Achse. Sie bremsten neben ihm und stiegen aus. Auch Morell hatte sich aus seinem Wagen gequält. Das Auto hatte ein paar üble Schrammen abbekommen. Dem Fahrer schien dagegen nichts passiert zu sein.

Im Gegenteil wirkte Morell eher aufgebracht als mitgenommen. »Was wollt ihr Arschlöcher eigentlich von mir?«, brüllte er ihnen entgegen.

»Wir wollen wissen, was Sie mit dem Tod von Karl Müller und Petra Kühne zu tun haben«, schrie Pirlo zurück. Mochte ja sein, dass Morell ein kräftiger Typ war. Pirlos Stimme und Auftreten waren allerdings ebenfalls nicht klosterschülerhaft. Für Max galt das erst recht nicht. Sollte es hier zum Kampf kommen, war alles andere als ausgemacht, dass der Stiernacken die besseren Karten hatte. Pirlo sah, wie es in Morell arbeitete.

»Lasst mich einfach in Ruhe.« Dann verengten sich Morells Augen. »Wenn es unbedingt sein muss, sage ich euch sogar, was ich mit dieser Sache zu tun habe: Nichts! Überhaupt gar nichts! Und falls es euch interessiert, Herr Dr. Thomas auch nicht.« Ehe Pirlo etwas entgegen konnte, fuhr ihm Morell wütend über den Mund. »Ich verrate euch sogar auch noch, warum das so ist: Diese Angelegenheit ist selbst für Herrn Dr. Thomas zu brisant. Ihr Spinner habt absolut keinen Schimmer, mit wem ihr euch hier anlegt. Und jetzt verpisst euch einfach!« Schwerfällig bewegte er sich zu seinem Wagen.

Genau wie Max ließ es auch Pirlo geschehen. Morell mochte seine Gründe gehabt haben zu türmen. Vielleicht hatte sein Dienstherr ihm aufgetragen, dass er jeden Kontakt mit ihnen vermeiden sollte. Vielleicht war er an Fluchtreflexe wie den gerade gezeigten einfach nur gewöhnt, weil er vor seiner Beschäftigung bei der Bank im noch klassischeren Verbrechen tätig gewesen war.

Das alles spielte gerade keine Rolle mehr. Was er gesagt hatte, allerdings schon. Sie hatten das mit der zu heißen Geschichte schließlich nicht zum ersten Mal gehört.

Pirlo sah zu Max, dessen Gesichtsausdruck er im schwachen Licht der Straßenbeleuchtung allerdings nicht richtig deuten konnte. Was war hier eigentlich los?

33

MAX

Nachdem Max Pirlo vor dessen Wohnung abgesetzt hatte, machte er sich auf den Weg nach Hause. Sophie wollte sich um ihre Mutter kümmern. Also hatten Max und Pirlo beschlossen, jeder für sich den Abend damit zu verbringen, noch einmal alles genau zu durchdenken, was sie bisher herausgefunden hatten. Was zugegebenermaßen noch nicht sehr viel war.

Zu Hause angekommen, machte Max sich zwei Toasts mit Schinken und Käse und aß sie in der Küche. Dazu trank er ein Bier, was er äußerst selten tat. Er war ein ausgesprochener Weintrinker und hatte auch stets einen ausreichenden Vorrat im Haus. Hier und da kam es aber auch schon mal vor, dass er Lust auf ein kaltes Bier hatte. Dies war so ein Abend.

Als er fertig gegessen und das Geschirr in die Spülmaschine geräumt hatte, ging er ins Wohnzimmer und setzte sich an den Esstisch, auf dem sein Notebook lag. Er klappte es auf und betrachtete den Sperrbildschirm, der ein Foto vom Rhein an einem Sonnentag zeigte, schloss es jedoch nach einer Weile wieder.

Er fühlte sich ratlos. Alles, was er online hätte recherchieren können, hatte er schon nachgelesen, ohne etwas Brauchbares zu finden. Auch das Foto von Mahler und Dr. Thomas war nicht so wichtig, wie es auf den ersten Blick den Anschein gehabt hatte, und brachte sie nicht weiter.

Es war zum Verzweifeln.

Sie hatten einen mit an Sicherheit grenzender Wahrscheinlichkeit unschuldigen Mann im Gefängnis, dessen Frau drauf und
dran war, sich zu Hause zu Tode zu trinken. Es gab mittlerweile
drei Tote, wovon einer, Schwerdtfeger, durch die Art, wie er gestorben war, überhaupt nicht ins Schema passte. Bei ihm handelte
es sich definitiv nicht um Selbstmord. Kurzum: Wie man es auch
drehte und wendete, sie hatten keine einzige Spur, die es wert gewesen wäre, so genannt zu werden.

Max überprüfte in Gedanken noch mal jede Person, die in irgendeiner Weise mit dieser TaxEx-Geschichte zu tun hatte. Er
dachte an Pirlos Aussage über die Gewinner dieser Geschäfte.
Banker, Anwälte und Politiker. Morell hatte gesagt, es wäre alles
viel größer, als sie annähmen. Aber was sollte das eigentlich bedeuten?

Nur mal angenommen, der ehemalige Justizminister Hainsch
hätte etwas mit den Morden zu tun: Dass dann die Anwälte von
der Bildfläche verschwanden, die ihn belasten konnten, wäre für
ihn zwar sicher nützlich. Andererseits war doch die Gefahr riesig,
dass ihn jemand dabei beobachtete oder es irgendeine Spur gab,
die mit ihm in Verbindung gebracht werden konnte. Außerdem
war es ihm gelungen, dem Untersuchungsausschuss zu entgehen.
Warum sollte er sich dann doch noch in Schwierigkeiten bringen?

Selbst wenn Max diesen Gedanken weiterverfolgen wollte,
brachte er ihn nicht voran: Denn wie sollten sie mit diesem Verdacht umgehen? Sie konnten schließlich nicht einfach bei Hainsch
auftauchen und ihn wie einen Beschuldigten befragen. Sophie
und Pirlo waren nur private Anwälte und Max schon lange nicht
mehr bei der Polizei. Selbst wenn er Böhmer trotz aller Vorbehalte
dazu bringen könnte, dass er gegen Hainsch ermittelte, hätte dieser ein Schweigerecht. Und wer wusste schon, wie Hainsch auf
solch schwere Vorwürfe reagieren würde. Und vor allem, was er,

ganz gleich wie tief er auch gefallen sein mochte, alles erwirken konnte, um ihnen, im Besonderen aber dem schutzlos dem Justizsystem ausgelieferten Ernst Mahler das Leben schwer zu machen? War es am Ende vielleicht sogar das, wovor Böhmer ihn bei jedem ihrer Gespräche warnte?

Max betrachtete sein Smartphone, das auf dem Tisch lag. Er spürte das dringende Bedürfnis, mit jemandem zu reden, der die beschissene Situation verstand, in der er sich befand, nein, in der Sophie, Pirlo *und* er sich befanden. Und nicht zuletzt Sophies Vater. Dann war da auch der nur schwer zu ertragende Gedanke, dass ein Mörder noch immer frei herumlief und vielleicht schon Mord Nummer vier plante. Oder, noch schlimmer, dass es vielleicht sogar *zwei* Täter waren, die jederzeit wieder zuschlagen konnten. Wenn er an Böhmers Beschreibung dachte, wie jemand Christian Schwerdtfeger zugerichtet hatte ...

Sollte er es noch mal mit einem Anruf bei seinem Ex-Kollegen versuchen? Nein, für den Moment war sein Bedarf an Abfuhren durch Böhmer reichlich gedeckt.

Seine Schwester Kirsten würde er mit diesem ganzen Mist definitiv nicht belasten. Aus ihren Nachrichten wusste er zwar, dass die Maßnahmen in München gut gelaufen waren. Sie brauchte, damit sie richtig wirken konnten, aber trotzdem alle Ruhe, die sie bekommen konnte.

Auch Jana wollte er nicht mit seinen Sorgen behelligen. Sie hatte gerade mit ihrem Lehrgang genug um die Ohren. Aber wer sonst ... Plötzlich tauchte ein Name in seinem Kopf auf, und im gleichen Moment fragte sich Max, warum er nicht schon viel früher an Marvin gedacht hatte.

Dr. Marvin Wagner war nicht nur der außergewöhnlichste Wissenschaftler, den Max je getroffen hatte. Der am ganzen Körper tätowierte und gepiercte forensische Psychologe und Schriftgutachter würde auch bald sein Partner in der Firma für private

Ermittlungen sein, die sie Anfang des kommenden Jahres gemeinsam gründen wollten. Max schätzte Marvins scharfen Verstand und die unkonventionelle Art, mit der er Probleme anging. Er dachte darüber nach, ob er ihn anrufen und ihm von diesem Fall erzählen sollte. Vielleicht fiel ihm ja spontan etwas dazu ein? Auch wenn Marvin mit hoher Wahrscheinlich mit der Welt der Anwälte und Banker weder etwas zu tun hatte, noch zu tun haben wollte, hätte er vielleicht trotzdem eine Idee, die ihnen weiterhelfen könnte. Und selbst wenn nicht … schaden würde ein Anruf bei Marvin keinesfalls, und Max würde es auf jeden Fall guttun, mit ihm zu reden.

»Mein Freund und zukünftiger Geschäftspartner Max«, meldete sich Marvin gewohnt gut gelaunt, doch Max fiel auf, dass seine Stimme heiser klang.

»Hallo«, sagte Max. »Schön, dass ich dich erreiche. Aber du klingst seltsam, ist alles in Ordnung?«

»Bis auf die Horde Krankheitserreger, die in meinem Mund schunkelnd *Home Sweet Home* singen, ja.«

Max schmunzelte. »Du hast dich erkältet?«

»Ja, aber es ist nichts Dramatisches. Zudem bin ich schon wieder auf dem Weg der Besserung. Aber nun sag, ist es das Bedürfnis nach einem eloquenten Gespräch, das dich zum Telefon hat greifen lassen, oder plagt dich ein berufliches Problem, über das du mit mir sprechen möchtest?«

»Ich schätze, es ist eine Mischung aus beidem. Ich würde mit dir gern eloquent über ein berufliches Problem reden. Fühlst du dich fit genug dafür, oder soll ich mich ein anderes Mal wieder melden?«

»Ich lege schnell die Füße hoch und mache es mir bequem, um entspannt und konzentriert deinen Ausführungen lauschen zu können, während auf dem Tisch ein dampfender Erkältungstee darauf wartet, von mir verinnerlicht zu werden. Ordne ich das richtig ein, dass dein Anruf etwas mit dem Auftrag zu tun hat, den du für die Kanzlei *Müller & Mahler* übernommen hast? Ich habe natürlich darüber gelesen.«

»Ja, damit hat es tatsächlich zu tun«, bestätigte Max, den die Tatsache, dass Marvin bestens informiert war, nicht weiter wunderte.

»Dein Klient sitzt noch immer in Untersuchungshaft, nicht wahr?«

»Ja, leider. Ich bin absolut überzeugt, dass er nichts mit den Morden zu tun hat, aber es gibt leider einiges, das für ihn als Täter spricht.«

»Nun denn, schieß los. Ich liege bequem.«

Max berichtete Marvin von den vergangenen Tagen und ließ nichts aus. Von Pirlo und seinen Eigenarten erzählte er ebenso ausgiebig wie von den Gesprächen, die er mit den verschiedenen Leuten geführt hatte, manche gemeinsam mit Pirlo, andere mit Sophie. Marvin hörte aufmerksam zu und stellte keinerlei Zwischenfragen, doch Max ahnte aus Erfahrung, dass er sich vermutlich Notizen machte.

Als Max schließlich fertig war, entstand eine längere Pause. Wahrscheinlich würde Marvin noch einmal durchgehen, was er aufgeschrieben hatte.

»Gut!«, sagte der Psychologe schließlich, als Max gerade nachfragen wollte, ob er überhaupt noch am Telefon war. »Fasse ich es richtig zusammen, wenn ich feststelle, dass Ernst Mahler zum Tatzeitpunkt des Mordversuchs an Frau Kühne bewiesenermaßen in diesem Hotel war? Und dass, jenseits üblicher Ränkespiele um Macht, Geld und Einfluss, ein *realistisches* Motiv gewesen sein könnte, dass er als Gründer die Kanzlei vor einer möglichen Katastrophe durch die Aussage seines Partners vor dem Untersuchungsausschuss bewahren wollte?«

»So scheint es jedenfalls die Staatsanwaltschaft zu sehen.«

»Was diese Sorge vor einer Aussage seiner Partner anbelangt: Wenn ich es richtig verstehe, war bei Karl Müller eher zu erwarten, dass er bei dem Aufsetzen der TaxEx-Modelle gar keinen Fehler gesehen hat. Er wäre in dem Ausschuss dann eher trotzig gewesen, oder?«

»Wenn man zugrunde legt, was seine Sekretärin und seine Mitarbeiter gesagt haben, ist das jedenfalls möglich.«

»Du sagst aber, dass Ernst Mahler die TaxEx-Geschäfte *beenden* wollte.«

»Ja, aber das wusste niemand.«

»Fast niemand«, korrigierte ihn Marvin. »Diesem Banker hat er es ja doch gesagt.«

»Das stimmt.«

»Nun, wenn ich es zusammenfassen darf, bedeutet das, dass Ernst Mahler ein Motiv hätte haben können, Karl Müller zu töten, damit er nicht vor dem Ausschuss aussagt und die Kanzlei durch seine Selbstherrlichkeit keinen Schaden nimmt, obwohl die TaxEx-Geschäfte dadurch wahrscheinlich *nicht* mehr weitergegangen wären. Oder aber er hätte ein Motiv gehabt, Karl Müller zu töten, weil der die TaxEx-Geschäfte in anderer Form mit diesem Banker eben *doch* weiterführen wollte.«

Max nickte am Hörer. »Das ist leider beides richtig.«

»Und beides würde reichen, um einen Mordvorsatz anzunehmen.«

Fast bereute es Max, dass er Marvin angerufen hatte. Einerseits freute er sich über dessen Unterstützung. Andererseits war die Zusammenfassung des Psychologen ganz schön ernüchternd. So ging es leider auch weiter.

»Ich habe es außerdem richtig verstanden, dass er für die möglichen Tatzeiten – zumindest, was seine beiden Partner betrifft – keine Alibis hat?«

»Das hast du«, bestätigte Max, »und ich teile deine wahrscheinliche Schlussfolgerung, dass das aus Sicht eines Haftrichters ein ausreichender Grund sein dürfte, Ernst Mahler in U-Haft zu belassen.«

»Genau. Und auf der anderen Seite habt ihr quasi nichts, das ihn *ent-* oder jemand anderen *be*lastet. Insbesondere habt ihr keinen Anhaltspunkt dafür, wer oder was dieser *Sigmund* ist, der bei Karl Müller und Petra Kühne an ihrem Todestag im Kalender auftaucht.«

»Ja. Leider.«

Marvin seufzte. »Ich verstehe jetzt, warum du mit jemandem reden wolltest, der seine Sinne und seinen Verstand beisammen hat. Gibt es bei dem Mord an diesem Zeitungsjournalisten eigentlich wirklich keinerlei Hinweise, dass es sich um den gleichen Täter handeln könnte?«

»Nicht, dass ich wüsste. Aber ich weiß eben nicht viel, weil Böhmer sich nach wie vor stur stellt und nicht eine einzige Information rauslässt.«

»Du meinst, dass er dir ansonsten mitgeteilt hätte, was die Polizei weiß und denkt?«

»So weit wäre er nicht gegangen. Horst ist ein guter Polizist. Sicher hätte er mir keine Geheimnisse zugespielt. Aber wenn es Anhaltspunkte dafür gegeben hätte, dass mit Ernst Mahler tatsächlich ein Unschuldiger im Knast sitzt, hätte er mich schon mit der Nase darauf gestoßen.«

»Vielleicht gibt es sie einfach nicht.«

»Was meinst du?«

»Diese Anhaltspunkte. Vielleicht spricht nun einmal alles dafür, dass Ernst Mahler schuldig ist.«

Max hatte sich auf diesen Einwand vorbereitet. »Das kann sein. Dann hätte Böhmer mich das allerdings auch wissen lassen. Er hätte wahrscheinlich gesagt, dass ich es vergessen kann, weil der wahre Mörder schon gefunden ist. Dass ich mich verrenne und den Wald vor lauter Bäumen nicht mehr sehe oder so was. Nicht aber, dass die Sache einen Hintergrund *von ganz oben* hat und daher *zu groß* für mich ist. Was auch immer das überhaupt bedeuten soll.«

»Hat er sich davor schon mal so verhalten?«

»Nein, und ich hätte es auch nie für möglich gehalten, dass das passieren könnte.«

»Dann sehe ich nur zwei Möglichkeiten: Entweder etwas hat doch Böhmers Vertrauen in dich erschüttert, oder er wird von jemandem unter Druck gesetzt.«

»Es gibt noch eine dritte«, warf Max ein. »Dass es stimmt, was er mir gesagt hat, und er mich einfach nur beschützen möchte.«

»Hm ...«, brummte Marvin. »Indem er dir Informationen vorenthält, die dir vielleicht helfen würden? Und vor allem ... vor *wem* sollte er dich beschützen wollen?«

»Wahrscheinlich vor meinen Auftraggebern.«

»Ich denke, ein Hebel für euch könnte sein, mehr über die näheren Umstände des Mordes an Petra Kühne herauszufinden. Den Tod von Karl Müller hat die Polizei ja lange als Suizid behandelt. Bei ihr schienen sie aber wesentlich schneller bereit zu sein, von einem Mord auszugehen.«

»Es gibt ja auch Anhaltspunkte dafür, dass eine andere Person mit ihr im Raum war.«

»Das zweite Glas?«

»Ganz genau.«

»Auf den Videobändern ist aber niemand erkennbar, der in das von ihr gemietete Zimmer gegangen ist, oder?«

»Nein. Der *Breidenbacher Hof* ist ein altehrwürdiges Hotel. Man hat dort auf den einzelnen Fluren nie Kameras eingebaut. Es gibt nur Aufnahmen aus der Lobby.«

»Und da ist niemand Verdächtiges zu sehen?«

»An dem Tag war dort die Hölle los. Man sieht auf den Bändern jede Menge interessante Menschen. Wenn die Prominenz nach Düsseldorf kommt, steigt sie nun einmal am liebsten dort ab. Peter Maffay hatte an dem Abend beispielsweise ein Konzert in der Stadt. Außerdem übernachteten dort ein paar Schauspieler, die eine Serie für Netflix drehen, ein Topmodell aus New York und Fynn Wabnitz.«

»Der Tech-Typ.«

»Genau der. Das ist aber nichts Besonderes. In Düsseldorf soll schließlich die Zentrale des deutschen Weltraumprogramms entstehen.«

»Ich sehe schon«, bemerkte Marvin amüsiert. »Das Hotel ist wirklich der *place to be.*«

»Zumindest, wenn man etwas in Düsseldorf zu erledigen hat. An diesem Abend hat etwa auch Inter Mailand in der Europa League gegen Bayer Leverkusen gespielt. Von den Italienern läuft eigentlich die ganze Zeit jemand aus der Mannschaft durch das Kamerabild der Lobby.«

»Aber niemand, der mit unserem Fall zu tun hat.«

»Nein«, antwortete Max. »Niemand außer Ernst Mahler.«

»Womit wir wieder an unserem Ausgangspunkt angekommen sind.«

»Leider.«

Marvin dachte eine Weile nach. »Weißt du eigentlich, ob es Spuren in dem Zimmer von Petra Kühne gibt, die auf Ernst Mahler schließen lassen?«

»Wie meinst du das?«

»Wenn ich dich richtig verstanden habe, hat er erklärt, dass er nicht *in* dem Raum war, oder?«

»Genau.«

»Dann wäre es doch entlastend, wenn es darin auch keine Spuren gäbe.«

Max lächelte ins Telefon. »Das ist absolut richtig.« Er dachte nach. »In der Akte stand dazu nichts. Es könnte aber sein, dass die Polizei Erkenntnisse hat, die dort erst noch abgeheftet werden. Die tagesaktuellen Details dazu kennt nur die Mordkommission.«

»Und damit Horst Böhmer.«

»Richtig. Ich wollte ihn eigentlich nicht mehr fragen, weil er mich oft genug abgewimmelt hat, aber ich denke, diese persönlichen Empfindsamkeiten muss ich jetzt einfach hintanstellen. Ich werde ihn noch mal anrufen und versuchen, etwas von ihm zu erfahren. Danke dir, Marvin, ich wusste, dass mir das Gespräch mit dir guttun würde. Ich wünsche dir gute Besserung!«

»Mach dir keine Sorgen um mich, lieber Max, es ist nur eine Erkältung. Wie sagte schon Marcus Tullius Cicero: *Krankheiten der Gesinnung sind verderblicher und häufiger zu treffen als Krankheiten des Körpers.*«

»Wer ist Marcus Tullius Cicero?«

»Ein römischer Staatsmann, der im letzten Jahrhundert vor Christi Geburt gelebt hat.«

Max schüttelte grinsend den Kopf. Er wunderte sich nicht zum ersten Mal darüber, was Marvin alles wusste.

»Bis bald, und nochmals danke für deine Zeit.«

»Gehab dich wohl, lieber Max«, entgegnete Marvin und legte auf.

Einen Moment dachte Max noch über das Gespräch nach, das ihm zwar keine neuen Erkenntnisse gebracht, ihn aber dazu ermuntert hatte, trotz allem bei Böhmer anzurufen, was er dann auch tat.

»Hallo, Max«, meldete sich Böhmer, zu Max' Verwunderung recht freundlich.

»Hi, Horst. Hast du einen Moment für mich?«

»Worum geht es?«

»Ich ... sag mal, was ist denn los? Du klingst so ... normal.«

Ein paar Atemzüge lang schwiegen beide, dann sagte Böhmer: »Es tut mir leid.«

Max war nun wirklich überrascht. »Was genau meinst du?«

»Es tut mir leid, wie ich in den letzten Tagen mit dir gesprochen habe. Das hast du und das hat unsere Freundschaft nicht verdient.«

»Wow! Ich kenne dich ja ein wenig und ahne, wie schwer dir das gerade fallen muss.«

»Stimmt. Aber es muss sein. Wie gesagt, ich habe nachgedacht. Wenn du nicht angerufen hättest, dann hätte ich es heute noch getan. Das Einzige, das ich zu meiner Verteidigung anführen kann, ist der irre Druck, unter dem wir alle stehen.«

»Oder unter dem *du* stehst, wenn du mit Chiara Jebsen in einem Raum bist?«

»Jetzt werde nicht wieder unsachlich. Im Präsidium herrscht jedenfalls ein derart beschissenes Klima, dass es fast nicht auszuhalten ist. Das habe ich dann eben ein Stück weit an dir ausgelassen. Also noch mal: sorry!«

Das klang ganz danach, als ob Böhmer wieder der Alte wäre. Und das würde wiederum bedeuten, dass er auch … »Horst, das ehrt dich sehr, und ich gestehe, ich fand es nur schwer erträglich, wie du dich mir gegenüber benommen hast. Aber ich verstehe auch, dass die Umstände im Moment für euch extrem belastend sind. Jedenfalls freue ich mich, dich endlich wiederzuerkennen. Und ich habe eine Bitte an dich: Kannst du mir die Spurenauswertung aus dem Hotelzimmer von Petra Kühne zukommen lassen? Vielleicht entdecke ich ja etwas, das uns alle weiterbringt.«

Zwei, drei Sekunden vergingen, dann sagte Böhmer: »Nein.«

34

SOPHIE

Donnerstag, 24. 10., 10 Uhr

Am Donnerstagmorgen war der Bürgersaal des Düsseldorfer Rathauses nach Sophies Empfinden überraschend gut gefüllt.

»Sehe ich anders«, knurrte Max. »Jedenfalls den Teil mit der Überraschung. Dass viel los ist, gestehe ich zu. Wenn du mich fragst, war das aber auch genau so zu erwarten.«

»Na ja«, entgegnete Sophie, während sie ihre Tasche von dem Stuhl neben sich nahm, um selbst in der vorletzten Reihe noch anderen Zuschauern einen Sitzplatz zu ermöglichen. »Eigentlich hatte ich für eine Presserunde des *ehemaligen* Justizministers dazu, wie er die TaxEx-Welt und seine Rolle darin sieht, nicht unbedingt besonders viel Interesse erwartet.«

»Und damit dürftest du auch richtig liegen.« Max starrte während seiner Antwort nach vorn zum Rednerpult. Er wirkte angespannt. »Dieser ganze Steuerkram ist schließlich weder einfach zu verstehen noch für Hainsch und dessen Partei ein besonderes Ruhmesblatt. Welcher Mensch, der einigermaßen bei Verstand ist, würde sich schon freiwillig anhören wollen, wie der Staat das ihm durch abenteuerliche Steuersätze gerade erst weggenommene Geld direkt danach geschickten Kriminellen in den Rachen geworfen hat?« Er fuhr sich durch die Haare. »Jetzt aber lebt der Skandal nicht mehr nur von den üblichen gegenseitigen Schuldzuweisungen verfeindeter Politiker, sondern kreist zusätzlich um eine Mordserie, die eine der besten Anwaltskanzleien des Landes betrifft und die damit angefangen hat, dass ein Partner ums Leben gekommen ist, der genau *heute* vor dem TaxEx-Untersuchungsausschuss hätte aussagen sollen. Kein Wunder, dass hier die Bude sogar dann voll ist, wenn ein abgesetzter Minister seinen Senf dazu abgibt. Mehr True-crime-Popcorn-Unterhaltung geht ja fast gar nicht.«

Sophie nickte, was ihm als Kommentar zu genügen schien. Damit hätte sie es bewenden lassen können. Sie hatte schließlich jede Menge eigene Sorgen. Trotzdem trieb sie seine Unruhe um. Klar, bisher hatte Max nicht gerade als beschwingter Alleinunterhalter geglänzt. Dennoch hatte Sophie ihn nie unausgeglichen oder sogar unwirsch erlebt. Max wirkte fokussiert, klar und absolut entschlossen, alles zu tun, was zur Lösung ihres Falls beitrug. Zumindest bis jetzt.

»Ist alles in Ordnung bei dir?«, fragte sie daher.

»Selbstverständlich.« Sagte er zumindest. Meinte er aber ihrem Gefühl nach nicht. Sophie war sich sicher, dass ihn irgendwas beschäftigte. Die entscheidende Frage war, ob er trotzdem so konzentriert bei der Sache war, wie sie ihn brauchte.

»Du weißt, dass ich immer ein offenes Ohr für dich habe.« Sie hatte ihre Stimme gesenkt. Es musste schließlich niemand mitbekommen, dass sie sich dem Ermittler so nah fühlte. Genau genommen konnte sie es selbst kaum glauben. Zum einen kannte sie Max erst seit ein paar Tagen, zum anderen hatte diese Tage eine Katastrophe nach der anderen geprägt. Unterm Strich war das wahrscheinlich alles andere als ein guter Anfang für – ja, wofür eigentlich? Und was bedeutete diese neue Nähe zu Max für ihr Verhältnis zu Pirlo? Die Lage war absurd. Vor ein paar Tagen war Sophie noch davon überzeugt gewesen, dass der Umgang mit ihm eigentlich gar nicht komplizierter werden konnte. Dann war Max aufgetaucht und hatte auf der Unübersichtlichkeitsspur ihres Gefühlslebens links geblinkt und rechts überholt.

»Ich weiß«, sagte Max.

»Wie bitte?«

»Ich habe gesagt, dass ich das weiß. Mir ist klar, dass ich im Zweifel mit dir sprechen kann. Vielleicht mache ich das auch, wenn mir die richtigen Worte einfallen. Gerade bin ich einfach noch viel zu sehr am Rätseln darüber, was mit Horst los sein könnte.«

»Wer ist das?«, fragte Sophie. Sie glaubte, den Namen verorten zu können. Sicher war sie aber nicht. In den letzten Tagen waren so viele Personen aufgetaucht, dass sie sich ausnahmsweise zugestand, auch mal den Überblick verlieren zu dürfen.

»Mein ehemaliger Kollege«, brummte Max. Er sah bedrückt aus. »Und – so hoffe ich – nach wie vor mein bester Freund.« Er schien sich einen Ruck zu geben. Sein Lächeln wirkte jedoch ziemlich aufgesetzt. Für einen Moment rang Sophie mit dem Bedürfnis, ihn in den Arm nehmen zu wollen.

Max kam dem Impuls zuvor: »Mach du dir aber bitte nicht auch noch meine Sorgen.«

Sie spürte seine Hand auf ihrem Unterarm. Falls sie das beruhigen sollte, klappte es nicht. Natürlich nicht. Sophie errötete. Dann suchte sie seinen Blick. Was sie darin zu finden erwartete, konnte sie nicht sagen. Sophie wusste noch nicht einmal, was sie sich überhaupt zu finden *erhoffte*.

Wohin auch immer Max aber zuvor gesehen haben mochte, jetzt hatte er sich in Richtung Rednerpult gedreht. Auch die Hand war verschwunden. Rainer Hainsch hatte den Raum betreten. Es ging los.

»Meine Damen, meine Herren, es freut mich, dass Sie sich so zahlreich hier versammelt haben und wir für den wichtigen Anlass diesen wundervollen Raum nutzen dürfen. Ich danke meinem Parteifreund aus dem Rathaus, dem geschätzten Oberbürgermeister, ganz herzlich dafür.«

Das dürfte auch mehr als angemessen sein, dachte Sophie. Nachdem die *POST* Rainer Hainsch als den politischen Hauptverantwortlichen dafür ausgemacht hatte, dass die TaxEx-Deals *überhaupt* in die Welt gekommen waren, brauchte er sich im Landtag schließlich nicht mehr blicken zu lassen.

»Was diesen Tag so wichtig macht«, fuhr Hainsch fort, »ist, dass wir uns gemeinsam Fragen widmen wollen, auf die heute eigentlich ein anderer Antworten zu geben gehabt hätte, eine Person, die zunächst das äußerst umstrittene TaxEx-Modell erfunden, sich danach aber der Verantwortung entzogen hat.«

Alles in Sophie sträubte sich. Jedes von Hainschs Worten hatte sich wie ein Stich angefühlt. Es mochte ja sein, dass sie enttäuscht von Karl Müller war, trotzdem war er ihr erst vor kurzem verstorbener Patenonkel. Wenig war so billig, wie sich auf Kosten eines Toten zu profilieren. Trotz ihrer aufkeimenden Wut war ihr allerdings aufgefallen, dass Hainsch öffentlich mit der Suizid-These kokettierte. Zumindest bis jetzt.

»Natürlich verfolge auch ich die Medien«, legte Hainsch nach. »Und selbstverständlich geht es an mir nicht vorbei, dass es Stimmen gibt, die davon ausgehen, dass diese *Person* – und ich meine natürlich die Anwaltsgröße Karl Müller – für sein Fehlverhalten durch die Hand des eigenen Kanzleikollegen bestraft worden sein könnte.«

Bei Hainsch klang das weniger nach einem Mord als eher nach einer Art biblischer Rache. Er ließ diesen Satz auf die Zuhörer wirken. Bis hierhin hatte er nichts gesagt, was nicht schon allen bekannt war. Trotzdem entging Sophie nicht, dass die Anwesenden an seinen Lippen hingen.

»So oder so«, fuhr Hainsch fort, »ist es wichtig und richtig, dass wir nicht etwa wie meine Nachfolgerin, Frau Jebsen, pauschal auf dem herumreiten, was sie angeblich an verbesserungswürdigen Strukturen im Amt vorgefunden haben will, sondern uns, wie es mein neues Programm vorsieht, der wesentlichen Frage zuwenden: Nämlich wie wir verhindern können, dass in Zukunft noch einmal *solche* Leute das System kapern können, gierige Juristen, die der einfache Mann aus dem Volk gern und oft genug aus guten Gründen als *Rechtsverdreher* beschimpft!«

»Wir könnten uns aber natürlich auch damit befassen, warum es solche Strukturen *überhaupt* gegeben haben kann«, rief jemand aus dem Zuschauerraum. Sophie nahm wahr, dass sich die Blicke aller Anwesenden auf sie gerichtet hatten, und begriff, dass es tatsächlich *sie* gewesen war. Sie zuckte mit den Schultern. Und wenn schon? Der Vollpfosten dort vorn hatte schließlich angefangen.

»Es ist schwer vorstellbar, dass externe Berater mit ihren Ideen den ganzen politischen Aufbau auf den Kopf gestellt haben. Sollten wir nicht langsam mal danach fragen, wer es eigentlich ermöglicht hat, dass die TaxEx-Vorschläge zu Gesetzen geworden sind?«, legte Sophie entschlossen nach. »Und wenn wir schon dabei sind: Wie kann es sein, dass ausgerechnet *Ihr* Ministerium, Herr Hainsch, Entscheidungsentwürfe bis in den Bundestag getragen haben soll?«

»Das sind doch alles infame Unterstellungen!«, erwiderte der Politiker verärgert. »Ich verbitte mir solche hanebüchenen Vorhaltungen.« Das Interesse der Anwesenden hatte sich jedoch schon längst von ihm abgewandt und auf Sophie konzentriert. Dann fing das Geflüster an.

»Das ist doch Sophie Mahler!«

»Die Anwältin?«

»Das auch, vor allem aber die Tochter von Ernst Mahler.«

»Ist das nicht der, den sie wegen der Morde in den Knast gesteckt haben?«

»In Untersuchungshaft.«

»Na, das hätten sie ja wohl nicht gemacht, wenn da nichts dran wäre!«

»Mahlers Kollege hätte heute über das, was sie mit diesen Politikern gedreht haben, aussagen sollen.«

»Und *das* ist die Tochter?«

»Ganz genau.«

»Nein!«

»Doch!«

»Oh!«

Und so weiter.

Im Augenwinkel sah Sophie, wie Max' Miene erstarrte. Kurz überlegte sie, ob jetzt *sie* damit dran war, ihm eine beruhigende Hand auf den Arm zu legen. Bis sie sich entscheiden konnte, hatte sich die Stimmung im Saal allerdings erneut gedreht. Zwar kamen auch weiterhin viele Fragen auf, diese stellten allerdings weder Hainsch noch Sophie, sondern die Zuhörerschaft. Die Stoßrichtung war dabei klar: Der Politiker sollte sich erklären. Sophies Ausruf hatte einer Ketchup-Flasche voller Empörung den Deckel abgerissen. Jetzt gab es kein Halten mehr.

»Wann stehen Sie für das ein, was Sie in Ihrer Rolle als Minister selbst ermöglicht haben?«

»Wann legen Sie offen, wann Sie sich mit Anwälten und Bankern getroffen haben und was dabei zu TaxEx besprochen wurde?«

»Wie wollen Sie dafür sorgen, dass die riesigen Schäden für die Steuerzahler beglichen werden?«

Sophie beteiligte sich daran nicht mehr. Stattdessen beobachtete sie still, wie sich Hainsch immer mehr aufregte, ehe er Ruhe einfordernd heftig auf das Rednerpult schlug und, als das den Ansturm an Fragen nicht etwa unterbrach, sondern sogar noch mehr Aufruhr entfachte, mit hochrotem Kopf aus dem Saal stürmte.

»Das hat das Ekelpaket verdient«, raunte Sophie zu Max, der

allerdings schon wieder nicht ganz bei ihr zu sein schien. Ehe sie erneut fragen konnte, ob alles in Ordnung sei, ließ er erkennen, dass er diesmal keine Trübsal geblasen, sondern wieder gewohnt schnell die Lage analysiert hatte.

»Wir sollten uns ebenfalls davonmachen«, flüsterte er. »Lass uns die Gelegenheit nutzen, ehe die allgemeine Aufmerksamkeit sich wieder dir zuwendet.«

Sophie nickte. Max hatte natürlich recht. Die Leute hatten schließlich für das Spektakel Feuer gefangen. Außer ihr war allerdings niemand mehr übrig, der es ihnen liefern konnte.

»Was denkst du über Hainschs Auftritt?«, fragte sie keuchend, während sie über den Vorplatz des Rathauses in Richtung Carlsplatz und damit auch Richtung *Recht.Schaffen* neben Max hereilte.

Kurz vor dem Jan-Wellem-Denkmal blieb er stehen. »Wenn du mich fragst, ist ihm klar, dass er schon verdammt viel verloren hat. Trotzdem scheint er sich davor zu fürchten, dass es *noch mehr* werden könnte. Außerdem scheint er keinerlei Impulskontrolle zu haben.«

»Was gut für uns ist«, fügte Sophie hinzu. »Oder?«

»Bei dem Mord an Schwerdtfeger wirkte es jedenfalls nicht so, als sei der Täter in der Lage, sich besonders zusammenzureißen.«

»Was aber noch nichts mit meinem Vater zu tun hat.«

»Das nicht. Aber vielleicht mit Hainsch.«

35

MAX

Donnerstag, 24. 10., 13 Uhr

Max hatte den Wagen auf einem Parkplatz der Kanzlei abgestellt, der für die Dauer der Ermittlungen für ihn reserviert war. Er verabschiedete sich von Sophie, die noch kurz ins Büro wollte, bevor sie zurück zu ihrer Mutter fahren würde, und machte sich dann auf den Weg nach Hause. Die Wut über die Unverfrorenheit, mit der dieser Hainsch aufgetreten war, obwohl ihm das Wasser bis zum Hals stand, rumorte noch immer in Max. Wahrscheinlich war er aber auch deshalb so leicht reizbar, weil Böhmer für ihn immer mehr zur Blackbox wurde. Nie hätte er es für möglich gehalten, dass er einmal ernsthaft an dessen Freundschaft zweifeln würde. Andererseits hatte Böhmer sich bei Max für sein Verhalten entschuldigt, und das hatte ehrlich geklungen.

Max stieß ein kurzes, humorloses Lachen aus. Noch vor wenigen Tagen wäre er sicher gewesen, Böhmer gut genug zu kennen, um zu *wissen*, dass er das, was er gesagt hatte, auch so meinte. Momentan wusste er nicht einmal mehr, ob er Böhmer überhaupt kannte. Konnte es wirklich sein, dass der Einfluss der neuen Justizministerin auf ihn so groß war?

Max fiel ein, dass Böhmer jeder Frage nach Chiara Jebsen bisher konsequent ausgewichen war. Und noch etwas kam ihm in den Sinn: Seit er, Max, mit Jana zusammen war, hatte er Böhmer nicht mehr gefragt, wie es ihm persönlich ging. Es war schon Jahre her, dass Böhmer sich auf eine Beziehung mit einer Frau einlassen wollte, die dann aber ermordet wurde. War sein Ex-Kollege deshalb vielleicht anfällig für das Interesse einer Frau an ihm? Falls es dieses Interesse tatsächlich gab.

Max wischte den Gedanken beiseite und nahm sich vor, seine Schwester anzurufen, sobald er in seiner Wohnung war. Doch dazu kam es nicht.

Als er den Wagen abgestellt hatte und ausgestiegen war, lief ein etwa fünfundvierzigjähriger, dunkelhaariger Mann auf ihn zu. Er war schlank, trug eine Steppjacke und Jeans und sah schon aus der Entfernung nach Polizist in Zivil aus.

»Guten Tag, Herr Bischoff«, sagte er freundlich, aber bestimmt, als sie sich gegenüberstanden. »Mein Name ist Mannstein, ich bin Kriminalhauptkommissar und neu in Ihrer alten Dienststelle. Frau Keskin würde sich gern mit Ihnen unterhalten.«

»Darf ich Ihren Dienstausweis sehen?«, fragte Max, weniger überrascht, als Mannstein das wohl erwartet hatte. Der Polizist zögerte einen Moment, bevor er in seine Manteltasche griff und Max gleich darauf den Ausweis entgegenhielt. Nach einem kurzen Blick darauf sagte Max: »Warum möchte sie mich sehen?«

»Das wird sie Ihnen vermutlich gleich selbst sagen.« Mannstein deutete hinter sich. »Am besten kommen Sie einfach mit.«

Max konnte sich ein Grinsen nicht verkneifen. »Nehmen Sie es mir nicht übel, Herr Mannstein, aber ich habe gerade ein *Déjà-vu*. Ich glaube, diese Szene habe ich vor kurzem mal in einem FBI-Film gesehen. Es war kein guter.«

Ehe der Beamte etwas erwidern konnte, setzte Max sich in Bewegung. »Also gut, gehen wir. Bringen Sie mich zum Präsidium?«

»Nein«, sagte Mannstein und ging neben Max her. »Frau Keskin wartet an einem neutralen Ort auf Sie.«

»Wir bleiben also dicht an der Vorlage aus dem Fernsehen«, entgegnete Max sarkastisch.

Das zivile Einsatzfahrzeug Mannsteins war etwa fünfzig Meter weiter am Straßenrand geparkt.

Sie fuhren am Botanischen Garten vorbei und bogen nach etwa einer Viertelstunde in einen schmalen Weg des Industriegebiets in Reißholz ein, der vor einem halb verfallenen Fabrikgebäude endete. Das Gelände, auf dem der alte Ziegelsteinbau stand, war übersät mit Bauschutt und Schrott. Mannstein steuerte nach rechts und hielt vor einem Nebengebäude. Die Eingangstür, zu der drei ausgetretene Steintreppenstufen hinaufführten, hing schief in den Angeln und stand halb offen.

»Sie finden meine Chefin da drin«, sagte Mannstein und deutete zum Eingang. »Ich warte hier und bringe Sie nach Ihrem Gespräch wieder zu Ihrer Wohnung zurück.«

»Danke«, entgegnete Max knapp und stieg aus.

Der Raum, den er durch den Türspalt betrat, war etwa dreißig Quadratmeter groß und leer. Das durch die teilweise glaslosen Fenster einfallende Licht reichte aus, um zu erkennen, dass der Boden staubbedeckt war. Hier und da lagen leere Flaschen, Plastiktüten und anderer Müll herum.

Eslem Keskin hatte, an die Wand gelehnt und eine E-Zigarette rauchend, auf ihn gewartet. Nun stieß sie sich ab, ließ das qualmende Gehäuse in ihrer Manteltasche verschwinden und kam auf ihn zu. »Da sind Sie ja«, stellte sie zwar sachlich richtig, aber überflüssigerweise fest.

Max hob die Brauen. »Sie rauchen?«

Keskin zuckte mit den Schultern. »Nach vielen Jahren wieder, zumindest für den Moment. Das ist der Situation geschuldet.«

Max verzichtete darauf zu fragen, was genau sie mit *der Situation* meinte. »Warum treffen wir uns hier?«

Keskin stieß ein zischendes Geräusch aus. »Können Sie sich das nicht denken, Sie Superschnüffler?«

»Nein, das kann ich nicht«, entgegnete Max und bemühte sich

317

erst gar nicht, seinen Unmut zu verbergen. »Und ich will Ihnen auch gern sagen, warum das so ist: weil ich mir seit neuestem gar nichts denken, geschweige denn etwas *wissen* kann, was in irgendeiner Weise mit meiner alten Dienststelle zu tun hat. Und ich vermute, das ist so, weil Sie es auch auf den letzten Metern in Ihrer Funktion als Leiterin des KK 11 noch nicht aufgegeben haben, ihren privaten Kreuzzug gegen mich zu führen.«

»Was Sie vermuten, Herr Bischoff, ist Ihnen überlassen und mir ehrlich gesagt ziemlich egal«, erklärte Keskin mit einer Portion zu viel Arroganz in der Stimme, als dass Max sie ihr einfach abgenommen hätte. »Ich habe andere Sorgen, als mir Gedanken über Ihre Befindlichkeiten zu machen.«

»Was mich zu meiner ursprünglichen Frage zurückkehren lässt, warum Sie mich hier sprechen wollten. Vielleicht schaffen Sie es ja *dieses* Mal, nicht mit einer Gegenfrage zu antworten.«

Keskin zog die E-Zigarette aus der Tasche, nestelte kurz daran herum und nahm dann einen tiefen Zug. Offenbar war sie nervös. Nachdem sie eine dichte Rauchwolke ausgestoßen hatte, deutete sie in den Raum. »*Hier* treffen wir uns, weil ich nicht möchte, dass bestimmte Leute erfahren, dass wir uns unterhalten haben.«

»Wen meinen Sie damit?«

»Das spielt keine Rolle.«

Max schüttelte den Kopf. »Um mir diese Andeutungen ohne weitere Erklärungen anzuhören, hätte ich nicht hierherkommen müssen, das erzählt mir auch Böhmer jedes Mal, wenn wir uns unterhalten.«

Keskin sah sich um, als wolle sie sich versichern, dass sie noch immer allein waren. »Es geht mir auch um etwas anderes. Sie und ich waren nie Freunde, und wir werden es auch nie sein. Sie haben einen nicht unwesentlichen Anteil daran, dass ich meine Stelle als KK-Leiterin aufgeben musste und ...«

Sie stockte, weil Max sich mitten in ihrem Satz umgedreht hatte und auf die Tür zuging. »Was soll das? Wo gehen Sie hin?«

Max wandte sich zu ihr um und sagte: »Das Gespräch ist an dieser Stelle beendet. Ich weiß nicht, in welcher Welt Sie leben, Frau Keskin, aber es ist offenbar eine Scheinrealität, die Sie sich so zusammengezimmert haben, wie es für Sie passt.«

»Wie meinen Sie das?«

»Sie, Frau Kriminalrätin, haben in Ihrem Job kolossal versagt. Sie haben sich sogar strafbar gemacht, indem Sie bewusst wichtige Informationen zurückgehalten und dadurch beinahe meinen Tod und auch den einer Ihrer Beamtinnen verschuldet haben. Nicht *ich* habe Schuld daran, dass Sie Ihre Stelle aufgeben, sondern einzig und allein Sie selbst.«

Max drehte sich wieder um und hatte die Tür schon erreicht, als Keskin hinter ihm sagte: »Warten Sie.« Und einen Atemzug später fügte sie hinzu: »Bitte!«

Max bleib stehen und sah Keskin an.

»Ich habe von ganz oben – und bevor Sie fragen, ich weiß wirklich nicht, von wem genau das kommt – einen deutlichen Hinweis bekommen. Mir wurde mitgeteilt, dass es meiner Zukunft bei der Polizei nicht zuträglich sei, wenn ich weiter in diesem Fall herumstochere und es nicht endlich bei dem bewenden lasse, was doch offensichtlich ist: dass Ernst Mahler seine beiden Partner umgebracht hat, damit sie nicht vor dem U-Ausschuss aussagen und die Kanzlei ruinieren können.« Sie machte eine Pause und atmete tief durch. »Ich befürchte, man wird alles daransetzen, dass Mahler verurteilt wird. Die Gründe dafür können vielfältig sein, aber das Naheliegendste ist wohl, dass auf diese Art versucht wird, anderes zu vertuschen.«

Endlich rückte Keskin mit der Sprache heraus.

Max ging wieder auf sie zu. »Aber sogar, wenn Mahler vor Gericht gestellt wird, ist die Wahrscheinlichkeit hoch, dass er freigesprochen wird. Sie selbst wissen, wie dünn die Beweislage ist. Eigentlich sogar zu dünn für eine Untersuchungshaft.«

»Okay, es reicht normalerweise nicht mal für eine Untersuchungshaft, aber dennoch sitzt Mahler in der JVA. Was sagt uns das?«

»Sie meinen, dass sogar Richter beeinflusst werden?«

Statt einer Antwort zuckte Keskin mit den Schultern.

Max schüttelte den Kopf. »Das kann ich mir nicht vorstellen. Dazu würde gehören, dass diese Richter sich auch unter Druck setzen *lassen*.«

»Ich halte es für möglich, dass vielleicht der eine oder andere um sein Leben und um das seiner Familie fürchtet, nach dem, was gerade erst passiert ist.«

»Nach dem, was gerade ...« Max riss die Augen auf. »Christian Schwerdtfeger! Sie glauben, dass er umgebracht wurde, wird von manchen Leuten als Warnung verstanden, entweder zu funktionieren oder ebenfalls umgebracht zu werden?«

»Um es präziser zu sagen, ich halte es für gut möglich, dass Schwerdtfeger bei seinen Recherchen zum TaxEx-System etwas herausgefunden hat, das mächtige Menschen belasten könnte. Und dass er das bald veröffentlichen wollte und diese Menschen ihn deswegen umbringen ließen.«

»Meinen Sie mit diesen mächtigen Menschen Politiker?«

Keskin sah ihn mitleidig an. »Nicht zwingend. Bischoff, auch, wenn Sie jetzt an der Hochschule unterrichten, Sie waren und bleiben immer ein Bulle. Sind Sie sicher, dieses TaxEx-System verstanden zu haben? Ich denke nicht, denn wenn es so wäre, würden Sie die Finger von dieser Geschichte lassen, glauben Sie mir.«

Max überging diese Andeutung. »Was Sie gesagt haben, bedeutet doch auch, dass Sie der Meinung sind, dass Ernst Mahler unschuldig ist.«

Wieder erhielt er als Antwort nur ein Schulterzucken von Keskin. Erst nach einer Weile sagte sie: »Und es bedeutet noch etwas anderes: Wenn ich recht habe, dann sind Sie in großer Gefahr, falls Sie weiterermitteln.«

»Das mag sein, aber ich war mal Polizist, und Sie sind noch immer Polizistin. Wo kämen wir hin, wenn wir uns von der Angst abhalten ließen, unsere Arbeit zu tun, und nicht so lange mit allen uns zur Verfügung stehenden Mitteln nach der Wahrheit suchen, bis wir sie gefunden haben?«

»Das hier ist anders«, sagte Keskin leise.

»Nein, das ist es nicht. Angst ist Angst. Es spielt keine Rolle, ob eine Drohung aus der organisierten Kriminalität kommt, von Anwälten, Bankern oder von *irgendwo ganz oben* im Machtgefüge. Wenn wir uns davon einschüchtern lassen, haben diese Verbrecher gewonnen.«

Keskin nickte resigniert. »Ich habe gleich gesagt, dass Sie so reagieren werden.«

»Wem haben Sie das gesagt?«

»Herrn Böhmer. Der war bei mir und hat mich so lange bearbeitet, bis ich zugesagt habe, mich mit Ihnen zu treffen. Er leidet unter der Situation.«

Böhmer, dachte Max erleichtert. *Unsere Freundschaft ist ihm also doch wichtig.*

»Das war alles«, sagte Keskin und riss Max aus seinen Gedanken. »Mannstein wird Sie wieder nach Hause bringen.«

Max nickte ihr zu und verließ gleich darauf das Gebäude.

Auf der Fahrt zurück blickte Max aus dem Seitenfenster zum Zeichen für Mannstein, dass er keine Lust auf ein Gespräch hatte. Er dachte an seine Unterhaltung mit Kirsten nach dem ersten Treffen mit Mahler. Seine Schwester hatte ihm geraten, den Fall anzunehmen, weil er ungefährlich zu sein schien. Offensichtlich hatte sie sich getäuscht. Aber trotz der Warnungen von Böhmer und jetzt auch von Keskin wusste Max genau, dass er es sich für den Rest seines Lebens nicht verzeihen würde, wenn er diesen Fall in dem Bewusstsein aufgab, dass der Falsche des Mordes beschuldigt wurde und ein Mörder noch frei herumlief. Und dass er nichts dagegen unternommen hatte.

Das kam nicht in Frage.

Eine halbe Stunde später setzte Max sich auf seine Couch und nahm sein Smartphone in die Hand. Ihm war etwas eingefallen, das ihm ein ungutes Ziehen im Magen verursachte.

Als Keskin das Gespräch annahm, sagte er: »Sie haben mich eben davor gewarnt weiterzuermitteln. Was ist denn mit den anderen? Ernst Mahlers Tochter und Dr. Pirlo?«

Keskin stieß ein hysterisch klingendes Lachen aus. »Bischoff, Sie sind doch intelligent. Es würde mich nicht wundern, wenn auch sie eine klare Ansage bekommen. Über welche Kanäle auch immer. Und ich will mir nicht vorstellen, was das bedeutet, denn vor den beiden steht kein Horst Böhmer.«

»Danke«, sagte Max und legte auf.

Er musste mit Sophie reden. Sofort.

36

SOPHIE

Donnerstag, 24. 10., 14 Uhr

Das Gefühl, dass etwas nicht stimmte, kroch Sophies Rücken in dem Augenblick hinauf, in dem sie durch die Haustür trat.

Im Haus war es still. An sich war das nicht ungewöhnlich. Sophie hatte längst begriffen, dass ihre Mutter um diese Zeit, zwei Uhr am Nachmittag, den ersten Rausch des Tages ausschlief. Auch wenn es ihr vor sich selbst unangenehm war, dass sie sich vor ihrem Ausflug zu der Pressekonferenz von Rainer Hainsch sogar darauf *verlassen* hatte, war es doch genau so. Sie hatte bei ihrer Rückkehr daher ganz bestimmt keinen Trubel erwartet, keine Gespräche und keine wache Helena Mahler. Was Sophie jedoch stattdessen antraf, war auf eine seltsam aufdringliche Art nicht etwa nur die Abwesenheit von Geräuschen. Es war etwas anderes. Etwas *ganz anderes.*

»Hallo?«, rief sie vorsichtig ins Wohnzimmer. Niemand antwortete.

Langsam bewegte sich Sophie vorwärts. Alles hier fühlte sich sonderbar an. Fremd. *Bedrohlich.* Nur mit Mühe unterdrückte sie eine aufsteigende Panik. Sie musste sich konzentrieren. Was sie vorhatte, war eigentlich nicht viel mehr, als durch Räume zu gehen, die sie kannte, solange sie denken konnte. Ihre Eltern hatten in diesem Haus bereits vor ihrer Geburt gelebt. Auch nach dem Tod ihres Bruders Patrick waren sie entschlossen gewesen, die Villa nicht zu verlassen, sondern im Gegenteil alles genau so zu bewahren, wie es zuvor jeden Tag gewesen war. Sie erinnerte sich, dass sie die Entscheidung damals nicht nur einfach verstanden hatte, sondern sogar erleichtert gewesen war. Heute fragte Sophie sich, ob sie das alles nicht hätte besser überblicken, mehr durchdenken können. Sicher, sie war viel zu jung gewesen, um wirklich zu verstehen, was auf ihre Eltern und auf sie einprasselte. Trotzdem war genau diese *eine* Entscheidung womöglich einer der Kipppunkte dafür gewesen, dass sie jetzt, da ihr Vater nicht zur Verfügung stand, dafür sorgen musste, dass ihre Mutter einigermaßen über die Runden kam. Vorausgesetzt natürlich, dass sie überhaupt *da* war. Auf eine bedrückende Art wirkte es nicht so, als halte sich in diesem Haus noch ein weiterer lebendiger Mensch auf. Oder, genauer noch: Es *fühlte* sich nicht so an.

»Mama?« Sophie erschrak, als sie ihre eigene Stimme hörte. Nichts passierte. Sophie spürte, wie ihre Unruhe wuchs. »Mama, wo bist du?« Ihr fiel auf, dass sie keine Ahnung hatte, wann sie ihre Mutter zuletzt so genannt hatte. Als Kind vielleicht? Sehr wahrscheinlich jedenfalls nicht mehr, seit Patrick gestorben war.

Immer noch gab es keine Antwort. Was nicht gut war. Gar nicht gut sogar.

»Ich komme dich jetzt suchen!«, rief Sophie in die drückende Stille. Es fühlte sich falsch an. *Es ist mein Elternhaus*, führte sie sich vor Augen. Besser wurde dadurch trotzdem nichts.

Das war auch noch so, als sie das gesamte Erdgeschoss durchsucht hatte. Wo immer sie nachsah, in der weitläufigen Küche, dem Bad, dem Vorratsraum, der Sauna und natürlich im riesigen Wohnbereich mit dem ausladenden Sofa, dem Klassiker für die Abstürze ihrer Mutter: Helena Mahler war nirgends zu finden.

Nervös zog Sophie ihr Telefon aus der Manteltasche. Für einen Moment sah sie sich selbst, wie sie zitternd auf der Treppe ins Obergeschoss stand, wo die Schlafzimmer waren und wohin sie in diesem Leben schon viele Tausend Male gegangen war, nie aber mit einer solchen namenlosen Angst. Die Überlegung, welche Nummer sie im Notfall wählen würde, war eine fast tröstende Ablenkung. Mit Interesse nahm sie zur Kenntnis, dass es die von Pirlo war. Dann, endlich, stieß die Vernunft der Angst den Ellbogen in die Seite und drängte sich wieder in den Vordergrund. Alle hatten schon genug Sorgen – Max, Pirlo, auch Sophie selbst. Was brachte es, jetzt bei einem von ihnen anzurufen und mitzuteilen, dass sie sich im Haus ihrer eigenen Eltern fürchtete? Auf keinen Fall, beschloss Sophie, durfte, was immer auch ihren überspannten Nerven einen Streich spielte, so viel Macht über sie gewinnen, dass daraus das nächste Drama entstand. Mit wütender Entschlossenheit rammte sie ihr Telefon zurück in ihre Jacke und straffte sich. Sie befand, dass das als Vorbereitung für alles Weitere genügen musste, und stapfte den Rest der Treppe nach oben.

»Mama, wo bist du?«

Diesmal klang ihre Stimme deutlich kräftiger. Die Angst, die Sophie gerade noch so plötzlich wie erbarmungslos überfallen hatte, war verschwunden. Mit wilder Entschlossenheit stieß sie die Tür zum Schlafzimmer ihrer Eltern auf – und erstarrte.

»Ich weiß gar nicht, was du hast, Kind«, murmelte ihre Mutter zum wiederholten Mal.

Sophie nickte mechanisch. Am liebsten hätte sie es dabei belassen. Dann fiel ihr allerdings wieder ein, was der blutjunge Notfallsanitäter gesagt hatte, der ihr gegenüber auf der anderen Seite der Liege im Rettungswagen saß und auf seinem Telefon herumtippte. »Sprechen Sie mit Ihrer Mutter. Halten Sie sie wach, zumindest bis wir herausgefunden haben, was eigentlich los ist.«

Die letzten Worte hallten in Sophie nach. Was, zur Hölle, ging hier vor? *Was war eigentlich los?*

Vielleicht war es gut, dass für diese Überlegungen kein Platz war. Dass sie eine Aufgabe hatte.

»Ich habe mir einfach nur Sorgen gemacht, Mama«, flüsterte Sophie. Natürlich fiel ihr auf, dass sie dazu die Stimme senkte. Einen besonders liebevollen Umgang mit ihren Eltern war sie aber schlichtweg nicht gewohnt. Dass mit dem Sanitäter noch eine weitere Person vor Ort war, machte es nicht leichter.

»Aber ich habe dir doch gesagt, dass alles in Ordnung ist«, lallte Helena Mahler. »Mir geht es gut.«

Allein ihre unstet umherirrenden Augen zeigten Sophie allerdings, dass das ganz und gar nicht stimmte. Erst recht galt das für den Zustand, in dem sie ihre Mutter in deren Ehebett vorgefunden hatte. Der zierliche Körper war zusammengekrümmt, ein Atmen kaum zu erkennen. Als sie zu ihr eilte, bestätigten sich ihre schlimmsten Sorgen: Ihre Mutter war schweißnass, der Puls quasi nicht mehr vorhanden.

»Ich bin froh, dass du dich gut fühlst«, sagte Sophie. »Gleich sind wir außerdem im Krankenhaus. Dort wird alles bestimmt sogar *noch* besser.«

»Aber ich muss da nicht hin«, protestierte ihre Mutter mit schwacher Stimme. »Der Mann passt doch auf mich auf.«

»Natürlich macht er das«, bestätigte Sophie gedankenverloren. Dann fiel ihr Blick auf den mehr jugendlich als erwachsen wirkenden Sanitäter. Sie stutzte. »Warte mal: Wen meinst du eigentlich?«

Ihre Mutter lächelte, so wie sie es früher getan hatte, wenn Sophie beim Englischlernen eine Vokabel nicht eingefallen war. Nachsichtig, aber auch so, als sei von ihrer Tochter leider nicht viel mehr zu erwarten. »Aber das weißt du doch: der Mann!«

»Natürlich«, antwortete Sophie. »Entschuldige, Mama, dass ich noch einmal frage: Wer *genau*? Vielleicht Pirlo?«

»Ist das der mit dem Bart?«

»Ja.«

Ihre Mutter schüttelte den Kopf. »Unsinn. Der gehört doch außerdem dir.« Sie kicherte.

Sophie beschloss, darauf auf keinen Fall einzugehen.

»Oder sprichst du von Max?«, schlug sie vor. »Du weißt schon, Max Bischoff, der sportliche Typ mit der Lederjacke, den Papa für die Kanzlei engagiert hat.«

Wieder verneinte ihre Mutter. Langsam schien sie von der Unwissenheit ihrer Tochter gelangweilt zu sein. »Mensch Krümel, ich rede von dem Mann, der mir das Wasser gebracht hat.«

Jetzt war Sophie hellwach. »Mama!«, herrschte sie ihre Mutter an. Dass sie dabei laut wurde, war ihr egal, der irritierte Blick des Sanitäters sowieso. »*Wer* hat dir was zu trinken gegeben?«

»Immer nur Alkohol ist schließlich nicht gesund«, summte ihre Mutter. Es klang, als gebe sie die Worte eines anderen wieder. »Man muss auch mal an die Gesundheit denken und ein Wässerchen trinken, nicht wahr?«

»Mama!« Erst durch das Dazwischengehen des Sanitäters fiel Sophie auf, dass sie ihre Mutter an der Schulter gepackt hatte.

»Sie sollen meine Patientin wachhalten und nicht angreifen!«, raunte er bissig.

Sophie kam erst gar nicht mehr in die Verlegenheit, nach einer schlagfertigen Antwort suchen zu müssen. Der Krankenwagen hielt abrupt. Sie waren angekommen.

Eine Stunde später saß sie allein im Taxi zurück nach Oberkassel. Ihre Mutter war zwar außer Gefahr, musste aber noch zur Beobachtung in der Klinik bleiben.

»Ich kann es immer noch nicht richtig fassen«, brummte Pirlo ins Telefon. Er klang gleichzeitig besorgt und belustigt, eine Mischung, die in dieser Form wahrscheinlich nur er hinbekam. »Du sagst, sie hatte wirklich *LSD* im Körper?«

»Ja«, seufzte Sophie. Er hatte das schon mehrfach gefragt. Sie hatte so schon mehrfach geantwortet. Was nicht bedeutete, dass sie selbst glauben konnte, was sie da sagte.

»Und wo kam das her?«

»Ich habe absolut keine Ahnung. Sie erwähnte irgendetwas von einem Mann.«

»Der aber nicht da war.«

»Nein. Die Haustür war ja auch abgeschlossen. Meine Mutter war allein, Toni, selbst wenn ...«

»Ja?«

»Ach, vergiss es, du wirst mich für verrückt halten.«

»Erzähl schon!« Seine tiefe Stimme klang warm. »Ich verspreche dir, dass ich weder lache, noch dich für durchgedreht erkläre.«

Sophie schloss kurz die Augen. Sie mochte es, wenn Pirlo ausnahmsweise mal so war, wie er eben auch sein konnte. Ruhig. Verständnisvoll. Nah.

»Ich weiß schon, dass wir im Augenblick alle mit den Nerven durch sind. Außerdem kann es ja eigentlich gar nicht sein, dass jemand ins Haus kommt und es danach von innen abschließt. Genauso wenig ergibt es Sinn, meiner Mutter *Drogen* zu geben ...«

»Aber?«

»Wo soll sie das Zeug denn sonst herhaben?«

»Hm.«

»Und das ist auch nicht alles.«

»Was noch?«

»Ich kenne dieses Haus schon mein ganzes Leben. Bitte lach nicht wieder, Toni, aber irgendwie habe ich jetzt, da ich alles noch einmal sacken lasse, *tatsächlich* das Gefühl, dass da ...« Sie stockte. »Dass da vorher vielleicht *doch* jemand gewesen sein könnte.«

Diesmal antwortete Pirlo nicht direkt. Sie konnte fast sehen, wie er nickte. »Geh gleich noch einmal durch alle Räume. Ich mache mich auf den Weg zu dir und bleibe währenddessen die ganze Zeit am Telefon.«

Als sie die Haustür geöffnet hatte, verharrte Sophie für einen Augenblick. Sie hörte in den Raum und in sich selbst hinein. Das beunruhigende Gespür von vorhin blieb diesmal aus. Im Haus war es zwar still. Die bedrohliche Atmosphäre war jedoch verschwunden.

»Das ist ja eigentlich ganz gut«, brummte Pirlo ins Telefon, als sie ihm das berichtet hatte. »Jetzt lass uns schauen, ob wir etwas finden, was mit dem Drogenrausch deiner Mutter zu tun haben könnte.«

»Klar«, antwortete Sophie, »warte einen Moment.« Dann schaltete sie ihn auf ihre Kopfhörer, um die Hände frei zu haben, während sie durch das offene Erdgeschoss ging.

Sie sah die auf dem Wohnzimmertisch stehende Wasserflasche sofort, genauso den Zettel direkt daneben.

»Was ist das denn?«, murmelte sie. Und schon war die Unruhe wieder zurück.

»Was meinst du?« Pirlo musste die Veränderung in ihrer Stimme bemerkt haben. Er wirkte ebenfalls angespannt.

»Hier ist eine Flasche mit Wasser und daneben – eine Art Nachricht.«

»Was steht drauf?«

»*Die Strafe, die züchtigt, ohne zu verhüten, heißt Rache*«, las Sophie vor. »*Dein Vater wird für seine Fehler büßen. Akzeptiere das – oder deine Mutter bezahlt für sie gleich mit.*«

Pirlo zögerte eine Weile. Dann kam eine für seine Stimmlage erstaunlich tonlose Frage durch das Telefon. »Ist das alles?«

Sophie wischte sich eine Träne aus dem Gesicht. »Braucht es denn noch mehr?«

37

PIRLO

Donnerstag, 24. 10., 17.15 Uhr

»Warte kurz«, sagte Pirlo. »Ich muss einen Anruf annehmen.«

»Jetzt?« Sophie klang entgeistert.

»Ja, jetzt. Es ist eine Düsseldorfer Nummer. Vielleicht ist irgendwas bei einer Behörde los. Könnte ja sein, dass sich Grobulla oder dieser Böhmer bei uns melden. Du weißt, wie schwer diese Leute manchmal bei unseren eigenen Anrufanläufen zu erreichen sind.«

»Und was mache ich mit dieser Nachricht?«

Pirlo drehte an seinen Haaren. Der Anrufer klopfte weiterhin an. Wer immer versuchte, ihn zu erreichen, würde wahrscheinlich nicht mehr lange warten. »Bleib ruhig, Sophie.« Er bemühte sich um einen ruhigen Ton. »Was auch immer diese Botschaft bedeutet, für den Moment ist deine Mutter jedenfalls in Sicherheit. Lass uns direkt, nachdem ich diesen Anruf hinter mich gebracht habe, zusammen mit Max überlegen, was wir davon zu halten haben.« Jedes fünfte Wort untermalte das Anklopfzeichen. Noch.

»In Ordnung«, flüsterte Sophie. Es versetzte Pirlo einen Stich, wie unsicher sie auf einmal klang. Darüber, ob es ihn zusätzlich nervte, dass ausgerechnet der Hinweis auf Max bei ihr für mehr Zuversicht zu sorgen schien, war er nicht bereit nachzudenken. Stattdessen nahm er endlich den Anruf an.

»Herr Rechtsanwalt Dr. Pirlo?«

»Ja.«

»Gut, dass wir Sie erreichen.«

»Mit wem spreche ich denn?«

»Hier ist Bernhard Dalek vom Gefängniskrankenhaus Fröndenberg.«

Pirlos Nackenhaare stellten sich auf. Nur mit Mühe rang er die heranrasende Sorge nieder. »Was kann ich für Sie tun?«

Dalek räusperte sich. Was er zu sagen hatte, fiel ihm offenbar nicht leicht. »Ich muss Sie darüber informieren, dass heute Abend einer Ihrer Mandanten, ein Herr Dr. Ernst Mahler, zu uns auf die Station gebracht wurde.« Unnötigerweise verharrte Dalek hier kurz. Dann schien er genug Anlauf genommen zu haben. »Es gab einen Zwischenfall in der JVA. Herr Mahler befindet sich daher in ärztlicher Betreuung.«

»Kann ich zu ihm?«

»Sie sind sein Verteidiger. Er hat auch schon nach Ihnen gefragt.«

»Dann ist er nicht in Lebensgefahr?«

Dalek zögerte. »Dazu kann ich Ihnen am Telefon keine Auskunft geben.«

»Und, wer war es?« Über das Autotelefon drang Sophies Stimme durch den Mercedes.

Pirlo steuerte mit der linken Hand. Mit der rechten fuhr er sich über den Bart. »Das Gefängniskrankenhaus. Dein Vater scheint dort eingeliefert worden zu sein.«

»*Was?*«

»Ich weiß, das klingt nicht gut. Gib mir eine halbe Stunde, dann sehe ich die Situation etwas klarer.«

»Warum?«

»Ich bin auf dem Weg dorthin.«

»Danke«, murmelte Sophie.

Pirlo kniff die Lippen zusammen, als habe er auf etwas Bitteres gebissen. Diese Anzeichen von Resignation passten einfach nicht zu Sophie. Insofern war er erleichtert, als sie mit deutlich gefestigterer Stimme sagte: »Ich komme mit.«

»Nein, Sophie«, antwortete er so ruhig wie möglich, während er aus der Innenstadt hinaus in Richtung Fröndenberg raste.

»Warum nicht? Es ist ja nicht so, als müsste ich hier gerade besonders dringend auf irgendwen aufpassen.«

Pirlo stutzte. Waren das Tränen? Klang Sophie so, als würde sie weinen? Und wäre das wirklich verwunderlich?

»Du weißt, dass du nicht als Verteidigerin bestellt bist. Auf die Schnelle bekommen wir jetzt auch keine Vollmacht mehr von ihm unterzeichnet.« Er wusste, dass der Satz hier nicht endete. Ihr war es ebenfalls klar. Dann konnte er ihn allerdings auch einfach abschließen. »Zumal wir noch gar nicht wissen, in welchem Zustand dein Vater ist.« Pirlo zwang sich dazu, seiner Stimme einen warmen, gleichzeitig aber auch starken Klang zu geben. »Ich brauche nicht mehr lange, bis ich da bin. Dann berichte ich dir unmittelbar alles, was passiert ist.«

Als ihm auffiel, dass er zögerte, beschloss er, dass das nicht zu ihm passte. So brauchte er erst gar nicht anzufangen. »Wir bekommen das alles hin, Sophie. Das verspreche ich dir.« Das klang dann auch schon deutlich besser. Selbst wenn er keine Ahnung hatte, was er damit meinte.

Das Justizkrankenhaus war zweckmäßig eingerichtet. Auch sonst unterschied es sich kaum von dem üblichen grauweißen Pragmatismus moderner Funktionsgebäude. Wenn überhaupt, fielen die schweren Türen, die Justizbeamten und die vergitterten Fenster auf.

Für Pirlo spielte das alles keine Rolle. Was für ihn zählte, war der große, dünne Mann, der in dem breiten Krankenhausbett sogar in einem Schlafanzug noch eine strenge Würde ausstrahlte. Weder der steril-süßliche Geruch des Raums noch die Schläuche, die von einem Tropf ausgehend in seinen Handrücken endeten, konnten daran etwas ändern.

»Danke, dass Sie gekommen sind, Herr Pirlo«, krächzte Mahler. Mit einer schwerfälligen Geste deutete er in Richtung seines Halses. »Ich klinge, wie ich mich fühle.«

»Was ist passiert?«, fragte Pirlo. »Am Telefon war nur von einem Zwischenfall die Rede.«

»Das ist ein bemerkenswertes Wort für einen Mordanschlag.«

»Einen was?«

Mahler versuchte, sich ein wenig aufzusetzen, stöhnte aber auf und sank wieder auf das Kissen zurück. »Es ist ja nicht so, als hätte ich Ihnen das nicht angekündigt.«

Pirlo unterdrückte ein Schmunzeln, wenn es auch eines aus Erleichterung gewesen wäre. Das klang jetzt doch wieder deutlich mehr nach Ernst Mahler. Dem schien der bissige Kommentar geholfen zu haben. Alles Weitere trug er wesentlich klarer vor.

»Schon bei unserem letzten Gespräch hatte ich Ihnen erklärt, dass ich im Knast in einer schwierigen Lage bin. Ständig will irgendjemand irgendwas von einem. Alle suchen nach Möglichkeiten, um entweder ihre ausweglose Situation zu verbessern oder auch einfach um etwas gegen die Langeweile zu tun.« Ernst Mahler war in Schwung gekommen und hatte zu gestikulieren begonnen, das allerdings aufgrund einer offensichtlich schmerzhaften Erinnerung an den Tropfzugang in seiner Hand auch schnell wieder gelassen.

»Es wird alles nicht besser, wenn die Leute erfahren, dass einer reich sein soll. Noch schlimmer ist es nur, wenn sich herumspricht, dass derjenige draußen auch noch als *Rechtsanwalt* zugelassen ist.«

»Wollen Sie mir, statt hier herumzuphilosophieren, nicht sagen, was das mit dem Anschlag auf Sie zu bedeuten hat?«, unterbrach Pirlo ihn.

Ernst Mahler betrachtete ihn indigniert. »Aber das *mache* ich doch gerade. Wenn Sie mich ausreden lassen würden, wäre es möglicherweise schon geschehen.«

»Mir ist nur nicht klar, was Ihre persönliche Situation in der Welt da draußen damit zu tun hat, dass Sie im Krankenhaus landen.«

»Dann lassen Sie mich das doch endlich erzählen!«

Pirlo hob die Augenbrauen. Was immer seinem Mandanten widerfahren war, seinen Kampfgeist hatte es jedenfalls nicht vollständig gebrochen.

Mahler musste niesen. Überhaupt war es in dem Justizvollzugskrankenhaus erstaunlich kalt. »Seit man mich in Haft genommen hat, stehe ich unter gewaltigem Druck. Einmal natürlich wegen der Sorgen um die Welt da draußen, darüber hinaus aber auch wegen der ganzen Themen der anderen Insassen.«

»Was meinen Sie damit?«

»Innerhalb kürzester Zeit musste ich nicht nur die ganzen Geschäftsvorschläge der Betrüger und die Schutzgeldforderungen der Erpresser abwehren, sondern hatte auch noch eine Warteschlange für eine kostenlose Rechtsberatung, die gefühlt bis auf den Hof ging.«

Jetzt schmunzelte Pirlo doch. Er konnte sich gut vorstellen, dass diese ganz neue Art von Mandantenkontakt für den bisherigen Glitzerkanzleianwalt Mahler einen echten Kulturschock bedeutet hatte. Umso mehr erstaunte ihn, was direkt danach kam. »Unterm Strich hat mir das wahrscheinlich das Leben gerettet.«

»Inwiefern?«

Mahlers rechte Hand begann zu zittern. »Ich gebe zu, dass ich mich am Anfang noch gewehrt habe. Wann immer ein Umschluss anstand und sich die Gefangenen frei bewegen konnten, hat sich eine kleine Menschentraube vor meiner Zelle gebildet. Sie können sich gar nicht vorstellen, wie viele vergilbte Haftbefehle und handschriftlich in allen möglichen Sprachen vollgekritzelte Notizzettel ich in die Hand gedrückt bekommen habe. Wobei das nur *ein* Teil der Belastung war.«

»Was war der andere?«

Mahler seufzte theatralisch. Seine Hand verriet ihn allerdings. Er war angespannt. Sehr sogar. »Mir war *absolut* nicht klar, was ich den Leuten sagen sollte. Bei den allermeisten gab es nach der Papierform eine Menge guter Gründe, dass sie genau dort waren, wo sie immer noch sind. Als sie dann aber vor mir standen, manchmal niedergeschlagen, manchmal nervös, wusste ich nicht, ob ich tatsächlich offen ansprechen sollte, dass sie jedenfalls in der Form, wie ich sie kennenlernte, auf einen spektakulären Freispruch oder so etwas in der Art keine Chance hatten.«

»Wie haben Sie das gelöst?«

»Schlussendlich habe ich ihnen die Wahrheit gesagt.« Ernst Mahler drückte den Rücken durch. Die Schmerzen schienen ihm egal zu sein. Die Geste war wichtiger. »Ein Rechtsanwalt Dr. Mahler sagt *immer* die Wahrheit.«

Pirlo drehte an seinen Haaren. »Und was haben Ihre neuen Bekannten davon gehalten?«

Ernst Mahler zuckte mit den Schultern. »Sie haben es geschätzt.«

»Ja?«

»Allerdings. Vielleicht tut es einfach auch mal gut, von jemandem, vor dem man *Respekt* hat, zu hören, wie die Lage *wirklich* ist.«

Ehe Pirlo Zeit hatte, den Knast-Duktus zu verarbeiten, überrumpelte Mahler ihn. »Die Tschetschenen haben das jedenfalls anerkannt. Genau deswegen haben sie mich gerettet, als dieser Wahnsinnige mit der Zahnbürste aufgetaucht ist.«

»Was?« Mehr fiel Pirlo nicht ein.

Mahler nickte, als wolle er seine eigene Erzählung bekräftigen.

»Der Mann hatte seine Plastikzahnbürste angespitzt. Fragen Sie mich nicht, wie er das hinbekommen hat. Es war ihm jedenfalls gelungen. Schlussendlich hatte er damit ein einwandfreies Stichwerkzeug. Und an mir hat er es ausprobiert.«

»Warum?«

Wieder ein Schulterzucken. »Er war bei einem der vorherigen Umschlüsse bei mir. Ein armer Tropf, aber auch ein aussichtsloser Fall. Der Mann hatte schon mehrere Verurteilungen wegen Kindesentziehung kassiert. Trotzdem hatte er einmal mehr seine Tochter entführt und war mit ihr zum Flughafen gefahren, von wo aus er seine Ausreise nach Brasilien erzwingen wollte.« Pirlo erinnerte sich an die Berichterstattung zu dem Fall. »Ich konnte ihm daher nur sagen, dass die Untersuchungshaft mit einiger Sicherheit andauern und er danach wieder verurteilt würde. Und dass eine Sorgerechtsentscheidung zu seinen Gunsten jetzt *noch* unwahrscheinlicher ist. Das hat ihm offensichtlich nicht gefallen.«

»Wie oft hat er zustechen können?«

»Zweimal«, antwortete Ernst Mahler. Er deutete in Richtung seines Bauchs. »Einmal oberhalb und einmal unterhalb der Milz. Die Ärzte sagen, dass ich viel Blut verloren habe, die Untersuchungen aber keine gravierenden Schäden zeigen. Es wäre wahrscheinlich alles anders gekommen, wenn die Tschetschenen nicht auf einen Termin bei mir gewartet hätten.«

»Können Sie mir ihre Namen sagen?«

»Was soll das bringen? Meinen Sie etwa, Sie kennen jeden Kriminellen persönlich?«

Ich nicht, dachte Pirlo, andere aber vielleicht schon.

Ernst Mahler fuhr fort: »Ich weiß nicht mehr, wie diese Männer heißen. Es würde aber sowieso nichts bringen.«

»Wieso?«

»Sie sind nicht mehr da. Als die Justizwachtmeister endlich aufgetaucht sind, hat sich einer von ihnen die drei vorgeknöpft und ihnen direkt angekündigt, dass sie, genau wie der Angreifer, in Isolationshaft kommen und danach so schnell wie möglich wegverschubt würden.«

Pirlo drehte an seinen Haaren. »Das heißt, es gibt derzeit keinen Schutz mehr für Sie?«

»Jedenfalls nicht durch diese Leute. Alle anderen werden sich jetzt vermutlich auch eher zweimal überlegen, ob sie mir zu Hilfe eilen.«

»Das ist nicht gut.«

»Wem sagen Sie das?«

Pirlos Gedanken rasten. »Wie lange behält man Sie noch hier?«

Ernst Mahler hob den Kopf. Er bemühte sich sichtlich um Haltung. Trotzdem gelang es ihm nicht, die Angst in seiner Stimme zu verbergen. »Bis morgen früh.«

38

MAX

»Ich habe zum ersten Mal in meinem Leben das Gefühl, in einer ausweglosen Situation zu stecken«, sagte Sophie leise und richtete den Blick an Max vorbei durch die große Glaswand in den leicht bewölkten Himmel. »Wenn ich ehrlich sein darf, hätte ich das nie für möglich gehalten. Nicht *wirklich* jedenfalls. Und ganz bestimmt nicht *so*.«

»Es gibt keine ausweglosen Situationen«, dozierte Pirlo. Er saß mit Sophie und Max am großen Tisch des Konferenzraumes *Buenos Aires*, anders als sie allerdings am Kopfende. Max störte sich nicht daran. Pirlo schien seine Position wichtig zu sein. Ihm selbst war sie egal.

»Es gibt höchstens Situationen, in denen man den Ausweg noch nicht entdeckt hat.«

Sophie sah zu ihm hinüber. »Und wie lange, denkst du, haben wir noch Zeit für diese Erkenntnis? Mein Vater wird in einer Stunde vom Krankenhaus zurück in die JVA verlegt. Was meinst du, wie lange es dauert, bis der Nächste dort auf die Idee kommt, ihm irgendetwas in den Leib zu rammen? Vor allem jetzt, wo er – und auch da zitiere ich dich – vollkommen schutzlos ist.«

»Wir setzen gerade die falschen Schwerpunkte«, warf Max ein, bevor dieser Dialog sich noch unendlich hinzog. »Ich schlage vor, wir fokussieren uns tatsächlich auf die Suche nach Lösungen, statt uns darauf zu konzentrieren, was alles geschehen kann, wenn wir keine finden.«

»Ich bin ganz Ohr«, warf Pirlo provokant ein und sah Max auffordernd an, der daraufhin den Kopf schüttelte.

»Ich habe nicht gesagt, ich *hätte* eine Lösung, sondern darauf hingewiesen, dass wir unser Augenmerk darauf richten …«

»Max hat recht«, fuhr Sophie dazwischen und sah Max an. »Also: Lasst uns noch mal zusammenfassen, wo wir stehen und, vor allem, was wir *tun* können, um den Haftbefehl zu kippen.«

»Das geht leider recht schnell«, antwortete Max und lehnte sich zurück. »Wir haben so gut wie nichts. Oder, um es etwas expliziter zu formulieren: Nichts von dem, was wir bisher unternommen haben, hat zu dem erhofften Erfolg geführt. Keine Spur, die wir aufgenommen haben und der wir gefolgt sind, war wirklich eine Spur. Dein Vater ist nach wie vor inhaftiert, wird vielleicht vor Gericht gestellt und eventuell sogar wegen Mordes verurteilt – sofern er nicht vorher umgebracht wird.« Er sah, wie Sophie zusammenzuckte, und es tat ihm auch leid, aber es nutzte nichts, das Thema zu umschiffen. »Von allen möglichen Seiten wurden wir gewarnt und bedroht, ohne dass sich daraus etwas Konkretes ableiten ließ.«

»Nach meiner Meinung war die Warnung auf dem Wohnzimmertisch meiner Eltern *konkret* genug«, warf Sophie ein.

»So meinte ich das nicht«, erklärte Max entschuldigend. »Ich wollte damit sagen, dass zwar von vielen Seiten Druck und Drohungen aufkommen, wir aber nicht greifen können, *was* da ist – obwohl es immer wieder direkt an uns herankommt.«

»Hast du zu diesem Zettel eigentlich etwas von der Polizei gehört?«, fragte Pirlo in Sophies Richtung.

Sie schüttelte den Kopf. »Sie haben ihn genau wie das Wasserglas und die Flasche sichergestellt, aber nichts weiter erklärt. Grobulla hat sich auch noch nicht dazu gemeldet. Aber warum sollte er? Die Nachricht behauptet, dass mein Vater ein Mörder ist – und das sieht Grobulla selbst schließlich ganz genauso.«

»Dann bleibt es also dabei, dass es keinen erkennbaren Hoffnungsschimmer gibt und absolut niemand bereit ist, uns zu helfen.

»Und es ist wirklich sicher, dass dieser Dr. Thomas Alibis für die Tatzeiten hat?«

»Absolut«, bestätigte Max. »Sofern nicht unter Einsatz von KI mehrere Fotos perfekt manipuliert worden sind, gibt es etliche Aufnahmen von seinem Vortrag in London, auf denen Dr. Thomas deutlich zu sehen und zu erkennen ist. Selbst sein Bodyguard Morell ist auf einigen Bildern, womit der auch als Täter im Auftrag seines Chefs ausscheidet.« Max beugte sich vor, verschränkte die Finger ineinander und legte die Hände auf den Tisch. »Wenn man es pessimistisch sehen wollte, ist die gesamte Situation eine einzige Katastrophe ohne das geringste Anzeichen auf Besserung.«

»Aber das wollen wir ja nicht«, schaltete Pirlo sich ein, »und deshalb bin ich sicher, dass wir die Sache geregelt bekommen.« Er wandte sich an Sophie: »Was den Schutz für deinen Vater angeht ...« Er schien seine nächsten Worte sorgfältig abzuwägen. »Ich will nichts versprechen, aber vielleicht kann ich da was tun.«

»Du?«, fragte Sophie. »Und ... möchte ich wissen, *was* das sein könnte?«

»Nein. Wichtig ist nur, dass er, solange er im Knast ist, Vorbehalte gegenüber manchen Mithäftlingen ablegt.«

»Könnte es sein, dass diese *Mithäftlinge* einen dunklen Bart haben, so wie manch anderer auch?«, fragte Max und richtete seinen Blick dabei auf das dichte Gestrüpp in Pirlos Gesicht.

Pirlo ging nicht darauf ein, sondern sah Sophie in die Augen, die schließlich nickte.

»Alles, was hilft, ist willkommen.«

»Gut.«

Damit schien das Thema zwischen den beiden geregelt. Max beschloss, an dieser Stelle nicht nachzuhaken. Das brachte sie schließlich nicht weiter. Irgendwann würde er sich diesen sonderbaren Anwalt aber doch einmal genauer ansehen. Noch jedenfalls saßen sie im gleichen Boot – das dringend einen neuen Kurs brauchte. Pirlo schien das ähnlich zu sehen. Er stand schwungvoll auf. »Ich brauche jetzt einen Kaffee. Noch jemand?«

Sophie und Max nickten, woraufhin er den Raum verließ.

»Nichts gegen Pirlos Zweckoptimismus, aber glaubst du tatsächlich auch, dass mein Vater sicher ist?«, wandte Sophie sich nach einer weiteren gefühlten Ewigkeit an Max. Bevor er antworten konnte, kam Pirlo zurück in den Raum. Auf seinem Gesicht lag ein breites Grinsen. Seine Hände waren allerdings leer.

»Was ist mit dem Kaffee?«, fragte Sophie verwundert.

»Nichts, aber ich habe was Besseres.«

»Was Besseres?«

»Allerdings. Auf dem Weg zur Kaffeemaschine ist mir eine Idee gekommen.«

»Mach es nicht so spannend.«

Pirlo setzte sich und sah die beiden an. »Unser Problem ist, dass wir dem Chaos die ganze Zeit hinterherlaufen. Der Tod von Karl Müller hat unsere Schicksalsgemeinschaft überhaupt erst zusammengebracht. Noch ehe wir aber wirklich verstanden haben, was da los war, ging es Schlag auf Schlag: Die Weigerung der Behörden, das als Mord anzuerkennen. Der Anschlag auf Petra Kühne. Das Blutbad bei Schwerdtfeger.«

»Wenn das denn mit unserem Fall zusammenhängt«, warf Max ein.

»Mit TaxEx jedenfalls schon.« Pirlo fuhr sich über den Bart. »Überhaupt, diese Steuernummer. Einerseits hören wir an einem Stück irgendetwas aus der Politik, eine Pressekonferenz hier, ein Gerücht da, Rainer Hainsch, der versucht, seine Ehre zu retten,

Chiara Jebsen, die sich als große Reformerin und überambitionierte Eiserne Lady verkauft.«

»Ich schlage vor, du kommst langsam mal zum Punkt«, mahnte Max. »Vorausgesetzt, dass du überhaupt einen hast.«

Pirlo nickte. »Wenn ihr euch anseht, was alles los war, ist es kein Wunder, dass wir das Gefühl haben, immerzu von allem überrannt und erschlagen zu werden – und dabei bin ich auf die Tragödien um deine Eltern noch gar nicht eingegangen.«

»Und was ist jetzt also deine geniale Idee?« Max wurde allmählich ungeduldig.

Pirlo grinste ihn an. »Wir stellen das einfach alles auf den Kopf!«

»Was soll das heißen?«

»Wir holen uns das *Momentum* nicht nur zurück. Wie gestalten es so, wie wir es haben wollen.«

»Das war jetzt wirklich kein bisschen genauer.« Max lehnte sich nach vorn. »Entweder du hast *wirklich* eine Idee – oder wir verlieren hier nur wertvolle Zeit.«

Pirlos Augen leuchteten. »Glaub mir, das habe ich. Wenn sie auch noch nicht richtig ausgereift ist.«

Max ließ sich wütend nach hinten fallen. »Ich nehme an, du teilst sie uns spätestens dann mit, wenn Ernst Mahler nicht mehr am Leben ist – oder wegen Mordes verurteilt wurde.«

»Nein.« Pirlo schien fest entschlossen, seine Zuversicht nicht von Max' Zweifel trüben zu lassen. »Ich mache das, sobald ich alles zu Ende gedacht habe. Wer immer hinter all dem steckt, dürfte jeden unserer Schritte genau beobachten. Das ist schließlich das, was bei deinem Freund Böhmer anklingt, Max. Dafür spricht auch, was zuletzt bei Sophies Eltern passiert ist.«

»Und?«

»Geben wir diesem Menschen ruhig mal ein paar Rätsel auf.«

Ein bisschen war Max mittlerweile doch neugierig. »Und wie soll das gehen?«

Pirlo sah ihn an, als sei er von der Frage ernsthaft überrascht: »Das ist doch ganz klar. Wir fliegen nach Mallorca!«

Womit er aufstand und den Raum verließ.

Als Pirlo ein paar Minuten später tatsächlich mit drei Tassen Kaffee zurückkam, hatte Max seinen Ärger über die Exzentrik des Anwalts längst wieder im Griff.

»Also gut, erklär es uns.«

Pirlo zog einen Mundwinkel nach oben. »Ihr kennt den Namen Fynn Wabnitz.« Es war mehr eine Feststellung als eine Frage.

Max nickte. »Klar. Er ist Unternehmer im High-Tech-Bereich. In der Presse wird er immer wieder der *deutsche Elon Musk* genannt.«

»Oder das *German Wunderkind*«, bestätigte Sophie.

Pirlo hob sein Handy hoch. »Während meines ersten Kaffeeanlaufs habe ich von diesem deutschen Musk eine interessante Mail empfangen.«

Auf Sophies Stirn zeichneten sich kleine Falten ab. »Und was hat das mit uns zu tun?«

Pirlos Lächeln wuchs. »Ich habe ihm eine E-Mail zurückgeschrieben. Hört euch das mal an.« Dann las er vor.

Sehr geehrter Herr Rechtsanwalt Dr. Pirlo,

wahrscheinlich ist Ihnen mein Name ein Begriff. Ihren kenne ich, weil die POST darüber berichtet, dass Sie gemeinsam mit dem ehemaligen Starermittler Max Bischoff und Ihrer Kollegin Sophie Mahler am Rande der TaxEx-Affäre Staub aufwirbeln. Da ich in diesem Zusammenhang umfangreich investiert habe, verfolge ich die Angelegenheit mit einigem Interesse. Gern teile ich Ihnen meine ganz persönlichen Erkenntnisse mit.

Mit freundlichen Grüßen

Fynn Wabnitz

Pirlos Blick wanderte von Max zu Sophie. »Und? Was meint ihr?«

»Das sollten wir auf jeden Fall annehmen«, erklärte Max ohne Zögern. »Verlieren können wir keinesfalls dabei.«

»Gut.« Pirlo nickte. »Dann seid ihr also mit meiner Antwort einverstanden.«

Gern. Wann?

»Okay«. Sophie seufzte. »Besser als nichts. Auch wenn ich nicht ganz erkennen kann, wozu das gut sein soll.«

»Immerhin spricht *überhaupt* mal jemand mit uns«, murmelte Max. Er wandte sich an Pirlo. »Schick sie raus.«

»Das habe ich schon – und zwar vor fünf Minuten.« Ehe Max nachfragen konnte, erklärte Pirlo: »Das ist die Antwort.«

Kommen Sie einfach zum Lunch auf meine Finca. Meine Privatmaschine bringt Ihre Kollegin, Herrn Bischoff und Sie nach Mallorca und fliegt Sie abends zurück. Seien Sie bitte um 13 Uhr am Executive Terminal des Düsseldorfer Flughafens.

»Moment mal«, fragte Sophie. »Meint er: Heute?«

Pirlo zuckte mit den Achseln. »Warum nicht?«

»Glaubt er denn ernsthaft, wir haben nichts Besseres zu tun?«

»Haben wir das denn?«

»Ich finde das ziemlich dekadent«, erklärte Sophie und sprach damit exakt aus, was Max als Erstes in den Sinn gekommen war. Dennoch wunderte er sich über ihre Aussage, denn wenn man bedachte, wer ihr Vater war und in welchem Umfeld sie aufgewachsen war, konnte ein Privatflugzeug eigentlich nichts Besonderes für sie sein.

»Abgesehen davon will ich für meine Mutter da sein, wenn sie mich braucht. Vorschlag: Ihr beide fliegt dahin und hört euch an, was dieser Typ zu sagen hat. Irgendwas wird er sich dabei schon gedacht haben.«

»Und falls nicht, sind wir am Abend wieder zurück«, entgegnete Max.

Pirlo klatschte in die Hände. »Machen wir also eine Herrentour nach Mallorca!«

Sein Telefon vibrierte. Nach einem Blick darauf stand er abrupt auf: »Entschuldigt, das Gespräch muss ich annehmen.« Kurz darauf hatte er den Raum verlassen und die Tür hinter sich zugezogen.

»Ist es für dich wirklich okay, wenn ich nicht mitkomme?«, wandte Sophie sich an Max.

Der nickte mehrmals. »Absolut. Ich kann dich verstehen.«

»Falls sich etwas am Zustand meiner Mutter ändern sollte oder irgendwas mit meinem Vater ist, was ja stündlich passieren kann, wenn er wieder ...«

»Es ist okay«, sagte Max und achtete darauf, das Verständnis in seine Stimme zu legen, das er auch tatsächlich für Sophies Entscheidung hatte.

»Wie geht es *dir* damit, extra nach Mallorca zu fliegen?«

Max lächelte. »Ich bin noch nie von einem Privatflugzeug abgeholt worden. Allein das ist doch schon ein Grund, es zu tun.«

»Du weißt, dass Wabnitz wahrscheinlich all das verkörpert, was du nicht magst?«

»Das wird sich zeigen. Er ist weder Banker, noch ...« Max zögerte.

»Anwalt?«, ergänzte Sophie nachsichtig lächelnd.

Max zuckte mit den Schultern. »Er ist Chef von mehreren High-Tech-Unternehmen. Wer weiß, womöglich entpuppt er sich als exzentrischer Nerd, der sogar auf eine verrückte Art interessant ist?«

»Ja, vielleicht ist er das«, entgegnete Sophie, doch Max hörte ihrer Stimme deutlich an, dass sie das nicht glaubte.

Die Tür öffnete sich, Pirlo kam herein und setzte sich wortlos wieder auf seinen Platz.

»Und?«, fragte Sophie, als er keine Anstalten machte, etwas zu dem Anruf zu sagen. »War es wichtig?«

»Ja.«

Sophie verdrehte die Augen. »An rätselhaften Auftritten reicht es mir eigentlich für heute. Also: Hatte der Anruf was mit dem Fall zu tun?«

»Nicht direkt.«

»Pirlo, verdammt! Sag entweder, wer dich warum angerufen hat, oder sag, dass es mich nichts angeht. Eins von beidem!«

Er antwortete mit einem Pirlo-Grinsen. »Es geht dich nichts an.« Dann fügte er ernster hinzu: »Um deinen Vater müssen wir uns im Knast aber jedenfalls keine Sorgen machen. Zumindest im Augenblick nicht.«

39

PIRLO

»Champagner?«

»Es ist ein Uhr mittags.«

»Also lieber Sekt mit Orangensaft. Schon wegen der Vitamine.« Pirlo grinste. Er konnte sehen, dass Max genervt war. Aber wann war er das denn mal nicht? Pirlo dagegen hatte nicht vor, mehr mit der Situation zu hadern als zwingend nötig. Denn Privatjet hin oder her, der Flug nach Palma dauerte ziemlich genau drei Stunden. Wenn sie dazu schon hier, in dieser bemerkenswert schmalen cremefarbenen Röhre ein paar Tausend Kilometer über dem Boden, eingepfercht waren, sollte diese Zeit wenigstens einigermaßen erträglich vorübergehen. Erfreulicherweise leistete das Bordcatering dazu einen wertvollen Beitrag.

»Meinst du nicht, dass wir nüchtern bleiben sollten?«

»Wozu?«, fragte Pirlo zurück.

»Immerhin holt uns dieser Wabnitz extra für ein Gespräch auf die Insel.«

»Du sagst es.« Pirlo zuckte mit den Schultern, was um ein Haar einen Teil des Champagners auf seinen Luxusledersitz beförderte. »*Er* will mit *uns* sprechen. Es hat allerdings keiner gesagt, in welchem Zustand das geschehen soll.« Max' hochgezogene Augenbrauen ignorierte er geflissentlich. »Was hältst du von Früchten und Gebäck?«

»Von bitte *was*?«

»Du weißt schon: leichte Kost für den kultivierten Magen.«

»Und warum sollten sie das da haben?«

»Privatjet-Grundausstattung.« Pirlo gab der bis dahin im Hintergrund wartenden, uniformierten jungen Frau ein Zeichen. Kurz darauf standen neben einem Teller mit dampfenden Croissants tatsächlich kleine hellblaue Schalen mit Trauben, Kumquats und, zu Pirlos besonderer Freude, Wassermelonenscheiben auf dem hellholzigen Tisch zwischen ihnen.

»Woher hast du das gewusst?«, fragte Max.

Pirlo kratzte sich am Bart. »Ich kannte da mal jemanden.«

»Eine Frau?«

»Warum fragst du?«

Max nahm eine Frucht. »Dein Umfeld interessiert mich. Es wirkt, als gehörten dazu alle möglichen Leute.«

»Und?« Sofort war Pirlo vorsichtig.

»Jede neue Information ergänzt das Mosaik ein kleines bisschen mehr.«

Während Pirlo einen Schluck nahm, beäugte er Max von der Seite. Sie hatten genug damit zu tun, die Rätsel um *Müller & Mahler* zu lösen. Es war daher äußerst unwahrscheinlich, dass der Ermittler ganz nebenbei auch noch hinter Pirlos familiäre Verbindungen gekommen war. Trotzdem fühlte er sich allein durch dessen kurzen Kommentar mehr aus dem Gleichgewicht gebracht als durch den Champagner. Wie machte dieser Kerl das nur?

»Ich könnte mir vorstellen, dass ich mal jemanden kannte, der sich in den Früchte-in-zu-kleinen-Flugzeugen-Kreisen bewegte«, murmelte er. Das sollte als Antwort genügen. Tat es aber nicht. Natürlich nicht.

»War es etwas Ernstes?«

Jetzt war Pirlo *doch* genervt. »Ich warte jedenfalls noch auf die Richtige.«

Pirlo ahnte, dass es die soziale Konvention gebot, umgekehrt zu fragen, wie es bei Max aussah. Er ließ es trotzdem bleiben, schon weil er nicht gewusst hätte, wie er damit umgehen sollte, wenn Max in irgendeiner Form über Sophie sprechen würde. Da von diesem keine Reaktion kam, ahnte Pirlo, dass er es eigentlich gut sein lassen konnte. Sein Mund war trotzdem schneller. »Bis dahin mache ich es wie die Sonnenuhr. Ich zähl die schönen Stunden nur.«

Woraufhin Max dann doch ein Glas Champagner bestellte. »Vielleicht kann ich dann wenigstens auf diesem Niveau gleichziehen.«

Wozu sich Pirlo jeden Kommentar verkniff. Manchmal war das besser so. Ab und an merkte er es dann sogar.

Bis sie mit Wabnitz' Fahrer in Port d'Antratx angekommen waren, glaubte Pirlo, den Champagner wieder weitgehend im Griff zu haben. Womöglich wäre es schlauer gewesen, es, wie Max, bei einem Glas zu belassen. Pirlo würde aber den Teufel tun, das zuzugeben, erst recht nicht, als ihm auffiel, dass er zwei Faktoren unterschätzt hatte: die Sonne und dass Wabnitz nachlegen würde.

Tatsächlich drückte dieser, nachdem er seine Gäste überaus herzlich begrüßt hatte, beiden einen Aperol in die Hand.

Während Pirlo nach dem Glas griff, musterte er den Milliardär. Wabnitz sah im echten Leben noch besser aus als in den vielen um ihn und sein Werk kreisenden Beiträgen in den Medien. Er hatte glatt zurückgegelte Haare und trotz der mallorquinischen Sonne einen blassen Teint. Es war offensichtlich, dass er viel Wert auf seine körperliche Erscheinung legte. Wabnitz wirkte gepflegt und durchtrainiert. Das weiße Hemd, das er zu einer leichten, hellblauen Baumwollhose trug, war bis fast zum Bauchnabel aufgeknöpft und erlaubte einen Blick auf eine rasierte Brust und den Ansatz eines Waschbrettbauchs. Mit einem innerlichen Grummeln registrierte Pirlo, dass er nach der Begegnung mit Bischoffs

Badehosenform innerhalb kurzer Zeit schon das zweite Mal auf jemanden stieß, der deutlich fitter war als er.

Bei der obligatorischen Willkommensrunde über das Anwesen bemühte sich Pirlo, hinreichende Begeisterung für den riesigen Pool und den Blick auf die Dragonera-Insel zu zeigen. Trotzdem bekam Pirlo seine Ungeduld kaum in den Griff. Dafür waren sie schließlich nicht hergekommen. Er war daher erleichtert, als das Geplänkel ein Ende fand.

»Ich freue mich, dass Sie meine bescheidene Behausung zu schätzen wissen.« Wabnitz schenkte Max und Pirlo ein breites Lächeln, als sie sich endlich an einem Tisch auf der Terrasse niederließen, der zwar nach links einen spektakulären Ausblick auf die Bucht erlaubte, dessen Blickachse aber auf eine offene Vitrine im Hausinneren ausgerichtet war, in der sich ein Dutzend schachspielsteingroße goldene Elefanten befanden.

»Gefallen Ihnen meine Schmuckstücke?«, wandte Wabnitz sich mit leicht näselndem Ton an Pirlo.

»Sie meinen die Figuren?«

»Sicher.« Wabnitz legte eine kleine Kunstpause ein. »Andrés Armendariz hat sie persönlich designt.«

»Was Sie nicht sagen.«

»Ich beschenke mich damit jedes Mal selbst, wenn eines meiner Unternehmen einen Forbes-Diamanten gewinnt.«

»Ist ja irre.«

»Allerdings.« Wabnitz klatschte in die Hände, dann schweifte sein Blick in Richtung Meer. »Wahrscheinlich haben Sie als einfacher Strafverteidiger nicht allzu oft die Gelegenheit, solchen unnützen Luxus zu genießen.« Dann drehte sich Wabnitz zu Max, für den er nicht mehr übrig hatte als: »Von Ihnen ganz zu schweigen.« Er lachte, als habe er einen ganz hervorragenden Witz gerissen.

Max ging darauf nicht ein, und auch Pirlo ersparte sich eine

Antwort. Es war ihm ohnehin nicht klar, ob eine Reaktion von ihm erwartet worden war. Was er allerdings immer deutlicher merkte: Er konnte diesen Wabnitz nicht leiden. Es schien ihm nicht nur herzlich egal zu sein, dass er seine Gäste vor den Kopf stieß. Nein, es wirkte, als bereite es ihm geradezu Vergnügen, damit zu prahlen, was er besaß – und andere nicht.

Pirlo winkte dem Fahrer, der jetzt als Diener fungierte. Weitere Personen schienen nicht anwesend zu sein. »Noch einen Aperol, bitte!« Dann fiel sein Blick auf den eher durch eine verständliche Wut als durch die Sonne geröteten Kopf von Max. »Bringen Sie am besten gleich zwei.«

Um ihnen allen eventuelle Wabnitz-Ausführungen zu den Trinkgewohnheiten des Proletariats zu ersparen, wandte er sich direkt an diesen: »Sie wollten mit uns sprechen. Also, hier sind wir. Sie haben geschrieben, dass Sie *ganz persönliche Erkenntnisse* teilen wollen. Wir sind ganz Ohr.«

Wabnitz spielte an seiner Sonnenbrille herum. »Vielleicht vieles. Vielleicht nichts.«

Pirlo ahnte, dass diese Antwort bei Max nicht unbedingt deeskalierend wirkte. Wie auch? Wabnitz gelang es schließlich mit Leichtigkeit, dass sogar bei Pirlo rote Lämpchen blinkten – und der war mit Ahmid eigentlich Kummer gewohnt.

»Vielleicht habe ich dann nach dem Aperol noch Interesse an unserem Gespräch. Vielleicht aber auch nicht.« Als er bemerkte, dass Wabnitz zu einem Konter ansetzte, hob Pirlo die Hand. Es reichte langsam. »Ich meine das ernst. Sie entscheiden *jetzt*, ob wir hier weiter herumkaspern oder ob Sie uns tatsächlich etwas zu sagen haben – und danach leben Sie mit den Konsequenzen.«

»Also gut, also gut.« Wabnitz grinste. Dann kniff er sich allerdings in die Nase und stieß durch den Mund kräftig den Atem aus. Das Zeichen war klar: kein *bullshitting* mehr. Jetzt wurde es ernst. »Sie wissen, dass ich eine Menge in den TaxEx-Aktienkauf investiert habe.«

Pirlo nickte. »Das hatten Sie geschrieben.«

»Die Deutsche Weltraummission kostet eine Menge Geld, und Vater Staat ist da längst nicht so freigiebig, wie man das meinen sollte – zumindest nicht unmittelbar.«

»Wie meinen Sie das?«, fragte Max.

»Na ja.« Wabnitz' Grinsen wuchs. »Dass das Land pleite ist, dürfte kein Geheimnis sein. Wenn der Wohlfahrtsstaat sich an sich selbst berauscht, ist für wirklich *sinnvolle* Projekte kein Platz mehr.«

»Wozu Sie im Ernst eine *Weltraummission* zählen?«

Wabnitz lachte. Für einen Moment schien er sich kaum mehr einzukriegen. »Sie haben wirklich Humor, Sie beide! Das muss man Ihnen lassen.«

»Wenn Sie vielleicht so freundlich wären, uns das etwas näher zu erläutern?«, fragte Max mit erkennbar zusammengebissenen Zähnen.

Wabnitz schien Max' Wut vollkommen egal zu sein – falls er sie denn überhaupt bemerkte. »Was ich meine, lieber Herr Bischoff, ist: Kein Mensch braucht ein Weltraumprojekt. Zumindest keiner in Deutschland. Das sind alles nur Luftnummern, um davon abzulenken, dass sonst nichts läuft. Ein halbes Jahrhundert später wiederholen unsere Politiker einfach die Propagandanummern der DDR: Während in den Kindergärten der Strom ausgeht, träumen wir davon, dass ein deutsches Fähnchen auf dem Mond weht. Und alle kriegen sich gar nicht mehr ein vor lauter Begeisterung!«

»Was ungefähr genau das Gegenteil von allem ist, was Sie sonst so von sich geben.«

Wabnitz lachte. »Na und? Wir sind doch unter uns.« Dann war der Überschwang plötzlich verschwunden. »Glauben Sie *wirklich*, meine Herren, dass das, was ich hier von mir gebe, dem, was ich *aufgebaut* habe, etwas anhaben kann? Die Einzigen, die darüber etwas berichten könnten, sind schließlich Sie beide. Und gehen Sie *ernsthaft* davon aus, dass das, was Sie sagen, irgendwen interessiert?«

Pirlo drehte an seinen Haaren. »Also ich fange langsam an, mich zu langweilen.« Er sah zu Max. »Wie ist es mit dir?«

Max zuckte mit den Schultern. Noch irritierter war allerdings der Blick von Wabnitz.

»Was erlauben Sie sich? Und was glauben Sie eigentlich, wer Sie sind?«

Pirlo deutete ein Gähnen an. »Jemand, der gekommen ist, um mehr über TaxEx zu erfahren. Und sonst nichts.«

Wabnitz biss sich auf die Lippe. »TaxEx also. Von mir aus.« Dann war sein Lächeln zurück. Diesmal sah es wieder gewinnend aus, wissend und souverän. »Wie gesagt, das Geld des Staates ist knapp. Nur deshalb braucht es schließlich ein Ablenkungsmanöver im Weltraum.«

»Und das sollte dann über geschickte TaxEx-Geschäfte quasi doch der Steuerzahler finanzieren«, ging Max dazwischen.

Wabnitz' enttäuschter Blick sprach Bände. Offensichtlich hatte Max ihm die Pointe versaut. Dann rettete er sich in ein schmales Lächeln: »So ist das wohl, wenn man einen bekannten Ermittler einlädt – am Ende deckt er alles auf.«

Pirlo beschloss, darauf nicht weiter einzugehen. Stattdessen fragte er: »Wie viel haben Sie angelegt?«

Wabnitz streckte die Brust raus: »Fünfhundert Millionen.«

Pirlo musste sich gar nicht erst dazu ermahnen, keine Reaktion zu zeigen. Der Betrag war ihm auch so vollkommen egal. Ein Blick zu Max bestätigte ihm, dass es diesem genauso ging.

Auch hier schien Wabnitz auf eine andere, mindestens ungläubige, wenn nicht sogar begeisterte Reaktion gehofft zu haben. »Ich hätte auch mehr investiert«, legte er nach. »Dass es bei der halben Milliarde geblieben ist, lag nur daran, dass Dr. Thomas mich gewarnt hat, nicht zu viel Aufmerksamkeit zu erregen.«

Diesmal fiel Pirlo das Pokerface deutlich schwerer. Dr. Thomas also. Auch dieser Name tauchte in ihrem Fall immer wieder auf. Er merkte, dass Max seinen Blick suchte. Mittlerweile brauchte es schon keine Worte mehr, um zu wissen, dass der Ermittler dasselbe dachte. Es passte zwar alles zusammen, sie hatten aber noch keine Vorstellung davon, *wie.*

»Wenn Sie mich fragen, klingt das so, als hätten Sie eigentlich schon eine ganz solide Finanzierungsgrundlage gehabt«, bemerkte Max.

Wabnitz sah ihn an, als habe er den Verstand verloren. »Offensichtlich haben Sie keine *Vorstellung* davon, was alleine *eine* Rakete kostet. Nein, lieber Herr Bischoff, die paar Millionen allein hätten nicht lange gehalten. Was es für das Projekt brauchte, war eine *spektakuläre* Rendite.«

»Durch TaxEx.«

»Ganz genau. Effizient. Schnell. Und vor allem vollkommen risikolos.«

»Inwiefern das denn?«, fragte Pirlo.

Jetzt war er es, den Wabnitz' tadelnder Blick traf. »Muss ich Ihnen das wirklich noch erklären? Peter Thomas hatte das Geld, aber noch kein Modell. Er kannte aber Karl Müller, der ein System erfand, mit dem es für eine einmal gezahlte Steuer eine doppelte Rückerstattung gab. Sozusagen ein *perpetuum mobile.* Es war also perfekt!«

»Und Rainer Hainsch sicherte sich den großen Triumph, das Weltraumprojekt, die damit verbundenen Arbeitsplätze und die Reputation in *sein* Bundesland geholt zu haben, dadurch, dass er die Gesetzeslage so verschob, wie Müller und Thomas das brauchten.«

Wabnitz nickte begeistert. Pirlo war aber noch nicht fertig: »Womit es jetzt allerdings vorbei ist.«

Wabnitz' Reaktion überraschte ihn. Wo er Enttäuschung oder Ärger erwartet hatte, zeichnete sich ein Lächeln ab. »Rainer Hainsch, Chiara Jebsen – Politiker sind wie Anwälte: am Ende alle gleich.«

»Selbst wenn das so sein sollte«, sagte Max langsam, nach Pirlos Eindruck vielleicht sogar ein bisschen genüsslich, »haben Sie trotzdem ein gewaltiges Problem.«

Pirlo wusste nicht, ob Wabnitz an Max' Lippen hing. Bei ihm selbst war es auf jeden Fall so.

Dann lächelte Max schmal: »Im Zusammenhang mit dem laufenden Untersuchungsausschuss haben die Behörden das Geld, das Sie schon investiert hatten, eingefroren.«

»Ganz schön clever«, murmelte Wabnitz. Jede gute Laune, jede aufgesetzte Heiterkeit waren aus seiner Stimme verschwunden. Kein Zweifel: Jetzt ging es nur noch ums Geschäft.

»Und was haben Sie jetzt vor?«

Wabnitz' Mundwinkel zuckte. »Ich werde Rainer Hainsch verklagen.«

»Was?« Pirlo und Max fragten fast aus einem Mund.

Wabnitz nickte. »Niemand außer Peter Thomas weiß, dass ich in TaxEx investiert habe.«

»Aber haben Sie nicht gerade gesagt ...«, fing Max an.

»Vorsicht, Herr Bischoff: Achten Sie besser genau darauf, *was* ich gesagt habe – und was nicht. Ich sagte, dass Hainsch die Gesetzeslage so verschoben hat, wie Müller und Thomas das brauchten. Mich selbst habe ich mit keinem Wort erwähnt.«

»Aber Hainsch wird sich doch gedacht haben, dass die Finanzierung des Weltraumprojekts nur mit TaxEx-Geldern möglich wäre!«

Wabnitz zuckte mit den Schultern. »Was Rainer Hainsch sich

gedacht hat und was nicht, könnte mich kaum weniger interessieren. Fakt ist, dass ich Interesse an TaxEx gezeigt habe. Fakt ist auch, dass ich ihn habe wissen lassen, dass ein Bundesland, das solche innovativen Regeln hat, das richtige für mein Projekt sei. Das war es aber auch schon. Mehr wusste und mehr weiß er nicht. Dazu kommt, dass Rainer Hainsch das Projekt, nachdem er dessen Potenzial erst einmal verstanden hatte, für *alle* Investoren geöffnet hat. Das ist dann wohl, was man einen Machtrausch nennt. Übrigens ist es auch das, was ihn nach dem Artikel in der *POST* seinen Posten gekostet hat – und die Grundlage für meine Klage ist.«

»Sie wollen ihn dafür verklagen, dass er fragwürdige Steuermodelle geschaffen hat, die Sie *selbst* ausgenutzt haben?«

Wabnitz nickte heftig. »Sie werden es nicht glauben, aber ich habe in der *POST* gelesen, diese Modelle sollen *illegal* gewesen sein!«

Pirlo hatte eine Weile zugehört. Jetzt fuhr er sich langsam über den Bart. »Das klingt alles so, als hätten Sie darüber lange und gut nachgedacht, Herr Wabnitz. Vielleicht klappt das ja auch alles so, wie Sie es sich vorstellen, vielleicht nicht. Selbst wenn das aber alles *wirklich* funktionieren sollte: Was zur Hölle hat es mit uns zu tun?«

Wabnitz lächelte dünn. »Sie haben recht: Ich habe darüber lange nachgedacht. Vertrauen Sie mir: Meine Logik ist wasserdicht. Sie hat nur einen kleinen Schönheitsfehler.«

»Nämlich?«

»Es braucht jemanden, der bestätigt, dass Rainer Hainsch um die Illegalität der TaxEx-Geschäfte wusste.«

»Nach dem, was Sie erzählt haben, wäre das Karl Müller.«

Wabnitz hob die Hände. »Nur *leider* steht der nicht mehr zur Verfügung.« Ehe Pirlo oder Max etwas darauf erwidern konnten, war das Lächeln zurück. »Es gibt aber noch jemand anderen, der über die Beratung der Kanzlei *Müller & Mahler* eine Aussage tätigen kann. Jemanden, dem Sie alles, was Sie heute gehört haben, berichten werden. Es ist jemand, der mir helfen wird. Der mir helfen will. Schon, weil er nichts mehr zu verlieren hat.«

»Ich weiß nicht, ob ich Ihnen folgen kann«, bemerkte Pirlo. »Aber falls Sie tatsächlich auf Ernst Mahler hinauswollen, glaube ich mit Sicherheit sagen zu können, dass er gerade andere Sorgen hat.«

Wabnitz zuckte mit den Schultern. Es wirkte, als sei für ihn alles Wesentliche besprochen und weniger offen, *ob* er bekommen würde, was er wollte, sondern nur, *wann.* »Kommen Sie.« Als er Pirlo am Unterarm berührte, wirkte er fast vergnügt. »Ich zeige Ihnen den Entwurf meiner Klageschrift!«

40

MAX

Als Wabnitz kurz darauf im Inneren des Hauses verschwand, zog Max die Stirn kraus. »Was hältst du davon?«

Pirlo drehte wieder an seinen Haaren. »Wovon genau? Diesem Typen? Dem, was er von sich gibt? Dieser Klage?«

»Fangen wir mit dem Letzten an. Ich bin mir noch nicht sicher, was ich von der Idee halte, Ernst Mahler als Zeugen gegen Rainer Hainsch aussagen zu lassen. Vor allem bin ich mir nicht im Klaren darüber, ob es den Verdacht abschwächt, er habe Karl Müller getötet, wenn er sich quasi öffentlich auch gegen ihn stellt.« Max sah, dass Pirlo etwas entgegen wollte, kam ihm aber zuvor. »Ehe wir uns damit befassen, wäre es aber ganz hilfreich zu wissen, ob diese Klage überhaupt funktionieren *könnte*.«

»Das erfahren Sie, wenn Sie das hier lesen«, sagte hinter ihnen Wabnitz und ließ klatschend einen Stapel Papier auf den Tisch fallen. Er grinste Pirlo an. »Man sagt, Sie seien ein begnadeter Anwalt. Jetzt können Sie es beweisen.«

Max merkte, dass Pirlo seinen Blick suchte. Er nickte ihm zu. Wie alles andere rund um das TaxEx-Thema klang diese Sache mit der Klage kompliziert. Er war daher froh, dass Pirlo derjenige war, den das Schicksal traf, sich damit befassen zu müssen.

»Falls Sie mich benötigen, finden Sie mich im Haus«, ließ Wabnitz sie wissen. »Der Rückflug richtet sich selbstverständlich nach

Ihnen. Beachten Sie aber bitte, dass wir aktuell einen Flughafenslot um halb acht Uhr eingeplant haben.« Dann wandte er sich an Max. »Während Herr Dr. Pirlo anwaltlich arbeitet, können Sie ja vielleicht ein bisschen die schöne Aussicht genießen.«

»Vielleicht schieße ich sogar ein, zwei Fotos, damit ich mich bei meiner nächsten Steuererklärung daran erinnern kann, wie viel Freude ich anderen damit mache.«

Wabnitz lachte meckernd, dann war er weg.

»Schöne Antwort«, sagte Pirlo leise. »Vor allem souverän serviert.«

»Ich habe mich an etwas erinnert, das mein zukünftiger Partner Marvin Wagner mal gesagt hat: *Mit arroganten Menschen zu streiten ist, wie mit einer Taube Schach zu spielen. Egal, wie gut du spielst, die Taube wird alle Figuren umwerfen, auf das Brett kacken und dann herumstolzieren, als hätte sie gewonnen.*«

»Scheint ein schlauer Kerl zu sein.«

Max nickte. »Das ist er. Deshalb *wird* er ja mein Partner.«

Er stand auf und blickte sich um. »Ich versuche mal, die Toilette zu finden. Ich wette, die Wasserhähne sind vergoldet.«

Max betrat das Haus und ging an der Vitrine mit den auffälligen Elefantenfiguren vorbei, ohne sich dafür zu interessieren.

Links befand sich ein großes, bis zur Dachschräge offenes Wohnzimmer mit riesigem Kamin und einer Sitzlandschaft, auf der man hätte Verstecken spielen können.

Max wandte sich nach rechts und folgte einem breiten, hellen Gang, von dem zu beiden Seiten jeweils zwei Türen abführten. Bevor Max nachsah, ob sich hinter einer von ihnen die Toilette befand, richtete sich seine Aufmerksamkeit auf ein flimmerndes Leuchten, das am Ende des Ganges von der Wand reflektiert wurde. Offenbar befand sich auf der rechten Seite ein offener Durchgang zu einem Raum, aus dem die Lichtreflexe kamen. Vielleicht lief dort ein großer Fernseher?

Max sah sich kurz um und setzte sich dann in Bewegung. Wie es sich herausstellte, handelte es sich bei dem Zimmer um einen Fitnessraum, der mit Geräten und Hanteln vollgestellt war. Die Stirnwand bestand zum größten Teil aus einem riesigen Spiegel, vor dem zwei große Boxsäcke von der Decke herabhingen. Was Max aber weitaus mehr faszinierte als die Gerätschaften, waren die Flatscreens, die rundum in einer Höhe von etwa zwei Metern aufgehängt waren. Es mussten mindestens fünfzehn sein, und alle zeigten das Gleiche. Max machte zwei Schritte in den Raum, blieb stehen und betrachtete gebannt die Bildschirme.

Es waren Videoclips in Dauerschleife. Sie zeigten immer wieder Wabnitz, der strahlend kompliziert aussehende Graphiken vorstellte. Was er sagte, konnte Max nicht verstehen, weil der Ton ausgeschaltet war. Aber es schien sich um hochtechnische Dinge zu handeln, so viel konnte er erkennen. Er fragte sich, welchen Sinn es machte, so viele Screens in einem Sportraum aufzuhängen und auf allen das Gleiche ablaufen zu lassen. Für ihn wäre es undenkbar gewesen, in einer solchen Umgebung mit dieser Reizüberflutung etwas für die körperliche Fitness zu tun.

Er schrak zusammen, als plötzlich der Ton eingeschaltet wurde und eine heroische Hintergrundmusik Wabnitz' Stimme unterstrich. Dieser erzählte etwas von einer Investition in die Zukunft, während eine simulierte Reise zwischen Tausenden von Sternen hindurch gezeigt wurde, die Max an den Anfang von *Raumschiff Enterprise* erinnerte.

»Gefällt Ihnen, was Sie sehen?«, fragte Wabnitz direkt hinter Max, was ihn erneut zusammenfahren ließ. Als er sich umdrehte, zeigte der Milliardär mit einer großzügigen Geste auf die Bildschirme. »Das ist meine *Basis*, Herr Bischoff. Hier kreiert mein Verstand meine Projekte und Ideen, während ich mich mit Sport stähle. Wie Sie sicher wissen, wohnt in einem gesunden Körper auch ein gesunder Geist.«

Keine Regel ohne Ausnahme, dachte Max, sagte aber: »Das sind also Werbeclips für technische Produkte aus Ihren Unternehmen?«

»Genau genommen geht es um *ein* Produkt, und das hat es in sich. Aber bitte, lauschen Sie meinen Erklärungen.« Erneut deutete er auf die Monitore, während er mit der anderen Hand eine Fernbedienung anhob und auf einen Knopf drückte, woraufhin sowohl die Hintergrundmusik als auch seine aufgezeichnete Stimme lauter wurden.

»*... haben wir in Deutschland über einen langen Zeitraum die amerikanische Raumfahrtbehörde NASA supportet und mit technischem Knowhow aus den deutschen Wissenschaftszentren versorgt. Nun ist es an der Zeit, unser Land selbst zu einer Raumfahrtnation zu machen und der Welt zu zeigen, wozu wir in der Lage sind. Dies wird nicht nur dem mittlerweile stark angekratzten Renommee des Wirtschaftsstandortes Deutschland zuträglich sein und dafür sorgen, dass sich ausländische Unternehmen wieder in unserem Land ansiedeln, sondern unseren Bürgerinnen und Bürgern auch das wieder zurückgeben, was sie durch schlechte politische Entscheidungen verloren haben: das Vertrauen in unser Land und unsere Leistungsfähigkeit. Aus diesem Grund haben wir LUNAFIN GERMANY ins Leben gerufen, unsere Raumfahrtmission.«*

Die Hintergrundmusik wurde leiser, während die Kamera langsam Wabnitz' Gesicht heranzoomte. »Achtung, jetzt kommt's«, erklärte Wabnitz neben Max in ergriffenem Ton. Als sein digitales Gesicht so nah war, dass es die Bildschirme fast komplett ausfüllte, verstummte die Musik. Zwei, drei Sekunden herrschte dramaturgisch geschickt eingesetzte Stille, dann sagte der fünfzehnfache Bildschirm-Wabnitz: »*Schon in wenigen Jahren werden deutsche Astronauten ihre Füße auf den Mond setzen und auf dem Erdtrabanten eine Fahne unserer Nation aufstellen. Und das wird* erst der Anfang sein! Für LUNAFIN gibt es keine Grenzen – wir reisen für Deutschland durch Raum und Zeit!«

Bühnenreifer Schlussakkord, Einblendung einer wehenden Deutschlandfahne, Ende.

Nach ein paar Sekunden Pause fing der Clip von vorn an, woraufhin Wabnitz den Ton ausschaltete.

Max senkte den Blick und wandte sich Wabnitz zu. »Sie wollen wirklich zum Mond?«

Wabnitz nickte stolz. »Mit einer in Deutschland hergestellten und mit deutscher High-End-Technologie ausgestatteten Rakete. Alles finanziert von mir selbst – mit freundlicher Unterstützung der deutschen Steuerzahler.«

Wabnitz legte Max eine Hand auf die Schulter, was er als ebenso unangenehm wie unangebracht empfand. Dennoch unternahm er nichts dagegen, weil das, was er gerade gehört hatte, ihn zu sehr beschäftigte.

»Und das meinen Sie ernst?«, fragte Max sein noch immer grinsendes Gegenüber.

Wabnitz nickte. »Absolut. Ich kann verstehen, dass Ihnen das als nicht realisierbar erscheint, aber sehen Sie, Bischoff, die Menschheit wäre nicht dort, wo sie ist, wenn es nicht immer wieder Genies mit dem entsprechenden Gespür für die Machbarkeit von Visionen geben würde.«

»Herr oder Max«, sagte Max, woraufhin sich Wabnitz Augen kurz verengten. »Wie bitte?«

»Nennen Sie mich entweder *Herr* Bischoff oder von mir aus auch Max, das ist mir egal. Aber nicht *Bischoff*. So haben mich früher meine Lehrer genannt, wenn ich etwas ausgefressen hatte. Als erwachsener Mensch möchte ich nicht bloß beim Nachnamen genannt werden. Von niemandem.«

Wabnitz zog in einer übertriebenen Geste gleichzeitig den Kopf ein und hob beide Hände so, dass Max die Innenflächen sehen konnte. »Selbstverständlich. *Mea culpa*. Entschuldigen Sie bitte, wenn ich Sie hinsichtlich einer traumatischen Schulzeit getriggert haben sollte. Ich werde …«

»Wow!«, hörte Max hinter sich Pirlos tiefe Stimme. Der Anwalt stand am Eingang des Raumes und hatte den Blick auf die Monitore an der gegenüberliegenden Wand gerichtet. »Was, zum Teufel, ist *das* denn?«

»Die geistige Zentrale des zukünftigen deutschen Raumfahrtprogramms«, antwortete Max süffisant.

»Hatte ich mir größer vorgestellt«, bemerkte Pirlo trocken. »Schöner irgendwie auch.« Er ging zwei Schritte in den Raum und betrachtete die Bildschirme. »Und was soll das jetzt alles?«

Max konnte ein sarkastisches Grinsen nicht unterdrücken. »Ich bin mir sicher, Herr Wabnitz wird es dir *liebend gern* erklären. Ich warte derweil draußen.«

Kurz darauf saß er auf der Terrasse, lehnte sich in dem bequemen Sessel zurück und schloss für einen Moment die Augen.

Ihm war gerade alles zu viel. Nicht nur, dass sie in diesem verflixten Fall einfach nicht weiterkamen, nun sollte er sich auch noch mit den größenwahnsinnigen Phantasien eines überkandidelten Multimilliardärs auseinandersetzen.

Er zog sein Telefon aus der Tasche und wählte Janas Nummer. Es klingelte nur zweimal, dann nahm sie das Gespräch an und sagte leise: »Moment, ich gehe raus.« Er hörte eine Weile raschelnde und schabende Geräusche, dann sagte Jana mit normaler Stimme: »So, jetzt können wir reden.«

»Entschuldige bitte, dass ich dich während der Fortbildung störe. Ich weiß ja, dass du sehr eingespannt bist.«

»Max, was ist los? Egal, wann du mich anrufst, ich freue mich immer, deine Stimme zu hören. Aber ich kenne dich gut genug, um zu wissen, dass du einen triftigen Grund für diesen Anruf hast.«

»Danke«, sagte er, und es kam aus der Tiefe seines Herzens.

»Also, in Kurzform ...« Er fasste die Situation, so gut es ging, zusammen und erzählte ihr von dem exzentrischen Milliardär, der deutsche Astronauten mit von den Steuerzahlern gezocktem Geld auf den Mond schießen wollte.

Jana lachte. »Ich kann mir vorstellen, wie sehr dich das nervt. Sag, kann ich etwas für dich tun?«

»Nein, ich musste einfach nur mit dir reden. Du warst quasi mein Überdruckventil.«

»Ein schöneres Kompliment hast du mir wahrscheinlich noch nie gemacht.«

»Du weißt, wie ich das meine, Jana. Das hat mir jetzt sehr geholfen. Und ... du fehlst mir natürlich.«

»Ich weiß, was du meinst«, entgegnete sie mit sanfter Stimme. »Ganz genau sogar.«

»So, jetzt sagen Sie aber endlich, was Sie über die Klageschrift denken«, sagte Wabnitz von der Seite. Gemeinsam mit Pirlo war er auf die Terrasse gekommen.

»Ich muss Schluss machen«, raunte Max ins Telefon.

»Ich wünsche dir Kraft und gute Nerven. Und ruf mich jederzeit an, egal, um welche Uhrzeit.«

»Danke! Bis heute Abend.« Max legte auf und sah Pirlo an. »Und?«

Pirlo ließ sich in einen Sessel fallen. »Und was? Und, was denke ich über die Klage, oder und, was halte ich von der zukünftigen teutonischen Eroberung des Weltalls?«

»Ersteres«, antwortete Max. Über Wabnitz' Mondflugphantasien konnten sie sich unterhalten, wenn sie allein waren.

Pirlo ließ die Hände auf seine Oberschenkel fallen. »Die Klageschrift ist, gelinde gesagt, ein Wagnis. Fakt ist, dass sie auf die Illegalität der Beratung von *Müller & Mahler* aufbaut und damit jetzt, da Karl Müller und Petra Kühne tot sind, tatsächlich mit der Aussage von Ernst Mahler steht und fällt.«

Max wandte sich an Wabnitz. »Weiß Rainer Hainsch, was auf ihn zukommt?«

Wabnitz lächelte. »Ich habe daraus nie ein Geheimnis gemacht.«

»Was soll das bedeuten?«

Wabnitz zuckte mit den Schultern. »Ich habe ihm eine E-Mail geschrieben und ihm ein Angebot gemacht, das er eigentlich nicht ablehnen konnte.«

»Und zwar?«

»Er entschädigt mich für das ganze bei TaxEx sichergestellte Geld. Andernfalls bin ich von ihm schlimm enttäuscht und lasse mir etwas Neues einfallen.«

»Was hat er geantwortet?«

Wabnitz' Blick verfinsterte sich. »Dass ich das vergessen kann.«

»Was Sie nicht tun werden.«

»Natürlich nicht. Im Gegenteil: Ich habe ihm gesagt, dass er sich auf eine fette Klage einstellen kann und auf die Anwälte von *Müller & Mahler*, die ihn bei seinen Machenschaften beraten haben, als Zeugen.«

Max starrte Pirlo an, während seine Gedanken sich überschlugen. Keskins Warnung vor Menschen in hohen Positionen fiel ihm wieder ein. »Wann war das?«

»Keine Ahnung. Vor zehn Tagen?«

Max spürte, wie sein Mund trocken wurde. »Das heißt, es ist in Hainschs Interesse, dass keiner der Anwälte aussagen kann.«

Pirlo nickte. »Und der einfachste Weg, das zu erreichen, wäre, sie einen nach dem anderen auszuschalten.«

Max fuhr sich mit einer Hand durch die Haare. »Wir müssen Sophies Vater *sofort* aus dem Knast rausbekommen.« Und nach einer Pause fügte er hinzu: »Hoffentlich sind wir diesmal schneller als Hainschs Handlanger.«

41

PIRLO

Im Flieger nippte Pirlo an einem *Cortado*. Von Alkohol hatte er erst mal genug, zumal er einen klaren Kopf brauchte. Was Wabnitz mit seiner Klage erreichen würde, war ihm zwar von Herzen egal, nicht aber, was es für Ernst Mahler bedeutete, wenn das Schreiben tatsächlich bei Gericht eingereicht würde.

Wabnitz hatte schon recht: Eine solche Klage würde Wellen schlagen. Wenn er sich einfach nur darüber beschwerte, dass er Geld verloren hatte, weil ein Politiker seine Versprechen gegenüber Steuerzahlern oder Investoren nicht hielt, interessierte sich ziemlich sicher niemand dafür. Was sollte ein Politiker sonst tun? In diesem Fall lief der Untersuchungsausschuss weiter, und eines Tages würde vielleicht irgendwer danach fragen, wer von diesem System eigentlich am meisten hatte profitieren wollen. Das *konnte* für Wabnitz einfach nicht gut sein.

Ganz anders sah es dagegen aus, wenn er einen Zeugen benannte, der es in sich hatte: Ernst Mahler, den Staranwalt. Pirlo musste zugeben, dass Wabnitz' Idee schlau war: Wenn er sich jetzt als *Opfer* des TaxEx-Systems präsentierte und Sophies Vater erklärte, dass die Schuld an allem bei Karl Müller und Rainer Hainsch lag, war Wabnitz aus dem Schneider. Niemand würde sich mehr um den Untersuchungsausschuss kümmern, und auch die eingefrorenen Gelder würden sicher bald wieder ausgezahlt.

Deshalb brauchte Wabnitz Ernst Mahler. Deshalb hatte er Max und Pirlo nach Mallorca gelockt. Und deshalb hatte er ihnen erzählt, wie alles wirklich aussah. Weil sie jetzt genau wie er in dieser Geschichte steckten. Und weil sie alles dafür tun würden, Ernst Mahler, *seinen* Zeugen, zu schützen.

»Wir sollten dringend rausfinden, wo Ernst Mahler gerade steckt. Willst du dazu nicht doch noch einmal versuchen, deinen Kripofreund zu kontaktieren? Das geht über das WLAN auch aus der Luft«, fragte Pirlo in Richtung Max, der es allerdings weiterhin vorzog, schweigend aus dem Fenster in die Wolken zu starren.

Pirlo drehte genervt an seinen Haaren. So kamen sie hier nicht weiter. »Würde es dich aufheitern, wenn ich zugebe, dass ich gerade ausnahmsweise auch keine Ahnung habe, was wir als Nächstes tun sollen?«

»Nein«, brummte Max. »Und lass mich mit Böhmer in Ruhe. Ich habe ihn wirklich oft genug angerufen.«

»Dann schadet ein weiterer Versuch auch nicht mehr«, setzte Pirlo nach.

»Nein.«

»Mach es für mich.«

»Auf keinen Fall.«

»Für Sophie.«

»Auch nicht.«

Pirlo seufzte. »Also gut, dann vielleicht für den kleinen goldenen Elefanten.«

»Den was?« Dann erst bemerkte Max, was Pirlo vor ihm auf den Tisch gestellt hatte.

»Ist das …?«

Pirlo zuckte mit den Schultern. »Kann schon sein.«

»Hast du …?«

»Ich?« Pirlo hob die Hände. »Auf keinen Fall. Gerade habe ich auch aus dem Fenster geschaut. Genau wie du. Schwermütig.

Missgelaunt. Ein bisschen verzweifelt. Als ich wieder hingeschaut habe, stand der Elefant schon da.«

Er sah, wie bei Max die Mundwinkel zuckten. »Du bist wirklich der sonderbarste Anwalt, der mir jemals begegnet ist.«

Pirlo grinste. »Das will was heißen. Immerhin kennst du Ernst Mahler. Apropos: Lass uns doch bitte nicht vergessen, ihm ganz nebenbei das Leben zu retten. Wenn es nach mir geht, könnten wir dazu zum Beispiel deinen Polizeikontakt anrufen ...«

Pirlo wackelte erst mit dem Kopf. Dann mit dem Elefanten. Danach war der Widerstand bei Max gebrochen. Er verdrehte die Augen und wählte. Nach einer guten halben Minute schien er bereit, den Anlauf abzubrechen. Dann nahm aber doch noch jemand ab.

»Horst?«, fragte Max. Pirlo konnte die Stimme am anderen Ende nicht verstehen. Max schien es nicht viel besser zu gehen.

»Horst, hörst du mich?« Max sah Pirlo ratlos an, dem aber auch nichts Besseres einfiel, als sich unbeholfen über den Bart zu streichen und das Beste zu hoffen.

»Hallo, Horst?«, wiederholte Max. »Falls du mich hören kannst: Wir sind in einem Privatflugzeug von Fynn Wabnitz auf dem Weg von Mallorca nach Düsseldorf.« Max sah auf seine Armbanduhr. »In ungefähr einer Stunde sollen wir dort landen. Ich weiß, dass du kein Interesse hast, mit mir über den Fall zu sprechen. Zwischenzeitlich sieht die Lage aber vielleicht grundlegend anders aus. Ich glaube, ich habe verstanden, was du mit den Verbindungen nach ganz oben meinst – und wozu diese imstande sein können.«

»Denk an Mahler«, raunte Pirlo von der Seite.

Max machte eine wegwerfende Handbewegung. Dann sprach er weiter in sein Telefon. »Umso wichtiger ist es, dass wir Ernst Mahler *sofort* aus dem Knast holen. Wir wissen zwar immer noch nicht, was hier insgesamt gespielt wird. Aber dort, wo er ist, dürfte die Gefahr für ihn ins Unermessliche steigen. Wir müssen daher unbedingt ...« Max sah Pirlo entgeistert an.

»Was?«, fragte Pirlo. »Sprich mit mir!«

»Die Leitung ist tot.«

»Vielleicht stimmt was mit dem WLAN nicht.« Pirlo beäugte ihre Umgebung. »Unnötiger Reichtum ist auch nicht mehr das, was es mal war.«

»Oder Böhmer hat einfach aufgelegt«, murmelte Max. »Schon wieder.«

Womit er abermals in Schweigen verfiel. Diesmal allerdings schloss sich Pirlo an. Er hatte genau diese *eine* Idee gehabt. Was jetzt noch blieb, war nicht viel mehr als wilde Improvisation. Wenn auch erst in einer Stunde.

Als sie aus dem Flieger stiegen, fiel Pirlo der Mann mit dem sorgfältig gestutzten Bart auf. Wer selbst viel Haar im Gesicht trug, hatte dafür wahrscheinlich einfach einen Blick. Dann bemerkte er, wie sich neben ihm die Miene von Max aufhellte. Der Rest erklärte sich von selbst.

»Horst!«, rief Max mit einer Mischung aus Verwunderung und Freude.

Der Angesprochene zeigte auf sein Telefon. »Der verfluchte Akku war leer, im Auto kein Kabel. Aber du kannst mir ja jetzt immer noch erzählen, was angeblich so neu und wichtig ist.«

»Sicher.« Max nickte. »Zuerst stelle ich dir aber meinen Kollegen vor – diesmal sogar ganz offiziell. Horst Böhmer, das ist Anton Pirlo.«

»Angenehm.« Pirlo grinste. »Mir war gar nicht klar, wie sehr das Schummerlicht von Thomas' Club geschmeichelt hat.«

Böhmer verzog den Mund. »Von Ihnen habe ich in der Zwischenzeit jedenfalls eine Menge gehört.«

»Wahrscheinlich nur Gutes«, antwortete Pirlo. Er deutete in Richtung Max. »Ich bin sein neuer *partner in crime*.«

»Davon verstehen Sie sicher eine ganze Menge.«

Pirlo stutzte. Es war verstörend genug, dass seine halbe Familie kriminell unterwegs war. Wirklich anstrengend wurde es aber dadurch, dass er nie wusste, ob ihn auch noch gerade jemand darauf ansprach.

»Lasst uns losfahren«, unterbrach Max den unangenehmen Moment.

»Gut«, erwiderte Böhmer. »Ich fahre. Immerhin bin ich der Einzige, der weiß, was als Nächstes ansteht.«

»Und was ist das?«

»Ich habe nach deinem Anruf eine Haftanhörung für Ernst Mahler organisiert.«

»Großartig«, entfuhr es Max. »Wann?«

Böhmer sah auf die Uhr. »Jetzt gleich.«

Pirlo unterdrückte ein Grinsen. Er mochte diesen Typen.

Keine halbe Stunde später saß Pirlo im Anhörungsraum des Amtsgerichts. Jetzt erst kam er dazu, sich darüber zu wundern, wie schnell Böhmer diesen Termin organisiert hatte. An einem Freitagabend. Um kurz nach halb zehn. Für Ernst Mahler musste die Entwicklung sogar noch unglaublicher wirken. Seine Frage überraschte daher nicht wirklich.

»Wie haben Sie das angestellt?«

»Keine Ahnung«, antwortete Pirlo ehrlich. »Manches muss man wahrscheinlich einfach vom Ergebnis her sehen. Dieses hier ist gut.«

Weiter kamen sie nicht. Die Haftrichterin rief die Sache zwar routinemäßig auf, schien Pirlo aber gleichzeitig auch irritiert zu beobachten. Immerhin war er damit nicht der Einzige, dem unklar war, was hier eigentlich vor sich ging.

»Ich nehme an, Sie haben in der Haftsache Ernst Mahler neue Argumente, Herr Rechtsanwalt Dr. Pirlo?«

»Sicher.« Es hatte sich ja tatsächlich einiges getan. »Mein Mandant war zwischenzeitlich Opfer eines tätlichen Angriffs in der JVA. Folglich ist er dort dauerhaft nicht mehr sicher. Er ist außerdem nach einem Aufenthalt im Justizvollzugskrankenhaus samt der notwendigen Verarztung derzeit in seiner Mobilität eingeschränkt. Selbst wenn mein Mandant wollte, könnte er sich dem Verfahren damit räumlich nicht entziehen. Mit anderen Worten: Seine unterstellten Auslandskontakte und finanziellen Mittel sind derzeit ohne jeden Wert. Eine Fortdauer der Untersuchungshaft wäre unverhältnismäßig.«

Die Richterin schrieb mit, verzog aber keine Miene. »Haben Sie etwas hinzuzufügen?«

Die Frage ging an Mahler, der aber nur den Kopf schüttelte.

Die Richterin seufzte und klopfte ihre Papiere auf Stoß. Dann rückte sie ihre Brille zurecht und fixierte Pirlo. »Ich weiß nicht, was Sie hier für Fäden gezogen haben, Herr Rechtsanwalt. Dass mich meine Geschäftsstelle anruft und darauf hinweist, dass wir am *Abend* noch eine vorher nicht von mir vorgesehene Haftanhörung auf die Tagesordnung gesetzt bekommen haben, ist – und das sage ich mit aller gebotenen Zurückhaltung – *ungewöhnlich*.«

Pirlo nickte. Zum einen wurde das jetzt gerade erwartet. Zum anderen hatte sie ja recht. Außerdem war klar, dass das noch nicht alles war.

Tatsächlich massierte die Richterin sich die Schläfen. Dann kam die Entscheidung. »Am dringenden Tatverdacht ändert sich aus meiner Sicht noch nichts. Was die Haftgründe anbelangt, gestehe ich allerdings unter Berücksichtigung der Krankenakte zu, dass neue Umstände vorliegen, die ein Absehen von der Untersuchungshaft erlauben.« Noch einmal traf Pirlo ein strenger Blick.

»Es scheint mir angesichts der Umstände angebracht klarzustellen, dass diese Entscheidung *unabhängig* von jeglichen externen Einflüssen gefallen ist.« Woraufhin sie sich an Ernst Mahler wandte und schon wesentlich weniger hart wirkte. »Das bedeutet, dass Sie frei sind.«

Draußen ging es schnell. Mahler umarmte Pirlo. Dann tauchten zwei Justizvollzugsbedienstete auf, um ihn zurück ins Gefängnis zu bringen, wo er seine noch verbliebenen Sachen zusammensammeln sollte.

»Wir sehen uns später in der Kanzlei«, meinte Pirlo zum Abschied.

»Versprochen«, erwiderte Mahler, der strahlte, als sei ihm eine tonnenschwere Last von den Schultern genommen. Wahrscheinlich fühlte es sich auch ganz genau so an.

Ehe Pirlo die anderen anrief, führte sein Weg auf die andere Straßenseite, wo er zielsicher auf einen Shawarma-Stand zusteuerte. Verhandlungen machten ihn hungrig, ganz gleich, wie lange sie dauerten – und wie sonderbar sie verliefen. Dass er seit dem Morgen nichts gegessen, sondern nur eine Menge klebrigen Alkohol in sich hingeschüttet hatte, war für seine Gesamtform ebenfalls nicht nur hilfreich.

Gute Nachrichten wollten allerdings auch geteilt werden. Pirlo operierte daher noch die letzten Salatreste aus seinem Bart, als er schon Sophies Nummer wählte. Es klingelte genau ein Mal, ehe Pirlo die Stimme des Mannes vom Flughafen hörte.

»Pirlo, verdammt, was ist passiert?« Verwirrt sah er auf das Display. Dort stand Sophies Name. Am Telefon war allerdings … Böhmer?

»Wo stecken Sie?«, herrschte der Polizist ihn an.

»Vor dem Gericht. Und Sie? Warum geht Sophie nicht dran?«

»Sie sitzt neben mir. Max kümmert sich um sie.«

»Was?«

Böhmer tobte. »Was, zur Hölle, ist bei Ihnen los?«

Pirlo sah auf den Schawarma-Stand und den Salatrest. »Nicht viel. Mahler ist frei und …«

»Das wissen wir.«

»Aber?«

Böhmer sprach jetzt langsamer, wenn auch kein bisschen weniger wütend: »Seine Tochter hat gerade einen Anruf von der Polizeileitstelle erhalten. Als Ernst Mahler die JVA verlassen hat, wurde er in ein Auto gezerrt.«

»Er wurde *was?*« Weiter kam Pirlo nicht.

»Ernst Mahler wurde entführt!«

»Und wo ist er jetzt?«

Böhmers Schnaufen war deutlich zu hören. »Mann, wie schwer von Begriff sind Sie eigentlich? Er ist weg!«

42

MAX

Eine knappe halbe Stunde, nachdem Böhmer mit Pirlo telefoniert hatte, stand der vor der Tür des Mahler'schen Anwesens. Als Max ihm öffnete, schob Pirlo sich sofort an ihm vorbei und sagte: »Wo ist Sophie? Wie geht es ihr?«

»Im Wohnzimmer«, antwortete Max und folgte dem Anwalt, der schon in dem großen Raum angekommen war und mit ein paar schnellen Schritten die Couch erreichte, auf der Sophie mit geröteten Augen saß. Pirlo ließ sich vorsichtig neben ihr nieder und sah sie besorgt an. »Wie geht es dir?«

Sophie wischte sich mit einem Handrücken über die Wange. »Mein Vater ist gerade entführt worden, was denkst du wohl?«

»Ja, ich weiß, blöde Frage.«

»Stimmt«, bestätigte Böhmer, der Sophie gegenüber auf einem Sessel gesessen hatte, sich jetzt erhob und auf Max zukam. »Ich fahre zurück ins Präsidium, hier sind wir sowieso durch. Ich weiß alles, was ich wissen muss.«

Max begleitete Böhmer zur Haustür. Als der Hauptkommissar schon draußen war, sagte Max: »Horst?«

Böhmer drehte sich zu ihm um. »Was?«

»Ich weiß nicht, was das in den vergangenen Tagen war und was dich dazu gebracht hat, wieder der Horst Böhmer zu sein, den ich kenne, aber ich bin froh, dass du wieder da bist.«

Böhmer nickte ernst. »Ein schwieriges Thema. Um das verstehen zu können, müssen wir uns mal länger unterhalten.«

»Aber bist du jetzt wieder du?«

Böhmer schnaufte. »Ich werde diesen Fall aufklären, und zwar so, wie ich es der ganzen Gesellschaft als Polizist schuldig bin – und nicht irgendwem anders.« Er machte einen Schritt auf Max zu und legte ihm die Hand auf die Schulter. »Ich hoffe dabei auf deine Hilfe.«

»Die hast du. Und auch die von Pirlo, das kann ich dir versichern.«

»Seltsamer Vogel«, sagte Böhmer.

»Das stimmt, aber letztendlich ist er ein guter Kerl, auch, wenn er sich mit Händen und Füßen dagegen wehren würde, wenn er das gehört hätte.«

Sie verabschiedeten sich voneinander. Max ging wieder ins Haus und setzte sich zu Sophie und Pirlo.

»Was passiert jetzt?«, fragte Sophie und sah dabei Max an.

»Böhmer macht seinen Kolleginnen und Kollegen Dampf und wird alles daransetzen, deinen Vater schnell zu finden.«

»Und das glaubst du?« Sophies Stimme klang dünn, fast hoffnungslos. »Wir stecken doch auch schon seit Tagen fest. Und jetzt ist sogar alles *noch* schlimmer. Warum sollte sich das nur wegen irgendwelcher *Kolleginnen und Kollegen* auf einmal ändern?«

»Weil wir mittlerweile mehr Informationen haben«, versuchte es Max, woraufhin Sophie einen zischenden Laut ausstieß.

»Ja, wir wissen zum Beispiel jetzt, dass die Angst, dass meinem Vater etwas zustoßen könnte, keine bloße Befürchtung ist, sondern verdammt realistisch – weil ihm etwas zugestoßen *ist*! Und weiter?«

Max konnte Sophies Verzweiflung nachvollziehen. Ihr Sarkasmus ging ihm trotzdem auf die Nerven. »Wir finden noch eine zündende Idee.«

375

»Vielleicht haben wir sie sogar schon.« Max und Sophie sahen überrascht zu Pirlo. »Ihr erinnert euch daran, dass ich euch einen Plan angekündigt habe?« Als beide nickten, lächelte er schmal. »Ich war mir nicht sicher, was ihr davon halten würdet.«

Max versuchte, ruhig zu bleiben, machte sich aber auf das Schlimmste gefasst. Das galt erst recht bei Pirlos nächster Erklärung. »Ich gebe zu, das Vorhaben ist etwas gewagt. Andererseits war es das die ganze Zeit. Alles, was sich seit unserem Besuch bei Wabnitz geändert hat, ist, dass wir *noch* mehr unter Druck stehen.«

»Jetzt hau es endlich raus!« Sophie verlor erkennbar die Geduld. »Was soll dein großartiger Plan denn sein?«

Pirlo sah erst zu ihr und dann zu Max. »Ich berufe für morgen früh eine Pressekonferenz ein.«

»Du machst *was*?«

Pirlo nickte. »Ich kündige an, dass ich mich öffentlich zu unseren Erkenntnissen bei der Aufklärung der TaxEx-Morde äußere.«

Max schob die Unterlippe vor und nickte übertrieben. »Wow! Welch ein genialer Schachzug. Und wie lange setzt du dafür an? Eine Minute oder zwei? Das ist nämlich die maximale Zeitspanne, die du brauchst, um unsere *tatsächlichen* Ergebnisse vorzustellen.«

Pirlo grinste schief. »Bevor es losgeht, weiß das aber noch keiner.«

»Und warum sollten die Leute überhaupt kommen?«

Das Grinsen wuchs. »Weil ich in der Einladungs-E-Mail dazu verkünde, dass ich morgen den Mörder von Karl Müller und Petra Kühne präsentiere.«

Max sah Pirlo eine Weile an. Dann sagt er: »Ich versuche gerade zu ergründen, ob ich vielleicht irgendeine wichtige Information übersehen oder überhört habe, was ich sehr stark hoffe. Denn falls das nicht der Fall ist, müsste ich dich fragen, ob du jetzt völlig den Verstand verloren hast.«

Pirlo schüttelte langsam den Kopf. »Ich fürchte, ich kann mich damit nicht rausreden. Im Gegenteil, ich weiß, was ich mache. Und vor allem weiß ich, was ich *will*.«

»Was soll das denn sein?«

»Anarchie und Chaos.«

»Davon haben wir doch schon genug!«

Pirlos Kopfschütteln steigerte sich. »Nicht bei uns. Sondern beim Mörder.«

Max wollte erneut widersprechen, zögerte dann aber. Konnte Pirlo das wirklich ernst meinen? Und, was noch viel wichtiger war: Konnte das wirklich *funktionieren*?

»Du weißt, dass die Polizei, und allen voran Böhmer, sofort alle vermeintlich neuen Informationen von dir verlangen werden. Wenn du dann vorgibst, dass du sie ihnen nicht gibst, reißen sie dir wegen Strafvereitelung den Arsch auf!«

Pirlo winkte ab. »Das sind Details für später. Viel wichtiger ist doch: Was macht der wahre Mörder, wenn er von meiner Ankündigung hört?«

»Er wird versuchen herauszufinden, was wir wissen, vor allem, ob wir ihn wirklich belasten können«, schaltete Sophie sich ein.

»Das heißt, er wird dort auftauchen müssen.«

»Wo wir auf ihn warten?«, vermutete Max.

»Ganz genau.«

Max senkte den Kopf und dachte über diesen irrwitzigen Plan nach. Schließlich sah er wieder auf und wandte sich direkt an Pirlo. »Nein.«

»Wie, nein? Wovor hast du Angst?«

Max hielt es ebenfalls nicht mehr auf dem Sessel. Er sprang auf und vergrub die Hände tief in den Hosentaschen. »Du kannst nicht einfach in der Öffentlichkeit Behauptungen über einen so wichtigen Fall aufstellen, die nicht stimmen. Man wird dich teeren und federn, wenn herauskommt, dass alles eine große Lüge ist. Ganz abgesehen von den rechtlichen Konsequenzen.«

»Das ist mir egal.«

»Pirlo, du bist Rechtsanwalt. Im schlimmsten Fall verlierst du deine Zulassung!«

»Wie gesagt: Details.«

»Ja, klar, *für später*. Ich weiß schon. Trotzdem finde ich, du bedenkst nicht genug die Konsequenzen, die das für dich und letztendlich auch für Sophie – für uns alle – haben kann.«

»Das *kann* sein.« Dann drehte sich Pirlo zu Sophie. »Was ich aber sicher *weiß*, ist, was deinem Vater droht, wenn wir nichts tun.«

Eine Weile hingen alle drei ihren Gedanken nach. Als Sophie schließlich erklärte, nach ihrer Mutter sehen zu müssen, wartete Max, bis sie den Raum verlassen hatte, bevor er leise zu Pirlo sagte: »Was soll das? Was bringt dir dieser wahnsinnige Plan? Ist er es wirklich wert, dich selbst und deine Karriere zu opfern?«

Pirlo sah Max fest in die Augen. »Du fragst, was *mir* das bringt? Denkst du denn, ich mache etwas, das mein berufliches Ende bedeuten könnte, für *mich*?« Er ließ sich in einen Sessel fallen. »Ich riskiere das für Sophie, Max. Du siehst doch, wie sehr sie leidet. Ich *muss* und *werde* etwas für sie tun.«

Max ließ sich ebenfalls zurücksinken. »Du liebst sie, nicht wahr?«

Dieses Mal dauerte es länger, bis Pirlo reagierte. Max hatte schon die Hoffnung, dass dieser schwierige Mensch sich ihm zum ersten Mal ein Stück weit öffnen würde. Dann lächelte Pirlo aber nur versonnen und sagte: »Auch das sind Details. Und auch das ist etwas für später. Jetzt haben wir erst mal ganz andere Dinge zu klären.«

Kurz darauf erschien Sophie in Begleitung ihrer Mutter. Nach Max' Einschätzung war Helena Mahler verhältnismäßig nüchtern.

»Meine Mutter hat vorgeschlagen, dass wir vier den Abend hier gemeinsam verbringen. Das ist doch in Ordnung für euch, oder?«

Max und Pirlo versicherten, dass sie das für eine gute Idee hielten.

Während Pirlo den Presseverteiler aufsetzte, um die Meldung abzuschicken, verschwand Sophie gemeinsam mit ihrer Mutter in der Küche. Eine Kleinigkeit zu kochen erschien ihr jetzt die beste Ablenkung, zumal sie alle noch nichts gegessen hatten. Max kümmerte sich derweil ums Tischdecken. Als Pirlo kurz darauf wieder zu ihm stieß, musterte Max ihn eindringlich von der Seite.

»Was?« Pirlo hatte die Hände in die Hüften gestemmt und sah Max nun ebenfalls direkt an.

»Deine Idee ist absoluter Wahnsinn. Und dir ist hoffentlich klar, dass wir wenig zu gewinnen haben, du aber alles verlieren könntest.«

Pirlo flüchtete sich in ein Grinsen. »Für euch würde ich doch alles tun.«

Max schüttelte den Kopf. »Nicht für uns.« Er blickte in Richtung Küche. »Für sie.«

43

SOPHIE

Samstag, 26. 10., 11 Uhr

Ihre rechte Hand zitterte. Sophie überlegte, ob sie das störte. Vor ein paar Tagen wäre die Antwort für sie noch klar gewesen: Jede Form von Schwäche galt als Versagen und hatte in der Familie Mahler nichts verloren. Allerdings war zwischenzeitlich nicht nur unklar, was diese Glaubenssätze überhaupt wert waren. Es stand auch sehr in Frage, ob es ihre Familie als solche noch besonders lange Zeit geben würde.

»Ich verstehe deine Unruhe«, brummte Max neben ihr. »Wenn du mich fragst, ist das, was Pirlo vorhat, nach wie vor ein wahnsinniges Wagnis.«

»Ich habe damit längst meinen Frieden gemacht«, entgegnete sie. »Der Blick geht jetzt nach vorn.«

»Du glaubst also ernsthaft, dass er das hinbekommt?«

»Es gibt wahrscheinlich keinen besseren Zeitpunkt, um Pirlo selbst zu zitieren: ›Irgendwas kann jeder.‹ Das hier kann er. Verlass dich drauf, Pirlo weiß, was er tut.«

»Na, dann brauchen wir uns ja keine Sorgen mehr zu machen«, bemerkte Max bissig.

»Bestimmt nicht«, antwortete sie etwas lauter als nötig. Auch das war ihr aber egal. Vielleicht half es ja sogar, ihre Nerven zu beruhigen – oder zumindest ihre Hand.

Um sich abzulenken, ließ Sophie den Blick über ihre Umgebung schweifen. Sie hatten einen Konferenzraum im Hyatt am Hafen angemietet und die zwanzig dort vorhandenen Stühle so aufgestellt, dass sie im Halbkreis auf einen Tisch ausgerichtet waren. Schon seit mehr als zehn Minuten gab es keinen freien Sitzplatz mehr. Auch die Stehgelegenheiten wurden langsam knapp.

Den Anlass dafür bot Pirlos von der Kanzleiadresse verschickte E-Mail-Einladung zur »Mörderfinder-Pressekonferenz« mit der vollmundigen Ankündigung, dass es ihm gelungen sei, die Mordfälle »Müller« und »Kühne« zu lösen, und er dazu um elf Uhr die Ergebnisse präsentieren werde. Um aufmerksamkeitsmäßig auf Nummer sicher zu gehen, hatte er außerdem erklärt, dass er wegen »des offensichtlichen TaxEx-Bezugs« davon ausgehe, sowohl die in diesen Fällen ermittelnden Beamten als auch den ehemaligen Justizminister und dessen Nachfolgerin begrüßen zu dürfen. Die Aussicht darauf, die beiden Konkurrenten Rainer Hainsch und Chiara Jebsen in einem Raum zu erleben, musste für die angeschriebenen Medienvertreter eigentlich unwiderstehlich sein. Noch größer fiel das Erstaunen aus, als beide auch tatsächlich auftauchten. Selbst wenn sie einander mitsamt ihrem jeweiligen kleinen Rudel an Claqueuren möglichst auffällig ignorierten, waren sie doch ebenso vor Ort wie Dr. Peter Thomas, der Banker, der mit seinem Handlanger Morell erschienen war. Sophie machte sich nichts vor: Mehr Showdown ging kaum. Was immer Pirlo hier gleich zusammenimprovisierte, sollte besser funktionieren. Einen Weg zurück gab es danach ganz bestimmt nicht mehr.

Weiter kam Sophie nicht mit ihren Gedanken. Pirlo betrat den Raum durch eine hinter dem Tisch liegende Tür, ließ den für ihn vorgesehenen Stuhl außer Acht und stellte sich stattdessen breitbeinig vor die erwartungsvoll gezückten Handykameras und Notizblöcke. Kurz gönnte er sich und allen anderen dieses eigentümliche Pirlo-Lächeln, das Sophie für einen kleinen Moment an bessere Zeiten erinnerte. Dann legte er los.

»Meine Damen, meine Herren, ich freue mich, dass Sie so zahlreich zusammengekommen sind, um zu hören, wie ich, Dr. Anton Pirlo, in meiner Funktion als Verteidiger von Herrn Rechtsanwalt Ernst Mahler, das Rätsel um die Morde an seinen Kollegen Karl Müller und Petra Kühne sowie den augenfälligen Zusammenhang zu den TaxEx-Machenschaften gelöst habe.« Pirlo räusperte sich. »Zuvor habe ich allerdings noch auf eine andere Entwicklung hinzuweisen, die kaum spektakulärer, kaum tragischer und, wie Sie sehen werden, kaum bezeichnender sein könnte. Er wartete kurz und fuhr sich dabei langsam über den Bart. »Gestern Abend hat man Ernst Mahler entführt.«

Pirlo hatte den Satz kaum zu Ende gebracht, als rund um Sophie schon enormer Trubel entstand. Rechts und links von ihr sprangen Journalisten auf.

Bevor die ersten Fragen kommen konnten, hob Pirlo seine tiefe, klare Stimme und knallte klare Ansagen durch den Raum. »Setzen Sie sich! Halten Sie sich zurück!« Als sich abzeichnete, dass die Anwesenden dies befolgten, sprach er ruhiger weiter: »Auch wenn ich ahne, dass Sie dazu nachhaken wollen, bin ich Ihnen verbunden, wenn Sie sich noch einen Moment gedulden. Das, was ich Ihnen mitgeteilt habe, war noch nicht alles.« Wieder legte er eine Pause ein. Dabei fixierten seine dunklen Augen einen ganz bestimmten Punkt. Eine ganz bestimmte Person.

»Meine Damen, meine Herren, der Mensch, der hinter den Morden steckt, ist derselbe, der die Entführung meines Mandanten zu verantworten hat. Da er hier mit uns in diesem Raum ist, erlaube ich mir, ihn direkt anzusprechen: Herr Hainsch, nutzen Sie die Gelegenheit, packen Sie aus, gestehen Sie Ihre Taten und – vor allem – verraten Sie uns, wo Ernst Mahler steckt!«

Jetzt gab es kein Halten mehr. Alle schienen gleichzeitig aufzuspringen und Fragen in den Raum zu rufen. Zwischen den zahlreichen Körpern hindurch versuchte Sophie, Rainer Hainsch im Blick zu behalten, der allerdings, als sie ihn endlich entdeckte, schon drauf und dran war, den Saal zu verlassen. Max schien diesen Abgang ebenfalls registriert zu haben, kam jedoch trotz einiger Robustheit nicht an der aufgeregten Menge vorbei. Immerhin hatte offenbar auch Pirlo den Aufbruch mitbekommen und eilte Hainsch hinterher.

Ehe Sophie oder Max ihm zu Hilfe kommen konnten, durchbrach eine laute Frauenstimme das Chaos. »Bitte beruhigen Sie sich alle für einen Moment!« Kurz flachte das Durcheinander tatsächlich ab. Als die Anwesenden wieder nach vorn sahen, erkannte Sophie, dass der Grund dafür Chiara Jebsen war, die sich an der Stelle aufbaute, an der bis gerade noch Pirlo gestanden hatte. »Ich bin mir sicher, dass sich die Polizei um Herrn Hainsch kümmern wird. Der Verteidigung des Herrn Mahler in Person von Herrn Dr. Pirlo gebührt derweil Dank dafür, dass dieses Drama endlich einen Abschluss gefunden hat. Zwar sind noch manche Fragen offen. Ich bin aber zuversichtlich, dass sich das alles klären lässt und wir das leidige Thema TaxEx mitsamt den, wie wir gerade gehört haben, schwerstkriminellen Machenschaften meines Amtsvorgängers bald ein für alle Mal abgeschlossen haben werden.«

Sophie sah, wie Pirlo zurückkam und ihren Blick suchte. Als sie zu verstehen gab, dass sie ihn entdeckt hatte, zuckte er mit den Schultern. Rainer Hainsch war ihm offensichtlich entwischt.

Sophie fühlte sich, als würde etwas in ihr zerbrechen. Wo gerade noch wilde Zuversicht darüber geherrscht hatte, dass Pirlo, wie und warum auch immer, tatsächlich den Nagel auf den Kopf getroffen und Hainsch, wenn auch nicht zu einem Geständnis, so doch zu einer überstürzten Flucht gezwungen hatte, war jetzt – nichts mehr. Was die Jebsen von sich gab, war ihr daher herzlich egal.

»Wie sagt man so schön: Eine Tür geht zu, eine andere geht

auf! Erlauben Sie mir, Ihre Aufmerksamkeit daher nach so viel Drama aus der Vergangenheit auf eine *gute* Nachricht für die *Zukunft* zu lenken: Ich freue mich, dass ich als neue Justizministerin die regulatorische Grundlage dafür schaffen darf und werde, um hier, in Nordrhein-Westfalen, eine Infrastruktur zu schaffen, die für uns alle, das Bundesland und die Nation, ein echter Meilenstein ist und Deutschland dahinbringt, wo auch wir wieder wer sind. Mit Stolz verkünde ich daher meine Unterstützung für das Weltraumprogramm von Fynn Wabnitz, LUNAFIN Germany!«

Sophie wandte sich an Max. »Unpassender könnte dieser Auftritt ja wohl kaum sein! Taktloser übrigens auch nicht.«

Zu ihrer Überraschung reagierte Max nicht. Stattdessen klebte sein Blick an Pirlo. Als ihm Sophie folgte, bemerkte sie, dass beide ungläubig den Kopf schüttelten.

»Was ist los, Max?«, fragte sie aufgeregt.

»Ich glaube, mich an etwas zu erinnern.«

»Und woran?«

Max sah sie entgeistert an. »An nichts Gutes.«

44

MAX

»Spricht vielleicht endlich mal jemand mit mir?«, fragte Sophie vorwurfsvoll, nachdem sie ein wenig Abstand zwischen sich und die Menge gebracht hatten. Chiara Jebsen hatte die selbst geschaffene Bühne inzwischen verlassen und unterhielt sich angeregt mit zwei Anzugträgern, die ihr an den Lippen hingen.

»Woran erinnerst du dich, Max? Und warum habt ihr euch eben angeschaut, als hättet ihr ein Gespenst gesehen?«

Max grübelte noch über das nach, was die Ministerin gerade gesagt hatte. Und einen Tag zuvor Fynn Wabnitz. Und wie das zusammenpasste.

Ohne TaxEx-Geld kein Weltraumprojekt. Die Mittel, die Wabnitz über Thomas investiert hatte, waren im Rahmen der Ermittlungen zum Untersuchungsausschuss eingefroren worden. Deshalb war TaxEx lahmgelegt. Deshalb wollte Wabnitz schließlich Rainer Hainsch verklagen. Oder nicht?

»Eigentlich dürfte es kein LUNAFIN mehr geben«, erklärte Pirlo. »Nicht ohne TaxEx-Mittel.«

Sophie deutete zurück auf den Konferenzraum. »Aber gerade hat die Jebsen erklärt, dass sie das Projekt unterstützt. Das ergibt dann doch gar keinen Sinn.«

»Eben«, murmelte Max nachdenklich.

»Was hältst du davon?«, fragte ihn Pirlo.

»Irgendwas ist hier faul. Mindestens einer von beiden sagt uns nicht die Wahrheit.«

Sophies Blick eilte vom einen zum anderen. »Und was haben wir jetzt vor?«

»Wir sollten uns vielleicht mal die Frau Ministerin vorknöpfen«, schlug Max vor.

Pirlo wiegte den Kopf hin und her. »Oder wir lassen es einfach gut sein, weil das nicht mehr unser Thema ist, und kümmern uns lieber um Rainer Hainsch.« Nach einem Blick auf Max fügte er hinzu: »Was ist? Wo bleibt eigentlich dein Jubel darüber, dass ich ihn quasi überführt habe?«

»Ja, klar, schön und gut.« Max merkte selbst, dass seine Gedanken woanders waren. »Mein Bauchgefühl sagt mir allerdings, dass wir dann einen Fehler machen.« Er gab sich einen Ruck. »Meine Entscheidung steht fest: Ich schlage vor, wir bleiben an Chiara Jebsen dran.«

Pirlo atmete hörbar aus. »Musst du eigentlich immer den Helden spielen?«

»Heißt das, du bleibst hier?«

»Natürlich nicht!«

»Na dann los!« Max deutete in Richtung Ausgang. »Wie es aussieht, bricht sie gerade auf.«

»Ich gehe zu Böhmer«, rief Sophie ihnen nach. »Wenn die Polizei meinen Vater findet, will ich auf jeden Fall direkt bei ihm sein.«

Als Pirlo und Max aus dem Raum eilten, schloss sich einige Meter entfernt die Aufzugtür.

»Die Treppe!« Max deutete nach links und spurtete los.

Als sie nach drei Stockwerken in der Lobby angekommen waren, entdeckten sie durch die Glastür des Gebäudes, dass die Ministerin schon draußen war und auf eine dunkle Limousine zuging. Sie war allein und schien keine Eile zu haben.

»Na immerhin hat sich der Stress gelohnt«, keuchte Pirlo nach

Atem ringend. Ehe er durch die Tür stürmen konnte, hielt Max ihn jedoch zurück.

»Warte!« Er deutete zu Chiara Jebsen, die vor dem Fahrzeug stehen geblieben war und das Handy am Ohr hatte.

»Mit wem sie da jetzt wohl redet?«, dachte Max laut nach.

»Keine Ahnung.« Pirlo atmete immer noch schwer. »Aber wie wär's, wenn wir ihr nicht nur hinterherrennen und dann nichts mehr machen, sondern einfach zu ihr gehen und sie fragen?«

In diesem Moment beendete Jebsen allerdings das Telefonat und stieg in den Wagen.

»Zu meinem Auto«, stieß Pirlo hervor und wandte sich nach links, wo keine zwanzig Meter weiter sein Mercedes geparkt war. Noch bevor sie dort ankamen, war es diesmal er selbst, der den Schritt verlangsamte.

»Was ist?«, fragte Max.

»Der Autoschlüssel ...« Pirlo verzog den Mund. »Er ist noch in Sophies Handtasche.«

»Warum das denn, verdammt?«

Pirlo zuckte mit den Achseln. »Weil es scheiße aussieht, wenn der Schlüssel die Hosentasche ausbeult, wenn man auf der Bühne steht.«

Max sah sich schnell um und entdeckte zwei Taxen, die seitlich des Hoteleingangs standen.

»Los, komm«, rief er und spurtete zu dem vorderen Wagen. Schon beim Einsteigen sagte er zu dem Fahrer: »Folgen Sie der dunklen Limousine, die da vorn an der Ampel steht.« Hinter ihm schlug eine Tür zu, und Pirlo beugte sich schnaufend nach vorn.

Der Fahrer sah Max an, als käme der von einem anderen Stern. »Nicht wirklich, oder?«

»Doch, es ist ein Notfall. Nun fahren Sie schon!«

»Ein Notfall?« Der Mann startete den Motor und fuhr los, als die Ampel gerade auf Grün umschaltete und sich Jebsens Wagen ebenfalls in Bewegung setzte. »Ist das jetzt so was wie eine Verfolgungsjagd oder was?«

»Ja, genau. Und von Ihnen hängt es ab, ob sie erfolgreich wird. Also bleiben Sie dran.«

Der Fahrer nickte ernst. »Geht klar. So, dass man uns nicht bemerkt, stimmt's?«

Darauf antwortete Max nicht mehr, sondern wandte sich zu Pirlo um. »Ich bin gespannt, wohin sie fährt.«

Jebsens Wagen schlug den Weg Richtung Oberkassel ein, ließ die entsprechende Ausfahrt dann aber links liegen.

Noch bevor sie weiterspekulieren konnten, wo die Fahrt hingehen würde, klingelte Max' Handy. Es war Böhmer.

»Wo bist du?«

»Ich sitze mit Pirlo in einem Taxi und verfolge Chiara Jebsen«, erklärte Max.

»Ihr macht *was*?«

»Das, was ich gerade gesagt habe.«

»Das ist jetzt hoffentlich nicht dein Ernst, Max. Los, sag, dass du mich gerade verarschst.«

»Nein, es ist wahr.« Max registrierte die kühle Gelassenheit, die gerade Besitz von ihm ergriff. Er kannte das von früheren Fällen. Diese Abgeklärtheit überkam ihn immer dann, wenn sein Gefühl ihm deutlich sagte, dass er auf der richtigen Fährte war. Und das war er, ganz gleich, was Pirlo ihm einzureden versuchte.

»Hast du jetzt völlig den Verstand verloren?«, brüllte Böhmer so laut los, dass sowohl der Taxifahrer als auch Pirlo jedes Wort verstehen konnten. »Erst diese vollkommen bekloppte Aktion von deinem durchgeknallten Freund, und dann das? Wie kann er Rainer Hainsch öffentlich beschuldigen? Einen ehemaligen Minister und noch immer hochrangigen Politiker? Selbst wenn er *wirklich* Beweise für dessen Schuld hat – und sollte das so sein, rate ich dir, bete zu Gott, dass sie hieb- und stichfest sind –, ist es völliger Schwachsinn, damit an die Öffentlichkeit zu gehen, ohne sich vorher mit uns und der Staatsanwaltschaft abzustimmen. Hainsch sitzt wahrscheinlich jetzt schon vor einer ganzen Horde Anwälte, die euch so heftig mit Klagen überziehen werden, dass ihr nie wieder einen Fuß auf die Erde bekommt. Und jetzt …« Böhmer schnaufte ein paarmal laut, während Max registrierte, dass sie bald Meerbusch erreichen würden. »Ich wage gar nicht, es laut auszusprechen.« Dafür wurde seine Stimme nun jedoch richtig laut. »Und jetzt *stalkt* ihr beiden Wahnsinnigen die Justizministerin, als wäre sie eine gewöhnliche Verbrecherin?«

Max hatte keinen Nerv für eine Diskussion. »Kümmere dich bitte um Sophie«, sagte er knapp. »Sollte rauskommen, dass Rainer Hainsch etwas mit dem Verschwinden von Ernst Mahler zu tun hat, muss sie direkt für ihn da sein können.« Er legte auf, während Chiara Jebsen vor ihnen auf das Areal Böhler abbog, eine große, weitgehend leer stehende Industrieanlage.

»Soll ich dem Wagen folgen?«, fragte der Taxifahrer kleinlaut.

»Ja, aber halten Sie Abstand«, sagte Pirlo und wandte sich an Max: »Du hast recht. Irgendwas ist hier wirklich seltsam.«

VII

Ich bin in einem rauschähnlichen Zustand. Meine Gefühle fahren Achterbahn mit mir. Ich fühle mich gleichzeitig aufgewühlt, erregt, wütend und glücklich. Es ist eskaliert. Alles ist eskaliert, die Zeit nicht mehr zurückzudrehen. Was für ein Auftritt! Was für ein Kitzel! Was für ein Glück!

Was jetzt noch fehlt, ist nicht viel. Und das Beste: Es wird gut für mich ausgehen. Alles.

Ich muss mich nur noch mal eben um ein paar Leute kümmern.

45

PIRLO

Sie beobachteten, wie der Wagen von Chiara Jebsen mit gedrosseltem Tempo zwischen zahllosen rot geklinkerten Gebäuden in unterschiedlichen Verfallsgraden auf eine Werkshalle mit einem breiten blauen Tor zusteuerte. Als das Fahrzeug hielt, blieb der Taxifahrer eine gute Ecke entfernt davon ebenfalls stehen. Pirlo übernahm die Bezahlung und schickte, einer Eingebung folgend, Sophie per WhatsApp ihren Standort. Max machte sich inzwischen mit dem Terrain vertraut.

Die Zeit, bis Pirlo die Angelegenheit mit dem mittlerweile erkennbar aufgeregten Fahrer erledigt hatte, genügte, um zu begreifen, dass Max wusste, was er tat – und um hinreichend beeindruckt zu sein. Als Pirlo vor dem Eingangsbereich des Gebäudes zu ihm aufschloss, war von Chiara Jebsen nichts mehr zu sehen.

»Ich habe beobachtet, wie du die Gegend gesichert hast«, flüsterte Pirlo. »Das wirkte ziemlich souverän.«

»Dir entgeht aber auch gar nichts.« Direkt nach diesem Kommentar war Max auch schon wieder hoch konzentriert. »Sie ist hier rein«, raunte er und deutete auf eine unscheinbare Tür, die Pirlo zuvor nicht aufgefallen war und die, wie er jetzt erkannte, in das große, aus der Nähe flächendeckend rostige Tor eingelassen war.

»Sicher?«

Max nickte. »Ich habe diesen Eingang auch nur entdeckt, weil ich drinnen etwas gehört habe, das danach klang, als laufe dort jemand mit Absätzen herum.«

»Sonst nichts?«

Max schüttelte den Kopf. »Nein, jedenfalls nicht, wenn du damit Anzeichen für andere Menschen meinst. Ich habe nur diese Schritte gehört. Mehr nicht.«

»Seltsam.«

»Allerdings.«

Pirlo kratzte sich am Bart. »Okay, und was jetzt?«

Max legte die Stirn in Falten. »Diese Fläche hier, das Areal Böhler, existiert seit 1914. Ursprünglich wurden hier Handgranaten für den Weltkrieg gefertigt.« Seine Hand beschrieb einen Halbkreis. »Das Gelände ist riesig, über zweihunderttausend Quadratmeter groß.« Er bedachte Pirlo mit einem kritischen Blick. »Das sind mehr als dreißig Fußballfelder.«

»Ist mir klar«, mogelte Pirlo.

»Man kann hier im Zweifel also alles und nichts treiben, ohne dass es jemand mitbekommt. Das gilt insbesondere für diese Gegend hier – jedenfalls noch.«

»Was meinst du damit?«

Max hob die Augenbrauen. »Ist dir *wirklich* nicht klar, wo wir gerade sind?«

Pirlo verdrehte genervt die Augen. »Auf dem Areal Böhler. Das hast du doch selbst gesagt.«

Max wartete noch einen Moment. »Im Recherchieren liegen nicht gerade deine Stärken, was?«

»Das macht in der Kanzlei Sophie. Ich bin eher für das gute Aussehen zuständig.«

»Ernsthaft?«

»Nein.« Pirlo warf Max einen drängenden Blick zu. »Hier weiß ich aber *trotzdem* nicht, was du meinst. Wenn es wichtig ist, sag es also einfach. Ansonsten schlage ich vor, wir gehen da jetzt endlich rein!«

Max nickte. »Auf dem Areal Böhler soll die LUNAFIN-Zentrale entstehen. Von hier aus sollen alle Projektstandorte in der gesamten Bundesrepublik gemanagt werden.«

»Hier?« Pirlo sah sich irritiert um. »In *diesen* Bruchbuden?«

»Wie gesagt: Das Areal ist riesig. Es gibt zwar Bereiche, bei denen der Ausbau schon angefangen hat. Das Projekt steht ja aber auch noch ganz am Anfang.« Max zeigte in Richtung Tür. »Nach dem, was ich gerade auf Google gefunden habe, liegen diese Teile schon seit fast hundert Jahren brach.«

»Und das heißt?«

»Da drin erwartet uns wahrscheinlich eine ziemliche Ruine. Reste der Stahlverarbeitung, Dampfkessel, solche Sachen eben. Und ehe du fragst: Ich habe keine Ahnung, was Chiara Jebsen ausgerechnet *hier* will.«

»Wahrscheinlich gibt es nur einen Weg, wie wir das rausfinden können.«

Max nickte. Dann deutete er auf sein Telefon. »Ich habe schon hier draußen kaum Empfang. Da das drinnen nicht besser werden dürfte, solltest du hierbleiben. Wenn du etwas Seltsames hörst, rufst du Böhmer an.«

»Und du spielst den Helden?«

»Irgendwas kann jeder«, gab Max mit einem Augenzwinkern zurück. Dann glitt er durch die Tür.

Pirlo war überrascht, dass er es eine gute Minute aushielt, ehe er Max nachhuschte. Sobald er sich ein paar Meter hinter dem Tor im Dämmerlicht der tatsächlich weitgehend verfallenen Fabrikanlage vorangetastet hatte, konnte er ebenfalls den Nachhall von Stöckelschuhabsätzen hören, der sich irgendwo in der Ferne verlor. Er wich einigen Bauschotteruntiefen aus und stand schließlich in einem sich in der Dunkelheit verlierenden Gang, von dem mehrere Türen abführten. Als er auf gut Glück eine davon öffnete, starrte ihm das entgeisterte Gesicht von Max entgegen.

»Was, zur Hölle, *machst* du hier?«, zischte Max ihm entgegen.

»Helfen«, gab Pirlo genauso aufgebracht zurück. Und genauso leise.

Max verdrehte genervt die Augen. Dann aber schloss sich ein Stück den Gang hinunter eine Tür. Spätestens jetzt war für weitere Diskussionen kein Platz mehr. Mit Hilfe ihrer Handytaschenlampen leuchteten sie den Weg aus, während sie möglichst geräuschlos weitereilten und, Max rechts und Pirlo links, Tür um Tür öffneten, ohne dass sie etwas anderes erkennen konnten als die Leere von lange nicht mehr genutzten Räumen. Viel sprach dafür, dass das hier vor langer Zeit ein Verwaltungstrakt gewesen war. Was auch immer die Jebsen hierhergetrieben hatte, ihr trotz des vielen Schutts fester Schritt sprach dafür, dass sie wusste, was sie tat und wohin sie ging.

Alles Rätseln über ihr Ziel erübrigte sich allerdings plötzlich. Pirlo hatte gerade die dritte oder vierte Tür auf seiner Seite des Gangs aufgestoßen, als er hinter sich Max hörte. »Was, zur Hölle, soll das alles?«

Pirlo wirbelte herum und entdeckte Max direkt gegenüber im Eingang eines Raums, den mehrere Baustrahler erhellten. In der Mitte stand Chiara Jebsen hinter einem großen Klapptisch, auf dem sich eine Menge Unterlagen türmten. Sie lachte. »Herr Bischoff, Herr Pirlo, mussten Sie noch das Kleingeld für den Taxifahrer zusammensuchen?« Sie schien keine Antwort zu erwarten. »So oder so: Ich freue mich, dass Sie endlich da sind. Wir haben einiges zu besprechen.«

»*Hier?*« Max sah sie ungläubig an.

Chiara Jebsen gönnte ihnen ihr aus dem Fernsehen bekanntes Lächeln. Pirlo war beeindruckt. In dieser Baustelle als blondes Politikfräuleinwunder aufzutreten schien sie keinerlei Mühe zu kosten. Im Gegenteil, es wirkte, als sei sie bester Laune – und als würde sie auch diesen Auftritt genießen.

»Lassen Sie uns zur Sache kommen, meine Herren. Sie wollen etwas von mir. Ich will etwas von Ihnen.«

»Wir werden wohl kaum eine gemeinsame Grundlage für irgendwelche Forderungen finden«, ging Pirlo dazwischen. »Nicht, nachdem Sie vorhin so gründlich Ihren Auftritt versaut haben.«

»Ich weiß nicht, was Sie damit meinen«, bemerkte sie spitz.

»Sie haben einen Fehler gemacht«, übernahm Max. »Und das aus reiner Überheblichkeit und ohne jede Not. Wahrscheinlich konnten Sie dem Rampenlicht einfach nicht widerstehen. Der perfekten Gelegenheit für den großen Auftritt. Den Glamour, den LUNAFIN ausstrahlt, auch wenn es das Projekt eigentlich gar nicht mehr geben dürfte – jedenfalls nicht, wenn *Sie* der Finanzierung durch TaxEx nicht neuen Atem einhauchen.« Max trat einen Schritt auf Chiara Jebsen zu. »Mag sein, dass das bei der Pressekonferenz noch nicht alle erkennen konnten. Aber glauben Sie mir, das wird sich ändern!«

»Ich weiß, was Sie erkannt haben«, unterbrach sie ihn harsch. Das überlegene Lächeln war verschwunden. Ihren Augen blitzten wütend. »Beziehungsweise: Ich weiß, was Sie erkannt zu haben *glauben.*«

Max ging nicht darauf ein. »Sie sind gleich doppelt über Ihre Hybris gestolpert. Der große Auftritt hätte heute ganz bestimmt nicht sein müssen. Erst recht war es nicht nötig, dass Sie ausgerechnet sich selbst in den Rücken gefallen sind. Wenn Sie TaxEx wiederbeleben, um LUNAFIN zu ermöglichen, werden Sie darüber am Ende genauso stolpern wie Rainer Hainsch.«

»Nicht, wenn wir damit die *Zukunft* einläuten.« Chiara Jebsen lächelte versonnen. »Wenn das Projekt erst einmal ins Rollen gekommen ist, werden uns ganz andere Sachen beschäftigen. Dann hat Deutschland endlich seinen Platz im Weltall! Völlig losgelöst werden wir sein. Von der Erde. Von unserem Alltag. Erst recht von irgendwelchen langweiligen Steuerfragen. Im Gegenteil, meine Herren, dann, ja dann fängt auch bei uns die Zukunft an. Dann greifen wir alle gemeinsam nach den Sternen!« Ihre Augen leuchteten. »Und wissen Sie, wessen Namen man damit in Verbindung bringen wird? Meinen. Wem man für unsere neue Bedeutung in der Welt danken wird? Mir. Wer danach das politische Gesicht der Zukunft ist, in diesem Land, ach sogar auf diesem Kontinent? Ich.«

Sie zwinkerte Max und Pirlo zu. »Schauen Sie sich doch mal um!« Ihre weit ausholende Geste wirkte angesichts der baufälligen Umgebung geradezu absurd majestätisch. »Das hier ist Deutschland heute! Ruinen. Bruchbuden. Schrott. Genau hier, wo wir jetzt stehen, wird sie aber errichtet, die LUNAFIN-Zentrale, von der aus wir nicht nur das Land aufrichten, sondern auch das All erobern werden!« Sie klopfte auf die Arbeitsplatte vor sich. »Genau an dieser Stelle wird der Schreibtisch stehen, von dem aus er sein Genie walten lässt.«

»Wer?«

Sie legte den Kopf schief. »Ach, kommen Sie schon. Haben Sie es immer noch nicht verstanden?«

Pirlos Gedanken rasten. Er ahnte, dass die Frage rhetorischer Art war. Trotzdem legte Chiara Jebsen nicht nach.

»Vielleicht kann ich ja helfen«, näselte stattdessen jemand hinter seinem Rücken.

46

MAX

»Wabnitz?«, entfuhr es Max.

»In aller Pracht und Schönheit!«, verkündete Fynn Wabnitz.

Max beobachtete, wie er langsam den Raum betrat. Noch mehr fesselte seine Aufmerksamkeit aber die Pistole in Wabnitz' Hand.

»Willkommen bei LUNAFIN. Von hier aus erobern wir den Weltraum!«

»Und das Land«, ergänzte Chiara Jebsen.

»Herzlichen Glückwunsch«, brummte Pirlo. »Wenn Sie uns jetzt aber freundlicherweise entschuldigen würden, wir haben noch einen entführten Anwalt zu suchen.«

Wabnitz lachte. »Sie ahnen gar nicht, wie nah Sie ihm schon sind.«

Pirlo strich sich eine Strähne aus der Stirn. »Sachdienliche Hinweise sind jederzeit willkommen.«

»Er ist hier«, antwortete Wabnitz zu Max' Überraschung leichthin.

»*Hier?*«, entfuhr es Max.

Wabnitz nickte. »Ich habe ihn in einem der Nebenräume platziert, nachdem Chiara mir mitgeteilt hatte, dass sie auf dem Weg hierher war – und dass Sie ihr folgten.«

Max' Verstand arbeitete auf Hochtouren. Sein Instinkt war offensichtlich richtig gewesen. Trotzdem verstand er noch nicht, was hier gerade passierte. »Und warum?«

»Wir brauchen ihn für eine Unterschrift.« Wabnitz grinste. »Sie beide übrigens auch.«

»Na klar«, versetzte Max. Langsam reichte es ihm. »Dann versammeln wir uns jetzt hier mal eben alle um den Tisch und setzen eine schöne gemeinsame Erklärung auf.«

Wabnitz strahlte ihn an. »Ganz genau.« Dann huschte ein Schatten über sein Gesicht. »Anders bekommen wir das TaxEx-Theater nicht in den Griff. Dazu sterben einfach viel zu schnell viel zu viele Leute.«

»Holen Sie Mahler her!«, befahl Pirlo. »Sofort!«

Wabnitz schüttelte den Kopf. »Nicht so schnell. Eine Sache ist vorher noch zu erledigen.«

»Und zwar?«

Wabnitz kratzte sich am Kopf. »Der Mensch ist so weit fortgeschritten, wissenschaftlich, technisch, dass er mit Raumschiffen um die Erde fliegt. Und auf der Erde schlägt er sich mit anderen die Birne ein wie in der Steinzeit.« Er sah erwartungsvoll in die Runde. »Wissen Sie, wer das gesagt hat?« Nach einem Moment des Wartens gab er auf. »Sigmund Jähn, der erste Deutsche im Weltraum.«

Sigmund!, schoss es Max durch den Kopf. Um Himmels willen ...

»Jähn war 1978 im All. Das ist ein halbes Leben her. Trotzdem hat sich nichts geändert. Die Leute hier sind primitiv. Sie denken an Geld, an Ruhm, an Macht.« Er warf einen abschätzigen Blick auf Chiara Jebsen. »Aber was macht man, wenn man das alles hat? Wenn man ganz offiziell und für alle Zeiten ein *Genie* ist? Einer der reichsten Menschen der Welt? Einer der *großen Erfinder der Geschichte*?« Er sah Pirlo und Max fragend an. »Was macht man, wenn es keine Grenzen mehr gibt? Man sucht sich neue!« Er blickte zur Decke, ohne Zweifel aber auch zu all dem, was dahinter lag. »Und man überwindet sie. Das All.« Er trat einen Schritt in den Raum. »Die Mächtigen.« Langsam kam er Chiara Jebsen näher. »Und das Leben.« Damit blieb er direkt vor ihr stehen. Dann hob er die Pistole und schoss ihr in den Kopf.

47

PIRLO

Pirlo war überfordert. Sicher, er hatte schon gegen Mordvorwürfe verteidigt, er hatte die Akten dazu ausgewertet und dabei stundenlang die Tatortfotos seziert. *Das* hier war allerdings etwas anderes. Dieser Mord war greifbar. Er war *echt*.

Die Auseinandersetzung zwischen Max und Wabnitz drang wie durch eine graue Wolke zu ihm durch.

»Was, zur Hölle, haben Sie getan?«, schrie Max.

»Das Notwendige«, antwortete Wabnitz gelassen.

»Sie haben ja völlig den Verstand verloren!«

»Was ich verloren hatte, war mich selbst«, erklärte Wabnitz mit ruhiger Stimme. »Ich habe nicht mehr gefühlt, nicht mehr gewollt, nicht mehr *gelebt*. Bis ich auch dieses Rätsel gelöst habe.« Er strahlte Pirlo und Max an. »Nichts ist wahrer als der Tod. Und nichts ist lebendiger als man selbst, wenn man ihn einem anderen schenkt.«

»Und was, um alles in der Welt, hat das mit Ernst Mahler zu tun?«, knirschte Pirlo durch seine zusammengebissenen Zähne.

Wabnitz schien geradezu aufgeschreckt. »Richtig!« Er nickte Pirlo lächelnd zu. »Mahler! Den dürfen wir natürlich nicht vergessen. Wenn ich Sie also bitten dürfte, mir zu folgen, meine Herren.« Er wedelte mit der Pistole in Richtung Tür.

Pirlo sah zu Max. Da aber selbst der nur mit den Schultern

zuckte, setzten sie sich in Bewegung, Max als Erster, dann Pirlo, dahinter Wabnitz mit der Waffe.

Sie waren keine halbe Minute durch die Ruine gestolpert, bis Pirlo die Orientierung verloren hatte. Wabnitz schien dagegen genau zu wissen, wo sie sich befanden.

»Ich freue mich, dass Sie beiden hier sind«, erklärte er im Plauderton. »Und zwar ganz unabhängig davon, dass ich Ihre Unterschrift brauche.« Er lachte. »Sie ahnen ja gar nicht, wie öd mir diese Frau geworden war. Ich meine, am Anfang war das ja noch ganz interessant. So *attraktiv*. So *ehrgeizig*. Und so *schamlos*. Wissen Sie, was ihre erste Frage war, nachdem sie sich mir endlich hingegeben hat? *Würdest du auch für mich töten?* Und wissen Sie, was ich gesagt habe? Ja.« Er kicherte, als erinnere er sich an einen großartigen Witz. »*Natürlich* kam sie dann mit Regeln um die Ecke. Nur *ihn*. Nur *sie*. Nur *so* und nicht anders. Sie können sich gar nicht vorstellen, wie *wütend* sie war, als ich meinen Spaß mit diesem Journalisten hatte. Sie ist geradezu ausgerastet – und hat trotzdem nicht verstanden, dass nicht nur seine Zeit abgelaufen war, sondern ihre gleich mit.«

Pirlo nickte mechanisch. Max reagierte gar nicht. Es war daher nur zu erahnen, wie gern er diesen Wahnsinnigen niederschlagen würde. Dann aber wäre angesichts des Labyrinths um sie herum der Weg zu Mahler womöglich abgeschnitten. Und wer wusste schon, in welcher Verfassung Sophies Vater war – und wie dringend er Hilfe brauchte!

Dass es richtig war, sich noch zurückzuhalten, zeigte sich ein paar Ecken weiter, als Wabnitz sie zum Anhalten aufforderte und Pirlo erst dann feststellte, dass er auf einer Art Falltür stand.

»Clever, was?«, näselte Wabnitz selbstzufrieden. »Wenn Sie sich bücken, finden Sie einen Griff, Bischoff. Ziehen Sie kräftig daran.«

»Sie können mich mal«, brummte Max, beugte sich dann aber

doch zum Boden und zog die Luke auf. Aus dem Keller fiel Licht in den düsteren Gang.

Als sich Pirlos Augen an die plötzliche Helligkeit gewöhnt hatten, erkannte er eine ausgeleuchtete Steintreppe.

»Auf geht's, meine Herren!« Wabnitz stieß ihm die Pistole in den Rücken. »Dann wollen wir uns mal gute Gesellschaft suchen.«

48

MAX

Samstag, 26. 10., 14.30 Uhr

Die Treppe führte zu einem großen Raum, in dem sie ein Durcheinander aus leeren Standregalen erwartete. Sie befanden sich offensichtlich im Archiv der ehemaligen Verwaltung. Wie auf dem Weg nach unten sorgten auch hier mehrere Baustrahler für grelles Licht. Sie alle waren auf einen Stuhl in der Mitte des Raumes ausgerichtet, auf dem, mit Kabelbindern gefesselt und mit einer Krawatte geknebelt, Ernst Mahler saß. Neben ihm stand ein kleiner Tisch, auf dem eine gut gefüllte Dokumentenmappe und ein Kugelschreiber lagen.

Instinktiv blendete Max alle sich daraus ergebenden Fragen aus. Was zählte, war allein der Zustand der Geisel.

Sophies Vater schien erschöpft, aber gesund. Seine Augen zuckten zwischen Pirlo, Max und Wabnitz hin und her. Er gab hektische Geräusche von sich, die jedoch der Knebel schluckte.

»Sehr schön«, ergriff Wabnitz wieder das Wort. »Dann haben wir also alle zusammen, die wir brauchen.« Während er die Pistole auf Ernst Mahler richtete, schritt er langsam zu einem der Regale, aus dem er zwei weitere Stapel Papiere nahm, von denen er jedem von ihnen einen in die Hand drückte.

»Was ist das?«, hörte Max Pirlo fragen.

»Das« – Wabnitz strahlte – »ist die Lösung für all unsere Sorgen.«

»Und wie soll die aussehen?«

Max fiel auf, dass sich Pirlo von ihm entfernt hatte. Er sprach nicht nur, er schritt auch durch den Raum, ein Anwalt bei der Befragung, und obwohl der Rahmen hier kaum weniger hätte passen können, wirkte das so natürlich und Pirlo so in seinem Element, dass es auch Wabnitz nicht weiter aufzufallen schien.

»Sie werden mir diese Dokumente unterzeichnen. Eines Ernst Mahler, eines jeweils Sie beide.«

»Sie gehen nicht im Ernst davon aus, dass Sie damit durchkommen«, entfuhr es Max. »Einen solchen Wahnsinn können noch nicht einmal Sie sich ausdenken!«

Wabnitz grinste. »Was ich mir *ausdenken* kann, bestimmt das Leben, das Sie führen, mein lieber Bischoff. Das sind die Telefone, die Sie nutzen, die Nachrichtendienste, die Sie lesen, die Autos, die Sie fahren – und bald schon die Raketen, die Sie bestaunen werden.«

»Und was brauchen Sie dafür von uns?«

»Ihre Unterschriften unter die Erklärung, dass Sie Ernst Mahler dabei geholfen haben, die Morde an Karl Müller, Petra Kühne und Christian Schwerdtfeger zu verschleiern – und dass Sie Chiara Jebsen auf dem Gewissen haben. Dokumente übrigens, die morgen anonym in der Redaktion der *POST* landen – das dürfte locker für den nächsten Skandal reichen.«

Max deutete auf den Stapel in seiner Hand. »Und dazu braucht es so viel Papier?«

»Bis man die Geschichte komplett erzählt hat, sind es ein paar Hundert Seiten. Ich *fürchte* leider, es fehlt Ihnen jetzt an der Zeit, das alles durchzugehen, aber ich versichere Ihnen: Es geht alles genau auf.«

Max nickte. Nichts von dem, was Wabnitz von sich gab, interessierte ihn auch nur im Ansatz. Alles, was zählte, war, dass Pirlo sich in der Zwischenzeit so nah an Wabnitz herangepirscht hatte, dass nur noch zwei knappe Meter zwischen ihnen lagen.

Was es brauchte, war ein letztes Ablenkungsmanöver. Und zwar jetzt! »Das werde ich *nie* unterschreiben!«, verkündete Max lautstark und warf die Papiere in seiner Hand auf den Boden.

Dann ging alles ganz schnell. Wabnitz drehte sich zu Max hin. Pirlo sprang. Und Wabnitz schoss.

49

PIRLO

Kurz fühlte Pirlo sich benommen. Warum er auf dem Boden lag, wusste er nicht. Dann schlug die Erkenntnis zu, unmittelbar darauf der Schmerz. Aus seinem linken Arm quoll Blut. Mehr schien ihm allerdings nicht passiert zu sein. Weder schlich sich eine Ohnmacht an, noch fühlte er sich bewegungsunfähig.

»Ich bin okay«, murmelte er daher in Richtung Max.

»Natürlich bist du das«, raunzte Max zurück. »Der Vollidiot hat dich am Arm erwischt. Das kann man schon mal wegstecken.«

Kurz war Pirlo von dem Schwindelgefühl abgelenkt, das sich einstellte, als er aufstand.

»Also, lassen wir den Scheiß«, murmelte er, immer noch etwas wacklig auf den Füßen. »Der Spaß ist vorbei.«

Wabnitz nickte. »Allerdings.« Auch er hatte sich wieder gefangen und dirigierte Pirlo mit der Pistole in die Richtung von Max. »Ihr unterschreibt mir jetzt diese Dokumente. Danach lasse ich Ernst Mahler *vielleicht* laufen.«

»Und was ist mit uns?«

Wabnitz grinste. Pirlo hatte ihn schon auf Mallorca widerlich gefunden. Der Wahnsinn in seinen Augen gab der Abneigung noch einmal eine ganz neue Note.

»Ich fürchte, diese Tür hat sich nach der Attacke gerade leider geschlossen.« Er deutete auf den Tisch neben Mahler.

»Als ob jemals etwas anderes zur Debatte gestanden hätte«, schnaubte Max.

Wabnitz lächelte schmal. »Schau an, Sie sind gar nicht so dumm, wie ich dachte.« Dann hielt er Ernst Mahler die Waffe an den Kopf. »Und jetzt seid ihr so vernünftig wie der alte Mann und unterschreibt das alles.«

50

MAX

»Ganz bestimmt hat Ernst Mahler nichts unterzeichnet, was *Sie* ihm vorgelegt haben«, vermutete Max.

»Und warum sollte er das nicht getan haben?« Wabnitz fühlte sich augenscheinlich bestens unterhalten.

»In Ihrem kranken Kopf hätte es danach doch überhaupt keinen Grund mehr gegeben, ihn am Leben zu lassen.«

»Das sehe ich allerdings anders, Bischoff«, bemerkte Wabnitz spitz. »Wenn Sie mich fragen, hilft er mir ganz hervorragend dabei, *Sie* beide zu Ihren eigenen Erklärungen zu motivieren. Immerhin ist er der Vater Ihrer angebeteten Sophie.«

Womit es Pirlo erkennbar endgültig reichte. Es wurde wahrscheinlich auch alles nicht besser dadurch, dass dieses Monster recht hatte. Max sah ihm dabei zu, wie er sich mühsam zu dem Tisch schleppte und nach einem Kugelschreiber griff.

»Denken Sie daran, auch brav jede Seite zu paraphieren«, rief Wabnitz ihm zu. »Und seien Sie doch so freundlich, nach Möglichkeit nicht alles voll zu bluten.«

51

PIRLO

Während Pirlo mit zittrigen Fingern durch Hunderte Druckseiten blätterte, hörte er, dass Max weiter versuchte, Wabnitz in ein Gespräch zu verstricken.

»Und wie soll es jetzt weitergehen?«

Wabnitz lachte. »Was glauben Sie, wie schnell ich Rainer Hainsch wieder an Bord habe? Und wie bereit er nach Herrn Dr. Pirlos heutigem Auftritt sein wird, jedes noch so absurde Gerücht über Sie mitzutragen? Den Rest erledigen wie immer freundliche Spenden und Beiträge. Ich werde mich natürlich ebenfalls zu Wort melden und mich einerseits erschrocken, geradezu *entsetzt* über das erklären, was in diesem schönen Land vor sich geht, dann aber auch von neuen Chancen sprechen, von meiner Zuversicht, dass wir unser großes Projekt nach diesen schlimmen Skandalen endlich verwirklichen können und so weiter. Blablabla. Das Übliche eben.«

»Und was soll das?«, stieß Pirlo hervor. »Sie brauchen das TaxEx-Geld doch noch nicht einmal. Warum machen Sie das alles dann überhaupt?«

»Weil ich es *will*.« Wabnitz lächelte breit. »Und weil ich es *kann*.« Er deutete mit der Pistole auf die vor Pirlo liegenden Papiere. »Wenn Sie sich jetzt vielleicht etwas beeilen würden. Wir haben nicht den ganzen Tag Zeit.« Er grinste. »Ehe sie sich allzu viele Sorgen macht, muss ich schließlich auch der bezaubernden Frau Mahler ihren Stapel vorbeibringen.«

»Möglicherweise können Sie sich diesen Weg auch sparen«, kam es von der Treppe.

Als Pirlo herumwirbelte, vernebelte ihm der stechende Schmerz im Arm den Blick. Trotzdem war er sich sicher: Auf dieser Treppe stand Sophie. Neben ihr erkannte er diesen Polizisten von Max, der eine Pistole auf Wabnitz richtete.

Pirlo lächelte. Die Geschichte war vorbei. Und gerade noch mal gut gegangen.

52

SOPHIE

Samstag, 26.10., 15.09 Uhr

Sophie trat langsam eine Stufe nach unten. Die schusssichere Weste fühlte sich ungewohnt und erstaunlich schwer an. Trotzdem hatte Böhmer darauf bestanden, dass sie eine trug. Sie wiederum hatte ihm erklärt, dass sie ihm auf keinen Fall den Standort von Pirlo und Max verraten würde, wenn er sie nicht mitnahm. Das brachte sie in diese Situation hier. Und damit mitten ins Chaos.

»Frau Mahler!«, rief Wabnitz. »Das wird ja alles immer besser! Ich habe hier eine großartige Erklärung, die Sie gern direkt unterzeichnen dürfen.«

Sophie kam zu keiner Antwort. »Legen Sie die Waffe weg!«, donnerte Böhmer neben ihr.

Wabnitz lachte laut. Die Pistole in seiner Hand war erst auf Max und dann auf Pirlo gerichtet, wanderte von dort zu Ernst Mahler und danach wieder zu Max. »Wenn Sie mich erschießen, stirbt mindestens einer dieser Männer. Das können Sie nicht riskieren – und das werden Sie auch nicht.« Seine Miene verzog sich zu einem Grinsen. »Ich schlage vor, wir kommen jetzt mal zu den Unterschriften, die wir noch brauchen. Andernfalls nehmen wir sehr schnell Abschied von demjenigen, von dem wir sie schon haben.« Wabnitz schwenkte die Pistole wieder zu Ernst Mahler. »Unterschreiben Sie, Pirlo! Sie haben fünf Sekunden.«

Sophie beobachtete, wie sich Pirlo wieder über den vor ihm liegenden Papierstapel beugte. Ihr stockte der Atem, als sie erkannte, dass sein Sakko am Arm schwarz vor Blut war.

»Vier!«, tönte es von Wabnitz.

»Mach das nicht, Pirlo!«, rief Max. »Er blufft. Bis er alle Unterschriften hat, wird er nichts tun.«

»Drei!«

Pirlo griff nach dem ersten Dokument.

»Zwei!«

Sophie fixierte Wabnitz, der sie, den Pistolenlauf am Kopf ihres Vaters, hämisch angrinste. Im Augenwinkel sah sie, wie Pirlos zitternde Hand durch einen Stapel Papiere glitt – und plötzlich war ihr klar, was passieren würde.

»Eins!«

Noch während Wabnitz sprach, füllte sich der Raum mit einer weißen Masse. Pirlo hatte sich nach oben katapultiert und alles, was er greifen konnte, in die Luft geworfen. Sophie schrie. Und neben ihr ertönte ein Schuss.

EPILOG

MAX

Drei Tage später

Der Krankenbesuch bei Sophies Vater war ruhig verlaufen. Ernst Mahler hatte gefasst gewirkt. Seine Wunden waren weitgehend verheilt. Wie nicht anders zu erwarten, schöpfte er Kraft daraus, sich in die Arbeit zu stürzen. Schon drei Tage nach dem Vorfall auf dem Areal Böhler hatte er eine Presseerklärung verfasst, die klarmachte, dass der bei seiner, Mahlers, Befreiung von der Polizei erschossene Fynn Wabnitz der Mörder von Karl Müller, Petra Kühne und Christian Schwerdtfeger war. Die Erklärung bedauerte ihren Tod, distanzierte sich aber auch von ihrer anwaltlichen Beratung. *Müller & Mahler* würde fortbestehen. Zu TaxEx würde die Kanzlei allerdings nie wieder etwas beitragen.

Eine weitere Erklärung befasste sich mit Rainer Hainsch. Ernst Mahler sprach ihn darin von dem Vorwurf frei, ihn entführt zu haben. Gleichzeitig verdeutlichte er, dass es Hainsch gewesen war, der das TaxEx-System erst ermöglicht hatte. Nach dem Tod von Chiara Jebsen war damit auch hier nicht mehr an eine Rückkehr zu alten Zeiten zu denken.

Max bewunderte Ernst Mahlers Entschlossenheit. Das galt auch hinsichtlich der gemeinsam mit Sophie gefällten Entscheidung, dass es an der Zeit war, für seine Frau einen Aufenthalt in einer Entzugsklinik zu organisieren. Als Max gesehen hatte, dass Ernst Mahler bei dem Gespräch dazu mit seiner Tochter eine

Träne über die Wange gekrochen war, hatte er die beiden allein gelassen.

Das hatte es ihm erlaubt, sich im hellen Licht des Krankenhausflurs in Ruhe auf die Begegnung ein Zimmer weiter vorzubereiten – auch wenn fraglich war, ob das wirklich etwas brachte.

Als er schließlich direkt nach Sophie bei Pirlo eintrat, flachte dessen anfänglich strahlendes Lächeln deutlich ab. »Mir war gar nicht klar, dass du immer noch Begleitschutz brauchst.«

»Reiß dich zusammen, Pirlo«, entgegnete Sophie. »Es war meine Entscheidung, Max zu bitten, heute mitzukommen.« Sie sah beide Männer nacheinander an. »Ich wollte euch für alles danken, was ihr für mich und meine Familie getan habt.« Ein Schmunzeln huschte über ihr Gesicht. »Selbst wenn es das Opfer gefordert hat, dass ihr miteinander auskommen musstet.«

»Ach, das passt schon.« Pirlo hatte augenscheinlich bereits zur üblichen guten Laune zurückgefunden. »Wenn du mich fragst, sind die nächsten gemeinsamen Abenteuer nur eine Frage der Zeit.«

»Na ja«, entgegnete Max, »dieses eine Mal war mehr als genug.«

Dann lächelte er. Allein schon, weil er ahnte, wer von ihnen beiden recht behalten sollte.

Arno Strobel
Mörderfinder
Die Spur der Mädchen
Thriller

Seine Zeit beim KK 11 in Düsseldorf ist Geschichte. Jetzt fängt Fallanalytiker Max Bischoff neu an. Gibt sein Wissen an der Polizeihochschule an die weiter, die so gut werden wollen wie er. Aber die Fälle finden ihn trotzdem. Und er findet die Mörder. Denn nichts ist ihm näher als die Täterpsyche.

Max Bischoff ermittelt im Fall eines vor sechs Jahren verschwundenen Mädchens, von dem es seither kein Lebenszeichen gab. Bis plötzlich ihre Sachen auftauchen ...

Der neue Thriller von Nr. 1-Bestsellerautor Arno Strobel

352 Seiten, Klappenbroschur

Weitere Informationen finden Sie auf
www.fischerverlage.de

AZ 596-70051/1

Ingo Bott
Pirlo - Gegen alle Regeln
Der erste Fall für Strafverteidiger Pirlo

Er hat Charisma und ist ein Chaot, doch Anton Pirlo weiß sehr genau, was Recht und was rechtens ist. Ausgerechnet sein erster Fall als unabhängiger Strafverteidiger bringt ihn wieder in die Nähe seiner Clan-Familie. Die nach etwas anderen Regeln lebt. Pirlo hatte sich von ihnen losgesagt. Doch jetzt braucht er genau sie. Seine Mandantin, eine Society-Größe der Stadt, soll ihren Ehemann, Bauunternehmer und stadtbekannte Karnevalsgröße, aus Eifersucht und Habgier ermordet haben. Die Angeklagte sitzt in Untersuchungshaft und schweigt. Pirlo braucht Beweise, um einen Freispruch vor Gericht zu erwirken, doch an die kommt er nur mit Hilfe seiner Clan-Brüder ran.

400 Seiten, Klappenbroschur

Weitere Informationen finden Sie auf
www.fischerverlage.de

AZ 651-00104/1